U0840385

铿然有声

杨少衡 著

上海文艺出版社

目录

第一章　把硫酸倒进去　1

第二章　远处的雷声　54

第三章　鱼类故事　105

第四章　清澈之水　163

第五章　你可以相信　225

第六章　苦杏仁味　291

第七章　钛钢时段　358

第一章　把硫酸倒进去

1

那时候还没有微博微信什么的，也没有那么多的手机照片和举报。那时候吃啊喝啊不算个大事，客人到了桌边，桌上摆个一瓶两瓶，那是起码的。那时候餐桌上流行酒段子，掺和着各种黄段子，大家吃得哈哈哈，有荤有素，五味杂陈。

可是那时候迟可东已经不喝酒了，几乎是滴酒不沾。倒不是人家先知先觉，只因为他天生的酒精过敏，喝酒对他有如受刑。迟可东虽然自己不喝，却也入乡随俗，该摆酒就摆酒，该举杯就举杯，让别人喝，他自己做个样子。如果他不仅做个样子，还认真起来，那千万得小心，他会让这个灌那个，要那个灌这个，搞得一桌很热闹。其间他在那上头正襟危坐，不动声色看着，“众人皆醉我独醒”，脸上表情高深莫测。

他管这叫做“化验”。他说酒精可以视同“溶剂”，类似于硫酸。把一块矿石样品磨成粉，放进验杯里，把硫酸倒进去溶解试样，加入试剂并加热，观察其反应和结果，这是化验的基本过程。饭桌边的诸位一旦进入该过程，当然就视同“样品”了。

李金明当初作为“样品”进入化验之际，给迟可东留下了一点印象，该印象味道不佳，酸不拉叽。其时迟可东还不知道李金明的名字，不清楚此“样品”渊源，只记住了他的表现：“现场直播”，也就是当场呕吐。该同志的呕吐物气味极重，掺着稀里哗啦一堆食物碎，其中以大小不一的线段残渣为主体，这些残渣来历可疑。

那天晚餐本来不该有酒，因为迟可东行前交代了八个字：多看少说，接待从简。所谓从简也就是别搞复杂，吃饭不喝酒。负责此行安排的秦健却自作主张，让乡里头头往桌上摆。迟可东临上桌前才得知，即查问这是怎么搞的？秦健解释说此前几天没有，此后几天也不必，整个调研过程，只今天例外。迟可东追问今天为什么例外？秦健强调眼下就本县而言，今天这个日子比较重要。迟可东听罢摆摆手，不予肯定，也不再反对，于是酒就上了桌。乡里头头为了表示热情，拿出两瓶茅台，迟可东问：“这酒是你们乡制造的吗？”答案当然不是，本乡尚无能力伪造国酒。迟可东便让他们把茅台撤下，换成本乡制造。所谓本乡制造就是乡间家酿米酒，当地俗称“红壳酒”，即“红曲酒”，原料是本地产糯米，加上本地产曲种酿成，该曲种颜色偏红，酿成的酒呈暗红色，就其性质而言很绿色很环保，好比山间野鸡生的小个子野鸡蛋，其性温补，适合女人坐月子使用，男人用一用也不错。

迟可东表态：“就这个。”

他允许众人前来敬酒，原则很简单，谁敬谁喝掉，他奉陪。他喝的那是矿泉水，拿大玻璃杯满满装一杯，一口半杯，再一口一杯见底，该领导酒量不行，水量却大。其间免不了有人趁着酒兴力劝，请领导给个面子，别喝水了，来点酒，那比较公平。迟可东岿然不动。迟可东一看就是那种嘴上话不多，心里很有数的人，类似场合众星拱月，他是中间被拱的大月亮，有权制定规则，众星星可以稍事起哄鼓噪，最终还得听他的，按他的不公平原则进行。

然后李金明扛着一口大缸冲上前来。在当天上阵的几个人中，李金明出场时间较后，人颇不起眼，亦有点怪。这个人身材偏矮小，身子比较单薄，头发有点乱，长了个大头，戴一副眼镜。他使用的酒具与众不同，别人用啤酒杯，或者用小碗，他拿了个刷牙杯那样的大杯，在类似场合有如大缸，满满倒了一缸，捧着上来敬酒。当晚用餐地点在乡政府食堂，食堂里合适的杯啊碗啊多得很，未必是本乡制造，却也有乡间特点，足够李金明选用，但是他偏用那么一个大型酒具。迟可东拿自己的矿泉水跟李金明的大缸碰，眯起眼睛看该小个子怎么表现，敢扛着这么一口大缸上来，未必真可以都灌下去。李金明并未劝酒，也没有祝词，不说话，只是喝，众目睽睽之下咕嘟咕嘟几大口，一饮而尽，随即拎着他的酒具转身走开。刚转过身，他就喉咙一梗，哇的一声，“现场直播”。还好此前他恰巧转过身，否则就不是一地稀烂，该是满桌酸臭了。

迟可东不动声色，举起手中筷子轻轻敲击一下面前满装矿泉水的玻璃杯，“当”地打出一个清脆声。

“让他去醒醒酒。”迟可东交代道。

当晚的“直播”过程大体如此，味道略重，并没有太出彩，可以让迟可东留下一点印象，却不足以因此牵挂。他记住了一个用刷牙杯喝酒的家伙，小个子，其酒具之大与身材不成比例。该同志究竟是谁他没记住，席间主人当然曾提到李金明的名字，迟可东未曾在意，确实也不需要为之太在意。

那时候迟可东刚从省里下到县里，人们只知这个人有来头，却不清楚其厉害。一个陌生官员到位总要接受众人眼光的考察与评判，本地管那叫“称重”，也就是测一测该领导分量如何，有没有本事，拿得住拿不住。如本地土话所说：“脚趾头一掂就知道。”迟可东初来乍到之际，拿脚趾头不太好掂，因为他被任命为县委副书记，排老三，居书记、县长之后，未来如何尚不可知。其实也不需要有太多内部渠道，稍懂点门道的人都能猜想：迟可东只是戴了一顶临时便帽，正式的帽子不是那个。迟可东下来之前已经是省发改委的处长，空降任职肯定要做主官，不当县长就当书记，只等现有老大老二挪出一个位子。迟可东提前来到本县看住位子，虽然只是先戴一顶临时便帽，却也不能只在一旁玩那帽子，坐等其位，必须尽快进入状态，少不了下去调研一项，也就是到所属乡镇走一圈，了解各方面情况，接触各类“样品”。新任领导下乡调研，自然需要有熟悉情况的合适人物陪同协助，于是迟可东身边就跟上了一个秦健。秦健时任县委办副主任，干这种事轻车熟路，知道怎么服务领导。下乡之前秦健专门请示迟可东此行有何交代？迟可东就交代了那八个字：“多看少说，接待从简。”秦健像是个很能领会领导意图的下属，但是当晚自作主张上酒，导致了一个“现场直播”。

当晚的红壳酒及相关“直播”均语焉不明，从开喝直到结束，众下属不停地敬酒，都只知道敬领导迟可东，却不知道这桌酒后边其实还有一个很具体的名目。那究竟是个什么？只有当事人迟可东，以及自作主张的秦健明白。

那是在河源乡，本县西北最偏远且最贫穷的乡镇。按照原定计划，迟可东在该乡待了一天，了解相关情况，当晚“例外”喝酒，然后在乡政府的客房住下来过夜。隔日清晨迟可东早早起床，下楼，秦健已经在楼下门厅等候。

“迟书记起得早啊。”他招呼。

迟可东说：“你更早。”

秦健称自己其实挺懒，他是听说迟可东喜欢早起散步，昨晚特地给手机上了闹钟。

两人走出乡政府大门，拐上一条土路，前边忽有动静：“哇啊！”其声颇不雅，不是乌鸦叫唤，是人在呕吐，那股酸味儿再次扑面而来。

居然还是昨晚的那位，小个子。他在前方一棵树旁，扶着树干站着，弓起身子，对着树干根部呕吐。有一条狗闻讯赶来，在他身后摇着尾巴。

迟可东带着秦健从小个子身后走过去，对方听到动静，直起身回过头，看到了迟可东和秦健两人。他两眼在眼镜后边直勾勾盯着迟可东，没打招呼，一声不吭。

迟可东问："怎么啦?"

没有回答。

这家伙不可能不记得迟可东是什么人。他曾经扛着一口大缸上来敬酒，不可能一转身忽然就把什么都忘了。看来是昨晚喝得太过，"直播"没解决问题，睡了一觉还不行，清晨又反胃，吐了，用流行酒话形容，叫做早晨"重播"了。问题是无论此刻他胃里的反应如何，与领导邂逅，承蒙关心，不需要太恭敬，打一声招呼，至少回应一句是应该的，但是他没有，视若无睹，置若罔闻。

秦健即喝问："没听见书记问你话?"

他还是没回答。

迟可东说："走。"

他带着秦健往前走出几步，就听见后边又是"哇啊"一声，"重播"继续进行。

秦健说："这个人不大对劲。"

迟可东问："他是什么人?"

"我马上了解。"

"算了。"迟可东说，"没必要。"

他们在周边转了转，稍事散步即打道回府，返回时经过那棵树，那个人已经不见了，树干根部的呕吐物基本被狗舔光，隐隐约约还有一股酒酸气在飘散。

早饭后离开河源，秦健在轿车上向迟可东报告了情况。

"他叫李金明。"秦健说。

"谁?"

就是“现场直播”加“重播”的那位。秦健已经抓紧时间，向乡里头头了解了相关情况。该李金明为乡农技站干部，技术人员，搞食用菌，也就是种蘑菇的。他是省农业大学食用菌专业的毕业生，毕业后安排到县农技站，干了三年，半年前才给派来本乡。这个人有毛病，人比较狂，在县农技站时跟领导搞不到一块，不服从指派，说人家站长只会拍上级马屁，没一点真本事，是个饭桶。站长对他非常恼火，查了他一些事，让他背个处分贬到河源乡农技站。

“查他什么事呢?”迟可东问。

“腐败。”

迟可东不由得笑：“一个种蘑菇的农业技术员，他腐败个啥?”

虽然只是个小技术员，该李金明却有滥用职权问题、权钱交易问题，还有男女关系问题。这些问题与掌握大权贪污受贿动辄百万千万的贪官多少有些区别，不在一个档次上，也还不属于“小员巨贪”那种状况。作为一个食用菌技术人员，李金明手中掌握的其实就是一点指导生产的权力，有权出入本县各地农家的蘑菇房，对其中相关生产发表指导性意见。李金明滥用职权，就是滥用这种指导权为自己牟取好处。他在县农技站那几年，一天到晚在下边跑，几乎走遍本县各乡镇村的蘑菇房，许多菇农都认识他，一旦有事都会打电话或者开着车上门请他去看蘑菇。每请他到，菇农们都要割肉洗菜炒米粉，再去弄几大碗红壳酒招待，因为李大技术员好这一口。那几年他利用指导蘑菇生产之机，不知吃了人家多少，累计推算起来也很可观，这就是腐败。由于请的人多，李大技术员无法面面俱到，难免你先他后，有时哪怕有炒米粉红壳酒伺候，也弄不来人。一些菇农就想办法争取，其中一招是派出自家小妹，李哥长李哥短缠着拉客，把李金明弄进家门。因此有人举报，说李金明滥用职权，处处有小妹，村村丈母娘，其男女关系非常混乱。

迟可东摇头：“这就算是了?”

据秦健了解，县农技站头头拿这些事查李金明，原本调子很高，准备一棍子打死，后来发现“腐败”比较难弄，就集中搞男女关系。这一方面李金明有破绽，他老婆最清楚。李金明的老婆个子比他高，块头比他大，人长得丑，醋劲了得，对李金明盯得很紧，李金明去哪她也去哪。李金明在县农技站工作期间，夫妻俩曾经闹纠纷，其妻鼻青脸肿到农技站哭诉，说李金明在家打她，搞家庭暴力。这般轰轰烈烈，原因是李妻怀疑丈夫下乡种蘑菇，连女人也种，“村村丈母娘”。农技站头头抓住这件事，试图从李妻身上突破，抓李金明的男女关系，搞出几个丈母娘，坐实李金明“与他人通奸”问题。却不料关键时刻李妻拒不配合，费了老大劲，没弄到确凿证据。最终李金明是因“劳动纪律差”得了一次警告处分并给撵走。这个人总在下边乡村蘑菇房里晃荡，难免有开会缺席，学习未到等记录，为处理他提供了依据。

迟可东问：“他很会种蘑菇？”

“听说挺神。”

按照秦健听到的介绍，该李金明在校时书读得不错，是个高才生，搞食用菌颇称职，与蘑菇很能沟通。据说他走进蘑菇房，眼睛都不必睁开，拿鼻子嗅一嗅，仅凭气味，就能判断温度是否合适，湿度是否偏低，蘑菇生长状况如何，需要再做些什么。说出情况八九不离十，各种问题迎刃而解。

“难怪丈母娘多。”迟可东点头。

这位李金明被赶出县城，贬到河源乡后意气消沉，脸上总是苦大仇深，却也没再闹出什么大事。河源乡近几年大力发展食用菌，作为脱贫致富一大措施，用得上李金明这种人，因此从乡头头到下边农民，对李金明都很欢迎，他在这里吃多少炒米粉喝多少红壳酒都行，没人找他碴，也没人查他丈母娘究竟几多，日子过得比在县城时舒心。只是他的臭毛病改不了，不时还会作鬼作怪，例如给碗不要，非得拿大杯子喝酒。昨晚这人怎么会出现在酒桌上？说来秦健自己要检讨，是秦健要乡里找几个能喝酒的乡干部陪桌，吃起来气氛好一点。李金明早就酒名在外，乡农技站就在乡政府旁边，平时吃饭也在乡政府食堂，所以乡头头吩咐把李金明叫来助阵。不料要派用场时这家伙却找不着了，乡通讯员到处打电话，才把他从一个村旮旯里挖出来，原来已经在一户小妹家喝上了。通讯员骑一辆摩托车到那里去接他，起初他还不愿动身，说县里这个书记那个书记跟他没一点狗屁关系，宁愿在老乡家里喝。通讯员让乡长在手机里请，拿茅台酒哄诱，他才勉强应允，说："有好酒干嘛不喝?"就这样给弄回乡政府食堂。回来后没喝上茅台，还是红壳酒，因此可能不痛快，表现就比较怪异。估计上阵之前，他在老乡家已经喝得差不多了，回乡政府食堂再喝就撑不住，所以才会吐了一地。此地乡间红壳酒酒性温和，却有后劲，喝多了第二天起床还会东倒西歪，整个人成天昏乎乎。李金明喜欢早起跑步，今早可能自以为没事，像往常一样爬起来运动，却不料酒劲还在，撑不住又"重播"了。他见了领导不打招呼，或许是因为酒劲影响，也可能是一肚子酸臭都在嘴边，不能开口，一开口就出来了。当然也可能确属故意，毕竟县官不如现管，迟书记虽大，并没有直接管他。

迟可东评价："看来确实有毛病。"

事情就此飘过。

2

几个月后发生了一个情况，事出偶然。

那一天开县委常委会，研究人事。时逢乡镇换届，人事变动面较大，相关安排在常委会上几进几出，反复研究。那一天上会的人事事项中，有一项涉及河源乡班子配备调整。此前该乡班子配备方案已经敲定，却不料发生一个意外：有一位拟任人选不知从哪里风闻自己将去河源，拼命找领导反映，请求免用。该同志居然还拿出一张市医院的体检报告，称自己肝区发现一个东西，医生怀疑是血管瘤，不排除癌变可能，需要留意观察，及时处理。因此别把他派到河源任职。这个人是县防疫站的一个年轻技术人员，原拟任河源乡科技副乡长。当时上级规定换届时每乡都要配一位科技副乡长，必须有相应的专业背景和职称。

讨论中，有常委询问："体检报告是真的假的?"

组织部门已经了解，报告是真的，该同志肝区确实长了个东西，但是并未确定是癌。体检不是单位统一安排，是该同志自己跑去做的，时间为去年底。检后该同志始终没有向外界透露任何信息，直到这次才拿出这张单子。根据分析，此人当时可能确实感到身体有些不适，才自行跑去检查。但是眼下的问题主要不是出于身体情况，他是听到风声，怕给派去河源，拿这个作为理由。

县委书记很不满："他怎么可能听到风声?"

这个问题比较尴尬。类似人事安排在正式宣布之前需要保密，不应当外传，更不宜传给当事人。但是目前很难做到这一点，往往这里刚在研究，那边就有风传。

"这事不能放过，给我好好查一下。"书记下令。

追查消息如何走漏是后话，目前还得考虑改变配备方案。原方案人选身体状况似有问题，再派他去河源不甚妥当，因此组织部提出另定一位人选。新人选选自县工程监理所，有工程师职称，该人选需要上会讨论研究。

这个新人选未能顺利通过。有了解情况的常委提出，监理所这个人跟老婆闹离婚，折腾了好几年，最近刚在法院判离，家里有老有小，这时候下去只怕很难安心工作，他的专业是工程监理，目前在河源也没什么大用。

迟可东在一旁听着，忽然说了句话："有一个人说不定有点用。"

他讲了李金明及其"现场直播"故事。

当时迟可东到任不久，常委会讨论人事问题时，他通常只听不说，含而不露。主持讨论的县委书记总会适时问他一句：“迟副书记有什么意见?”他的回答总是很简单：“同意”，或者“没有不同意见”。最多加一句解释：“我刚来，情况还不了解，说不出什么意见。”他说的当然没错，来时确实不长，了解未必充分，但是如果他愿意，也不是没啥可说。以其脸上莫测表情推想，其心里应当有些话要讲，之所以没有发声，只是考虑时机，现在还不是迟副书记的时候，多说也就聊供大家“称重”，未必有用，也未必有益。所谓“时到花便开”，该说的话等时候到了再说吧。

那一天例外，迟可东主动发言，不鸣则已，一鸣让人很意外，因为细节很鲜活，故事挺轻松。迟可东讲了喝酒，讲了李金明当堂吐出一些线段状食物残渣，让他望之生疑，原因是当晚河源乡食堂提供了一桶干饭，未见面条。后来他一了解才知道，人家李金明早在某个村旮旯的菇农家里吃饱喝足了，吃的是炒米粉，喝的是红壳酒。该同志是把老乡家的食物吐到了乡政府食堂的地板上。这个人看来身存毛病，但是也有强项，是个专业人员，种蘑菇高手，技术水平了得，颇受菇农欢迎，炒米粉红壳酒没有断过。河源乡正在发展食用菌产业，找这类专业人员干科技副乡长会不会比较对路？对当地经济发展会不会比较有好处?

即有人附和：“迟副讲的有道理。”

也有知情人指出：“这个人好像有点毛病，被处分过。”

迟可东表示认同。他对李金明并没有很多了解，基本没有接触，更别说交谈。仅凭一点观察和印象以及听到的情况，他感觉李金明不是有点毛病，是毛病不小。就好比他刚学到的那句本地土话：“脚趾头一掂就知道。”

众人都笑。有人打趣：“迟副一看就是脚趾头了得。”

迟可东说脚趾头总给套在袜子里，掂东西得拿手掌和手指头，这是常识，为什么偏要把脚趾头拿出来说？原来是开玩笑，调侃。脚趾头都能掂出来，手指头更不在话下。拿脚趾头掂掂那个李金明，“腐败”、“村村丈母娘”等未必成立，为人处事方面的缺陷却肯定存在。不过他也感觉这个李金明像是有点素质，就好比一块石头里含有足够铁质，那就不是一般石头，是铁矿石了。素质其实是更重要的，会不会种蘑菇倒在其次，因为眼下需要用的不是一个食用菌技术员，而是一个科技副乡长。

“建议重点考察一下这个人的素质。”县长接过话头，在会上打趣，“考核材料不要涉及酒量多少，但是要写明含铁量。”

迟可东也跟着开玩笑，对县长的提议表示赞同。他说素质这种东西在考核材料里很难表现，没法写清楚，含铁量相对比较容易，化验检测技术很成熟，不难掌握。该技术的具体过程说来复杂，要害很简单，用一句话形容，叫做“把硫酸倒进去”。

“那不就毁容了吗?”有人跟着开玩笑。

迟可东说：“是溶解。”

他介绍硫酸可以干什么。报纸上时有花边新闻，有失恋男子拿硫酸泼前女友，把一张美丽脸面毁掉，以此泄愤，同时永久占有，自己得不到，别人也别想要。这其实只是派生功能。硫酸这种液体强腐蚀，别说女子的脸，再怎么坚硬的东西，石头啊铁啊什么的，硫酸倒进去就溶解，溶解以后就可以加试剂加热，检测其成分。

“比喻不一定合适。”迟可东说明，“大家知道我的本行。”

无论比喻是否合适，大家听来挺新鲜，纷纷要求迟可东继续发表高见，搞搞科普，尽量深入浅出一点，例如，谈谈硫酸怎么倒，或者怎么泼?可以用什么杯子，是不是需要一点操作水准?迟可东即请示坐在他右侧居中位子的县委书记，称今天会议很严肃，常委们讨论很认真，不妨略做劳逸结合。自己刚巧在一份资料上看到一则笑话，感觉有点意思，能不能给他两分钟时间，提供给大家笑一笑?

书记故作严肃：“放松一下可以，不要女士不宜。”

迟可东讲的其实不是笑话，更不是黄段子，是一个问答测试题。他给大家提供三个候选人的基本情况，其中第一个人笃信巫医，有两个情妇，多年的吸烟史，嗜酒如命。第二个人曾两次被赶出办公室，每天到中午才起床，每晚暴饮白兰地，吸食过鸦片。第三个人曾是国家战斗英雄，一直素食，热爱艺术，偶尔喝点酒，从未违法。迟可东请大家研究一下这三个候选人的任职问题，其中有一位后来成为一个世界大国的主要领导，他会是哪一个？三个人将来各自会有什么样的命运？

有人笑问："迟副搞脑筋急转弯吗？"

迟可东说："不用转弯，实事求是。"

"答案不是明摆着吗？"

确实是明摆着，以所提供的情况推论，成为主要领导的当然只可能是第三个。他的命运当然最好，社会精英。前两个估计不行，不是垃圾，也是废物。

迟可东说："这三个人其实大家都认识。"

他揭晓问题答案：三个人都是第二次世界大战时期的著名人物，第一个是美国总统罗斯福，第二个是英国首相丘吉尔，第三个是德国元首希特勒。

于是众人都哈哈。

迟可东的故事并没有触及硫酸怎么倒，大家却没有多计较，因为当天的人事议题议得差不多了。书记汇总大家讨论意见，最后拍板，同意改变河源乡配备方案，防疫站那个人不用，监理所那个也不合适，请组织部再行物色。迟副书记提到的食用菌技术人员，可以作为一个人选了解一下。就现实状况而言，确实人无完人，谁都有缺点，一个人以往有这个那个问题，不见得日后就是恶人。反之也一样。当然各相关人选含铁量多少，日后会是罗斯福还是希特勒，咱们管不了那么多，眼下以是否胜任河源乡科技副乡长为基本考虑。

大家都表示同意。

半个月后，李金明被确定为该科技副乡长候选人。

秦健找迟可东请示，说李金明求见，能安排个时间谈一次话吗？

迟可东问："他有什么事？"

"他非常意外。"

"意外什么？"

"迟书记为他说了话。"

"谁告诉他的？"

秦健承认是他本人给李金明打电话的。秦健并未列席常委会讨论人事，只是事后听到了消息，听到时也感觉很意外。秦健在这件事里多少算一个当事人，李金明那些情况还是他向迟可东汇报的，因此他觉得自己应当把事情告诉李金明，李金明应当知道得到谁的关心，总得有人去告诉他。

迟可东即拉下脸："谁允许你这么干？"

"我、我是……"

"什么动机？"

秦健连声辩称自己没有不良动机，只是想为迟副书记做点工作。

"你知道什么！"迟可东极不高兴。

他批评秦健，称那天他在常委会上发言有自己的考虑，并不是着意要为哪个人说话，李金明只是作为一个例子提出来探讨，仅此而已。此刻李金明只需知道自己的任职是县委常委会研究确定的，不需要知道谁说好谁说不好，那对他没有任何好处。人家或许并不愿意干什么副乡长，从技术人员到行政官员跨度很大，他未必能够适应。李金明有其个性，以往人际关系处理不好，日后磕磕碰碰的事恐怕也少不了，一旦发生问题，后果会很严重，那就不仅是被从县农技站赶到河源种蘑菇那么简单，弄不好要受处理栽大跟头。到时候后悔不迭，他该去怪谁？怪迟可东副书记还是秦健副主任？

秦健立刻检讨："迟书记批评得对，是我考虑不周。"

"只是考虑不周吗？"

"我是，我是……"

迟可东没再追逼秦健，点到为止。他命秦健给李金明去个电话，说迟副书记最近忙，这次不谈了，日后有时间再说。外界传的那些不要去听，更不要去信。李金明应当有自知之明，他这一次被挑选上，更多的是河源乡发展食用菌需要，就其本人而言，素质不见得比其他人高，毛病倒可能比其他人多。李金明曾经涉嫌所谓滥用职权、腐败和男女关系问题，以往那些事可能只是笑话，一旦头上有了一顶帽子，再出现类似议论则会严重得多，对此李金明本人一定要非常清醒。

秦健支支吾吾："这样，这样好吗?"

"就这样说，告诉他是我原话。"

"明白。"

"今后不许再自作主张。"

"明白，明白。"

迟可东不再多说，李金明事项就此打住。说到底，李金明不是迟可东的什么人，给迟可东的印象并不好，在他心里实在不算个什么。不说李金明原本只是一个普通食用菌技术人员，即使弄到副乡长这个位子，充其量也就是一个副科级，不需要迟可东特别注意。对迟可东而言，李金明这样的人给个副科不给个副科，多一个少一个都差不多，没什么大不了的，迟可东心里有很多大事，无须腾出位子塞进无数类似草芥。迟可东在会上谈起李金明，意图确实不是为他说话谋一个科技副乡长，只为了提出某种想法，探讨相关问题。秦健把这件事拿去告诉当事人，弄得像是迟可东怕人不知情，不感恩图报似的。难道迟可东在乎这个，需要索取李金明的回报，水平如此之高吗？秦健自以为是在为迟可东拉拢人，迟可东却感觉是在给自己抹黑，难怪听了生气。秦健这种勾当眼下很多人喜欢做，什么事都可以拿来卖人情，收买人心，以期等价交换，让人家日后来还人情，迟可东对这种"小儿科"感觉不屑。

这些话他当然不会跟秦健说。他问了秦健另一个问题。

"河源那个晚上，你好像没怎么喝酒吧?"

秦健称自己酒量一般，通常不太喝。陪同领导尤其不敢喝，得保持头脑清醒，以保证工作不出现失误。

"这么谨慎，为什么会自作主张?"

秦健承认事前确实有点犯愁，考虑是否应当提前请示报告一下，后来一想，如果报告，迟可东一定不同意，因此横下一条心自作主张。他觉得那个日子非常重要，事关本县未来，因此不能不有所表示。

"谁告诉你那个日子的?"

没有谁告诉他。这种事情只要留心，总是可以掌握的。

迟可东摆摆手让秦健离开，没再多问什么。

两个月后，人们议论中的事项终于尘埃落定：本县县委书记荣升省直机关高就，迟可东接任县委书记。基层县委书记出缺，通常情况下会由县长接任，迟可东越过县长，直接接书记一职，多少有些例外，却在大家的料想之中。

因为人家是个"二代"，来历很不一般。

3

迟可东心思很大，早在从政之前。

那时候迟可东是个工程师，从事冶金一行，如他自嘲，为"大炼钢铁"出身。迟可东当年的就学与就业履历相当耀眼，本科读的是北京科技大学冶金工程专业，尔后考取本校本专业研究生，拿到硕士后去了首都钢铁公司。北科大冶金与首钢都是行内翘楚，声名响亮，只是出了冶金一行，外界未必尽知，就好比探讨食用菌蘑菇之际，拿铁矿石、硫酸出来说事，让人感觉比较特别。

迟可东时而会摆弄一些冶金术语，既出自习惯，也属有意为之，略带调侃，意在幽默。与其性格相应，他的幽默温度略低，给人的感觉偏冷，并不好笑，例如“把硫酸倒进去”之说。当年学冶金和到钢铁厂工作都出自迟可东自己的决定，他对那一行的好奇和兴趣来自少年时读过的一本书，谈到当今世界是以钢铁为骨骼支撑起来的，那些话对他影响不小。早年迟可东自视甚高，认为可以从自己感兴趣的事情开始，依靠自己走出一条路，日后去支撑一个世界。无奈后来情况发生变化，那条路没能坚持走下去，他从轰隆轰隆的大工厂落到了一个小县城，似乎也是命中注定。

这是因为家庭背景，所谓成也萧何，败也萧何。

迟可东的父母都是省城一所大学的普通职员，迟父是校图书馆的管理人员，当过该馆的副馆长，迟母是校总务处的一名会计，两人都像尘土一样平常，毫不显眼。迟家虽普通，迟母娘家那边却不一般。迟母姓许，许家在省城是个世家，历代人物辈出，眼下也出了一个大人物叫许琪，官至常务副省长，他是迟可东的亲舅舅，迟母的哥哥。迟母只有一个哥哥，兄妹感情很好。到了迟可东这一辈，两家人各有两个孩子，四个孩子三女一男，唯出迟可东一丁。迟可东从小最得舅舅之宠，许琪常把他接到家里住，进出带在身边，把外甥当儿子看，处处悉心照料。因为这个舅舅，迟可东被人们归入“二代”，也就是所谓的“官二代”之列，虽然以直系血统论，迟父那个图书馆副馆长根本进不了官员的序列。

迟可东考大学时，许琪还在下边一个市里当书记。舅舅得知外甥去学冶金，讲了一句话：“现在想学什么尽管去学，有兴趣才能学好。日后该干什么再说吧。”那时舅舅对外甥的未来走向似乎已经胸有成竹。迟可东心里很清楚，作为两家人中的唯一男孩，舅舅对他期望很高，有意把外甥引上他自己那条路。迟可东从小在舅舅家里长大，耳濡目染，自然心思也大，常拿舅舅当样本设想自己的未来，觉得自己可以也应该比舅舅走得更高更远。舅舅家里进进出出的多是官员下属，这个“长”那个“长”，迟可东见得多了。看见他们进门满脸堆笑，出门一派威严，饭桌上众星捧月，大家变着法子取悦舅舅，连小外甥的马屁都拍，迟可东觉得挺好玩，也觉得颇不屑。他知道自己不须如此，他有一个天然的、强有力的依靠，舅舅许琪会为他安排一条便捷顺畅的成功之路，他只须一切听命于舅舅就行。但是这不是他之所愿，只会依赖他人算什么本事？自己打出一片天地才有意思。得益于父亲任职的图书馆，迟可东从小喜欢阅读，什么书都看，颇受一些名人传记影响，眼界很高，想法很多。当然不免也失之空泛，当时年轻，免不了的。许琪对外甥一向很用心也很理解，他身居高位阅人无数，知道与其逆水推舟，不如水到渠成，年轻人有独自闯荡的勇气值得欣赏，让他先去闯荡一番没有坏处，时候到了，该怎么办再说。

迟可东独自闯荡历时不长，他在首钢干了三年，工作颇努力，已经小有成就感，忽然就放弃了，打道回府。这其中有若干原因，直接促成的是一个不可抗因素：迟母患乳腺癌，到医院做了手术，她想儿子了。儿子在遥远的北方大炼钢铁，尽管如今交通方便，有事时一张机票就能赶来，毕竟不如在身边好。迟可东在医院照料母亲时碰上舅舅，许副省长来看望妹妹，身边跟着医院院长、外科主任等人。许琪跟外甥说了句话："回来吧。"迟可东无奈，看着病床上的母亲，点了点头。

迟可东从首钢调回本省，带回在北方娶的老婆和一个生于北方的女儿，举家南飞。他进了省发改委辖下的工程咨询中心，新的工作虽然还有些技术含量，却已经与"大炼钢铁"基本无关。举家跨省调动以及转行对许多人来说极其困难，于迟可东轻而易举，许琪一句话，自有人迅速为他把事情办理清楚。迟可东一改初衷，回到舅舅荫蔽之下，于他也算顺理成章。独自闯荡的那几年，他遇到许多以往不会遇到的情况，知道了许多以往不知道的事情，心思依旧很大，却也明白自己得脚踏实地，眼下这个时候，没有强有力的支撑，只靠自己难有大的作为。任何人都得面对现实，按照现实调整自己的想法，许琪的外甥也不例外，无论是否归为"二代"。迟可东不再有什么犹豫，决意回到舅舅身边，背靠大山，沿着自己的道路继续前行。

此后数年间，迟可东变动了若干岗位，从事业机构进入行政部门，稳扎稳打，一步步向上，每一次提升都踩到点上，时间差不多了，自会更上一层。所有这些进步与提升均符合规定的条件与程序，没有任何出格之处与特殊之举，完全经得起质疑和审查，迟可东本人的表现与考核材料也都无可厚非。迟可东得益于很不寻常的舅舅，也得益于很普通的父母，他读的书多，眼界开阔，在各个岗位都相当尽职，既有想法，也能扎实行事，如大家所形容，心里事不少，嘴上话不多，所到之处名声不错，被认为颇难得。他的每一个进步与发展都有自己努力的因素，背后的关键却也难以否认：如果没有许琪的存在与影响，情况或许就是另一个样子。机关里那么多大小干部，谁能符合条件到点就上？机会总是首先垂顾迟可东，他比别人得天独厚。

那一年许琪问他："到基层去干干怎么样？"

他说："也好。"

时迟可东已经在省发改委一个重要处室当了两年处长，以他的发展态势，往副厅长位子上走不需要太长时间了。但是许琪和他本人都认为只在机关上行是不够的，现在应当改变轨迹，到基层去干上几年，有一个基层主官的工作经历，可以积累工作经验，也让履历完整，向上发展才有更大空间。许琪本人如果没有在下边市里当主官的经历，也很难上到后来的高位。其时省委组织部有一个青年干部培养交流计划，拟从省直机关物色选拔一批优秀青年处长下派基层任职。在舅舅的帮助下，迟可东被挑选上，与同批十数位青年处长一起下派。这十几人下去后，部分任县长，部分任书记。迟可东有硕士学位，有国有大型钢铁企业任职的基层经历，以及无可挑剔的考核表现，符合各相关条件规定，终被确实为县委书记人选。

这么些年过来，迟可东已经清楚自己命该如何。他现在有了一块小天地，对很多人而言，这么一块天地毕其一生之努力还不能得到，对迟可东则只是一个停靠点，他自知不会在这个点上停靠太长时间，接下来还要继续前进。但是眼下这个点对他却有着极大重要性，因为权力在手，可以做一些事情，而且必须做一些事情。背靠许琪那么一个舅舅，迟可东不需要像其他一些人一样急切钻营，只须用心把手头的事情做好。他有条件得到别人争取不到的支持，有办法把事情办得比别人好，可以只管一心一意放手做事，别人最操心的提拔重用什么的则不必太过操心，自有人替他考虑，时到花便开，除非碰到什么异常。

却不料异常说来就来，世间事总是那般多样。

4

这年三月底，迟可东到省城参加会议，时北京刚开完两会，省里召开大会传达中央两会精神并部署相关工作，县委书记、县长悉数到会。这种大会许琪自然也要出席，他坐在主席台上，位子紧挨着省长。会场休息期间，迟可东看到舅舅在休息区跟人聊天，身边一如既往围着许多人。迟可东没有凑上前打招呼，因为在会场一类公开场所表现彼此的特殊关联实无必要。

大会只开一个上午，午饭前结束，午饭后可以走人。迟可东不准备在会议宾馆用餐，打算一散会就回家跟家人一起吃饭，饭后再回县里。迟可东家在省城，其妻儿与迟父迟母住在一起。迟可东忙于下边的事务，回家看望父母妻女都只能匆匆忙忙。

省委书记宣布会议结束，迟可东刚要起身，坐在前排的本市市委书记周宏忽然转过头，朝迟可东比了个手势，示意他等一下。

“书记有事?”迟可东问。

周宏点点头。

迟可东只得又坐下来。身边的人走光了，周宏才又举手招呼，让迟可东跟他一起离开。两人一起走到会场门口时，周宏才开口说话。

“我刚刚得到通知。”他告诉迟可东，“有件事要你一起处理一下。”

“什么事?”

周宏停下脚步，指了指会场大门外侧边一扇房门：“就这里吧。”

他示意迟可东推门进去。那是会场休息室的房门，此刻门扇紧闭。迟可东感觉很意外，不知道周宏有什么特殊事情不能在外头说，必须得进休息间去。他瞧了周宏一眼。周宏脸上没有表情，只轻轻点了点头，意思很含糊，嘴上一句话都没多说。

迟可东的手机恰在这时响铃。迟可东掏手机看一眼屏幕。

“县里电话，秦健。”迟可东向周宏报告，“我先接一下?”

周宏没吭声，默许。

迟可东接了电话。秦健这个电话没有特殊内容，只是核实迟可东的日程。省里会议结束后，迟书记是否如原计划于当天下午返回县城?

“是的。”迟可东说，“没有变化。”

“今晚常委会的议程还得问问书记。”

“传给我看看吧。”

“明白。”

秦健挂了电话。

秦健行事细致。眼下他是县委办主任，直接负责迟可东的工作安排，尤其需要细致。秦健是在迟可东任县委书记后获提拔的，其上升不太容易。通常情况下，县委办主任都是县委常委兼，属于县领导层次，时下县领导多从基层主官也就是乡镇书记中提拔，机关科局长上的较少，县委办副主任通常不会就地转正，如果不下基层去当主官，不太可能上到县领导层次。迟可东却不拘一格用秦健，他先把秦健那个“副主任”的“副”字去掉，让他当主任，不兼常委，这个权限在县里。一段时间后迟可东再以秦健已经到位，比较胜任县委办主任岗位，应让他进入常委班子以利工作开展为理由，多方运作，终于得到市委认可。秦健被补为县委常委后，工作越发细致。

迟可东与秦健通话也就不到一分钟时间，周宏一直站在他身边等着。迟可东三言两语匆匆接完电话，收起手机看了周宏一眼。领导嘴上还是没有吭声，只是再次指了指休息间门，示意迟可东进去。

迟可东的感觉更其异样。看来要在这里边谈的事情不一般，让贵为市委书记的周宏如此谨慎，非得这样盯着，让他先进去才可以。

迟可东推开门走进休息间，周宏却没有跟进来。

已经有三个人坐在休息间的沙发上。迟可东一看这三个人就明白这里怎么回事：他们是在等他的。三个人中有一个迟可东认识，是省纪委一位管办案的室主任。

此刻没有认识不认识之谓，只有照章行事。

“是迟可东同志吗？”其中一人问。

“是。”

他们向他宣布了一项相关决定。

从那时起，迟可东与外界失去联系，当天中午没有回家吃饭，当天下午没有赶回县城。从当天下午起，秦健就不停地给迟可东打电话，他给迟可东的邮箱传了当晚县里会议的议程表，想问问迟可东是否认可，迟可东手机开着，却始终不接电话。秦健联系了迟可东的司机，联系了迟可东的家人，尔后才从当天去省里开会的其他人那里得知迟可东会后被市委书记周宏留在会场。秦健即直接给周宏的秘书小林打电话，请求帮助了解迟可东具体情况，以便确定晚上县委常委会事宜。几分钟后周宏的秘书回了电话：“周书记交代，你们那个会先停了吧。”

秦健大惊：“迟书记是什么情况？”

小林回答：“现在还不清楚。”

两天后情况清楚了：省里负责部门正式通知本市，迟可东因涉及相关案件，正在接受组织调查。市里领导就此紧急碰头研究，决定在迟可东缺位之际，本县日常工作暂由县长主持，待情况进一步明朗。

半个月后情况得以明朗。迟可东的舅舅，本省一大重要官员许琪从人们的视界里消失，一个消息迅速传遍全省：许琪出事了。

在很多人的感觉里，这一消息也属“瓜熟蒂落”。

许琪出事前数月，省内已经风声频传，说有一个专案组在省城悄悄开展工作，该组从北京派来，阵容强大，手中握有几封线索清楚的举报信，还有中央高层重要领导极具分量的批示。这些办案人员的目标显然锁定为省级官员，他会是谁？很快就有新的线索提供人们猜想：本省北部一个设区市的市委秘书长被宣布涉案，在岗位上突然消失。许琪曾在那个市当过多年书记，该涉案秘书长是他当年的一个秘书。人们的猜测就此开始集中到许琪身上，尔后许琪的现任秘书和司机相继“进去”，然后又有一批相关人物接受调查，这些人物都与许琪关联密切，包括他的外甥迟可东。于是“许家帮”悄然成了一个流行词，全省干部群众面前已经没有太多悬念，接下来只剩下许琪在什么时候以何种方式从他端坐多年的主席台上消失的消息了。

这个消息终于如期从天上落下，有如深秋里的一片黄叶。

许琪出事的消息被证实后不久，有一组办案人员进驻本县，围绕迟可东的相关问题，深入开展调查取证。他们的调查范围集中在县城的土地使用和房地产开发方面，同时也了解迟可东任职期间的其他问题，包括利用职权贪污受贿以及买官卖官等事项。迟可东涉案的主要情况至此渐渐清晰：本县县城近年最大的一个开发项目是旧城改造，该改造中的最大一个项目是新城商业区，这个项目由省城一家开发公司竞得，该公司的老板叫黄志华。黄志华是省城人，早年去香港经商，后移民加拿大，回到本省投资，重点在房地产开发，其旗下企业近年来在省城及全省各市攻城掠地，拿到许多重要地块，获取巨额开发利益。黄志华之所以能够强势扩张，因为背靠权力，其靠山就是常务副省长许琪，许琪多次为黄志华给下边一些掌握重权的官员打招呼，利用自己的权力和影响助其牟取利益。本县新城商业区的开发项目是黄志华众多涉案项目之一，迟可东涉嫌在该项目竞标中利用职权违规干预，对黄志华实施利益输送。黄志华与迟可东的关系此前无人知晓，此刻才真相大白，原来黄志华是许琪的女婿，迟可东的表姐夫。

黄志华及其企业近年屡遭匿名举报，涉嫌利用权势进行不公平竞争，违规牟利。只因为许琪位高权重，以往没人去查，不料举报最终惊动北京高层，成了案件的一个突破口，导致许琪及其身边关联人物被彻底清算。黄志华本人身份特殊，动作很快，许琪案发之前即从省城消失，出境躲风头。这或许是许琪安排的对抗调查一着。

办案人员在本县调查取证期间，有一个特殊人物主动前往办案人员驻地，请求汇报情况，这人却是秦健。秦健是迟可东一手提拔重用的干部，平日里跟随最紧，本县上下人所共知，办案人员前来调查迟可东，秦健绝对跑不掉，肯定会给叫去调查，这在人们意料之中。秦健不待人家通知，自己主动找去汇报，倒是让很多人大出意料。

秦健报告说："当时我感觉迟书记与黄志华关系比较特殊，虽然他俩都没提起。"

秦健在新城商业开发项目中客串过一个角色：黄志华前来参加项目竞标时，直接找了迟可东，迟可东以接待外商为名，请黄志华吃了一顿饭，秦健作陪。席间迟可东提到自己在首钢工作期间，黄志华曾经跑到厂里看他，迟可东请他在附近一个饭馆吃了碗面条，吃面时黄志华开玩笑，说这面条硬得像钢板，面汤里有股铁水味。迟可东即要来一瓶醋，说咱们把硫酸倒进去，看面条还硬不。两人回忆那碗面条，说得哈哈笑。秦健在一旁听了即有感觉，知道该二位早有关系，很不一般，非同小可。只是他们不做深入介绍，自己不便细问。尔后迟可东把黄志华这件事交代给秦健，让秦健把黄志华介绍给本县负责旧城改造的副县长。

"我按照他的要求做了。"秦健报告。

“迟可东交代给予特别关照吗?”

秦健说：“他有没有另外交代我不知道，当着我的面什么都没说。”

“真是这样吗?”

秦健称情况确实如此，这一点他不敢乱讲，得实事求是。迟可东这个人行事缜密，平时话不多，点到为止，不需要秦健知道的事情，迟可东不会多说一句。

秦健除了主动报告，还主动上缴了他本人的几本工作笔记。这几本笔记比较特别，他自己注明是《书记要本》，里边记录的全是迟可东的相关事项，包括迟可东的活动日程、工作安排、讲话要点、批示情况，等等，以时间为序，一条一条排列清楚，事无巨细均有体现。秦健的这几本笔记为办案提供了方便与线索，办案人员从中理出了迟可东与黄志华相关接触的记录，查出了新城开发项目招标期间，迟可东与黄志华在本县共有三次会面，三次会面与项目招标的各个关键节点均能对应，从一个侧面表明迟可东与黄志华的特殊关系，以及同此事的直接关联。

随着许琪一案滚雪球般发展，迟可东及其靠山许琪的下场已经不需要人们猜想，对他们而言一切已成过去。

这时出了件事情：省委书记到本市调研，由市委主要领导周宏陪同来到本县。这位省委书记到任不久，是位强势领导，许琪一案就是他到任后破题的。按照安排，领导一行将于结束本县日程后到邻县继续调研，位居本县西北山区的河源乡恰在途中，该乡近年脱贫工作成绩比较突出，被安排为一个调研点。省委书记的调研安排很紧凑，在河源乡停留时间不长，计划于下午三点到达，下村看两个点，分别用二十分钟，尔后到乡政府开个小座谈会，了解基层相关情况，座谈会仅安排一小时，会后动身离开，到邻县县城用晚餐。

当天下午一切顺利，仅座谈会上出了点岔子。

这种座谈会有常规套路，通常都由基层主官汇报情况，尔后县委书记补充介绍，然后请领导做重要指示。问题出在最后这个环节：领导讲话之前，按照通常方式问了句："还有哪位补充点什么?"通常情况下此刻与会者需保持沉默，表示没有补充了。这以后人家才好正式开讲。不巧那一天领导心情很好，表情很放松，有意要开开玩笑，他问"哪位需要补充"时多加了一句话，命在座的市、县级官员一律不要开口，让乡里同志来补充。"乡里同志们"按规矩都沉默不语，并无补充。领导笑笑，再次询问："都不会说话了吗?"

座中忽然有一个人举手："我说。"

这人却是李金明。该同志没有挪窝，还在这里大种蘑菇，当他的科技副乡长。大家都知道该职位于他属意外获取，与某次"现场直播"相关。

省委书记的记性很好，他对李金明有印象，不因为他模样多出众，只因为刚见过。河源乡脱贫各措施中，发展食用菌是一大举措，领导此行调研项目包括参观一个蘑菇房。参观时领导颇有兴致，在蘑菇房问了一个技术性问题，李金明被从一旁守候人群中叫出来回答，当时即介绍过，李金明是本乡的科技副乡长、食用菌专家。

"不错嘛，还是有一个不怕生的。"领导认出李金明，即开了个玩笑，"你补充什么？蘑菇还没种完?"

李金明从种蘑菇讲到另一件事去。他说，本乡近年蘑菇发展快有多个因素，其中很重要的一条是交通条件改善了，产品收购运输更为快捷。今天上级领导一行能够到河源乡调研，也是因为交通条件好了，从河源乡到邻县的公路通了。说到公路就不能不提到一个人，这个人当了两年书记，比前头其他人十年干的事还多，他修桥铺路搞建设，从上边拿到的钱也比以往十年加起来还多。这个人就是本县书记迟可东。

这个话题在这个场合哪里可以说，李金明居然冲起来就讲。在座的市委书记周宏急了，抬手拍下桌子提醒："这个话不说!"李金明居然不当回事，拒不住嘴。

"迟书记很难得。"他抢了一句，"干的事情多，人还特别廉政，没听说他拿过谁钱。这样对待他太冤枉了！"

周宏喝止："行了。"

李金明终于住嘴。

省委书记不动声色："谁还有补充的？"

场上鸦雀无声。

"没有补充算了。走人。"他说。

领导本该有个重要指示，对县里、乡里的工作做一点重要肯定，尔后发表一些重要意见。现在没有了，让李金明节外生枝一搅，不想说了。座谈会匆匆结束。

一个月后，李金明被免职，不再担任科技副乡长，工作关系转回河源乡农技站。李金明在省委书记召开的座谈会上胡言乱语，为正在接受组织调查的涉案官员鸣冤叫屈，表现出严重的素质缺陷，缺乏起码的政治头脑和政治敏感，确属政治上极不成熟，实不适合当一个副乡长。

这个处理不出人们意料。李金明之行为实在不靠谱，有谁听说首长调研中发生过这种事？哪一个官员敢在那种场合这般放肆？如此独一无二，活该李金明丢帽子回去种蘑菇。但是这件事本身还是让人们感觉意外，不知李金明这番出格之举的动机究竟是什么？有人了解李金明当天中午是否又在哪个菇农家里喝饱了红壳酒，以致在会上酒胆十足醉话连篇？该猜想很快被若干见证人否决：李金明那天中午在乡食堂吃饭，尔后到领导拟参观的蘑菇房外做迎接准备，整个等待期间，除了矿泉水，他没喝过别的。一直到领导开玩笑询问"都不会说话了"之前，李金明始终端坐其位，面前摆着一本笔记本，手里拿着一支水笔，两个眼珠在眼镜片后边一动不动，嘴里不吭不声，做认真参加座谈状，表现得很成熟，符合副乡长任职标准。只是转眼间他把手中的笔一放，忽然变了个样子。

李金明为迟可东喊冤，是因为两人关系至深，非如此不可吗？显然不是。人们都知道李金明是在一次“现场直播”事件中被迟可东注意到的，尔后也因此得到迟可东一句名言：“把硫酸倒进去。”从而当上一个小官。除了这一件旧事，迟可东并没有更多关照李金明，两人间几乎不存在私人关系。李金明初任副乡长时，曾经通过秦健求见迟可东，迟可东不予接见，只说日后找机会再谈，事情就此了结。那时迟可东还是副书记，已经百忙得无暇召见，到了当上书记，更没时间做此安排，始终没有通知李金明“再谈”，李金明本人也没再主动求见，由此可见关系确属一般。当然两人之间也不是没有打过任何交道干净得如同纯净水，毕竟李金明不再是旧日那位泡在蘑菇房的食用菌技术人员，作为一个乡级小官，与本县最高领导免不了也会偶尔接触。根据相关回忆，他们确实曾在若干公开场合不期而遇，随意交谈过几句。

一次是迟可东率队督查公路建设时路过河源乡，抽空与乡班子成员见面，跟大家一一握手。轮到李金明时，迟可东笑笑，问了句：“还到处请喝酒吗?”李金明承认：“有时还喝点。”迟可东即交代：“蘑菇多种，硫酸少喝。”李金明说：“明白。”

后来又有一次，县里召开一个农业表彰会，李金明代表河源乡参会，上台领了一面奖牌，给他发牌的领导恰是迟可东。迟可东在授牌时随口问：“听说最近老跟人吵吵嚷嚷?”李金明回答：“书记，下边想做点事不容易。”迟可东说：“吵吵嚷嚷管什么用?大小是个领导，讲究点方法。”李金明还说：“明白。”

另有一次记录发生于李金明未在场状态：河源乡书记找迟可东汇报工作，谈到食用菌发展时，迟可东忽然问起李金明，问的却是工作之外的情况：“他老婆怎么样?”

乡书记有点茫然，不知道迟可东为什么问起这个。迟可东不做任何解释，只问李金明家庭关系近期是否正常?乡书记称似乎并无异常。迟可东又问李妻看上去什么样?是否个高人丑?乡书记发窘，因为李妻他虽见过，却没太在意，不知其丑如何描述。迟可东就此打住，转口了解其他情况。

从为数不多的现存记录看，迟可东对李金明的相关情况还是关心留意的，他了解李金明的若干动态，对其中有的问题还给予适时提醒。应当说提醒相对温和，显然他对李金明基本满意。那几年李金明确实也颇努力，河源乡蘑菇种得不错，有他一份功劳，至于喝酒使气跟人吵闹等问题，多为个性使然，李金明那样的人不出点类似事情才怪，还好他已经比较收敛，知道得改变自己。以他的情况，当个小官实不容易，需要更加珍惜，他也需要做个样子给人看看，对迟可东才能交代得过去。河源乡班子内部环境不错，书记为人好，同事们都知道李金明是迟可东点的将，如人们所笑，是迟可东拿脚趾头掂出来的，因之对李金明比较宽容，李金明身边的磕磕碰碰都没发展得不可收拾，只须迟可东略加提醒。

除了上述区区几回来往，该两位间没有更多情况，乏善可陈。相比其他人，李金明算什么呢？迟可东在县委书记任上提拔重用的人多了去，哪个不比李金明用得要重？到了迟可东忽然“进去”的时候，有谁出来放个屁？没像秦健那样主动切割已经很不错了。因此李金明可以暗中对迟可东心怀好感，实无须极不恰当地在重要场合公开表露，为已经垮台的迟可东喊叫，干这种事还真是轮不到他。李金明不知道拿脚趾头掂掂自己的分量，白白搭上来之不易的一顶帽子，说来咎由自取。

当时没有谁料想到事情还会有戏剧性变化：几个月后迟可东忽然得到解脱，从他“进去”的那个地方“出来”，回到了省城家中。

这个世界确实诸事无不可能。

5

迟可东被调查的事项中，主要的一条就是利用职权，在本县新城商业区开发项目中为黄志华输送巨额利益。迟可东与黄志华属姻亲关系，两人以开发项目为幌子，联手为家族牟取利益，性质严重。调查人员根据掌握的线索，细致查核了该项目开发的方方面面情况，却没有掌握黄志华在项目中违规操作的可靠证据。迟可东极力为自己辩白，称黄志华参与竞标过程中，他本人从未以任何方式进行过干预，没帮过黄志华什么忙。相反，当时他还曾劝告黄志华不要到本县搞项目，免得外界议论。黄志华担保不会把两人的特殊关系拿出来用，一切都按规矩操作。黄志华在其他地方用岳父许琪的关系拿地搞开发赚大钱，本县新城这个项目不需要找别人，靠迟可东这个自己人就行，他却没打算用，也不准备拿这个项目赚钱，反而要不惜本钱，做得漂亮一点，算是给迟可东送一份厚礼。迟可东还要往上走，这时候需要一点政绩，彼此自己人，应当助一臂之力。黄志华也打算通过这个项目试试水，打出一个品牌，有利于日后在周边一带谋求更大空间，到时候再把钱赚回来。话说到这个程度，迟可东再表示反对实有碍情面，对黄志华说不过去，对舅舅许琪也说不过去，因此他点了头。

迟可东交代的情况是否属实？黄志华这个唯利是图，利用岳父权力到处插手项目，贪婪获取财富的不法商人是否真的在本县新城商业区做了一回慈善，罕见地学了一次雷锋？因为黄志华逃离，未曾到案，一时难以查实。只是根据现有掌握的情况，迟可东在该项目上违规干预的指控暂不能认定。

迟可东任县委书记手握大权，建设上了不少，项目遍地开花，除与黄志华外，还与其他几位项目开发商有交集，其间是否利用职权索贿受贿，也是调查中的一个重点。秦健提供的“书记要本”中详细记录了迟可东接触的所有相关人员，为调查提供了便利。调查人员在初查中掌握了若干线索，但是深入调查后却一一落空，有的明确排除，有的则因为证据不足不能认定。迟可东始终咬定没有拿过任何不义之财，言之凿凿。他声称自己在廉政方面无懈可击，至少在目前，因为他见得多了，刚刚上路，有心走远一点，不会栽在头几步上。他对钱财没有欲望，那不是他从政的初衷和选项。

调查人员拿许琪反问他，其舅舅已经查实是个巨贪，难道外甥还是个巨廉？

迟可东问："为什么不行？"

他称许琪也不是一开始就贪，小时候他在舅舅家时，亲眼见过不少送钱送礼的人被舅舅骂出门去。当时舅舅告诉他，当官不能贪，拿了钱就被钱套住，他至今记忆犹新。舅舅应当是大权在握久了，逐渐走到高位之后松懈下来，渐渐才给套住。如果换成他，干到舅舅那种程度，走到舅舅那个位子上，或许他也会松懈，也会是同样下场，目前离那个点还远着呢，他很清醒，很自信。

在掌握可靠证据之前，迟可东索贿受贿问题暂不能认定。

迟可东还有一个重点问题被深入调查，那就是其提拔重用的过程。迟可东从首钢调回本省后，在不长的时间里一步步上升，直到当上县委书记，其舅舅许琪在此过程中起了什么作用？是否存在违规任用情节？调查人员掌握了许琪在若干关键节点上给几个关键人物打电话，交办迟可东相关事项的具体情况，许琪置身幕后为外甥迟可东做推手，事实无可否认。但是许琪是老手，经验丰富，擅长处理类似问题，他为迟可东出面，方式非常直接，讲话比较含蓄，例如，用了解迟可东近期工作表现如何？是否有什么问题需要提醒等方式，表明自己的关注。许琪那种身份的人，通常点到为止就够了，不需要说得太直白，下边官员自然心领神会，该办什么自会迅速去办。事后追查，许琪本人并没有提出具体要求与干预，事情尽是下边官员办的。加之无论在哪个节点上，迟可东均已具备任用的基本条件，且任用程序完整，符合相关规定。根据调查的这些情况，认定迟可东属违规任用理由似嫌不足。

由于情况种种，对迟可东的调查告一段落，他得以解脱回家，工作暂时还挂着，等候许琪一案的进一步发展。

迟可东是“许家帮”涉案人员中与许琪最亲近的人之一，也是该案中少有的几个全身而出的人之一。他涉险生还，除了所调查的具体问题被排除或暂未认定外，也因为得到省委主要领导过问。据传该领导听了许案的相关汇报，特意问起迟可东，还说了句话：“看来外甥未必就像舅舅。”此后不久迟可东即被解脱。

作为“许家帮”众多被查人物中的一员，迟可东身份不算太高，涉案情节不算太起眼，为什么会让省委书记注意到？显然是李金明起了作用。如果不是李金明在河源乡座谈会上乱种蘑菇，大放厥词，首长未必会去注意某案中正在被调查的某一个人。

迟可东有幸从一个大案里脱身，却已经伤痕累累，元气大伤。解脱之后他的表现非常低调。人家让他回家待处理，命他遵守相关要求，不得谈论不该谈论的案情等事项。他回家后闭门谢客，不打电话，不发邮件，足不出户，每日读书，与家人相伴。有不少人听到消息打来电话，想去看看他，他一律拒绝。省城的旧友约他出来悄悄吃顿饭，小示慰问，他无一应允，总是推说自己胃有毛病，还是留在家里吃面条好。

迟可东拒不与外界发生关系，表面上是谨遵相关指令，避免不当谈论事项，其实更多的是个人原因。迟可东为人一向沉稳，以往大权在握坐在主席台上时少见喜形于色，突遭调查时也未惊慌失措，解脱回到家中后还是那么平静安然，让人感觉似乎一切如常。该同志的心情真是如此岁月静好吗？根本没有那种可能。借用他自己曾经的幽默，他所经历的这场波折有如“把硫酸倒进去”，谁能指望不给毁容？迟可东装得面容尚好，似无表情，人们却可以从他的胃部略窥一斑。那些日子里迟可东确实每天在家吃面条，其妻是河南省人，祖传擅为面食，尤其会做手擀面条，该手艺此时大派用场。迟妻是迟可东“大炼钢铁”时的同事，据说当初迟可东吃了人家一碗面条，感觉非常好，这才决定跟她谈恋爱。迟可东解脱“出来”后足不出户，妻子天天给他擀面条，每餐一大碗下去，吃出一点小汗，这就够了，不需要别的，也不能吃别的，因为胃不舒服。迟可东在县里任职期间，除了不喝酒，什么都吃，从未表现出胃部痛苦，此时不一样了。人的胃不只会消化食物，它还能传递情报：胃神经官能症的起因是精神因素，以神经失调为病理，以胃的功能紊乱为主要表现，是一种精神因素导致的疾病。显然迟可东不是胃部痛苦，实是精神痛苦了，疼痛扭成一团堵在他的心口处。

经历这一番波折，迟可东知道自己已经完了。所谓“完了”不是当下就事论事，而是相对于往昔的抱负而言。事情至此，回想早年那些大心思，感觉只是冷幽默。虽然已经从许琪案中解脱，迟可东却自知该案将与他相伴终生，无论是在外部，还是在他自己心里。昨日于他已经不再，今日与昨日已经天渊有别。他曾经自认为可以走得很远很高，结果没上几步，已经就此急转而下，再也不可能继续奋勇前进了。曾经非常明确的那条顺畅上升道路此刻荡然无存，这条路竟然如此虚幻，顷刻间说消失就消失，而他已经没有更多的选择。

人到了这个分上，难免意气消沉。迟可东得竭尽全力保持表面的平静，让自己免于在失落中崩溃。

许琪一案移送司法机关办理之际，迟可东重新安排工作事项被提上日程。有关方面考虑两个方案，一是把他调回省直机关，二是交给市里去安排。迟可东接受调查后曾被宣布停职，并未免职，理论上他还是县委书记，但是让他官复原职并不在考虑之中，因为经过这场变故，情况不一样了，他回县里未必好工作，也未必能干好。无论是让他去省直，还是让市里另行安排，操作都不复杂，办起来很容易，只需要确定接手人选，派一个新书记接他，可是这个环节出了意外。迟可东停职期间，市里指定县长主持工作，此刻让该县长正式接任，于工作有利，顺理成章，因此市里确定推荐。却不料省委组织部派员下来考核时，有人实名举报，称该县长婚外与一女有染，生有一子，住于市区某小区。经查核，该举报竟不假，于是县长未曾升任书记，直接给免职调离，另做处理。本县忽然间书记、县长双缺，一时运转失序。未待省、市确定新人选，县里就出了大事：一重点建设项目的征地拆迁发生纠纷，近千村民要求提高拆迁赔偿，集体上访。县相关部门处置不及时，部分村民受到挑唆，冲上高速公路阻塞交通，惊动了各方。事情发生两天之后，迟可东回到了本县。

他不是一个人回来，是随市委副书记一起下来处置事态。由于突发群体性事件牵扯到的征地拆迁属于一个输气管道工程，为全省重点项目，稍有差池将影响重点建设，省领导严令本市迅速妥善处理好。鉴于目前县里领导力量不足，市委特派一位副书记亲自挂帅前来，经过请示省领导，同意让迟可东回县配合市委副书记处理此事。迟可东在本县有工作基础，对干部、群众有影响力，且亲任该管道项目的本县责任领导，从项目一开始直到停职前，主要工作都由他直接过问，整体情况比较了解。市委副书记在紧急召开的县领导会上说，迟可东的问题已经基本清楚，上级正在考虑迟可东的工作安排。此刻命迟可东随他下来，表明上级对迟可东的认可，以及对处置突发事件的重视。事态处置由市领导坐镇抓总，具体安排交迟可东负责，大家必须服从迟可东领导，一如以往。

该突发群体事件迅速得到妥善处置。一个月后，市委书记周宏亲自到了本县，宣布迟可东复职，仍任本县县委书记。

迟可东官复原职，除了若干意外情况促成，也与他本人努力有关。在上级开始考虑其工作安排时，迟可东一改解脱后的旧态，不再安安静静听之任之，他找了省委组织部，找了以往认识的省领导，以及一些能说上话的人，多方表达自己的意愿。其顶峰之作是直接给省委书记写了封信，对自己接受调查表示理解与拥护，称调查实事求是，及时解脱体现了对干部的关心，他非常感激。在解脱之后，他盼望能早日恢复工作。他表示自己当年到任后即规划做几件大事，希望任内能够较大改变本县面貌，为此下了不少工夫，初步取得进展，有一点成效，自己曾为之沾沾自喜。停职这段时间，心情冷却凝固下来，深入进行反思，就感觉其实有很多不足，很多事情可以做得更好更扎实，因此盼望能返县继续努力，做好未竟事宜，弥补不足之处，以遂初衷。如果他不适合当县委书记，他愿意改任其他职务，只要还能继续在县里做点事情。

省委书记把这封信批给省委组织部部长和市委书记周宏阅，他还有一小段批示，大意是一个干部有问题要查，没问题就用。迟可东任职中的表现可以全面了解一下，再考虑一个安排意见。该批示初看没有明显倾向，内里似乎暗含看法，显然还有感于李金明所谓“迟书记两年比前头其他人十年干的事还多”之说。省委组织部根据书记指示了解情况、征求意见，当时的考虑还是给个能够发挥作用的岗位，并没有打算让迟可东回县复职，不料这时出了那起严重群体性事件，迟可东受命应急，说是配合市委领导，其实起了主要作用，迅速解决问题，表明依然可以胜任。其后周宏即表示态度，主张让迟可东回去任满届期，一年后县区换届时再重新考虑。这个意见终被上级采纳。

迟可东就这样重返岗位。

在迟可东还未正式复职，只是因群体事件突发，随市委副书记匆匆返县那一天，有一件事颇耐人寻味：他们走进召开紧急会议的小会场时，本县各套班子的头头们都在门边，按排名顺序有前有后站立，一起欢迎市委领导和迟可东。迟可东跟在市委副书记后边与大家一一握手。轮到秦健时，迟可东笑笑，把手别开，伸到另一个人面前。

秦健身子发软，几乎走不回他的座位。

6

迟可东让人打电话到河源乡，通知李金明到县城见他。

那时候迟可东刚回县不久，手头事情千头万绪。相比起来，召见李金明应当是小而又小的事情，在从前那位迟书记大事众多的“百忙”日程里肯定还排不上。现在这位迟书记不一样了，返任伊始，他即安排召见。

迟可东给省委书记写信时称，希望能返县做好“未竟事宜”，满纸写的都是发展大计。待到他一脚踩回来，人们才意识到他的“未竟事宜”里或许不可或缺的还有这个人：李金明。或许秦健也算一个。说不定不仅是他写在信中的那些大事，更是这两个人促使他宁愿降职，也要回到这里？

李金明在接到通知的第二天来到县城，当晚两人在迟可东的办公室见了面。这实际上是他们的第一次正式交谈，从那次“现场直播”相逢时算起。

“知道我回来了吗？”迟可东问李金明。

“知道，当然知道。”李金明说。

“我等了你这么久。”迟可东再问，“为什么不来找我？”

“我那边蘑菇房出了些事情，不敢走开。”李金明解释。

“你应该说是怕领导此刻太忙。”迟可东笑。

李金明也笑：“那是，我也那么想。”

两人哈哈，交谈气氛有了。

迟可东告诉李金明，当晚就是闲聊。很长时间了，早就想找李金明聊聊。李金明表示明白，还说：“占用领导时间了。”

“你学得很会说话。”迟可东笑笑：“情况都好吧？”

李金明说：“挺好。”

迟可东不急着了解该同志情况有多好，转问其他事情，一如他所称的，只是“闲聊”。迟可东问起李金明名字里那个“金”是怎么来的？辈分排到的？算命得来的？或者代表什么意思？李金明告诉他并无特别的来历，他是邻县山区人，父亲是个种地的，没多少文化。出生时，父亲请村小学校一个老师给孩子取名，该老师给了这个名字。或许因为他家家境比较贫困，缺钱，用一个“金”字表达发家致富美好期望。

“现在家境怎么样?”迟可东问。

“还一般。”

“没有完成任务嘛，你还得加倍努力。”迟可东笑。

他告诉李金明，他本人是学工的，他的本行也有个“金”字，叫做“冶金”，这里的“金”即“金属”，“黑色金属”，铁就归为黑色金属。到本县任职后，他曾在一次会上开玩笑，讲了含铁的石头叫做铁矿石，检测含铁量的办法就是“把硫酸倒进去”。虽是调侃，也含几分道理。炼铁炼钢需要先有铁矿石，对人的认识有如从石头里找铁。世间万物质地不同，例如，有纸质的、木质的、石质的、金属质的。人也一样，质地千差万别，有的人沉甸甸有质感，有的人轻飘飘跟纸张一般。到底质地如何需要做考察、认知，哪怕用脚趾头掂一掂去感觉分量。

“迟书记这些话我听说过。”李金明说。

迟可东说，外界所传的那些情况，包括秦健给李金明说的未必都准确。当年那一次常委会研究河源乡班子配备调整，迟可东在会上提起李金明，其实是有自己的考虑，与李金明本人的关系并不大。当时迟可东已经到任一段时间，心里也知道不久将接任书记，他考虑应当开始点火，给烧杯里的试样加热，也就是开始要发表一些意见，表现出自己的风格，观察身边其他人的反应，分析辨别他们的特点，以便日后掌握安排。那天碰巧研究到河源乡班子问题，他感觉组织部挑选的人不合适，这时忽然想起李金明，临时决定拿出来说说，看看自己提出的意见能在多大程度上被接受。他在会上还拿罗斯福、丘吉尔和希特勒的事举例，那是一份资料里看到的，有点意思，提供的前提未必全面准确。事实上当初李金明给他的印象不怎么样，他也不认为李金明一定适合那个位子，只想以之为例，表明可以眼界开阔一点，不拘一格一些。

“现在你清楚了吧?”迟可东问。

李金明回答：“清楚了。”

“跟我说说你是为什么。”

迟可东问的是李金明在河源座谈会上的出格之举。该举动让很多人出乎意料，迟可东本人是在解脱之后才得知的，他尤其感觉出乎意料。

李金明说：“那一天我说的都是实话。”

“实话就可以随便说吗?”

李金明承认，他也知道那种场合说那些话挺犯忌，肯定没他好处，但是不抓住机会说一说，感觉对不起迟可东。无论如何，没有迟可东拿脚趾头一掂，他哪有可能当什么科技副乡长。副乡长只能算个小官，对他这样背景的人已经太大了，可望而不可及，能够得到真是太意外太不容易了。

“既然得来不易，你应该对它更珍惜才对。”迟可东说。

李金明称自己也有苦衷，刚当上副乡长那时感觉比较好。忽然成了领导，不再受以往常受的鸟气，不需要让一些狗屁不通的家伙收拾欺负，轮到自己来发号施令，确实大不一样。干了一段时间以后便感觉这个帽子其实不好戴。任何场合说话都得留意，见到比自己大的官得像个孙子，面对比自己小的干部得端个样子，碰上跟自己一样大的得讲究排名先后。李金明这种性格的人，原本喜欢自由自在，想怎么就怎么，惹着了就闹，管他什么领导不领导，最多拿个处分，到下边种蘑菇去。当副乡长以后不行了，时刻得注意影响，特别是心里有了一个结，总想着不能出毛病，自己搭上不要紧，给迟可东难看就不好了，因而感觉很受限制。蘑菇得种，红壳酒却不敢多喝。意气一上来，自己得先忍住。小官做起来挺折磨人。迟可东当县委书记坐在主席台上时，大家对李金明还客气，因为都知道他头上的帽子是从那边掉下来的。迟可东一出事，李金明身旁就议论纷纷，有说李金明可以归入“许家帮”，也有人说他只怕连许琪的脚后跟都没见过，最多算是“迟家帮”。当时传说迟可东卖官，有人便公开问李金明副乡长要价几万？事前收还是事后收？气得他几乎动拳头。他感到工作不再有多大劲头，因为无端遇上这些鸟事，也因为已经不需要做给迟可东看了。后来又有了传说：县里要动乡镇班子，搞可上可下，淘汰几个人。有人传消息，称“可下”名单已经有了，人不多，全县加起来只有三五人，李金明很荣幸给列到里边，因为他曾经受过处分，又搞腐败又纪律不好，还有男女关系问题，本来就不该提拔。迟可东把他搞上去，现在迟可东自己倒了，该把李金明跟着弄下来。据说这个意见基本已定，只剩弄下来后安排在哪里还没确定。李金明听到这些话，非常憋气，感到不公平，这几年辛辛苦苦种蘑菇真是白干了。这时候恰好省委书记下来调研，他忍不住就跳出来喊叫，完全不计后果，表面上是替迟可东叫屈，其实更多的是因为自己心里窝着一团火，借机发泄出来。当时他心想还能怎么着？反正已经要给人“下”了，那就不管不顾。

迟可东说：“我了解过这个事，你听到的传说并不完全准确。”

李金明点头。事后他也听说了，当初确实有领导提出应该让他“下”，但是当时县里没有书记，干部不好大调，如果不是他捅了娄子，一时也动他不得。

“你那份辞职报告是自己写的吗？”迟可东了解。

迟可东问的是李金明免职过程的细节。李金明在不恰当的场合发表不恰当的议论，表现很出格，需要有所处置，给上级一个交代，处置方式却也需要慎重考虑。如果仅因为说那些话免李金明职，显然有违“言者无罪，闻者足戒”精神，闹出去有不利影响。如果以李金明工作中的不足为由处理他，人们也会认为是因言获罚。事涉敏感，得特别注意方法。这个难题最终由李金明自己破解：他写了一份辞职报告，以自己不胜任工作为由，请辞科技副乡长一职。

“这份报告确实是我自己写的。”李金明承认。

写这份报告有些具体情况。李金明闹出那件事之后不久，县里通知他到组织部谈话，一位领导告诉他，因为工作需要，准备把他从河源乡调出来，安排到天马山林场工作，保留副科级待遇。李金明当场申诉，不愿离开河源乡，以家庭困难为理由。李金明说，他已经把家安在河源乡，河源乡在县西北，天马山林场在县东北，两地间隔着大山，来去得绕行县城，交通很不方便，他很难接受。领导劝告他，说所考虑的安排已经很不容易，对李金明算是仁至义尽了，李金明必须服从，他已经不可能再待在河源乡当副乡长了。李金明当即表示，他宁愿不当那个官也不想离开。该领导说，如果这是李金明的真实想法，如果困难确实大得不能接受新安排，李金明可以据实写一份辞职报告，他们可以根据情况再做研究。李金明没再多说，在那里当场写下辞职报告。

“跟我可有一比。”迟可东笑笑，“说说河源为什么难以割舍。”

迟可东本人东山再起时，坚持要回到本县，继续“未竟事宜”。李金明坚持留在河源乡，同样也有些未竟事宜，该事宜比较现实，是因为家庭产业。河源乡位居本县偏远山区，是贫困乡，调到河源乡工作的外地干部多不安心，干几年就想走，李金明却是一个例外。李金明老家在邻县，大学毕业分配到本县工作。李金明的老婆是他同乡，中学同学，高中毕业后没考上大学，进城打过工，与李金明结婚后就跟着他到处走。李金明在县农技站时，一家人在县城近郊租房住，李妻在县城打零工。李金明到河源乡，一家人也搬到河源乡。李金明当上副乡长后，河源乡农技站帮他忙，安排其妻进站当临时工，把李金明原先的那摊事委托给她，让她去管种蘑菇发展食用菌。李妻虽然没读过大学，号称个高人丑，却还聪明，这么些年紧跟李金明，也学了若干技术，加上身边有个李大师傅，事情居然也能对付下来。李金明一家人在河源乡比在县城过得好，他担心一旦离开，一切都得推倒重来，因此宁愿不当副乡长，也不希望离开。

“你妻子支持吗?”迟可东问。

李妻很高兴。她怕丈夫真给调去天马山林场，把家搬到那么远的地方不容易，不跟着丈夫走可不成。如果李金明有副乡长做，还能待在她身边，那最好。要离开不如不要。她最怕丈夫跑到她看不到的地方，天底下到处都有女人。

“你还让她那么担心？”迟可东问。

“她就那样，没办法。”李金明说。

“都是捕风捉影？”

李金明承认并不都是捕风捉影，早先确实有些情况，他跟别的女子好过，他老婆其实都知道，所以跟他大闹，挨过他拳头。

“你怎么会那么干？嫌人家丑？”迟可东问。

李金明强调其妻并不丑，只是醋劲大。县农技站站长整他“村村丈母娘”时，动员他老婆揭发，他老婆死活不讲，一直护着丈夫。事后他觉得自己对不起老婆，从此改弦易辙。当副乡长后，自然更有些女子对他示好，有菇农家的小妹，也有女干部什么的，他从未动过心。

“说说你们现在的情况。”迟可东道。

李金明被免职后回到乡农技站，重拾本行，夫妻俩搭档，丈夫当食用菌技术员，老婆当助理，一起在村头村尾蘑菇房跑，不用费脑筋去管那些难管的事情，无须去看谁的脸色，不必在乎哪个说他什么“许家帮”、“迟家帮”，收入不多却也稳定，还经常有菇农的炒米粉和红壳酒享用，感觉比较惬意。他认为自己辞掉副乡长辞对了，并不为此后悔。今年他们的儿子上了小学，夫妻俩合计需要多存点钱，日后弄个房子，安居乐业，为此时常商量谋划，打算自行创业。他是学食用菌的，掌握技术，可以在农技站当技术员，指导菇农种菇，为什么不能自己干？农技站技术员拿的是死工资，自己创业种蘑菇，一旦发展起来，收入要高得多，比当技术员强，也比当副乡长强。他和妻子已经在四处打听，准备盘下几个旧蘑菇房，或者先租下来，以此开始，逐步发展。一旦打下基础，他就准备辞掉农技站的工作，下海种菇，全心全意开拓自己的事业，发家致富，实现嵌在其名字中的那个理想。

迟可东点头：“很好，我赞成。”

他问李金明是否需要什么帮助，例如资金方面？如果需要一笔贷款，他可以叫相关部门支持。李金明表示目前还不需要，他自己先想办法，日后一旦碰到困难，实在解决不了，他再来求助。

迟可东表态：“你随时可以找我。”

“我算什么呢，不能多打扰。”

迟可东笑笑：“我也随时可能找你。”

李金明提起旧事，说当年自己突然被提名为科技副乡长人选，他非常意外，不敢相信是真的。后来才从秦健电话里知道一些内情。当时他从秦健那里要了迟可东办公室的号码，有一个晚间曾十几次拿起电话机，想直接给迟可东打电话，说几句感谢的话，也表示道歉，因为在河源乡那一回，他吐酒，第二天早晨见面还很没礼貌，实在没想到迟可东大人有大量，不计小人过，居然记着他并且为他说话。他感觉自己从未被人这么看重过，不做点表示实在说不过去。但是最终这个电话没挂出去，因为不知道该怎么说，心里把握不定，特别紧张，发悚。他没有接触过县委书记这么大的领导，迟可东跟他见过听过的那些官似乎都不一样，让他不敢面对。直到秦健转告了迟可东让他要有自知之明的交代，他才松了口气。那以后下定决心，一定要千方百计认真做好事情，别让人家笑话，让迟可东没面子。

“你这个人是不是从小特别拽？”迟可东问。

李金明承认自己打小不是善茬，可能出自遗传。李姓在他们村是小姓，李金明的父亲在村里却能说上话，因为人很硬气。早年间他们村与邻村土地纠纷，发生过一次械斗，李金明的父亲拿一根扁担冲在前头，跟对方三把砍刀对打，没有丝毫畏惧，至今还被村里人作为谈资。李金明是家中长子，下有一弟一妹，父亲总跟他说当大哥要有大哥的样子，所谓“大哥样子”就是会照料弟妹和家人，不能让外人欺负了，得让自己和家人“不输人”。李金明小时候特别爱跟人打架，为自己和家人的事情，敢跟比自己大得多的孩子拳头相争，常被打得鼻青脸肿，从不悔改。上学以后则在学习上“不输人”，这才从农村走出来，成了村里为数不多的大学生。

“农家小子这才戴上了眼镜。”迟可东打趣。

李金明说明，他在初中就近视了，原因是家里老屋光线本来就不好，加上家境差电灯也暗，晚间读书用功，眼睛特别吃力。当时舍不得换个瓦数高一点的电灯泡，久而久之只好去买眼镜。

迟可东点头：“旧质地有了新包装。”

桌上有一支水笔，迟可东兴之所至，拿起水笔往李金明面前那只喝水茶杯的杯身上轻轻敲了一下，“当”的一响，声音清脆。

迟可东说，茶杯是陶瓷质地，敲起来的声响接近玻璃杯。如果杯子是木头做的，或者是一次性纸杯，敲击声要么干涩，要么沉闷，不会这么清脆。金属杯子的敲击声则更为铿锵，感觉更好听。质地不同，声响有异，可以通过敲击探知质地，如同所谓“脚趾头一掂就知道”。他离职接受调查这段时间里发生了很多事情，于他而言，情况比水笔敲杯子严重，有如把硫酸倒进去。他虽没让硫酸溶解掉，但是反应很不好，不如李金明。李金明辞了官还可以回去种蘑菇，他想再回去炼钢已经不可能了。怎么办呢？难道去跟老婆学擀面条，日后在省城开个饮食店？他原本没打算返回本县，因为一切都成过去，经过这场波折，再回来面对同僚、部下和群众，感觉特别困难，没什么意思了。所谓“好马不吃回头草”，找个新地方重新开始于他或许更好一些。他为什么最终又从家里走出来，历经努力回到本县？因为有些感触，认识提高了，有了勇气和信心，也有了动力。

李金明很坦率：“迟书记讲的我不太懂。”

迟可东也很坦率：“随口说说。你只管去种蘑菇，不需要懂这个。”

这场“闲聊”聊得很放松，虽然是第一次正式交谈，彼此间身份差别很大，却都放得很开，讲得很坦诚，很真实。迟可东本来话不多，那天却谈了不少，既深入询问李金明个人情况，也谈自己。让李金明觉得很贴近，没有阻隔感。他们谈了三个多小时，到晚间十一点才打住。迟可东第二天上午要开会，有一个材料得连夜准备，不能再多聊了。迟可东让管理科安排李金明到县宾馆休息，要求他们第二天派个车送李金明回河源乡去种蘑菇，自己则留在办公室继续忙碌。迟可东刚返岗位，身边千头万绪，这个时间点上把李金明找来“闲聊”，似乎暂无必要，但是迟可东就是“于百忙”中拨冗安排，以发生过的那些事而论，李金明值得他这么做。

一个月后，迟可东到市里开会，会后去了周宏办公室，汇报返县后的工作情况。周宏听完汇报，问了件事。

“你那个搞食用菌的，李什么？现在怎么样了？”周宏了解。

周宏一直记着李金明。李金明在河源乡座谈会上捅娄子时，周宏当场发话制止。事后县里向他汇报过，他知道李金明写了辞职报告，副乡长已经被免掉了。

迟可东告诉周宏，他正在着手处理李金明这个事。李金明跟他本人以往没有任何私交，在座谈会上说那些话虽是意气用事，却没有个人目的。李金明写辞职报告并不完全出自自愿，属不得已而为，是受了那件事的影响。

“这个人看来确实有些特点。”周宏说。

“比较真实，有质感。”迟可东说，“这种人已经不多见了。”

“你准备怎么办？”

迟可东表示自己正在考虑，李金明未必只应该去种蘑菇。

周宏说，李金明在河源乡座谈会上确实比较出格，当时受处理可以理解。现在情况变化，时过境迁，迟可东可以再做考虑，当然还得根据具体情况，注意稳妥。

“我明白。”迟可东说。

周宏对迟可东谈了另一个人。

“秦健给我写了封信，请求调到市直部门工作。”他说。

周宏把秦健的信给迟可东看。这封信言辞恳切，以自己家在市区，本人多年在下边县里工作，家里困难很多为理由，请求书记关心照顾。秦健还找到省里去了。省委办公厅一位熟人专门给周宏挂电话谈秦健这个事，周宏不能不考虑一个办法。

“秦健会这个，不奇怪。”迟可东说。

迟可东讲了一件旧事：当年他刚刚从省里下来，到任后下乡调研，秦健随同配合。调研之前，迟可东让秦健交代下边接待从简，不要上酒。不料那天到河源乡，秦健不吭不声，自作主张，让乡里去弄来两瓶茅台。迟可东追问秦健为什么这么干？秦健称那个日子很重要。那天是什么日子呢？其实对别人未必重要，只对迟可东本人有意义：那是迟可东的生日。

周宏一听便笑：“很用心啊。”

“当然也是素质。”迟可东评价，“属另一种质地。”

迟可东在被调查期间听到秦健主动提供线索一事，起初心里很不是滋味，回头一想没什么奇怪。眼下情况就是这样，大家求提拔谋上升的念头很强烈，能不能成事关键在上级主要领导，工作如何倒在其次。所以该紧靠时要抓住机会紧靠，那才能得到机会，该切割时要赶紧切割，以免伤及自身，丧失机会。秦健不过如此，现实环境就是这样，有这种土壤就有这种人存在。

周宏略有保留，提到秦健基本也还实事求是，不敢无中生有。看起来应当不是人品，是心态有问题。秦健人虽聪明，心理素质不是太好，当时事态看来挺严重，可能他特别紧张，压力特别大，害怕自己给牵连到。却没料想到事情可能会有另一种发展，所谓聪明反被聪明误。

迟可东说：“他现在心态肯定也很紧张，但是我不主张让他如愿。”

迟可东分析，此刻让秦健离开，秦会松一口气，却不利于深刻接受教训。迟可东自己刚回到岗位，紧接着就让秦走，像是迟不容人，外界会有议论，不是最佳选择。

“你意见是让他留着？”周宏问。

"让他多留几天没有坏处，至少可以锻炼心态。"迟可东说。

"继续当办公室主任吗?"

"那个位子太直接了。"

"调过来当县纪委书记怎么样?"周宏突然问。

迟可东一怔，脱口道："他不合适。"

"为什么?"

迟可东认为县纪委书记是个特别重要的岗位，放到那个位子上的干部应当比别的人要强，尤其是要正派可靠。以这个标准论，秦健够不上。

"看来你是不能接受?"

"周书记认为他合适吗?"

"这件事需要好好斟酌。"周宏说。

当时市里正准备对各县班子做点微调，为来年的换届提前做准备，调整中除考虑工作，也要考虑干部的个人情况。近年干部交流力度较大，班子成员中本地籍的少，外地人多，许多干部人在县里工作，家在市区，时间长了，有必要考虑照顾回市直安排。本县领导班子中有两人已经下县七年，这一次可考虑调整。两人中一位是副县长，一位是县纪委书记。该两位如果离开，其中之一可以让秦健去顶。市委组织部初排了一下，建议把秦健调整到县纪委书记的位子上。

迟可东说："应当还有其他选择。"

"其他选择必然动到其他人，目前似乎没有必要。"

周宏谈了自己的看法。虽然秦健本人提出请求，省里也有人出面相托，周宏却不主张现在让秦健离开。一来眼下不是换届，只是微调，班子里的人不宜哗啦啦一走一批，现有的那两位比秦任职资格长，要照顾也只能先照顾他们俩。二来确如迟可东所讲，现在让秦健离开，外界对迟可东会有议论，影响并不好。因此还是以县内调整为宜。时下干部序列中，常委排名在前，副县长在后，权力和重要性有所区别。如果让秦健改任副县长，会被认为是降了，其原因不言而喻，就是他上缴的那几本《书记要本》。因为这个降他职可以吗？迟可东一回来就这么做是不是还乡团反攻倒算？这就成为问题了。如果不让秦健离开，又要调整岗位，现有情况下，应该让他去接纪委书记。这个位子同样在常委班子里，权力和重要程度显然比县委办主任要大，外边就此不会说东道西，周宏对省里那位熟人也好交代。问题是秦健摆到那个位子合适吗？迟可东对秦健有看法可以理解，毕竟有过那么一件事情。但是换个角度看，秦健主动配合上级调查组调查，难道有错吗？除了那个事，秦健似乎也没有其他不合适的。这个人做事细致，特别是廉洁方面没有发现问题，因此组织部门认为条件基本具备，可以调过来任职。本次调整是届中微调，明年是换届年，如果发现确实不行，到时候还可以再把秦健调走。这个问题关键只在迟可东能不能接受。

迟可东摇头："不如我自己兼这个纪委书记。"

周宏笑："行吗？"

"那个位子我踮着脚跟也够不着。"迟可东自嘲，"这件事是不是很快就要确定？"

"可以给你几天考虑。"

本次班子微调涉及各县，市委组织部正在做方案，秦健这件事得列进去统一研究，因此时间不能拖久。周宏让迟可东仔细权衡利弊，有一个基本意见。周宏说，他谈的看法都还是初步考虑，需要听听迟可东的意见才最后确定。迟可东是县委书记，要为班子工作情况负责，经历过这一段波折，免不了会有自己的感受情绪。如果迟可东对这种安排确实难以接受，尽管提出来，他会以支持迟可东工作为基本考虑，让组织部另外研究替代方案。

迟可东表示感谢。

"最近好像瘦了点。"周宏对迟可东表示关心，"身体不舒服吗？"

迟可东称一切正常。刚返回岗位，事情确实比较多，工作得抓紧，休息少了些。

“胃怎么样？还是只吃面条？”

“县里大厨不少，没有谁会擀我老婆那种面条。只能将就。”

“身体多注意，工作悠着点，来日方长。”周宏劝告。

迟可东感叹，说他的感觉其实是到此为止。因为到此为止，所以尤其难得，不再指望日后，就在现在做点事情，做不了什么大事，做点小事也成。

“没那么悲观。”

“周书记理解的，今非昔比了。”

迟可东告辞。

周宏把他送到办公室门边，随口问了一句：“他的情况怎么样？”

迟可东一愣，看一眼周宏，明白了。

“还行。前些时候去看过一次，瘦了不少，心态还可以。”迟可东说。

“下次去带个好。”

“谢谢。”

“前几天老板还提起他，感觉很可惜。”周宏说。

“谢谢了。”

他们说得比较含糊，只有彼此明白。所谓“他”就是许琪，许移送司法后允许家人探视，迟可东刚去探望过。而所谓“老板”则是周宏跟随多年的一位省领导，“老板”之称只能私下里说，不宜公开讲。周宏是大秘出身，到市里任职之前，是省委办公厅副秘书长，他跟随的“老板”是省委副书记。那一年“老板”年龄到点了，按规定必须退到二线，周宏向他提出自己想到下边市里去干，他很支持。由于周宏是自己身边工作人员，有些事不宜太直接提出，他便请许琪出面。许琪与“老板”的关系好，对周宏这件事，许琪很用心，分别找了省委书记和省委组织部长推荐，促成周宏下来任职。由于这层关系，轮到迟可东下来时，许琪做了工作，没让外甥到其他地方，就到周宏这里。周宏对迟可东也一直颇关照，无论在许琪出事前，或者现在。周宏对迟可东问起许琪，提到“老板”，话没有说白，十分含蓄，以此表示近乎，没有见外和排斥，迟可东自当感谢。

事实上他很痛苦。每提起这些，他的胃就会痉挛，疼痛扭成一团堵在心口上。

7

那天晚间，迟可东在办公室看材料，有人敲门求见。

却是秦健。

迟可东问：“你有什么事？”

秦健双手捧着，把一份报告送到迟可东面前。

“是我个人的事情，请求迟书记关心支持。”他说。

这份报告内容与迟可东在周宏那里看到的信基本相当，不同之处只在文字起头，那封信是送给“尊敬的周宏书记”，这份报告则送给“尊敬的迟可东书记”。

“这件事我知道，周书记跟我谈过了。”迟可东说。

“盼望迟书记关心支持，我会终身感激的。”

“迟书记应当支持你吗？”迟可东问。

秦健立刻表示感谢，说迟可东一直都是支持他的，没有迟可东支持，他哪里能给提拔到今天这个位子。因此他非常惭愧，感觉自己对不起迟可东。最近他一直在反思，对那件事非常后悔。当时确实他也是非常不得已。

迟可东伸手用力一摆，不让他说下去：“这件事不谈。”

秦健知趣，当即闭嘴。

迟可东说，秦健是县委常委、市管干部，秦健如何安排是市里的事情，县委书记的意见只供市领导参考，不起决定作用。但是就秦健提出的这件事，他要明确告诉秦健，他本人的态度很确定：不予支持，特别在目前。原因是什么？秦健心里应当清楚。秦健不需要反思什么，只须把自己现在的事情做好，要记住这里有许多眼睛，时刻在看着他的一举一动，包括一双迟眼睛。

“还是要请求迟书记高抬贵手，迟书记的意见是最重要的。”秦健锲而不舍。

迟可东让秦健不要抱太大幻想，可以多方努力，最终还要立足现实，与其试图逃避，不如选择面对，在哪里遇到问题，就在哪里解决。他迟可东本人经历一场波折，对此深有体会，很有感触，对事物的认识得以提高。有一种东西叫做权力崇拜，它让人要去依附、获取权力，一旦被权力抛弃就会失落甚至崩溃，因此它很现实、很实际，也很虚幻、很摇摆、易破灭。人们不应当只知道那个，应当知道还有些东西更有价值。把硫酸倒进去，石头再坚硬也扛不住，铁都会给溶解掉，却也有一些金属没给硫酸化掉，能留下来没给化掉的才是比较稀罕的，例如，银子和金子。

迟可东有意把话往虚里说，以秦健的聪明，他听得懂。这个人记性不错，没看他拿笔记录，应当都记在脑子里，回头可以补记在本子上。从现在起，这个人需要另一份《书记要本》了，日后可能还用得着。

“迟书记重要指示我一定深入领会。我这个事能不能……”

迟可东制止：“这个问题不再谈了。你先走吧，我还有事。”

秦健无奈起身。

当晚，迟可东给周宏打了电话，报称自己已经反复思考过了。关于秦健的工作调整，他赞成周宏的考虑，没有其他意见。

“确定吗?”周宏追问。

“就这样安排吧。想必他会时刻小心。我身边有这个人看着，一天到晚被他记录在案，从大里说，对我也不是坏事。”

周宏笑笑，即表扬迟可东不错。本来就很成熟，经过这么一番波折更显大气。

几天后，周宏所说的“微调”正式提交市委常委会研究，尔后消息即传下来。

秦健对自己的安排大出意外，看得出有些失落，又有些惊喜。

他在第一时间找到迟可东，没再提起“很后悔”之类，也没有表示努力工作之决心，只是郑重其事谈了一个特殊问题，事关李金明。

“我觉得应该考虑解决，这个问题很重要。”他说。

“重要什么?”

秦健一脸认真：“不能那样对待他。”

当时迟可东正在改一份文件，看着秦健脸上的表情，迟可东突然反胃。他把手中的笔用力拍在桌上，即刻发作。

“你又在干什么!”迟可东厉声斥责。

秦健大惊，张开嘴说不出话来。

“出去!”

秦健发愣，没有动弹。

“出去!”

秦健反应过来，赶紧起身，从迟可东的办公室匆匆退出。

迟可东坐在靠背椅上喘气，“咕噜咕噜”一口气给自己灌了满满一杯白开水，好一阵才平静下来。他问自己这是怎么啦?至于吗?秦健不就是以此示好，表明接近吗?下级琢磨上级心思，投其所好有什么奇怪?需要反感成这样?说来就来突然发作怎么可以?当年那个心里有数、自信沉稳的迟可东哪里去了?怎么会变成这个样子?发作一番就能缓解堵在心口的那团疼痛吗?

十分钟后，迟可东让人通知秦健，请他马上到书记办公室来。

秦健立刻赶到。

迟可东什么都不解释，当着秦健的面喝了一杯水，然后平静开言。

“来，说说你的意见。”

“说、说什么呢?”

“李金明。”

“啊，可能不太成熟，请迟书记参考。”

秦健认为应当恢复李金明的职务，李金明所受处理并不公平。记得当时是由县委组织部和县纪委两家一起提出李金明处理意见的。既然当时处理有纪委一家，现在由纪委来提出恢复也合适，他到纪委工作后即可着手办理。这个问题需要先请示迟可东，不知书记有什么指示?

迟可东说：“我跟李金明谈过，他另有想法，打算自己去种蘑菇，正在申请贷款。”

“那怎么行！他是个人才，素质难得，应当用起来。”

“怎么办呢? 你去跟他谈谈? 动员动员怎么样?”迟可东问。

“书记信得过，我一定办好。”秦健没有二话。

迟可东说，李金明有个性，不那么崇拜权力，确实难得。一个人质地如何，拿脚趾头掂，用水笔敲击可以有所发现，经过风浪甚至灾难，加上时间检验却一定比较准确。对李金明不宜强求，只宜商量。以李金明的情况，应当还有余地，可以试试。硫酸倒了可以再倒，不如让李金明下一次再去种蘑菇，这一次请他先放弃，回来做点事吧。

秦健亲自去跟李金明“商量”。当年秦健未经允许，自作聪明给李金明打电话告知内情，遭到迟可东一番训斥。这一次事情类似，前提有别，已经师出有名。

他在河源乡李金明的家里给迟可东打了个电话。

“李金明同志想跟您说说。”他报告迟可东。

电话里传来李金明的声音：“迟书记，是我。”

“我派秦健去找你，你可以相信他。”迟可东告诉李金明，“他说的是我的意思。”

“挺意外的。”

“舍不得你那个蘑菇发家计划吗?”

“刚开始呢。”

“可以先停一停吗?”

“我能干什么呢?”

“你自己不知道吗?”

李金明承认确实不知道。在当副乡长之前，他认为自己只能去种蘑菇。

“副乡长你不是干得不错吗?”

“不行啊，后来还是给弄掉了。”

“那不是你的错，是我的错。”

“可不敢这么说。”

迟可东笑笑，说确实也不能这么说。如果李金明同别人一样不吭不声，像石头一样保持沉默，也许未必真给弄掉，所以李金明本人也有错。李金明犯过的错误相当多，滥用职权腐败男女关系那些不计，喝酒斗气打老婆肯定有过，最奇葩的错误就是乱讲话替迟可东鸣不平。因为奇葩，所以难得，能犯李金明这种奇葩错误的人眼下真不是太多，有如一块石头含铁量比别的石头高，还有金银伴生，敲起来锵锵响，特别好听，那就值得重视。物以稀为贵，可以好好使用。李金明只需记住一条：知错要能改。下一回如果再遇到波折，迟书记又有麻烦了，注意不要乱说话，静悄悄一声不吭，像其他那些人一样，尔后自然逢凶化吉，未必真的再回去种蘑菇。

李金明听不懂迟可东话里的冷幽默，在电话那边只是“是啊是啊”回应不止。

“怎么样？关掉你的蘑菇房，回来支持我一下?”迟可东问。

这一句李金明听明白了：“哪里敢这么讲!”

“不行吗?”

李金明答得非常干脆：“如果是迟书记的意思，我听，没问题。”

迟可东笑。

一个月后，李金明官复原职，重新成为河源乡副乡长。这个老位子只让他坐了三个月，他就给调出河源乡，派到城关镇任副镇长，主持镇政府工作。城关镇是县城所在地，位置特别重要，该镇原镇长工作调整，由李金明接手。隔年初，李金明在镇人代会例会中被选为镇长。

迟可东处理这件事果断而坚决。

有一个情况迟可东没有告诉其他人，包括李金明本人。迟可东在跟李金明“闲聊”时曾经开了一点头，称自己原本没打算返回本县，只因为有些感触才改变主意。他的感触其实来自李金明。迟可东是在被解脱后才得知河源乡座谈会的情况，他非常吃惊，没想到李金明居然会做出那样的事情。返回本县的念头就在那时产生。既然那个地方还有人如此记得他，何不在那里重新开始呢？迟可东忽然发觉自己还欠着李金明一次正式谈话，他曾经于“百忙”中答应，却一直没有兑现。即便只为了兑现这一次谈话，他也应当谋求归来。此生再无望有什么大心思，命该如此，只能接受现实。与其一味疼痛崩溃，不如设法再做努力。失去背靠，凭借自己，或许他还可以做些事情，能做什么就做什么，让若干李金明者记挂，聊为弥补吧。

一个人意外滑倒之后重新站起，他需要一个支点。在许琪轰然倒塌之后，微不足道的李金明成了迟可东心里的那个支点。微不足道者并非没有质地，这种质地如何检测？迟可东提到了掂量和敲击，还提到了时间、风浪，甚至灾难。

他可谓一语成谶。

第二章　远处的雷声

1

迟可东在前往省城的路上得知了那场灾难，消息来自秦健。

“出事地点在河源乡朝天岭，是一辆货车，一死一伤。”秦健在电话里报告，“货车驾驶员死了，一个女子受重伤，女子身份已经确认，是李金明的妻子。”

迟可东一怔：“确切吗？”

“确切。”秦健非常肯定。

据秦健了解，李金明的妻子伤势严重，濒临死亡，被急救车送到县医院时已经休克，目前还在抢救。医院方面已经知道伤者丈夫是城关镇镇长。

秦健这个电话没有其他事情，专题报告李金明相关事项。秦健总能知道哪些情况必须在第一时间报告给迟可东，他也总能先人一步掌握必要信息。秦健此刻在省城，奉迟可东之命处理一项棘手事务，人不在县里，不可能恰巧亲自经过车祸现场或在医院偶遇急救车。李金明妻子车祸受伤与秦健毫不相干，相距甚远，所谓“风马牛不相及”，加之眼下秦健、李金明彼此间有些心结，并不那么亲切和谐，因而李妻之祸似乎不该由秦健来紧急报信，但是第一个打来电话的还是他。

迟可东立刻挂电话找李金明。对方手机忙音，接不通，此时此刻可以理解。于是迟可东转挂方文翰，他是县医院院长。这个电话一打就通。

方文翰证实了秦健所报情况。他说，他也是刚从本院外科主任那里得知的。

“伤员情况怎么样?”

方文翰报称情况很不好。伤员生命体征微弱，可能撑不住。

“请方院长亲自关心一下，不惜任何代价，全力抢救。”迟可东交代。

“明白。迟书记放心。”

“有什么情况马上告诉我。”

“明白。”

刚跟方文翰通完电话，李金明的电话到了。显然是看到手机上显示的未接电话记录，赶紧给迟可东打回来。

“我是李金明。迟书记有什么交代?”

他的嗓音略哑，未显出太大异常。他没提起自家刚遭遇的意外，可能以为迟可东打电话是要谈什么紧迫工作。

“你妻子怎么样?”迟可东直截了当问。

李金明突然“哇”一下哭出声来。

“不行了，快不行了。她呀……”

迟可东即轻喝：“别慌。沉住气。”

李金明停嘴，听筒里还有抽泣声。

迟可东说，他已经交代县医院全力抢救，院方一定会想尽一切办法。此时此刻，李金明要把自己撑住，无论如何，冷静面对。

李金明哑着嗓子回了一句：“谢谢书记。”语调很低沉。

迟可东收了电话。他心里有一丝异样感，出自李金明突然发出的那个哭声。迟可东没想到李金明会如此反应。以往只听说李金明内政有些负面，老婆个高人丑醋劲大，据传曾被李金明“家暴”过，影响不佳。待到飞来横祸降临，李金明这一哭很传神，听起来像是夫妻感情不错，不似外边传说那般又痛又痒。

赶到省城已近黄昏，轿车驶下高速公路口时，陈治的电话来了。

“到哪里了?”他问。

迟可东报称已经下了高速，这个时段交通拥堵，进城还得花点时间。

“别急，等你。”陈治说，“我给你一条短信。”

此刻陈治已经在包厢里了，那里有个饭局。该饭局属私人聚会，非公款宴请，但是肯定不是陈治拿自己的工资埋单。

陈治是迟可东的老熟人老同事。迟可东在省发改委当处长时，陈治也是那边一个处长，两人关系不错。迟可东调离后，彼此还经常来往，即因私谊，也有需要。时下基层报项目要经费，免不了要过发改委一关，这一关好比隘口，把守隘口前门的就是各处处长，一夫当关，万夫莫开，处长放行，接下来的事就顺当得多。陈治是资深处长，处事干练，为人活络，是眼看就要“继续前进”的那一类官员，值得基层官员们重视。身居上层，陈治当然免不了也有些事需要基层官员相帮，例如节假日带老婆孩子到乡下放松放松，钓钓鱼看看风景，得有下边管事的发个话帮助安排。这当然只算小事。这一次陈治找迟可东，肯定不是为了钓鱼，迟可东大体猜得出可能是什么。

那时迟可东在县委书记任上又干了近三年。停职后重返岗位，本估计只能待个一年半载，干满届期，换届恐怕就得离开。结果时候到了，让他原地不动。以他的情况，原地不动继续当县委书记，其实是表明认可。如果他状态不好，或者稍有闪失，早让他拍屁股走人了，毕竟今非昔比。

几小时前，迟可东刚离开县城上路就接到陈治电话，抓他一聚。陈治知道迟可东要到省城开会，也知道他一向来去匆匆，因此特意把饭局安排在今晚，先逮住再说。这一次省里会议只有半天，时间很紧，迟可东原本打算进城后直奔家门，探望父母妻女，尔后再去会议宾馆报到。接电话后只能先顾陈治这头。此刻迟可东刚下高速，陈治的电话就追到了，可谓盯得很紧。

陈治把当晚的地点用短信发了过来，是在省城东侧一个住宅小区。迟可东赶到该小区，这里有三幢崭新高楼。按照陈治短信指点，迟可东进了其中一幢楼，坐电梯上到十六层，该层有两户，门口钉着房号，外装修与普通居民住宅无异，里边却是一家特色餐馆，提供野味和私房菜。饭局设在这里相当避人耳目。迟可东到达时，包厢里已经坐了七八个人，迟可东大多认识，都是这个厅那个厅的处长们，其中有一个人不是处长，却显然是当晚饭局的一大要角，迟可东估计会在这里碰上，果然不出所料。

陈治指着那个人，笑着问迟可东："知道他吧?"

迟可东笑笑："原来是石清标石老板召集开会呐。"

陈治笑道："人家当老板，比在座哪个处长都有钱。今晚咱们不替他省，尽管狠狠开会，把他吃个底朝天。"

石清标拱手道："谢谢迟书记给面子。"

迟可东起身说："石老板，咱们到外边说几句话。"

陈治让迟可东别急，一会儿上菜了，边吃边说。迟可东点头称那也行，却又抓着石清标的袖子，把他拉出包厢，坐到厅里的沙发上。

"有什么话尽管说。"迟可东直截了当。

石清标也直截了当。他告诉迟可东，自己跟陈治早就相识，所以先请陈治出个面。如果不行，那么还有其他人。省里的领导，市里的周宏，迟可东需要请出谁才行?

迟可东说："哪一个都不需要。别那么费劲。"

"简单点当然更好。你到底要什么?"

"你很清楚的，别的都不需要，除了那两条水坝。"

"拿它们能干什么？难道养鱼?"

"用不上。炸掉。"

“真的吗？”

“我总说假话吗？”

“可你做得到吗？”

迟可东笑笑：“做不到。”

石清标也笑：“迟书记很清楚嘛。”

迟可东劝说：“我清楚我们开出的条件已经不错了。石老板接受条件，那就是双赢，如果不接受，今晚这顿饭钱就是白白扔进水里。”

“我只有这两个饭钱吗？”

“石老板的饭钱多，能省还是省点好。”

“感觉你好像不想通融？”

“我们一直很有诚意的。”

石清标忽然转口：“李金明老婆的事，迟书记听说了吧？”

迟可东不动声色：“石老板消息灵通啊。”

“眼看要死了。报应。”石清标说。

“不会是石老板干的吧？”

石清标称这种事情是两辆汽车自己干的，背后当然老天爷有份，虽然他也想干，却不能跟老天爷争功劳。李金明脸上戴一副眼镜，号称镇长，其实就是个土匪，绑票派单，抢坝撕票，活该死老婆。

“居心不善。”迟可东说，“希望石老板真的相信报应。”

恰在这时陈治从包厢走出来招呼：“上桌吧两位，边吃边说。”

迟可东把陈治拉到沙发上坐，指着石清标说：“石老板先请进吧，我跟陈大处长还有点私事要谈。”

石清标起身离开。陈治问：“没谈妥？”

迟可东说：“已经谈妥，都清楚了。”

陈治松了口气：“妈的，总算完成任务。”

“你怎么给他抓住了？”

“这家伙关系特别多，上层有人，你知道的。”

迟可东说：“现在我最怕这种人。”

陈治笑：“你未必真怕。防着点，别去招惹也对，特别是现在。”

所谓“特别是现在”有特殊内涵。陈治告诉迟可东，最近省里全面考核省直厅局班子和后备干部，眼看着要有一轮干部变动。对大家来说就是机会。

迟可东即打趣：“陈厅长指日可待了。”

陈治笑：“当初迟厅长眼看有了，不是自己不要，跑去当什么县太爷吗？”

“我有那么牛过？”

“不说那时，说现在。”

按照以往做法，省直弄完后就是考察地、市的干部。迟可东本来就在后备名单中，下去这么久了，这回应当有戏。陈治提醒说，值此重要时刻，千万不要招惹麻烦。

迟可东自嘲：“我这些天高兴啊，走路光怕自己绊了脚。”

他告诉陈治，省里的情况他在下边也听说了。如果按资历，他应当有点戏。目前本市各县书记中，他的任职时间比较长，如果加上省发改委当处长的那几年，可算资历第一。政绩什么的也算比较突出。最近一段时间里，县里县外到处风传，说他要走了，高升提拔了，弄得成天有电话前来预祝。事情怎么回事他自己却很清楚，高升提拔那些事，心里想要，感觉应该，期待期待可以，却不能当真，因为他肯定没有戏，只能跟着看热闹，替陈厅长操操心鼓鼓掌。

“没那回事。”陈治不同意。

“我有自知之明。”

迟可东拿一个专业术语跟陈治调侃，问对方是否听说过“浮选法”？陈治很诧异，不知道迟可东为什么突然提起这个？迟可东称自己半路出家当处长做县委书记，有时忍不住还爱摆弄一点本行术语。所谓“浮选法”是铁矿常用的一种选矿手段。铁矿石开采出来后，并不能直接拿去炼铁，必须经过选矿环节。该环节简单说就是用合适的药剂把精铁颗粒捕获并浮选出，让它们跟脉石等无用矿物颗粒分离。浮选法有“浮选”、“反浮选”之分，有一种“阴离子反浮选法”用脂肪酸类当捕收剂，它能把没用的脉石矿物颗粒捕捉住，粘在泡沫上供刮除淘汰。

“我就是那种一眨眼就让脂肪酸逮住，拖出来浮到泡沫上的颗粒，任怎么挣扎都没用，注定要给淘汰。”迟可东自嘲。

“为什么?”

“成分不好。”

陈治不同意：“你舅舅那件事已经过去了。”

“陈治同志要是一步到位，坐进省委会议室说话拍板，那该多好。”迟可东感叹。

陈治抓起迟可东的手腕，声称要给迟可东把一下脉。迟可东不吭声，伸长手臂配合。陈治看着迟可东的眼睛，不说话。

迟可东问：“不要紧吧？陈医生?”

“心里有病。”

迟可东把手抽回来，笑笑：“我自己还能对付，谢谢。”

他告诉陈治，眼下本人情况尚好，外头风吹草动，心中相对平静，不再过多考虑人的问题，为主考虑鱼的问题。

“果然有病!”

迟可东道：“我得先告罪，不能在这里吃饭了。”

他说自己必须赶紧回家，家中老小有点情况，等他回去商量。陈大处长相请，心知必有好事，所以先赶过来，事情说完就赶紧走。日后找个机会再聚，好好吃个饭。

陈治问：“难道怕跟石清标坐一起?”

“就像老鼠怕见猫。”

“骗不了我。”

陈治力劝迟可东留下，既然来了，总得吃点东西，不喝酒哪怕喝口汤也好。石清标的事能办则办，不能办也可以坐下来商量商量，没必要搞绝。迟可东不听其劝，坚决婉拒，匆匆离开了那里。

迟可东家住省城西北一个小区，离此地有二十分钟路程。在往家里赶的路上，迟可东给秦健打了一个电话。

“你们明天上午继续谈吗?”迟可东问。

“是的。书记有什么交代?”

“告诉他，我们现在提的是最后条件，不接受就免谈。”

秦健声音顿显急促：“这，可能会破裂。”

“告诉他，破裂责任在他，一切后果自负。”

“不留余地了?”

“不留余地。”

“这个，这个……”

“就这样办。”

“明白。”

“有什么情况及时告诉我。”

“好的。”秦健忽然问，“书记跟他见过了?”

“谁告诉你的?”

“他说晚上要跟书记聚一聚。”

“别管他说什么。”

“明白。”

电话里讲的“他”就是石清标。此刻秦健与一位副县长奉迟可东之命，带着一帮人在省城，就是在与石清标协商谈判，内容是落水河水电站的整治。这件事情很棘手，已经经过几轮商谈，接近最后摊牌。

2

落水河名不见经传，却是本县的母亲河。这条河发源于邻县山地，从河源乡进入本县，流经下游另三个乡镇，从县城南侧绕过，东行二十余公里注入桃江。落水河水量充沛，水利资源丰富，建于其干流上的落水河电站位于县城上游五公里处，是当年县里一个招商项目，被省城的水电开发商石清标以优惠条件获得。

石清标来历不简单，其父曾担任省领导多年，退下来前为省人大主任，极具影响力。石清标本人曾经是省城有名的一大公子，后从事公职，当过省水利厅的处长，手中控制着项目审批报批的若干环节。当年他利用显赫背景和职权之便，在审批项目过程中一手遮天，采取许诺、拖延、压制、鸡蛋里挑骨头等手段，迫使项目呈报单位听他安排，把工程交给他指定的关系企业，这些企业后边其实都罩着另一家企业影子，那是他以妻弟名义办的一家工程公司，承揽水电工程业务。这种事情做多了自会露出马脚，免不了有人看不过，愤而举报，石清标被有关方面查处。石清标的父亲已病逝，人虽不在，还留有不少上层关系，石清标拼命运作，破财消灾，最终勉强脱身，没给抓进牢里，但是从此再也无缘“石处”。他辞职下海，弃官从商，充当起自家公司的掌门人。石清标很会来事，依托父亲的旧关系和自己担任公职期间积累的大量资源与人脉，下海后他的公司从承揽工程转而发展到介入水电开发和经营，不断扩张发展，目前已经在全省各地拥有十几座水电站，本县落水河电站只是其中一座。

落水河电站的招商、建设与投产，都是迟可东到任之前的事情。迟可东到任后曾听到议论，说石清标空手套白狼，拿项目还拿优惠，都是靠关系和钱摆平，查下去肯定一屁股屎。虽议论犹存，毕竟时过境迁，人们只是说说而已。

去年春天，落水河电站忽然被列入一份名单，引起各方关注。当时为了应对即将到来的台风季节，全省各地对水库、电站等水利设施作了一次突击检查，落水河电站大坝于检查中骤然出名，被发现存在多重严重隐患，包括坝身变形、坝体裂缝、坝基渗水、坝肩与山体结合部白蚁危害等。落水河电站大坝离县城仅五公里，其严重隐患直接危及县城，必须尽快解决。根据检查的情况，有关方面责成本县采取措施整改，县里迅速研究处理办法，由迟可东负责。迟可东带着相关部门人员到现场视察，深入了解，这才清楚大坝隐患并非突然发生，实由来已久。该坝几乎从建成使用时起，就不断有问题出现，严重时接近于吃黄牌，最终却都大事化小，小事化了，问题被弱化乃至屏蔽，未曾传递到县领导层，没能引起注意。这是因为电站老板石清标"有本事"。凭借各种关系，石清标总能及时得到对自己不利的消息，及时在市、县两级水利部门把事情摆平，化解掉，没让问题成为问题。其中有两次情况比较严重，原本是过不了关的，石清标手眼通天，有办法让省水利厅一个领导出面给几条指示，让其"自行整改"，电站方装模作样搞点修补，事情就过去了。落水河电站大坝问题几经掩盖，不断积累，终有一朝暴露的时候。这一回省里的突击检查在组织方式和人员组成上有新变化，加之石清标当时出国办事，一时顾及不到，问题才得以爆发。

迟可东感慨道："我们居然这么耳聪目明！不知不觉让一颗炸弹睡在眼皮底下。这样下去还了得！"

他主持研究处理，命落水河电站即刻停产整顿，禁止蓄水发电。决定刚一做出就遭到石清标强烈反弹，石清标指称本次检查有失误，专家组中有人出于个人好恶，夸大落水河大坝的所谓"隐患"，将以往曾出现并已解决的个别枝节问题无限放大。石清标在质疑检查结果的同时，强调即使存在若干问题，也不影响大坝正常运行使用，不应强令停产。他迅速行动，从外边找来几位专家到现场察看，对检查发现的问题提出异议，并极力活动，通过一些上层关系软硬兼施，试图改变县里决定。迟可东不予理会，严命相关部门给电站一个强硬指令，限期自行停产，否则县里将强制执行。石清标在限定时间将临之际不得不低头听命。尔后又继续活动，试图如以往那样做点修补进而重启。他通过各种渠道重点公关迟可东。迟可东不为所动，紧抓不放，迅速安排专家进一步论证。专家们对该大坝情况颇多担忧，处理意见倾向严厉，一些专家提出修补整顿已不能解决隐患，根本的办法是把现存大坝毁弃。落水河电站效益好，有如石家一只金母鸡，迟可东摆出架势要杀这只金母鸡，石清标哪里能服，双方相争趋向激烈。

去年底，迟可东派了县纪委书记秦健，连同一位分管水利的副县长出面，开出若干条件与石清标直接协商。该项业务不属于纪委部门工作范围，迟可东却以加强领导、强化监督为理由，安排秦健介入。秦健没有二话，一来他这人比较好事，愿意接这种事，二来他对迟可东可谓言听计从。秦健在换届时原本有机会离开本县，却因为一些安排环节问题未能走成，留在迟可东身边继续当纪委书记。迟可东让秦健出面与石清标谈判，对石清标有压力，因为石清标当年拿下落水河项目后议论不少，涉及若干负责官员，如果纪委部门来个秋后算账，对石清标也是麻烦。数月时间里秦健几上省城，带队开展工作，与石清标做了多轮接触，千方百计协商。石清标始终不承认大坝存在重大隐患，不在关键问题上松口。协商期间不断有高层声音了解过问，亦有熟人朋友被策动而出，如今日陈治。事情越拖延越显得棘手，迟可东面临抉择。

隔日，省里会议结束后，迟可东匆匆返县，黄昏赶到县城。他没有去宿舍或办公楼，直接让司机把车开进县医院。到达重症监护室时，方文翰与李金明已经等候在门外了。李金明脸容憔悴，脸上那副眼镜忽然显得宽大，眼镜后边眼神略显呆滞，这两天他一定非常难熬。他似乎还撑得住，问候迟可东时嗓音嘶哑，却已经基本正常。

李妻还在抢救中。从前天李金明哭诉“快不行了”到现在，二三十个小时过去，李妻情况似乎没有变化，说不上好转，也还撑着。这与医院和医生的全力抢救关系莫大，迟可东的关注起了作用。迟可东从省城开会回来，立刻到医院探望伤员，表明对该伤员格外重视，虽无直接疗效，对抢救却有重大影响。

迟可东看了伤员，这实际是他第一次见到李妻。李妻鼻孔里插着管子，人事不省躺在病床上，身上盖着医院的被子，看不出有多高大。让迟可东感觉意外的是，昏迷中的李妻脸容平静，看上去并不显得特别扎眼，不像外界所传“个高人丑”那般惊世骇俗。在病床前，方文翰扼要介绍了李妻的伤情和医院的抢救措施，迟可东听罢还是那句话：“不惜任何代价，全力抢救。”

一行人悄悄退出病房。李金明、方文翰把迟可东送到轿车旁，迟可东跟李金明握手时问了一句：“你还行吧？”

李金明哑着嗓子说：“书记放心。”

“怎么会弄成这样？”

李金明苦笑，没回答。

迟可东用力握了一下李金明的手，尔后放开，上车离去。

他在车上颇感慨。

李金明的妻子在河源乡境内遭遇车祸，其中有些缘故。李金明夫妻都是外县人，李妻没有固定职业，携子随夫来本县，先住县城，后迁到河源乡。李金明在河源乡当上科技副乡长后，李妻被乡农技站聘为食用菌技术员，接其夫之任。当时有人开玩笑，称河源乡蘑菇要么一副眼镜，要么个高样丑，讲的就是这一对夫妻档。迟可东把李金明调到城关镇后，其家人随之搬到县城，这里不种蘑菇，李妻进了城关小学当临时工。他们夫妻与河源乡一直保持联系，特别是李妻，双休日、节假日经常搭车进山，说是去“看蘑菇”。李妻出车祸当天是星期天，她所搭乘的便车是一辆货车，当天拉一车水泥到河源乡，行经河源乡朝天岭一个公路险段，于闪避一辆轿车时意外倾覆，从路面摔到沟底，造成人员死伤。交警部门现场调查，认定责任在货车一方。该车已接近报废年限，机件磨损严重，却又违规严重超载，以致遇险时反应迟钝，遭遇飞来横祸。从已经掌握的情况看，车祸当属意外，或如石清标所言，是老天爷干的，与暗杀谋害无涉。

这场悲剧原本不会发生，此前李金明已经答应与妻子一同进山，李金明要去河源乡政府联系一项公务，可以把李妻捎上。不料事情骤然生变，李金明带人处理急迫事务，几天几夜没有回家。星期六晚间，李金明给妻子打来电话，称事情忙不开，他没法脱身，星期天去不了，另找时间再说。李妻性子急，不愿意多等，决定自行前往，临时找人联系便车，一头扑进了车祸里。

这几天李金明处理的急迫事务是什么呢？落水河电站大坝。此刻有一个工程设计组住在该电站里，夜以继日在大坝上穿梭，做现场勘察，设计一个工程方案。李金明带城关镇若干工作人员，与工程设计组一起驻扎于电站，协同处理相关事务。该工程设计组将制定的工程方案包括大坝爆破以及清理残渣疏通河道两个主要部分，其内容听来相当震撼，具有若干吨 TNT 炸药爆炸当量，其实未必真能实施，更多的只属于备选范围，带威慑性质。这是秦健在省城与石清标协商背后的一项配套措施，意在施加压力，让石清标接受谈判条件。用迟可东的“反浮选”术语比喻，如果秦健是脂肪酸，要在协商中把石清标拉到协议上签字，李金明和工程组就是搅拌机和鼓风机，要形成足够的动荡和泡沫，迫使石清标跟着秦健一起浮上来。

该工程设计组来自省城一家工程设计单位，是迟可东亲自打电话请下来的。落水河电站属于私营企业，没有企业主的认可，类似工程设计组不可能进去开展工作。在无法得到企业主认可的情况下，必须借助行政力量才行。落水河电站位于城关镇境内，李金明有属地管辖权，李金明是学农的，食用菌技术员出身，现在必须来管爆破。李金明与工程设计组进驻落水河电站后受到抵制，电站方面拒不合作。李金明态度强硬，立刻从镇里调来一批人，税务、工商、治安、安全人员一起上，宣布对该电站进行突击检查，综合整治，查坝同时查人，人有事就抓，坝有事就炸。李金明的强势迫使电站方有所收敛，不再强烈抵制，工作得以推进，也让石清标恨恨不休，把李骂为“土匪镇长”。由于受到干扰，工程设计组工作未能按原定日程完成，李金明坚持不离开现场，陪着待在电站，让老婆独自踏上前往河源的运货车，不幸意外重伤于车祸中。

迟可东原本并未要求李金明亲自协同工程设计组行动，只让他派一个镇领导跟着上，李金明不吭不声把自己安排上去，进驻电站后才向迟可东打电话报告。迟可东得知情况，问了一句：“李镇长干嘛亲自出动？难道去电站种蘑菇？”

李金明回答：“我看还行，电站库房改造一下，可以弄几间蘑菇房。”

迟可东批评：“少打那个主意。”

迟可东似乎是在质疑，其实心里非常满意。李金明果然质地不错，几年镇长更没有白当，早不是当年那个种蘑菇的。他知道孰轻孰重，该往上冲的时候不会退缩，哪怕将面对麻烦。

却不料出师未捷，李金明已经赔上了夫人。出于这些情况，迟可东从省城回来，直接先去医院看伤员，也在情理之中。

3

市委书记周宏到本县视察，轻车简从，只带小林随行。小林的正式身份是市委办综合科长，人们习惯性称其“周秘”，也就是周宏书记秘书。周宏来得比较突然，动身时才让小林给迟可东挂电话，交代要下来看看点，具体看什么点，怎么安排一概不说。迟可东也就以静待动，等着周宏光临。

周宏要看的点却是落水河电站。他对迟可东说：“不要闹出动静。悄悄看。”

迟可东说：“惊动领导了。”

周宏没有提及被何方神仙惊动，只是含而不露，供迟可东同志猜想。前些时候在省城，石清标曾当面问迟可东需要请出谁才认，要省里领导还是周宏？显然石清标不全是虚张声势。与省领导相比，市委书记周宏官虽小一点，毕竟是现管，他出来干预对迟可东的影响更为直接，迟可东却比较放心，因为这件事周宏清楚。迟可东拟着手处理落水河电站大坝之前，曾专程到周宏办公室汇报过情况，当时周宏态度明确，说大坝安全第一，出了事可了不得。周宏的表态让迟可东感觉踏实。此刻周宏被惊动，专程前来“悄悄”视察，表明石清标反弹力度不低，迟可东却没有太多担心，因为情况未变，大坝坝身及周边那些问题并没有忽然就消失不见了。这种事非同一般，事关生命财产安全，没有哪位负责领导敢于视而不见。

落水河电站已经停产整顿数月，此刻显得相当荒凉，除少数留守维护人员，其他人各自回家。有一个中年人自称是站长，叫蒋大林，他出面向周宏、迟可东介绍情况，领周宏看电站设施，特别是大坝坝身和周边发现问题地段的情况。

落水河电站是一座径流低水头河床式发电站，其大坝将河水拦腰阻断，在坝内宽阔河谷形成大片蓄水区域。此刻因停产整顿禁止蓄水，坝内水位很低。一行人在大坝上走了个来回，察看问题部位，了解具体情况。

周宏向蒋大林询问：“你们老板不知道大坝这些问题吗？”

蒋回答：“石总说过，那不碍事。”

“裂缝、渗水都不要紧吗？”

蒋大林声称那些问题都属轻微，没什么大不了，许多水坝都有的。问题早几年就曾发现，当时都做了处理。

“不是还有点变形？”

蒋大林承认确有此事，是受到地下断层影响。不过他们一直注意监测，这几年没有发展，不会有问题。

“白蚂蚁呢？”

“已经治过几次。”

“消灭了？”

“石总说可以再治，不碍事。”

该电站被责令停产后，石清标除声称该电站大坝没有大问题，还强调对下游县城并无威胁，因为水头落差、大坝高度和库容都不算特别大，哪怕大坝垮了影响也有限，不会如所传说那样水淹县城。

“专家们又是怎么说？”周宏问迟可东。

专家们不认同该说法。大坝通常不会在风和日丽时刻出事，而遇到大雨大风灾害性天气，例如夏秋台风强降雨之际，下游已经一片大水，到处吃紧，这时如果大坝顶不住崩溃，那不是压垮骆驼的一根稻草，会是突然爆炸的一颗重磅炸弹，下游原有大水加上突如其来集中下泄的库区洪水，本县县城将难以幸免，不淹才怪。

“专家对大坝目前状况的看法一致吗？”周宏追问。

迟可东承认这方面确有不同意见。多数专家根据坝身状况和周边地质情况，认为当年大坝的设计施工存在问题，质量靠不住，有严重隐患。也有一些专家认为大坝问题的严重程度还可以进一步观察。

“当年这条坝是谁修的？”

“石清标自己的公司。”

当年县里决意发展水电，以廉价电力招引工业企业落户本县，却又苦于缺钱，因此只能将水电项目拿出来招商。石清标拿到落水河电站项目后，县有关部门只是帮助处理相关事项的报批等环节，整个建设过程由他自行安排。石清标本人当过水利厅处长，业务熟悉且行内外关系众多，他这个电站上得特别快，其设计、施工、发电，包括所发电能卖给电网无不抢了先机，且基本是“肥水不流外人田”。石清标的公司是从承揽水电工程起家的，有大坝施工的资质和经验，所以落水河电站大坝由自家公司承建。自己给自己修坝，为什么还会有质量问题？据分析主要是资金压力。石清标拿到项目时，其公司实力尚弱，还陷于三角债中，他主要靠关系“空手套白狼”拿下落水河电站项目，再靠地方优惠支持以及银行贷款把项目搞起来，这种情况下不免急于求成，一要尽快建成，二要在设计施工中能省则省。落水河大坝一带地质情况比较复杂，地下有一条小断层，本应加强坝体，却因成本大增而不予考虑。大坝施工中一味赶进度，质量管理未加重视，石清标本人自命懂行，认为不碍事，也是问题发生的一大原因。

“这条大坝有问题，上游那条也有吗?”周宏转而问。

迟可东回答：“那条坝目前没有发现大的问题。”

“为什么你们要两条坝一起谈?”

“两条坝属于同一家电站，所以考虑一并处理。”

“理由不是太充分。”周宏批评。

落水河上目前有两条发电站大坝，周宏视察的这一条大坝在下游，它也被称为“落水河二号坝”，上游还有一条“落水河一号坝”，两坝相距六公里，是落水河梯级发电的上下两梯。这两条大坝同属石清标的落水河电站。当年石清标先拿下二号坝项目，建成投产后又与县里签协议，在上游再筑一号坝。一号坝同样也是低水头河床式发电，那一带水量比较小，装机容量只达下游这里的一半。目前一号坝未发现质量问题，蓄水发电未受影响，但是县里与石清标协商处理方案时，把两条坝合在一起谈，这是迟可东决定的，理由是两坝同属一家，应当一并处理，以防日后一号坝再发生同样问题。

“我考虑与其留下一点不确定因素，不如眼下一揽子置换好。”迟可东解释。

“为什么一定要置换？不能由企业自行整改吗?”周宏追问。

落水河电站属于民营企业，其大坝发生问题，地方政府可以责令其停产整顿，却不应越俎代庖替企业做整改。因此研究该问题处置时，有人主张大坝隐患应当交由石清标自己处理，无论是修修补补除险加固或者推倒重来，都是企业自己的事情，地方政府只管最后检查验收，合格亮绿灯，不合格亮红灯，这就够了。迟可东不同意这样办，理由是企业主从利益考虑，一直否认大坝存有严重隐患，怎么可能去认真处理？不能再像以前那样让石清标糊弄过去。根据眼下情况，修修补补不能解决问题，根本解决办法是毁弃，一劳永逸。民营企业老板不可能自行毁弃它，那么可以考虑置换。迟可东提出在城关镇工业开发园区内，划一片尚未开发的山地给石清标，让其按照园区产业发展规划投资开发，落水河电站则收归县水利部门，两条坝和其他设施全部移交。置换后该水电站不再归属石清标，县里就可以根据现状及未来发展决定处置。

“你们准备拿出地换人家的坏坝，再考虑把它毁弃掉？”周宏问。

迟可东承认该方案看起来是一种赔本买卖，但是目前只有这个办法比较可行。如果能够根本解决问题，付一点代价也值得。就此而言，他认为给石清标的条件已经不错，但是石清标不合作，先是拒不承认大坝有问题，接着不同意置换，继而漫天要价，双方总是谈不到一块，以致协商破裂。

“听说你们给他上了一道菜：给个最后条件，不接受免谈？”周宏追问。

迟可东说：“那是想逼他一下。问题症结还在他不合作。”

周宏一个接一个提问，迟可东多方解答，一来一往有如考官面试。这场面试在大坝现场进行，有两人旁听，一是周秘小林，一是电站站长蒋大林，民企老板石清标的雇员。就敏感程度而言，有些问题似乎不该当着对方人员的面交谈，周宏却不顾忌。迟可东心里有点感觉，周宏像是有意如此。其实周宏提的大部分问题，涉及该事项的来龙去脉，迟可东早就向他汇报过，他心里是清楚的，原本也有态度，但是此刻他一一发问，像是什么都不知道。周宏对双方协商破裂内情显得相当了解，“不接受免谈”等远远超出迟可东汇报过的范围，显然他另有消息渠道，这里边一定有一个大嘴巴。周宏发问虽属了解情况，其问及内容和语气里却隐隐约约带有看法，对迟可东不乏质疑，似乎是有意做给对方人员看的。周宏肯定知道自己视察大坝的任何细节，都会在他离开的第一分钟就传递到石清标那里。

周宏走到大坝尽头，指了指对面山头的树说：“水土保持看来还行。”

蒋大林跟着说：“山上有树，河里有鱼。”

“鱼怎么样？大吗？”

“抓过三四斤的。”

“生态环境不错嘛。”

周宏视察了解完毕，摆摆手把蒋大林打发走，再问迟可东：“你那个李金明在哪里？”

迟可东报告说，前些时候李金明带工程设计组在大坝这里工作，事情基本完成，已经撤回去了。李金明家里出了点情况，所以今天没通知他来。

“这个李金明是不是挺蛮横？”周宏问。

迟可东认为李金明是在认真履行公务。李态度鲜明讲硬话，是因为工程设计组进站工作受到抵制。石清标骂李“土匪镇长”，所谓“绑票派单，抢坝撕票”，那都是泄愤之词。问题根子在石清标自己。如果李金明处置有什么失当，县委书记是决策者，迟可东自己自然应当首先承担。

“听说搞了一个炸坝方案？”

“我考虑需要一个预案。”

周宏笑笑：“你会不会太急了点？”

迟可东也笑：“是想给石老板一点促进。”

“这条坝是不是眼看就要垮掉，非得马上炸毁？”

“还不到那个程度。”

落水河电站停产后，发电机停运，该打开的闸门都打开了，库内蓄水已经大大减少。加上今年逢旱，降雨量较以往少，客观上降低了风险。以此分析，在明年汛期到来之前，大坝当不会有大问题。

“既然这样，你急什么？”周宏表态，“先停一停吧。”

迟可东说：“我考虑不怕一万，只怕万一。既然有严重隐患，最好得抓紧处理，宜早不宜迟。至少手中要有一个预案。”

“这些都对。该处理的当然要处理，只是时机要成熟，理由要充分，方式要稳妥。”

周宏明确表示意见，要求迟可东调整思路和做法。协调破裂还可以重新再谈，立足于争取找到一个双方都能接受的方案，毕竟还有时间。

“周书记，这已经骑在虎背上了啊。”

“骑上去也得先下来。”周宏答得非常干脆，“你们这事过热了，赶紧降温。”

“现在停下来，只怕到时候更难处理。”

“时机成熟，自然会有办法。”

“一定得这样吗?”

“必须。”

迟可东无语。

“怎么了?”

迟可东不能不有个态度。他苦笑：“周书记，容我回头跟他们几位商量一下吧。”

“还要商量吗?”

“毕竟是大家一起研究决定的。”

“不是你的主意吗?”

“当然是我。这事弄到这种程度，还是让我们再商量一下吧。”

周宏不再逼问。他抬手一招，跟在身后的小林快步跑上前来。

“叫车，走。”他下令。

迟可东即开口挽留：“周书记，吃过晚饭再走吧?”

周宏不吭声，像是没听见。几分钟后他的轿车从电站大楼那边开过来，停在大坝上，小林为周宏开门，周宏坐上车，即刻动身。迟可东站在轿车旁送行，领导本该礼节性招招手以示道别，周宏却不做表示，视而不见。

迟可东站在路边，看着周宏的车绝尘远去。

4

返回县城路上，迟可东不声不吭，脸朝窗外，面无表情。途中他的手机几度响铃，他连看都不看，不接，因为没有心情。

他没料到周宏今天的视察会用这种方式结束，周宏态度改变之大出乎他的预料。石清标能量真有这么了得吗？石清标的父亲早已过世，他本人还不是什么举足轻重的巨商，他对周宏不可能有太直接的影响。能够影响周宏，让周宏改变原有态度的，只可能是有分量的高层人物。显然石清标果真搬出某位重量级领导了。高层人物过问落水河大坝，通常得讲究分寸，毕竟大坝不同于一堵无足轻重的土墙，一旦出事后果非常严重，领导为之出面也不能不有所顾忌，可以表示关注，可以要求稳妥处理，却不会直截了当命下边基层官员收手。此刻周宏大体上也是如此表态，他没有要求迟可东放弃，却下了暂停令，态度比可以料想的更明确、清晰，让迟可东感觉吃惊。

迟可东发觉自己陷入困境，进退不得。周宏已经表现出明确态度和严重不满，如果继续对石清标施压，那就是直接违抗周宏，后果可以想见。如果迟可东退一步，那就陷自己于弱势境地，石清标运作得逞，以后再也别指望他接受条件。无论哪一种结果，迟可东都不愿意看到，但是二者必居其一，他别无选择。

回到县城，迟可东先去了办公室。刚进门，后边就跟进来一个人。

却是李金明。

迟可东把脸板了起来：“李镇长闲着没事吗？”

李金明分辩：“我给迟书记打了电话。”

迟可东这才想起路上那几个手机铃声。

“打什么电话。”迟可东继续批评，“不是让你在医院老实待着吗?”

“有件事得找迟书记说，坦白交代。”李金明解释。

迟可东心里一动，没再找碴发无名火。即推门走进办公室。

“先说你妻子，”迟可东问，“这两天怎么样了?”

“没有大的变化。”李金明回答。

由于医院的全力抢救，李妻已经脱离生命危险，从 ICU 出来，住进了普通病房。对李金明这是不幸中的万幸。但是也有万幸中的不幸：李妻虽然活了过来，却躺在床上无法动弹，不能说话，神情呆滞，下半身没有知觉，怀疑因脊椎损伤而高位截瘫，因脑损伤而意识障碍，日后有可能终生卧床。由于伤情较重，李妻身体虚弱，病况时有反复，还处于医生密切监护中。迟可东一直很关心李妻治疗，曾交代李金明暂时放下手中事情，待在医院照料其妻，帮助渡过难关，没有重大事情不要乱动。李金明给迟可东打电话、上门求见自然不属于“乱动”范畴，迟可东板起脸发火，其实只是有气没处出，并不是认为李金明有什么不对。

“说吧。是什么事?”迟可东问李金明。

迟可东从省城返回那天，特意到医院探望李妻，离开前问李金明：“怎么会搞成这样?”当时李金明苦笑无言。迟可东没再追问，李金明却一直未能释怀。想了几天，他决定上门解释，或称“坦白交代”。

原来李金明夫妻不时在县城与河源乡之间跑动，并非因为夫妻俩那般一往情深，热爱山区的土地和干部群众，只因为李家在那里有两座蘑菇房，其生产事务需要牵挂。两座蘑菇房有点来历：当年迟可东因许琪案受牵连，李金明也遇到麻烦，副乡长没了，回乡农技站当技术员。李金明曾打算辞职下海，靠本行搞食用菌谋生，因此以其妻名义，借钱出资与当地人合股种蘑菇。后来迟可东复出，李金明得到重用，调离时他曾打算把那两座蘑菇房的股份卖给合股者，但是李妻舍不得，因为家庭经济还得靠它。乡镇干部工资不高，李妻作为临时雇用人员也拿不到几个钱，来钱的渠道少，用钱的地方多，家庭经济一直比较困难。两座蘑菇房前期投入不少，已经开始收益，卖掉太可惜。商量半天就留了下来。

“当时也是一念之差。”李金明说。

“除了这两块自留地，还有其他吗？”迟可东查问。

“没有了。”李金明答得十分肯定。

李金明坚称自己在河源乡再没有其他产业，只有这两座蘑菇房。他们夫妻离开河源乡后，蘑菇房交给当地合股方打理。他当镇长不方便，基本没管，蘑菇生产事务主要交给老婆。李妻隔三差五跑到河源，就是看看菇情，处理相关技术事项。出车祸那天赶去，也是为这些事。

“那么是老婆的自留地，与李镇长关系不大。”迟可东揶揄。

“我也有责任。”

李金明承认不仅他老婆割舍不下，他本人也舍不得那两座蘑菇房。除了经济考虑，确实也想给自己留条后路。他这种个性的人，谁知道有没有当官的命，也不知道能干几天，说不定转眼不行了，有后路总比没有好。当时哪里料想这条后路竟把老婆给赔上去，真是悔不当初。

“给自己留后路，是不是因为对迟书记很没信心？”迟可东追问。

李金明称主要是对自己信心不足，当然也怕其他。他曾经梦到迟可东忽然又出事不见了，感觉自己跟着要大祸临头，然后就吓醒了。

“你真是乌鸦嘴。”迟可东骂。

“迟书记放心，怕归怕，干归干，在位一天，努力一天。”

李金明告诉迟可东，其妻出事后，他已经发话把河源乡的蘑菇房处理掉，因为显然已经顾不上了。从此再无后路。

迟可东调侃，说不需要李金明坦白交代，当初他拿脚趾头一掂，早知道李金明会干些啥。他只是没料到李金明出手这么快，否则他会考虑筹资买下这两块自留地，然后跟李金明学种蘑菇。一旦乌鸦嘴成真，也好有条后路。种蘑菇想必比炼钢本钱小些，实现的可能性大，一旦迟可东本人真的再出事，可以列为首选。

“书记别拿我开涮。”李金明苦笑。

李金明暂无其他问题，所要“坦白交代”的事项就是这两块自留地。虽然产业不大，却有留后路之嫌，李金明怕外头被人议论，让迟可东听了有看法，曾有几次想主动向迟可东报告，话到嘴边都没说出来。这一回老婆出事，迟可东追问究竟，他感觉自己不能再拖了，得赶紧说。

“说了我就没看法吗？”迟可东追问。

“不管怎么样，我不能对迟书记隐瞒。”李金明道，“迟书记最了解我，我就是那个种蘑菇的。”

“你还是个镇长嘛。干得好像也还可以。”

“勉强吧。”

“不勉强。这一次人家骂你土匪镇长，说明你挺称职。”

“称职不敢说，努力是应当的，不能对不起迟书记信任。”

迟可东表扬其态度很正确。他忽然问起一件事：“迟书记不会马上走吧？”

“谁说我要走？”

李金明听到外边不少议论，称迟可东眼看就要离开本县，可能到市直单位，也可能回省直去。类似议论已经不是第一次风传，近几年里，每有风吹草动，就有迟可东即将离任的传闻，最后又都被证实为谣传。这一次传得比较厉害，让李金明听来心里发毛，或许这回是真的？领导高升了，回家了是好事，李金明当然为领导高兴，同时也替自己担心，谁知道接下来会遇到什么？还有哪个领导能像迟可东一样信任自己？两座蘑菇房已经卖掉，如果小官也不好再当，他还能拿什么立足？

迟可东告诉李金明，迄今为止，他自己没有提出离开，上边也没有哪位领导就此征求过他的意见。这种事说不清楚，有时候传闻满天全是空气，有时候没有半点动静，忽然一张纸下来就走人了。所谓天要下雨，娘要嫁人，只能随他去。李金明别管外头传些什么，不要多想，只管做好自己的事情。李金明任职这些年，已经表现出很强工作能力，与当年那个食用菌技术员天渊有别。有朝一日迟可东走人了，李金明依然可以凭自己的能力立足，继续做好工作。对此李金明要有自信。

李金明说："我对自己挺怀疑，眼下只认准一条：把迟书记交办的任务完成好。"

他报告了落水河电站大坝爆破方案情况。工程设计组在落水河电站大坝现场工作期间，已经拿出一个初步设计。他们回省里后，又在初步设计基础上再做修订。李金明一直与他们保持联络以掌握进度。工程设计组长告诉李金明，正式方案很快就将完成。

"让他们抓紧，必须切实可行。"迟可东说，"咱们手中要有一个可以应急的东西。"

"真的要炸了它吗？"

"你觉得呢？"

李金明又提起他曾经拥有的蘑菇房，其中有一座一面墙砌得不好，有点歪。本想推倒再建，一算本钱不小。于是就搞了两根粗木头顶住墙体，也还结实可用。

"我知道蘑菇房跟大坝不能比，大坝出事可不得了。"他说，"迟书记要一个炸掉方案，肯定有迟书记的道理。"

迟可东感叹："眼看拿它没办法了。"

李金明惊讶："发生什么了？"

迟可东把脸一板："没看我烦？"

他摆摆手赶李金明离开，到医院站岗去。

当晚迟可东寸步不离，始终待在自己的办公室里。办公室里有方便面，有烧水壶，还有一张折叠床，可以简单过夜。除了几份需要签发的文件，当晚并没有什么大事需要，他却在办公室里待了一夜。办完公事之后，他坐在办公桌后边，一杯接一杯不停地喝水，一边喝水一边翻看照片。他办公室的书橱里有一大抽屉照片，大多是在本县参加某个会议视察某个项目时拍的，相关工作人员把照片洗好送给他，他随手丢进抽屉，看都不看。这天晚间他却把那些照片都翻出来，分门别类排在桌上，摆扑克牌一般。抽屉底部还有一个旧相盒，里边装着他读大学时以及毕业后在钢铁厂工作期间拍的照片。他看着那些照片出神，想了很多，设法让自己平静下来。

人在左右为难境地里，感觉真是很不好。

第二天一早，他召集了一个书记碰头会，与会者只有三人：他、县长与一位专职副书记。这个碰头会时间很短，迟可东传达周宏意见，谈了自己看法，另两位表态同意，半小时了结。尔后迟可东把秦健叫到办公室，命秦健与石清标联系，准备重启协商。

秦健面露惊讶："还谈吗？"

"周宏书记意见，必须再谈。"

秦健没有询问周宏是什么具体意见，只问："咱们的条件变吗？"

"我说过要改变吗？"迟可东问。

秦健即回答："明白。"

迟可东提到周宏意见时，秦健没有任何反应，迟可东心里有数了。秦健应当就是那个大嘴巴。该同志掌握落水河电站事项的第一手情况，如果周宏需要了解"不接受免谈"之类内情，问问秦健就可以了，这于秦健也是机会。秦健对此不吭不声没什么奇怪，迟可东只能限于心里有数。周宏是本市最高领导，他有权越过迟可东了解情况，他的决定迟可东必须服从。这件事里，让迟可东感觉异样的主要是周宏的干预状态：落水河电站大坝这件事不算特别大，哪怕高层有人找了周宏，他以市委书记之尊，似乎不需要直接跑到落水河现场视察，表态也不需要那么直接，他可以一个电话召见迟可东，略加点拨，暗示迟可东谨慎从事即可，以该领导的风格，通常会这样处置。但是这一次他显得不那么含蓄，比较急切，一定有其原因。

安排完秦健后，迟可东给周宏打了一个电话，报称已开过书记碰头会，落实了周宏的要求，决定着手主动重启协商，与石清标继续谈。

周宏问："你想通了吗?"

迟可东回答："周书记明确指示，我们必须执行。"

周宏缓下口气："这事只能这样，明白吗?"

迟可东坦率道："不是太明白。"

"以后你会明白。"周宏说。

半个多月后，迟可东明白了。

省里召集领导干部大会，通知省级官员、省直部门主要领导，各地市党政一把手等重要官员与会。这个会议时间很短，只开一个小时，内容是推荐中管后备干部。会上，中组部派来的干部考察组发放了几份表格，包括一份人选推荐表，与会人员以无记名方式在这些表格上打勾，交表后即可离会。隔日上午，考核组即着手对相关人员展开考核。动作节奏迅速快捷。

迟可东这个级别的官员差距尚远，此刻还没有被推荐到那个层次的资格，连去参加推荐也不够格。但是迟可东也在第一时间里听到了消息，类似情况在"各级领导干部"中总会得到最充分的关心与传播。

两天后，陈治给迟可东打来电话："你们那个周宏好像有戏。"

推荐大会之后，所产生的人选组成在第二天即确定下来，只是尚未公开。外界流传有四五个版本，有的可能有些依据，有的则更像猜测。这些版本中，有两个版本把周宏列上了，只是排名都比较靠后。周宏任市委书记的时间不算最长，但是此前当过省领导的秘书，在省委副秘书长任上下派，上层和省直的人脉比别人要强，得票比较有利，可能性很大。

迟可东点头："这就明白了。"

"明白什么?"

迟可东调侃，说看起来这一次用的不是脂肪酸，而是胺类捕收剂。这种捕收工艺属于“浮选”，也就是让精铁矿颗粒被泡沫吸附上浮入选，脉石渣则留在浮选槽底下。

陈治笑：“你这种狗屁段子不通俗，没人听得懂。”

迟可东也笑：“没关系，自娱自乐。”

他对陈治说，值此重要时刻，上至周宏这样的大领导，下至陈治、迟可东这样的小领导，大家都是矿石，质地各有差别。矿石这么多，堆积如山，当然就要挑选，把精矿颗粒挑出来，把石渣淘汰掉。这就用得上“浮选法”和捕收剂。

“这么说就明白了，是不是?”他问。

事实上他的“明白”与捕收剂无关，与石清标有涉。周宏在落水河电站大坝问题上为什么改变态度，且那般明确清晰？显然有备于此。周宏有渠道预知情况，早早就在为本次推荐的版本名单做准备。同一层次人员竞争者众，当事者谁都希望多现阳光少惹麻烦，恰逢非常之际，周宏不能因为落水河电站大坝丢分，而应当通过它得分。

迟可东跟陈治讲了另一个段子，该段子比较通俗：有个老头住楼下，楼上住个年轻人。年轻人每晚上床睡觉要丢鞋子，一只丢完再丢一只，两声“咚咚”之后才安静。老头听习惯了。有天晚上年轻人丢了一只鞋子，忽然想到动静太大会影响楼下的人，于是就把另一只鞋子轻轻放下。楼下的老头躺在床上等第二只鞋子落地的声响，整整等了一夜，始终睡不着觉。

陈治听了发笑：“你是那个老头吗?”

迟可东也笑：“我等着听鞋子声呢。”

第一只鞋子该是考核。如果周宏被推荐上，列在名单中，考核组很快就会到达。考核完成后什么时候能确定任职走马上任就比较难说，这是第二只鞋子，它掉下来得有个过程，要走程序，有时耗时不短，有时则是光打雷不下雨。这种事成了才算数。

陈治这个电话还另有内容。

“石老板让我转告一声，谢谢你高抬贵手。”他说。

迟可东道：“早了点，事情还没完呢。”

“你还想揪着人家不放?”

迟可东笑：“我能揪得住吗?”

两人哈哈，就此打住。

一星期后，考核组来到本市，周宏浮出。

这时候轮到迟可东这一层级的官员了。本市市直各大部门主要领导、所属各县党政一把手奉命前往市宾馆，与考核人员分别面谈，内容是周宏的各方面表现。这种时候说些什么有套路，于大家是轻车熟路。

考核人员问了迟可东一个问题：“你认为周宏同志有什么缺点?”

这是一个常规问题，通常很难问出什么。这个场合人们多说好不说坏，如果被考核者是自己的顶头上司时尤其如此。哪怕意见巨大，只要没到苦大仇深，决意豁出去程度，通常不会当场揭短，可以推说不了解，也可以轻描淡写说点不着边际的，例如“领导对我们严厉批评不够”、“领导工作太努力，不注意爱护身体”之类。即便是那些昨天还在写举报揭发匿名信到处寄的人，今天进了这个地方也常三缄其口，甚至对被他举报者表扬有加，因为这种谈话将有名有姓被记录在案。但是考核人员依然必须向谈话对象提出该问题，这是规则要求。

迟可东的回答有些不同音色：“人都有缺点，没有谁十全十美。”

考核者顿时注意：“请具体谈谈。”

迟可东提了一条意见：“周书记思路有时比较超前。”

“请举例说明一下。”

迟可东以落水河电站大坝为例，说大坝发现问题后，下边干部们就事论事，眼睛都看着那些裂缝。周宏亲自前去视察，除了看那些隐患，还提到了鱼。鱼跟大坝裂缝有啥牵连呢?周宏走后他一直想着这个，感觉不是很好破解。直到现在他们还在深入领会周书记的讲话，考虑一个处理办法。

“思路超前”算个什么？与“严厉批评不够”、“不注意爱护身体”之类有什么区别？考核人员没兴趣接着再问下去，迟可东当然也就点到为止，自己打住。

他这些话却不是率性而言，随口说说。

5

一晃数个月过去，第二只鞋子始终没有落下。老天爷却不等人，眼前虽然还是艳阳高照，该下雨的时候却在一天天逼近，眼看着雨水就要哗啦啦下来了。

迟可东看了气象台的中期天气预测，心里挺不是滋味。恰在那时陈治来了个电话，询问迟可东什么时候回省城，想聚一聚。

“有人非跟你吃顿饭不可，我不好推托。”陈治说。

“又是石老板?”

陈治发笑：“难道还有木头老板?”

迟可东说：“我们派秦健去跟他谈了。”

“他不要你那个纪委书记，要跟你直接谈，有些事要告诉你。”

迟可东说：“还是让他先跟秦健说吧。”

“那个人级别不够，不能听传达。”

“石老板给你传达了吗?”

陈治称石清标确实给他漏了点风。石清标说落水河电站这件事马上就会定局，周宏从北京回市里后要亲自督办，给石清标一个满意结果。石清标打算先跟迟可东交个底，商量商量，以免事到临头措手不及。所谓请吃饭主要是交这个底，到时候彼此心里有数。

迟可东说：“有你这些传达就够了。替我谢谢他。”

“你如果没时间吃饭，可以给他打个电话问清楚。”

“那行。”

迟可东按兵不动，没有跟石清标联系。他知道不需着急，对方很快就会把牌打出来。果然，只隔一天，秦健从省城传回消息：石清标提出了反条件，口子开得很大，出乎意料。石清标提了两条，一是落水河电站大坝没大事，要求本县在汛期到来前撤销责令停产整顿决定，让其恢复发电。二是县里不当行政行为给企业造成重大经济损失不能一笔勾销，需要有个补偿。石清标对本县提出的置换方案中城关工业园区那块地有兴趣，他愿意接受这块地作为补偿，把地给他，他就既往不咎。

不由得迟可东骂：“这家伙好大胃口。”

“他说，这个……”

“说吧。”

石清标对秦健夸口，称上头他已经摆平了，到时候县里不听也得听，赔了夫人又折兵。迟可东不该招惹他。当年他们家老头子当领导时，许琪还在给人拎包呢。如今许琪已经给关在牢里了，迟可东还能算个什么？真以为头上那顶帽子永远姓迟吗？

迟可东自嘲：“至少还不姓石。”

石清标宣布自己不会再跟秦健谈了，这件事到此打住，等周宏从北京回来再说。

“是他原话吗？”迟可东追问。

秦健确认。石清标当面说的，明确提到周宏，要等周宏从北京回来再说。

迟可东说：“那行，等吧。”

“这件事迟书记是不是先跟周书记联系一下？”秦健建议。

“我考虑考虑。”

此时周宏在中央党校一个读书班学习，已经去了一个多月，预计两星期后返回。对落水河电站大坝问题，周宏曾在视察时明确表态，虽似有倾向，却也表面持正，强调稳妥处理，并未要求迟可东满足石清标要求。周宏顺利通过关键性推荐提名和考核之后，变动并未紧随而至，数月时间过去，第二只鞋子尚未落下，情况还有变数，周宏依然需要争取各方支持，尽量不出麻烦，依然需要落水河电站大坝这件事增分，而不是相反。以周宏已经表过的态度，以及眼下的特殊状况，迟可东觉得石清标未必是夸口，所称“已经摆平”确有可能。很可能石请出来的人物非常了得，或许处在某个关键部位上，或称管得着选矿，此刻对周宏特别重要，周宏出于各种考虑，已经对石清标明确承诺，答应命迟可东对石清标做出让步。周宏为什么不从北京打个电话直接指示迟可东呢？可能因为这件事牵扯较多，不能简单行事，事情拖这么久了，也不急于一朝一夕，可以等北京归来后再从容处置。情况是否如此？迟可东主动打一个电话到北京，问一问周宏有何指示，一切都清楚了。但是这个电话一打，如果周宏开口要迟可东让步，那就没有余地了，或者抗命，或者只能接受条件，如石老板所笑，赔了夫人又折兵。无论是什么结果，迟可东想做的事情再也做不了了。

这几个月时间里，迟可东遵周宏之命，让秦健与石清标协商，做出主动姿态，实际以拖待变。迟可东心中最理想的状况，是周宏迅速上升，离开市委书记之任，那样的话，落水河电站大坝如何处置对周宏就没有太大意义，迟可东有望回头按既定方针办。问题是类似事情充满玄机，经常风闻满天，却不见一张纸下来。第二只鞋子老是没有落地，而汛期将至，迟可东手中的时间已经不多。现在落水河处于枯水期，是处理大坝问题的有利时机。待到大雨落下，河水暴涨，已经采取的措施虽然足够保证落水河电站大坝安全，县城并无重大生命财产安全威胁，迟可东却也失去了时机。

迟可东究竟想做什么？

他请来工程设计组，制定了一个炸坝预案，声称是要一个备选方案，以提供威慑迫使石清标接受条件，其实不仅如此。如果没有最后实施的打算与决心，他不会这样行事。以他的性情，早想把那条大坝炸个粉碎，因为该坝藏匿严重隐患，因为石清标有恃无恐张扬放肆令人痛恨，也因为一些特别考虑。但是他也清楚事情没那么简单，自己想干什么未必就能干成，只能走一步看一步。现在走到这一步，似乎已经走不下去了。即使周宏并没有如石清标所放风声那样下令，只要大雨一下，汛期到来，最佳施工期就彻底消失，落水河电站大坝不能动了，要动只能等待来年枯水季节，那个时候的情况谁知道呢？很大的可能是未曾天翻地覆，却已物是人非，迟可东自己已经不在县委书记位子上，不知给扫到哪个墙旮旯里去了。

此刻迟可东还能做何选择？

秦健带协商小组从省城撤回，即向迟可东报告情况。其实也没有更多情况，该报告的在电话里都说了。

“接下来我们怎么办？”秦健请示。

“先等一等，看看吧。”迟可东说。

谈完谈判事项，秦健汇报了另一项工作：省纪委林处长一行明天到本县，相关工作需要本县做好配合。

“他们的工作任务是什么呢？”迟可东问。

“还不清楚。”

林处长工作岗位在纠风办，正式职别为副调研员，所谓“林处长”或“林处”是基层习惯尊称。林处长不是一个人下来，同行还有另一个人，虽然级别不高，却是来自另一重要部门：省委组织部干部监督室。如此搭配，估计是联合查核某一事项。市纪委特安排了一位室主任配合工作，明日一起到达本县。

秦健问：“林处来后，书记要不要见见？”

迟可东说：“应该见。”

作为东道主，迟可东理当会见、欢迎客人。按照以前方式，通常要一起吃个饭。眼下却有不宜，人家是管纠正风气的，可能要来查些问题，请他吃饭彼此都有嫌疑。因此迟可东决定由秦健负责接待陪同，他暂定在林处长一行到达后去宾馆探望，聊一聊。如果需要进一步安排，到时候看情况再说。

秦健说："书记这样考虑好。"

"他们的任务一点都没说吗?"

秦健再次肯定。迟可东却觉得他声调有一丝异样。

他是不是知道一点什么呢?

迟可东不再追问。

第二天上午客人光临，迟可东亲往客人所住宾馆探望，"亲切会见"。迟可东与这位林处长是初识。该同志戴眼镜，脸上表情不多，似乎还随和，对迟可东很客气，但是对其工作任务三缄其口，不露风声，只说奉领导之命，下来了解核实一个情况，不多惊动书记，只要求相关部门配合就可以了。

"除了县纪委，可能还需要县委办支持一下。"林处长说。

迟可东当即给县委办主任打电话，命该主任配合林处长一行，需要办什么就立刻办什么，由秦健具体协调。

主任说："明白。"

隔日，县委办主任找迟可东报告，称相关资料已经提交给林处长。

迟可东问："他们要些什么?"

"他们没跟书记说吗?"

"你说就行了。"

原来林处长到来与公务用车有关。他们要县委办提供所管理的小车班公务车辆使用记录，要求看原始记录，尽可能详尽。哪部车哪一天出车了，去哪里，干什么，需要有清楚记录。县委办小车班管了十几部车，县委、县政府两套班子领导用车一家统管，其用车记录都在电脑里，一条一条多了去，打出来得堆满一桌，还好人家不要全部，也不要全天候，只是书记、县长、专职副书记和常务副县长四位主要领导用车，只要去年第四季度至今的记录。就此范围，所提供的记录已经可以装一大袋。

“他们哪里看得完。”主任说。

“你真以为他们要一条条学习你那个东西?”迟可东摇头。

“那又不是上级文件。”主任笑，“有什么可学习的。”

他向迟可东保证，他对规章制度管理一直抓得很紧，如果林处长一行的任务是检查县主要领导用车执行制度情况，本县经得起检查，不会有大纰漏。

迟可东说：“行，那就好。”

他嘴上不说，心里却有数，林处长的来意绝不会是这个。如果只是一般检查，他们不必三缄其口。他们目标肯定非常明确，是要查某个人坐哪一部车某一天到哪里去干什么了。他们扩大了范围，要了四个人和长达数月的资料，那只是努力避免让人提前看出是在查哪个人哪件事。四个人里肯定只有一个为查核对象，其记录需要认真学习，其他三位仅为陪读，他们的记录肯定不会给看上一眼。那么四个人里哪一个是目标？看来不可能是别人，只会是迟可东。如果是别人，他们不必把迟可东拉来陪读，毕竟迟可东是现任书记，第一把手，在本县涉及迟可东，无论是人还是车，都会相对敏感，如果不是必须，他们不会这样行事。他们当然也不会无缘无故想查谁就查谁，如果他们对迟可东的用车记录发生注意，那一定是有人向省纪委和省委组织部举报了这方面的问题，且其程度达到一定的严重性。

迟可东感觉纳闷，不知道自己这方面有何文章可做。公车使用问题早被列为纠正不正之风一项重要内容，迟可东自认为相当检点，怎么可能忽然出现达到某种严重性的纰漏，被人发现并举报？迟可东到省城开会，有时也会顺便看看朋友办个事，例如，到某个住宅小区特色餐馆跟陈治会面，较真起来，也许会被指为公车私用，但是这类小情况不太可能惊动这么大。林处长出动并不是自己能决定的，查核一位在任县委书记有关情况，肯定需要省纪委领导点头，能够惊动到那个层次，不会是芝麻大的事情。

迟可东无从知晓究竟，也无法主动打听，只能静待明朗。他隐约感觉不仅这件事有点不对劲，似乎另外还有个什么不对劲。没来得及仔细琢磨一下，那天下午秦健进了迟可东的办公室，迟可东忽然明白，原来在这里，该不对劲其实来源于该同志。

秦健总是先人一步，在第一时间报告迟可东感兴趣的事项。这一次他负责配合林处长，有直接渠道得知相关消息，但是他落后了。

他向迟可东报告："他们查几部车子的情况。"

迟可东道："我已经听说了。"

"除了县小车班的车，他们也还要了解几个乡镇的情况。这个林处做事特别认真，也特别细。"

"网撒得很开，目标很深?"迟可东问。

"我也挺纳闷。"

迟可东不跟他多谈这件事，只让秦健配合好。所谓时到花便开，到时候就清楚了。

隔日，迟可东吩咐办公室主任找李金明，让李金明给他来个电话。不料办公室主任竟找不到李金明，李金明手机关机，办公室电话无人接，家里电话也没有人接。县委办主任急了，赶紧找镇办主任查问究竟，小主任一问三不知，只说昨天晚上还见李镇长在办公室批文件，今天上午没见他到镇政府，以为他另有公务去了。以往另有公务时，李镇长会有所交代，今天有些奇怪，他没露面，事前也没吭一声。

"马上给我找到他。"县委办主任下令，"有要紧事情。"

事实上那一天迟可东找李金明倒没有大事，只是想问一问其妻的病况，表达一点关心。却不料这一关心扯出个李镇长失联。

镇办公室没找到李金明，没有一个电话能打通。小主任无奈，只能向大主任报告，称他们会不停地打，直到找到人为止。

县委办主任问："为什么他家里没有人？他老婆瘫在床上不能接电话，

身边总有个人照顾吧？”

这一问才知道，李金明老婆本已出院，抬回家里继续治疗。不料又得了褥疮，感染到血液，情况比较严重，只能再送进医院住院。李金明老婆出事后，李金明把儿子送回老家，交给爷爷奶奶照顾，岳母则给他搬来照顾病人。李妻再度住院后，岳母跟到医院陪床，因此家中无人。

“这种情况，他怎么还敢跑得找不到人！”不由得县委办主任着急。

“也许，也许镇长遇到什么事了。”

县委办主任赶紧把情况报告给迟可东。迟可东听罢摆了下手：“让他们别找了。”

“不知道会不会……”

“别管，等他自己冒出来。”

迟可东知道，无须捕收剂，也无须泡沫，李金明总会在他身边冒出来的。

6

李金明用一个陌生手机号码给迟可东打来电话：“迟书记找我啊？”

那时已是傍晚。李金明没说自己在哪里，没说怎么知道迟可东查岗。迟可东也不多问，张嘴就批：“你是哑巴吗？你妻子又去住院，为什么不说一声？”

李金明回答：“书记，她的事现在我还能对付，实在不行了才麻烦领导。”

“你对付什么呢？跑得不见人影？”

李金明称他临时有件急事不得不离开一下，走之前，昨晚他还在医院守了一整夜。他老婆入院这些天，陪夜时他基本不叫别人帮，能自己看管就自己看管。白天他得上班，没办法照顾，只能尽量在晚上陪护。

“当初她把我盯得很紧。”李金明自我解嘲，“现在该我还给她了。”

“赶紧去医院。”迟可东说，“你老婆要是再出事，处分你。”

“谢谢书记。我明白。”

从头到尾，迟可东没有追查一句。李金明也不做明确解释，只含糊提及“临时有急事”。事情果真如此简单吗？

当晚十一点半，迟可东离开办公室，准备关门回宿舍，李金明突然出现。

“迟书记！是我。”

迟可东问：“现在你该在哪里？”

李金明表示他会马上赶到医院去，但是还得先向迟可东报告一下情况。

迟可东让他进了办公室。

“说吧。”

这一说才知道，从今天清晨六点直至此刻，李金明马不停蹄，几乎跑了八百公里。他没用镇里的车，找人借了一部私家车，自驾游，走高速公路去了清涧。清涧位于本省北部山区，离本县近四百公里，属于另一个地区。

迟可东很诧异：“跑到那里干什么？”

“我心里实在放不下。”

李金明为什么放不下？居然与林处长一行有关。如秦健所报告，林处长一行在调看县委小车班相关记录后，又将范围延伸至城关镇。他们要了两位镇领导的用车记录，李金明为其中之一。镇办公室提供的资料里有一条李金明于某月某日去清涧的记录，这条记录引起了注意。林处长要求具体核实这部车去清涧的准确时间与事由，包括其乘客的确切情况，是李金明本人吗？有没有其他人搭乘？镇办公室找李金明核实，李金明做了具体说明。那一次李金明到清涧有一特殊事项：早几年城关镇引进推广优良枇杷品种，全镇种植面积达数千亩，长的果实偏酸，卖价不好。李金明的一位省农大老同学给他报了个信，称清涧县农技站有位技术员是枇杷专家，处理实际技术问题经验丰富。李金明本人是农业技术员出身，有一些旧关系，他通过这些关系找上门去请专家来本镇帮忙。那一次是专程接洽，没做其他事，时间就是记录中那个时间，是李金明本人亲自前去，除了驾驶员，没有其他人同行。

李金明做出情况说明之后，没有片刻耽搁，立刻向人借车，于今天清晨紧急动身赶往清涧。为了不让人知道究竟，他一声不吭，手机关机丢在家里没带上路，以防被确定位置，暴露行踪。行前他把妻子车祸前用的手机带上，以备应急。

“难道你给他们提供的说明有问题?”迟可东追问。

李金明所做说明是真实的，没有任何问题，无须他紧急赶去清涧与当事人见面统一口径。促使李金明急赴清涧的原因是他有所怀疑，心里放不下，决意要去摸个究竟。清涧那地方与本县相距很远，瓜葛很少，怎么会让林处长如此注意？李金明感觉奇怪。一了解，知道林处长已经查过县小车班相关记录，迟可东的车子也在查核之列，李金明心里忽然有所感觉，于是才有今天的来回奔走。

“迟书记，他们是冲你来的。”李金明说。

“怎么说?”

李金明从口袋里取出一只手机，从里边找出一张照片，递给迟可东看。

这张照片照的是一个手机屏幕，屏幕里也是一张照片。可能因为两重翻拍，照片画面显得模糊，细节不甚清晰，但是提供的信息已经足够：画面上有个人正在走过一段通道，通道左侧有一片小树林，右侧是一面墙，墙的边界处是一个大门，门边挂着一块长型标牌，标牌上的文字已模糊难辨。

无须看清标牌上的文字，迟可东知道那是什么地方，他已经多次前往过，照片上的人就是迟可东自己。照片下方迭印着拍照时间，很模糊，拉开放大，隐隐约约能看出几个数字，正是迟可东最近一次前去的时间，已经过去几个月了。

那是清涧监狱。迟可东的舅舅许琪就在该狱服刑。

本县与清涧几无瓜葛，很少有人知道该地与本县现任一号人物竟有这般牵扯。人们大都听说并关心过许琪的故事，至于许琪落马后住在哪座免费公馆，探究类似细节的人实在不多。李金明例外，他跟迟可东走得近，本身也曾被许琪案扯上过，因此他略有了解。李金明对关系迟可东的事情一向很敏感，林处长一行对清涧的关注以及对迟可东用车的核查被他联系起来，感到其中有蹊跷，事情可能与清涧监狱有关。李金明恰有一条路直接通往该监狱：李金明在省农业大学的一个同班同学在清涧，已经当了县农技站长，李金明去清涧请枇杷种植专家到本镇指导，就是通过该同学。那一次老同学对李镇长非常热情，设家宴款待，把自己的亲弟弟叫来作陪。这位小老弟人不错，到场的主要任务是替不会喝酒的大哥劝酒。他与李金明在饭桌拼上了，一杯又一杯，彼此酒量相当，喝得都爽快，很投缘，喝着喝着就成了“老哥老弟”。小老弟穿便衣，却是警务人员，供职于清涧监狱，是那里的一个副职领导。

李金明到清涧就是找这位小老弟，所需了解的情况电话里不便说，只能当面谈。小老弟恰在单位值班，突然见到李金明他很吃惊。李金明告诉他没大事，只是有一点小情况需要核实。李金明核实的问题属一般性动态，对小老弟并没有太大困难。通过这位小老弟，李金明得知不久前果然有省纪委人员到狱了解情况，正是那位林处长。

“来看许琪吗?”李金明问。

“不是。”

林处长并非前来探监，不过他的到来与许琪有关系，是来了解探望许琪的人。本监狱犯人探视方面的业务不属小老弟分管，只因为狱长以及分管副狱长恰到省厅开会，林处长一行便由小老弟负责接洽配合。那一天除了林处长，还有一位市里相关部门主任陪同他下来。他没有说要查谁，叫什么名字，只是查阅了相关探狱记录。许琪在本狱服刑人员中地位比较特殊，原有级别最高，入狱后来探视的人不少，有亲友有故旧，都留有名姓时间，资料很完备，张三李四查谁谁在。林处长还取出他带来的一张照片给小老弟看，问认识照片上的这个人吗？小老弟没认出那是谁。林处长不做说明，只让小老弟判断照片真伪，亦问从照片角度推测，是不是跟本监狱有关？小老弟确认该照片照的是本监狱外边场景，不会错。看起来应当是现场实照，不像电脑合成的伪造品。在征得他同意后，小老弟用手机随手翻拍了那张照片。他查看资料时，小老弟与市里陪同他来的那位一起到监狱外实地察看，细致比对，确定那张照片拍摄地点在狱墙西南方位，那里有一个小休闲区，建有一个小亭子，旁边摆有几个露天活动器械，是数年前监狱管理部门创建精神文明单位时建设的。从取景画面看，照片应当是从亭子这个角度偷拍的。这个地点为公共场所，不是监狱内部区域，平时人流不大，来来往往多为探监者以及附近乡民，本狱工作人员有时也到此闲逛。就此情况，很难断定偷拍者是不是本狱人员。小老弟向林处长报告了情况，出示他从相同角度拍的手机照片，该照片除了没有当事人，其余场景、视角与林处长那张照片完全相同。林处长点头表示认可。

“把照片删掉。”他要求。

小老弟当场删除照片。

林处长还问了一个问题：“可以查出这个人坐哪部车到这里来的吗？”

这个要求完成起来很困难。小老弟立即命人调看停车场监控录像资料，因时过三个多月，记录已经销毁，无法提供这方面情况，林处长只能作罢。

小老弟手机里删除掉的照片还可以找回恢复，只有清空垃圾箱才能永久删除。小老弟没太在意，未曾即刻处理，到李金明找上门才想起来。他从手机里恢复出照片给李金明看，果然如李金明所料，拍的是迟可东。

李金明问：“林处长说过查这个事的原因吗？”

小老弟说，该处长话不多，嘴很严，没有透露具体情况，只含糊提到

“根据举报”、“领导很重视”，等等。

李金明提出用手机拍一下对方手机里那张照片。对方略有迟疑。

“你放心，我会很注意，保证不会有问题。”李金明说。

“你为什么了解这个?”

李金明说，照片里的这个人很好，眼下却让人恶意盯上，偷拍举报，玩阴险花招，太可恶。这个人的事在李金明眼中比自己的任何事都重要，他无论如何不能置身事外，如果不千方百计帮助了解一点情况，他会寝食难安。

小老弟让李金明拍了手机屏幕，吩咐他一定要保管好，事后立即清除。李金明再次明确保证。

迟可东听完情况，下令：“删除吧。”

李金明照办。

“你怎么能这么自作主张，草率行事?”迟可东严厉批评。

李金明没吭声。

“别以为手机一换就查不出你的行踪。要查的话，不费吹灰之力就可以把你拿下。知道吗?”迟可东训斥。

李金明说：“我不怕那个。”

迟可东顿时恼火：“你怎么还像那个种蘑菇的？就不能多动动脑筋？你这么做不仅把你自己陷进去，也把所有有关的人都拖进去了，包括你那个小老弟。”

李金明不服：“不会。我一人做事一人担。”

迟可东大怒：“还嘴硬！你有多大的肩膀？你担得了吗?”

李金明不吭声了。

迟可东也不说了，摆摆手让李金明走人。时间不早了，大家都该睡觉了。从今以后李金明要记住一条：凡跟他迟可东有关的事情，李金明无论想做什么，都要先说一声，不要再擅自行事。所谓谁的孩子谁抱走，迟可东的事情迟可东自己有办法解决，不需要别人来插一手。

“明白吗?”

李金明还是不吭声。看表情，似乎心里不服，还想争辩。迟可东不让他再待，指着大门下令：“走吧。”

李金明起身，悻悻离开。

李金明的背影从办公室门消失那一刻，迟可东感觉后悔，觉得自己话说重了，李金明心里一定很委屈。所谓“热脸贴冷屁股”，李金明主动行动，不顾可能给自己招致麻烦，来回驱车八百余公里，以极高效率掌握了一个对迟可东非常重要的情况，没有得到一句好话，反给迟可东骂了一顿，于情理上实在说不过去。迟可东并非故作姿态，他确实不赞成李金明这么干，但是他完全可以也应该表达得和缓一些。

十几分钟后，迟可东给李金明挂了个电话。

“到医院了吗?”他问。

“到了。”

“她的情况怎么样?”

李妻情况依旧，没有大的变化。

“需要我给方院长说一句吗?”

“不必了。谢谢书记。”

“心里还有气?”迟可东突然问。

李金明没吭声。

迟可东叹了口气：“我心情不好。别往心里去。”

李金明说：“书记放心，我都明白。书记站得高，肯定有书记的道理。无论书记怎么批评，我都是当年那个种蘑菇的，书记在我心里永远是那个迟书记。”

“抓紧时间休息会儿吧。”迟可东放了电话。

当夜迟可东彻夜未离，在办公室待了一夜。他没做更多事，只是喝水，仰头盯着天花板，反复思忖。

在李金明报告情况之后，事情已经基本明朗。确实如迟可东自己所怀疑，眼前的这一调查核实是针对他而来。事情怎么发生的？应当是起自某一封举报信。举报信作者显系匿名，身份不详，于事前悄悄安排了一次偷拍，尔后把偷拍作品连同举报材料寄达省纪委和省委组织部。问题是所举报事项有何可查性？许琪是迟可东的亲舅舅，舅舅坐牢，外甥去探望算什么事？所谓外甥打灯笼照舅，以前在家里照，如今得去牢里照，血缘关系并未因监狱而改变。如果单是“迟可东去清涧监狱看他舅舅”，那不是新闻，也不是合适的举报内容，哪怕举报到联合国也不会有人管。但是这件事如果加上一点佐料，那就不一样了。从林处长核查的事项可以推断，举报者的文章是做在车辆使用上。举报信一定是把二者牵扯起来：迟可东跑到清涧监狱看他舅舅，使用公车前往。如此举报，肯定引起有关方面注意，这不是典型的公车私用是什么？居然这样干到监狱去，较之坐公车去喝酒性质更为严重，四百余公里的使用距离也更凸显其非同寻常。上级接到如此举报，不查才怪。

这一点恰是迟可东早有防备的。许琪入狱后，迟可东每隔一段时间就会悄悄去探望一下，不仅因为外甥天生的需要去打灯笼，也因为有具体情况。迟可东从小被许琪当儿子看，许琪被审查时，他的两个女婿也就是迟可东的两个表姐夫都提前跑路了，因为他们都从商，与许琪贪腐多有牵连。许琪案虽已了结，两个女婿的问题却还挂着，他们感觉不安全，一直远远躲在境外不敢回来露面。眼下许、迟两家除了娘儿们，就剩迟可东一个壮劳力，探监之旅虽不算千里迢迢，对娘儿们也是负担沉重，因此迟可东免不了要更多地承担。另外还有一个原因是许琪喜欢迟可东探监。在享用权力荣耀之后落入牢狱，许琪自有无尽感慨，他喜欢与迟可东交谈，因为迟可东也从政，共同感受多。许琪在狱中依然关心很多事，大至中美关系，小至乡镇编制职数，其最新变化许琪都了如指掌。他有一条：从不对迟可东提具体建议，尽管他非常了解迟可东眼下境遇如何，正在做些什么。他更多的是讲自己，曾经遇到过什么人什么事，当时他怎么处理，有何得失。许琪履历众多，经验丰富，落马的教训和坐牢也给他更深反思，与他交谈对迟可东不无益处，有启示也不乏警醒。由于自己与许琪的身份均特殊，迟可东探监非常小心，从不声张，也绝对不用公车。被偷拍的这一次，他是利用双休日回省城家中之机，让表姐公司里的司机开车送他到清涧。因此林处长不可能在迟可东的车辆记录里查到丝毫问题。林处长或许觉得迟可东未用自己的车，有可能动用下属的车，李金明与迟可东关系深，最可能被调用，因此也查李金明的情况，结果反被李金明察觉异常。

如果有人举报迟可东坐公车探监，那肯定是有意诬告，其目的只在于引起注意。光讲探监不可能被理会，那么就加入违规用车内容，这才足以引发对迟可东的查核。举报者当然清楚调查结果将证明迟可东清白，如此举报有意义吗？显然有。所谓醉翁之意不在酒，这封举报信的要害不在于迟可东到底坐什么车去，而在于通过引发调查，最终强调探监本身，凸显迟可东不时去探望许琪这一事实。亲属探监不是件很正常的事吗？放在一般人身上当然是，于迟可东就可能有问题。迟可东是现任县委书记，许琪毕竟是个贪腐罪犯，与许琪接触的曝光只会给迟可东减分，尤其是在某些特殊时期，例如眼下。眼下有何特殊？恰逢阶段性调整任用干部之际，所谓“大家都是矿石”，上级正在考虑相关官员的挑选以及进退留转，这时的举报尤其具有杀伤力。一些开明点的领导可能不会把这当作问题，外甥打灯笼照舅，那是人家私事。却肯定另有一些人会产生疑问，觉得这是一个问题。具体而言，这一次查无使用公车，以前呢？每一次都自己走着去吗？问题还可以扩展开：外甥与舅舅之间谈些啥？光是谈监狱伙食怎么样吗？是不是还谈其他什么？许琪案中，迟可东真的什么事都没有吗？这个迟可东可靠吗？可以重用吗？当然是一个个问号。

显然这是关键。以往迟可东之所以小心翼翼，悄悄行事，就是防着这个。结果该软肋还是被人抓住并猛击一拳，迟可东于此绝对无力。他不能表现出自己知道怎么回事，只能等待。林处长在调查无果的时候，可能会请他就相关事项做个说明，那么他可以做出解释。如果人家只是以查无实据上报，不需要他再来一说，迟可东连自我解释的机会都没有。无论是什么情况，其直接后果可以想见，套用迟可东自己的选矿术语玩笑，这一举报及其引发的查核有如某种脂肪酸，它能把迟可东逮住，粘在泡沫上浮起来，供选矿机刮除淘汰。

迟可东曾经与陈治调侃，称自知“成分不好”，对提拔重用什么的，心里想要，感觉应该，期待期待可以，却不能当真，不能抱无谓希望。事实上那只是心态之一，在他内心深处，依然还有一丝念头：或许并不那么绝对，机会还是有的？凭工作与政绩，资历与人脉，他还是有可能的？眼看着身边同僚各有行动，他也问自己是否应当有所动作，跟那些同僚相比，他并不缺乏能量与资源，不抓住机会努力一下，是不是太对不起观众，也太对不起自己了？既然走在从政这条道上，迟可东很难完全免俗。但是到了现在，他觉得确实应当更清醒一些，不需要再单相思暗恋般偷偷想念了。许琪一案在他头顶和心间布下的那团阴影并没有消散，还有人在极力搅动这团阴影，让它尽量扩展。这一次的举报和查核的影响肯定不利，这种情况下再幻想重用提升显然不切实际，能否留任也是个问题。迟可东在这个位子上待的时间已经比别人都长，不可能让他一直这样待着。或许他得为自己何去何从多加考虑，提早谋划，主动争取，免得到时候措手不及，一不小心落到哪个墙旮旯里去。

尽管早就表现豁达，但到了发觉自己恐怕真的没戏之际，心头还是滋味不佳。人就是这样，没办法，绝对豁达确实很难。

迟可东也琢磨打在自己软肋上的这一拳，这是谁干的？很专业，很结实，有一定虚构想象力。会是石清标吗？值此博弈之际，采取任何手段打击迟可东，让迟可东承受压力，失去机会后黯然出局，显然符合石老板利益，是他想干而且也会干的。

7

石清标不失时机，于第二天上午给迟可东打来一个电话，在电话里做客气状，旧邀再提，问迟可东什么时候回省城，要请他吃饭。

迟可东问："石老板好像宣布免谈了？"

石清标声称，他决定不跟秦健再谈，但是愿意跟迟可东吃饭，这是两回事。

"迟可东算个什么呢？"

石清标笑："秦健真是会搬话。迟书记不要计较，到时候罚酒三杯可以吧？"

"打算拿三杯酒换多少东西？"

"大家好说，我就不加码了。只要那块地当补偿。电站不必说，就那样吧。"

"恐怕还得有个说法。"

"这好办。"

石清标愿意给迟可东铺好台阶，他会派一堆人到落水河电站大坝叮当叮当敲打，像模像样折腾一番，这就是整改了。到时候还可以弄一些专家去走一走，出一张权威意见，尔后电站重新生产有理由，工业园区拿地也有理由，外头没话说。迟可东支持的话，石老板还愿意在另外一些重要事情上投桃报李，大家皆大欢喜。

"迟书记在那个地方也待不了太久了，是不是？"石清标提示。

"我怎么不知道？"

石清标说情况明摆的。迟可东已经把县委书记当成腌白菜帮子了，哪怕他还想待，人家也不会让他再待下去，肯定要把他挪一挪。往哪挪呢？

升上去当然最好，没升上去也得找个好位子，那都需要有人帮忙。石老板说不定能帮一点。迟可东只须按照周宏的意见办，在落水河电站大坝这件事上表现出诚意，大家可以不计前嫌，彼此好商量。

迟可东突然问："石老板手上好像有一张我的照片?"

电话那头顿了顿："照……什么?"

迟可东笑笑："石老板装傻。"

石清标也笑："我真不知道。"

迟可东说："没关系，咱们心里明白就行。"

石清标突然也冒出一句："迟书记想过不当书记该干啥吗?"

迟可东说："我准备去种蘑菇。"

这个电话让迟可东下了最后决心。

他把李金明叫到办公室。

"需要你去完成一个任务，有风险，弄不好会把你砸进去。愿意吗?"他问。

李金明说："书记，你了解我。"

迟可东考虑必须对落水河电站大坝采取措施，机会快没有了。他告诉李金明，这件事下决心不容易。他当县委书记这么些年，手上干过不少事情，有些事情未必是他真想干的，日后看也未必有价值有意义。而落水河电站大坝这件事他早就想干，但是难下决心，受各种因素牵扯，包括个人考虑。现在到了这个分上，个人考虑可以放开了，那就会自由一些，敢于干自己想干的某些事情。从长远来看，或许他干的所有事情里，这件事情比其他的都重要，都正确。

"只是不忍心，你妻子还在住院，这件事可能也会给你带来风险。"迟可东说。

"我无所谓。"李金明说，"书记，你可能会有很大压力。"

"我考虑过了。没什么大不了的。"

迟可东命李金明安排人帮助照料妻子，他先抽身出来办落水河电站大坝这件事。现在需要李金明全力以赴，别人代替不了他。李金明让迟可东放心，家里的事、镇上的工作他都会预先安排好。

他提了个建议："书记，这件事要办成，还得迅雷不及掩耳。"

"不错。"迟可东说，"你做好准备，其他的我来考虑。"

李金明遵命，即迅速投入行动准备。李金明行事风格鲜明，该硬则硬，该软则软，细致把握温度湿度，类同于栽培蘑菇。他动手的前一晚，城关镇派出所突袭一个赌博窝点，一伙赌徒在里边赌得天昏地暗，被当场拿获，赌徒赌具赌资俱在。落水河电站负责人蒋大林是当晚落网的赌徒之一。落水河电站停产后，留守人员不多，蒋大林在此负责，他是石清标的亲信，好赌，在县城有一个窝点。情况早被李金明掌握，只是一直按兵不动，待到当晚才予以突袭，把蒋大林控制起来，堵塞石清标在现场的耳目。隔日，李金明从城关镇一条公路施工现场带走一支作业队伍，连同事先准备好的机械和材料一起拉到落水河电站。电站无头，剩下两名留守人员均是城关镇人，愿意与政府合作。李金明的队伍进驻电站后严密封锁现场，也封锁消息，不吭不声，按照早已确定的工程方案紧张施工。

两天后李金明从大坝现场打来电话，报称一切顺利，各项准备工作全部完成。

迟可东说："等我通知。"

那一天上午林处长前来辞行，他们一行在本县的查核任务已经完成，需要返回省城复命。直到这个时候，林处长也未就此行来意透露半字。迟可东猜想他回去后将如何汇报，"经查，未发现迟可东前往清涧监狱探监时使用了公务车辆"？

"林处应该给我们一点指导意见。"迟可东客气。

林处长说："我感觉迟书记执行有关规定还是很严格的。"

"感谢肯定，还要继续努力。"

送走林处长，迟可东立刻把县长和专职副书记请到办公室，三人碰头研究了落水河电站大坝问题。处理落水河电站大坝的各项措施包括最后的强硬措施已经多次在领导层讨论过，以往大家均无异议，因为责任毕竟主要由迟可东承担。此刻情况有新变化，石清标提出了反条件，胃口之大更让大家无法接受。迟可东强调这事不能再拖了，可以再努力争取一次，做到仁至义尽。那样还不行就得下决心动撒手锏。另两位没有异议，县长只是表示了一点担忧。

"迟书记，压力都在你身上啊。"他说。

"我考虑过了，该承受就得承受。"迟可东说。

碰头会上，迟可东不谈周宏目前是什么态度，因为那是石清标在电话中放的风，而非周宏亲自来令，迟可东可以不必当真。

碰头会后，迟可东立刻召集县委、县政府两套班子领导联席会议再议，会议结果与书记碰头会一样，大家没有异议。或许有人暗自认为迟可东的"仁至义尽"还是在做威慑姿态，还想以"采取断然措施"方式恐吓石清标，逼他让步。采取断然措施说说容易，实施很难，这一帖猛药只怕迟可东自己也承受不起。

迟可东强调："这件事目前严格保密。"

会后，秦健奉迟可东之命立刻给石清标打电话，表示石清标的条件县里不能接受，再次要求石清标坐下来重新协商。

石清标态度依旧蛮横强硬："开什么玩笑！我都跟迟可东说清楚了。真不听，等他自己见鬼去。"

"请石老板再考虑一下。"秦健争取。

石清标把电话放了。

秦健向迟可东报告了交涉情况。这一结果早在迟可东预料之中。

"迟书记，咱们怎么办？"秦健问。

"把它炸了，怎么样？"

秦健立时支支吾吾："恐怕，恐怕……"

"或者再等一等，情况明朗一点再说？"迟可东再问。

"那样好！那样好！"

迟可东命秦健保密，对外暂时不说。怎么处置合适，他要考虑一下。

事实上不须考虑。秦健一走，迟可东即给李金明打去电话："动手吧。"

迟可东坐在办公室里，打开办公室的窗子倾听。好长一段时间里，外头几无动静，没有听到特殊的声响。迟可东耐心等待，感觉那段时间似乎出乎意料之长，担心李金明那头是不是发生意外。这时就听远远传来了一声闷响："轰隆！"

迟可东情不自禁拿桌上一支水笔用力敲了一下茶水杯。

"当！"

县城与大坝有一段距离，爆炸声传到这里已经微乎其微，好比夏日里天边的雷声，估计没有多少人注意到。迟可东感觉那个声响比期待中的要小很多，远比不上桌上这只陶瓷水杯被敲击时的那声脆响。

他对自己说，有意义未必声音大。浮选止于此声，权且把这一声当作自己在此任上的告别礼吧。或许若干年后，人们记住的不是他在这里修的桥铺的路，而是算不上大且已经不存在的一条大坝，以及听起来很小的这一声。

无须拿脚趾头去掂就可预知，这一声的代价必定非常沉重。

第三章　鱼类故事

1

周宏大怒，在电话那头厉声斥责："为什么不先跟我通个气!"

迟可东检讨："对不起周书记。我可能考虑不周。"

"什么考虑不周!"

迟可东称自己确实有些情绪没有控制住，事到临头不够冷静。不过客观上也有原因，让他不得不狠下决心，不得已而为之。

"怎么能这样草率！难道不知道后果严重!"

"我觉得道理是在我们这边。"

"不说那个!"周宏发火，"你是不是连通个气都不会了?"

迟可东称自己事前曾考虑给周宏打电话报告，再三思忖后没有打。一来因为周宏远在北京学习，无法当面请示，这种事电话上又不容易说清楚。二来把事情提交到领导那里，无论结果是进是退，都是把责任推给领导，一旦产生严重后果，会给领导造成不必要的麻烦。

"现在麻烦还小吗?"

迟可东再检讨："是我的决定。有错误都是我的，我承担所有责任。"

"你承担得了吗!"

他的反应在预计之中，其激烈程度比迟可东料想的要大。无论反应大小，此刻迟可东只能面对。在给李金明下达动手令那一刻，迟可东心里就很清楚，这个爆炸的冲击波平息之后，真正的冲击才会一波一波激荡而至，其中让他最难面对的会是周宏，迟可东无可逃避。在炸掉大坝后第一时间，迟可东即打电话向周宏报告，明知道是自己找骂，却不能不报。

市委书记周宏在中央党校的学习即将结束。有不少传闻称周宏返回本市后待不了几天，马上就将走马上任，可能进省委常委班子，也可能先任副省长。迟可东作为周宏管辖下的一个县委书记，无论周宏暂时待在本市岗位，或者荣调省城，其宏大身影始终都罩在迟可东头上，迟可东不能不极其认真对待。在落水河电站大坝这件事上，迟可东应当提前向周宏报告一声，但是迟可东在要紧关头像块石头般保持静默，因为他心知一旦报告就将一事无成。此时恰逢周宏本人的特殊时刻，第二只鞋子尚未落下，落水河电站大坝被炸或将产生不利影响，难怪周宏大为光火。

现在木已成舟，迟可东自知无以辩解，检讨言不由衷，彼此心知肚明。周宏远在北京，数千公里外的火气沿电线而来已经能把肉烤焦，几天后他即将归来，到时候何以面对？迟可东不去想了。事到如今，只能随他去。事实上此刻处理关系已经不再那么重要，在迟可东下决心那时，他就清楚自己这个县委书记应当是当到头了。

迟可东也给陈治打电话说了情况。陈治曾经为石清标出面游说，此刻当然要给个回话。陈治已经知道落水河情况，他抱怨：“你下手也太急了。”

“事情到这个分上，只能这么办。”

“你不可能不知道后果啊！”

迟可东当然尚未痴呆。这件事的一大后果就是直接影响他本人眼下的进退去留。其实也是这方面的考虑让他下了决心。给他的时间已经不多，一旦失去时机，再也鞭长莫及。难以奢望继续前进，就不需要过多患得患失，后果反正就那么回事。

“给陈大处长添麻烦了，抱歉！”迟可东说。

“我担心你呀。现在你可怎么办呢？”

毕竟是老友，陈治虽有不快，却没太过不去，犹存同情之心，语气相对温和，表现出某种关切。陈治告诉迟可东，石清标听说落水河电站大坝被炸就笑起来，说这是哪个家伙编的瞎段子？吓唬谁呢？待到知道事情是真的，石老板暴跳如雷，声称要跟迟可东打官司，宁可把身家扔进水里，也要把迟可东送进监狱，让外甥跟舅舅做牢友去。

迟可东说：“我等着呢。”

“你干嘛招惹他？”

迟可东说：“有些人就是欠收拾。”

“你这人看上去平和，其实满嘴钢牙，本来就是钢铁那行当的。”陈治说，“石清标牛逼哄哄掂不准，他也是自己找死。”

“我不管他怎么样，只怕陈大处长太介意。”

“我算个啥？”陈治说，“可我真是替你捏一把汗啊。”

“事到如今无所谓，走着瞧。”迟可东说。

他告诉陈治，当年在北京读大学，头一次学习实践时，他和几个同学去了一座选矿场，该矿场很大，用反浮选工艺选精铁矿。选矿场附近触目惊心，尾矿堆积如山，河滩河床铺着厚厚一层矿粉，水里一条鱼都没有。他倍感震撼，忽然觉得自己有朝一日可能会改行去养鱼。没想到后来没去养鱼，却当上阎罗王，又贪又狠，凶残无度。

陈治劝解：“那都胡说八道，别放在心里。”

迟可东笑：“其实我很荣幸。阎罗王什么级别？至少省部级吧？他们真看得起。”

陈治跟着哈哈。

迟可东怎么会跟阎罗王扯上？那是网络提法。此刻落水河电站大坝事态正在发酵，到处一片骂声。网络上铺天盖地，都是落水河电站大坝被炸毁的消息，有的还配发了图片。有一个故事在广泛流传，迟可东在故事里被骂成刚愎自用，不讲道理，索贿受贿，为所欲为的“狠官”、“贪官”，面目狰狞有如一方阎罗。该故事称迟可东与当地政府有意夸张大坝的问题，对企业施加压力，企业主被迫多方打点，迟可东还嫌不够，想把电站据为己有，美其名为“收回”处置，企业主不愿意，迟可东就以炸坝相威胁加码，企业主无法接受，迟可东就下令把大坝炸毁。落水河电站属于民营企业，当年县里讲尽好话，拿出众多优惠条件招商，把企业主招来。企业主投入巨资，千辛万苦建起大坝，电站发电了，缴税了，产生利润了，地方官员就眼红了，要分肥了，分肥不满意就找个理由把大坝炸了。说到底大坝是人家企业的，不是你迟可东的，人家的东西，你凭借权力想拿就拿，想炸就炸，天底下有这样的道理吗？

迟可东办公室的电话和手机铃声此起彼伏，有省里、市里的朋友同僚了解情况，有记者要求采访，一时热闹有如过节。迟可东指定县委宣传部部长和分管水利的副县长两人组织力量应对外界舆论，让他们准备一份情况介绍，提出几条理由，正面回应各种指责。迟可东自己则躲起来，不说话，不发声，不见记者，也尽量不安排会议。每日早出晚归跑乡镇，白天基本不在办公室，只是深夜才回来处理一些急迫事项。

他自嘲：“风头要避，惹不起咱们躲得起。”

其实他心里清楚，这个风头无论如何他是躲不掉的。

那一天晚间迟可东从河源乡回到县城，走进办公大楼时已近午夜，整座大楼里只有楼下值班室亮着灯。经过门厅时，迟可东朝值班室瞅了一眼，一个戴眼镜矮个儿男子从值班桌后边站起身来。

“迟书记，是我。”

李金明。

迟可东什么也没问，掉头上电梯，李金明跟在他身后，两人无话。进了办公室，迟可东让李金明在沙发上坐下，随即发问：“是什么芝麻大的事?”

李金明说：“没有事。”

“脚板痒痒，需要找个地方蹭一蹭?”

李金明没回答，起身为迟可东倒水。迟可东习惯喝白开水，用大口杯，李金明知道他的习惯，一下子倒两大杯水，全部放到迟可东面前。

“你从哪里来?”迟可东查问。

“落水河电站。”

“那边有什么问题?”

李金明报称没有问题，一切正常。

李金明率队完成大坝爆破作业后，即马不停蹄转入清理施工。大坝炸成一堆乱石，必须抓紧时间疏通河道，尽量恢复河床自然状态，以备汛期。雨季很快就将到来，待到大雨落下，河水暴涨，那就无可施展。由于受地形限制，河床上施工机械摆不开，疏通作业有一定难度，李金明全力督战，工作推进有力，施工进度比较理想。

“你妻子情况怎么样?”迟可东又问。

“老样子，没有大的变化。”

“去医院了吗?”

李金明承认还没去，等见过迟可东后再去。最近他扎在落水河电站，家里的事顾不上，还好岳母守在老婆身边，加上医务人员关照，请的护工不错，其妻病情基本稳定。

李金明受命进驻落水河电站前，其妻因褥疮感染再度入院。迟可东对李妻的救治一直非常重视，除了数次给医院领导打招呼，还时常查问李金明是否尽心管顾，以表示关心。李妻住院之际，本不该派李金明上落水河电站大坝，无奈这件让李金明去最合适，没有谁顶替得了。李金明受命上阵，没有二话，尽心尽力一步步完成任务。在此期间其妻也很配合，没有出大的麻烦。

但是既非施工问题，又无病妻麻烦，李金明事前连个电话都不打，半夜三更从落水河电站大坝现场跑下来，守在值班室等迟可东回来，这又是什么天大的事情呢？

李金明说："没什么。看看书记。"

"我是不是瘦了？"迟可东问。

"没有。"

"难道还胖了不成？"

"那也没有。"

"头发变绿了？"

"没有。"

"那你还操心啥？"

李金明表示他不操心了，可以告辞到医院去。

"不行，你得给我说清楚。"迟可东没让他走。

李金明说了实话。他在落水河电站接连接到数个电话，说迟可东炸了一座大坝，招来一片骂声，上级领导非常不高兴，麻烦大了。这两天迟可东跑得不见人影，办公室不见，打电话不接，像是年关躲债跑路了，全县上下议论纷纷。李金明闻讯心里很不踏实，今晚专程抽空跑下来瞅瞅。他没打电话，怕迟可东不接，也怕不让他来。迟可东只身在县里工作，晚间只有两个去处，要么在办公室，要么在宿舍。李金明觉得迟可东当晚应该会到办公室，因此跑到值班室守株待兔，结果真给他逮着了。

迟可东问："现在放心了没有？"

李金明承认："还是有点不放心。"

迟可东让李金明不要杞人忧天。外边传些什么尽管让他们传去，人家长着嘴巴，不说话难道拿去磨铁矿粉？有一个基本事实无法改变，那就是落水河电站大坝已经被摧毁，大事已成。随之而来会是什么不必多管，该来的躲不了，既来之则安之，随他去吧。

“无论怎么样，你是在执行命令，你没有责任，不需要太担心。”迟可东说。

李金明叫：“书记不能把我看扁了！”

他称自己根本不担心那个，有的话只是为迟可东担心。大坝是他带队炸掉的，如果有什么问题，责任他来承担，无论如何，他都不会怕。

“真的吗？”迟可东问。

“书记了解我。”

迟可东说：“那行，到时候把你推出去抵账，拿你开刀问斩。”

“没问题。”

迟可东笑笑：“我记住了。现在赶紧走，去医院看病人吧。”

李金明匆匆离开。

迟可东坐在办公桌后看着李金明的背影，心里感觉非常丰富。李金明漏夜来去，虽然并未多说，其担忧已经溢于言表。李金明本不可能相信“迟可东跑路了”之类谣传，现在却为之忐忑，可见情况之不妙，压力之巨大。迟可东嘴上真真假假，拿“开刀问斩”与李金明开玩笑，显得镇定放松，其实心头始终压着一种沉重。

他告诉自己无论如何必须撑住。

2

来人在电话里自报家门：“我是颜玲。”

迟可东问：“颜记者有什么交代？”

“我在门口，迟书记什么时候能接见我？”

迟可东即表示对不起，他在外边有事，不在办公室。

“不就是躲进洗手间吗？我在这里盯了半天，是不是刚接见了一个胖大嫂？”

“这话怎么这么难听?”

“还有更难听的。”

迟可东放下电话，命身边一个人立刻去会议室外，把颜玲领进来。

那天迟可东不待在办公室，以防干扰。他在常委小会议室后边的内部休息室里办公，该休息室有沙发、办公桌和男女洗手间，主要供常委们会间休息、抽烟和方便。由于隔着一个会议室，进出比较好控制，一般人员很难找到这里，所以被迟可东用做临时办公地方。当天上午，县委统战部部长找迟可东汇报事情，该部长为女性，长得比较胖，即颜玲所说的“胖大嫂”。迟可东在手机里一听，知道颜玲守株待兔，下工夫了。颜玲这个人比较特殊，很难拒之门外，只能不见不散。

颜玲是新华社分社的记者，年轻女性，看上去温文尔雅，常穿一身黑，往哪里一站都像鸦立鸡群。中央媒体派驻机构一向受地方官员追捧，谁都希望通过该媒体上新闻做宣传，颜玲却属于例外分子，通常不受欢迎。这个人笔头犀利，长于“曝光”，以批评性报道闻名，于地方官员就好比一只乌鸦。乌鸦是食腐动物，它飞到哪里，那里通常都有动物尸体。

迟可东与颜玲曾打过一次交道。两年前，省国土局通报批评若干违规使用土地单位，本县也被点了名。颜玲跑来采访，指名要见迟可东。迟可东跟她谈了情况，并不多加解释，只肯定相关问题是自己任上发生的，主要涉及公路和配套设施用地，建设时为了加快速度，先上再报批。后来政策改变，部分土地项目报批发生困难，成为遗留问题，至今还在整改。颜玲据此发了篇报道，称一些地方领导“心里只有政绩”，对相关规定视若无睹。虽然没有指名道姓，火力亦属猛烈。

现在她又来了，将一条炸毁的大坝视为一具巨型尸体。与上一次一样，她已经掌握了事件的基本情况，找迟可东采访，核心只有三个字：“为什么?”

迟可东回答：“事实很清楚的，那条大坝有严重隐患。”

“我要背后的真实情况。”她强调。

她认为迟可东的说法大有疑问。根据她的了解，无论落水河电站大坝有多大隐患，并不是只有一个处理办法。从许多迹象上看，迟可东像是有意排除其他办法，一定要把这条坝从企业主那里拿走，掌握在自己手里。秦健与企业主谈判的核心问题就是这个。

迟可东并不否认。他告诉颜玲，县里在谈判中并非如网上传说那样蛮横无理。落水河电站大坝问题已积累多年，以往实践表明无法依靠企业主自行彻底整改，所以县里才提出置换方案，以期直接掌控处置。这个方案被企业主拒绝，才导致现在这个结果。

“这里边有蹊跷。”颜玲直截了当。

她质疑迟可东的说法。县里以一片地为代价，试图把民营企业主的电站和大坝掌握在自己手里，其目的究竟是迟可东所说的要把它摧毁，或者却是网络上所说的本是眼红人家电站能下金蛋，图谋据为己有？

迟可东说：“这个你可以多了解，然后自有结论。”

“你一开始就威胁要采取断然措施，态度很强硬。是在做姿态吗？”

“不是。从一开始我就觉得需要一个彻底解决的办法，类似于外科手术那样的。”

“为什么呢？”

“这个跟颜记者可能有点关系。”

“扯得上吗？”

迟可东就要扯。他说，颜玲上回写文章，批评地方领导“心里只有政绩”，让他觉得很不爽。冷静想想，人家批评也对，他到本县当县委书记的头几年花了很多力气，利用有利条件上了不少项目，主要是基础设施，开公路修大桥搞旧城改造建工业开发区，等等。为了多干事情，有时不免先斩后奏，例如，被批评过的违规用地事项。当时没太在意那些条条，比较在意别人的表扬，有人说他“两年干了人家十年没干成的事”，他听了很受用，确实是“心里只有政绩”。到了现在，他的想法有所改变，发觉以往政绩其实掩盖了不少问题，需要加以整改。有一些事尽管不是在他任上定的做的，例如，落水河电站招商和建设是他之前几任领导手上的事，现在发现问题了，自己在这里任职，当然也得在自己手上整改。

“请迟书记具体谈谈。”颜玲抓住话题往下挖，“以往被政绩掩盖的是什么问题?”

迟可东便说得具体一点，称自己以往做政绩，主要考虑人的问题，却忽视了世间其他动物，例如，忽视了鱼的问题。这个世界除了有人，还有猴子、兔子、狗啊、猫啊，等等，当然也包括鱼。谁都不应当被忽视。

“迟书记以为瞎扯就是幽默?”颜玲嘲讽。

“我这个人其实很缺乏幽默感。”迟可东回答。

他打开公文包，取出一张照片递给颜玲。这是一张昔日落水河电站大坝之照，照片正面是大坝下的河床，河床上大片沙滩裸露，沙滩间有几片水面，水面很浅，石头一块块露头，水面石头间浮着些大大小小的杂物，看得出有烂树枝、废塑料袋等垃圾。

“看垃圾旁边，那些白花花的东西。”迟可东提示，“都是死鱼。”

“什么鱼?”

“落水河原住民。”

据资料记载，落水河里的野生鱼原有数十种，其中一些鱼是洄游鱼类，它们在这条河出生，然后成群结队往下游去，一直游到海里，长大成熟再返回，成群结队到上游溪涧里产卵，繁育后代。这些鱼类不辞辛劳，来来去去，代代相传，在落水河繁衍，不知生活了多少万年。现在它们已经基本灭绝，落水河里只存被兜在网箱中饲养的若干鱼类。这张照片是早几年的作品，照片里还拍到了一点野生死鱼，眼下再去欣赏已经没有了，只剩下满河滩垃圾。更早几年去拍的话，场面要壮观得多，有几年满河滩都是死鱼，还可以看到成群野生河鱼从电站下泄水流中往上冲，一次又一次，徒劳无益，锲而不舍，最后力气丧尽死在河面上，白花花一片顺水漂下去。那是洄游鱼想冲过大坝，回到上游它们的祖居地产卵。

“精神可嘉，但是很傻，不自量力。以鱼肉之躯同人类的钢筋混凝土大坝搏斗，注定只有亡命灭种，死路一条。”迟可东评说。

“迟书记觉得很可笑?”

“是开玩笑，幽默。”

“不好笑。”

迟可东称事实很残酷，确实不好笑。拦河大坝威胁鱼类生存，类似问题到处发生，不仅只在落水河这里。这种事谁都知道，说来也没办法，有得总有失，人类需要电力，难免伤及鱼类，好比想吃肉就得杀猪。需要的话可以对猪啊鱼啊表示一点同情，除此之外不需要太当回事，因为世界就是这个道理，弱肉强食，丛林规则，可以理解。以往他确实是这么理解的。但是后来想法有些改变，因为这里发生的问题不仅仅与鱼有关。落水河本是一条天然河流，河水在河床里自然流动。建坝发电后情况变了，河水给拦成一段一段，时流时停，河流变成一串水塘。低水头河床式发电站库容小，调节能力差，到了枯水季节，没有足够水量全天发电，只能一段时间拦水，一段时间放水发电，到了拦水的时候，上游一滴水也下不来，大坝以下一两公里都没有水，河床里除了一些低浅水洼，沙石泥滩全都干了，裸露晒太阳。这种情况持续下去，河流功能和原有生态环境被破坏，水生动植物先受影响，尔后也会影响到人。落水河是本县母亲河，本县县城的水源地，由于河流变成水塘，净化能力减弱，县城河段水质变差，流水迟滞不畅导致河床不断抬高裸露，对自来水取水和防洪都是严重隐患。

“出现的生态问题还有很多，都是常识。”迟可东说。

“那么是说，这条大坝造成了生态问题，所以你们要把它炸掉?”

这个问题看似善解人意，却可能有陷阱。迟可东强调：“首先它有严重隐患。”

颜玲坚持她的挖掘方向："炸掉大坝能解决生态问题吗？"

迟可东承认未必都能解决，但是无疑可以改善，例如，鱼类游动的水道可以恢复。落水河上目前只有两座大坝，都属于石清标的电站，如果都炸掉，这条河就能恢复成一条自然流动的河流。所以他主张把两座坝一并掌握下来。

"迟书记讲了一个故事，故事的主角是鱼类。这是个新编故事吧？"

迟可东肯定这个故事的真实性，绝非他现编。他告诉颜玲，让落水河从水塘恢复成河流的想法他早已有之，但是有想法未必就能实施，这里有个机遇问题。如果是早几年，落水河电站大坝再怎么样也没法炸，因为当时电力紧张，发展工业不能没有电，县财政要靠发展工业，大家首先要顾及吃饭。经过这么些年发展，情况变化了，本县用电已经可以靠大电网有效保障，财政情况也比较好，某条水电站大坝的存在不再那么重要。同样的，如果落水河大坝完美无缺，不存在严重安全隐患，眼下也很难下决心炸掉它。因为它有问题，对它动手才更显得理由充足。

颜玲指着那张照片："这张照片也有故事吗？"

确实也有故事，其知识产权属于一个退休人员，该同志是原县农械厂职工，当过车间主任，业余喜欢钓鱼。迟可东到本县任职之初，他给迟可东寄来这张照片，还有一封信，称落水河电站大坝严重破坏生态，希望迟可东"关心一下鱼类"。当时迟可东没太在意，只将信和照片批给环保局处理。时过几年，落水河电站大坝发现问题后，迟可东记起这件事，命人到环保局找，终于从存档材料里找到这张照片。

"这个退休人员还在。颜记者有兴趣可以去采访他。"迟可东说。

"起初迟书记为什么并不重视这个问题？"

迟可东还是那个说法：自己任职之初主要考虑多办事，搞建设，出政绩，到处倒水泥。这两年想得开了，不那么急切，考虑的问题就和以前不完全一样。

颜玲立刻抓住话题："头几年到处倒水泥，这几年反过来炸水泥？"

迟可东否认："没有那么绝对。"

他告诉颜玲，在从政之前，他本行是干钢铁，就是生产钢筋水泥里的那些钢筋。钢筋混凝土是现代世界的基石，对此他仍有行业自豪感，绝不会动不动胡乱炸。

颜玲追根究底，说水电站到处都有，问题大抵相同，如今地方官员们说起环境保护、建设生态文明，没有哪个不是一套一套的。理论上好像都很明白，但是没听说哪一条坝因此被炸毁，因为很难。为什么别人不去干这种事，迟可东却要勉为其难？

"我比较傻。"迟可东说。

"真的这么谦虚？"

"那就是我比别人思想负担轻一点。"迟可东说，"大家得更多考虑影响啊，上升啊，等等，我比较不需要多考虑。"

"为什么？"

"这个问题扯远了。"

"总得有个原因啊？"

"那是个人隐私，咱们不谈。"

"听说迟书记有一个舅舅？"

迟可东直截了当："他叫许琪，你肯定听说过。我不时还需要到监狱看看他。"

"难道你不应当因此更谨慎一点，少招惹些麻烦吗？"

迟可东称自己很明白，现在当个县委书记不容易，于他可能尤其不容易。趁着手中有点权力，能办些事时赶紧办，也不知道权力在自己手里还能有多少时间。

颜玲问："处理这条坝是不是承受了很大压力？"

迟可东说："难免有阻力。毕竟影响了一些人的利益。还好班子思想统一，下边同志尽心尽力。”

他提到县纪委书记秦健受命于困难之际，率队与企业主努力协商，一轮又一轮，仁至义尽。城关镇镇长李金明家逢不幸，妻子瘫痪在床，却始终以工作为重，坚持在一线，安全顺利完成爆破作业。如果有必要，颜玲可以采访一下他们。

“这位李镇长是个土匪？”颜玲问。

迟可东称网络上那些东西别有用心。李金明不是什么土匪，他是个优秀干部。

“听说是你的一大爱将。原本只是个种蘑菇的，你拿脚趾头把他掂出来，让他当到镇长，你还打算让他接镇书记，然后进县领导层？”

迟可东让颜玲不要听信瞎掰。脚趾头什么的，那只是一种比喻。世间万物质地各不相同，例如铁的比重约为七点八，一立方厘米七点八克。而花岗石才二点八，铁比花岗石重两倍多。人的质地也不相同，有的人轻飘如纸，有的人沉甸比铁，掂起来分量绝对不同，敲打起来音质亦不一样。在他看来，李金明虽然官不大，质地还是比较重，大学学的是食用菌，种蘑菇时是优秀食用菌技术员，当镇长时是优秀镇长，工作努力，所以得到信任。至于今后如何发展，不是哪个人就能决定，要靠组织认可，上级关心。

“上级对落水河电站大坝这件事什么态度？”颜玲又抓住一个话题追索，“他们跟你的鱼有故事吗？”

迟可东称事情始终得到有关领导重视与支持，鉴于目前情况，具体的他不便多说。

采访持续一个来小时，闭门对谈，没有第三者。其间电话和手机铃屡响，迟可东都只看看屏幕显示，不接。最后一个电话他接了，是秦健打来的。

“我在小会议室，已经等好一会了。”秦健报告，“有一件急事要报告书记。”

秦健的口气异样，迟可东听出来了。

迟可东放下电话，对颜玲说：“咱们就谈到这里，怎么样？”

颜玲拍着采访本子说：“我感觉，迟书记总体还坦诚，但是这里头也有假故事。”

迟可东说：“欢迎核实指正。”

颜记者嗅觉过人，她拿鼻子就能测谎。迟可东确有一些话言不由衷，但是“鱼的故事”却不是假的，无论她信与不信。迟可东自认为一向比较坦诚，当年颜玲来查土地问题，他没有试图隐瞒，责任该认就认，因为事实摆在那里，隐瞒也没用。此刻同样无须太多隐藏，除了心里的一些想法。迟可东可以坦诚事实，却通常不轻易表露心里的想法。跟颜玲谈的一些情况，以往迟可东基本不谈，现在之所以说说，除了因为颜玲穷追不舍，也因为心里憋着气，不说不快，尽管说也没用。

迟可东送颜玲，经过小会议室时，秦健果然已经坐在那里。迟可东三言两语分别给两人作了介绍，尔后送走颜玲，回头看了秦健一眼。

他发觉秦健神情很特别，掺和着急切、紧张、不安，似乎还有一点什么。

3

林勇一案发现案中案，牵出了敏感事项。

林勇是现任县交通局局长，县管干部。林勇被举报在一公路项目中与承建商勾结，牟取不义之财。举报提供了相当准确的线索，导致对林勇立案调查。立案之前，秦健曾直接向迟可东报告过情况，尔后县纪委向县委作了汇报。林勇被纪委“双规”后，很快供认不讳，除承认收受公路承建商贿赂外，又多供出其他几项受贿，其中一项是收受石门溪漂流项目的开发商郑鑫国十万元贿赂，为该项目解决通道报批事项。

石门溪是落水河一大支流，位于城关镇境内，石门溪漂流是一个旅游开发项目，包括漂流、攀岩、登山步道、若干游乐项目和一家四星级酒店，由郑鑫国投资兴建。郑鑫国是一尊外来菩萨，其总庙在省城，本县建有分庙，主营吃喝玩乐，或称开发旅游。郑鑫国为了建立关系推进项目笑口常开，出手很大方。郑鑫国给林勇送钱时曾提到，其他几个相关部门领导也有安排。具体是哪些部门哪些领导，郑鑫国没有直接提及，林勇也没有多问。

林勇所供情况需要核对证实，加上可能还有其他官员受贿线索，办案小组决定接触郑鑫国。漂流配套项目还在建设中，郑鑫国本人经常在省城总公司和本县间来来去去。三天前，办案人员得知他又来到本县，住进石门溪酒店。办案人员经请示批准，直接上门，请郑鑫国到办案地点“协助办案”。郑鑫国到位后，起初不甚合作，经反复说服，才一点一点挤牙膏似的讲出一些情况。挤牙膏居然也挤出了百余万金额，牵涉人除林勇外，还有大小十几个官员，包括交通、规划、土地等部门人员，其中有若干名县管干部。由于涉及面广，牵连重要干部，秦健需要及时向迟可东报告。

这里边还有一个特殊原因。

“郑鑫国也提到了李金明。”秦健报告。

迟可东心里一惊，脸上却无表情：“他也有？”

“金额是六万。”秦健说，“讲得很肯定。”

迟可东刚对颜玲肯定李金明的质地，转眼间李金明即背负了受贿之嫌。真有这回事吗？迟可东觉得难以置信，却又不能不即刻警觉。

秦健很清楚，林勇一案无论发生多少案中案，牵涉多少官员，于迟可东都可列入“正常办案”范围。李金明可能会是例外，因为李金明是所谓迟可东拿脚趾头掂出来的，一向很看中，走得近。涉及李金明的事情，秦健总会在第一时间向迟可东报告。此刻这种事当然更不例外。林勇案牵连出郑鑫国，郑鑫国又扯出一批人。对掌握到的新问题，县纪委可以有两种处理办法：一是急办，迅速报请县委研究确定，尔后组织力量查办。查实问题该抓抓该关关，如果查无其事，也还人家一个清白。另一个办法是缓办，毕竟县级纪委办案力量有限，很难数案齐查，可以先把手中的林勇案办清楚，接下来再查案中案。郑鑫国交代事项已经记录在案，时候到了，该查还可以查。

这就是秦健所称“急事”的关键。他需要了解迟可东的意见，立刻组织查办吗？包括查李金明？还是缓一缓？

秦健没有汇报案情的细节，因为郑鑫国交代出若干人，不仅仅是李金明。所有这些人包括李金明拿钱的具体细节需要核实，未经核实即向上汇报是不合适的。如果迟可东想要单独了解李金明涉案细节，秦健想必也会具体报告，以供迟可东参考，但是迟可东一概不问，一声不吭，只是拿眼睛盯着秦健，脑子里紧张思忖。

“迟书记有什么指示？”秦健请示。

迟可东不说话，好一会儿。

“这件事我考虑一下。”他终于开腔。

秦健说：“明白。”

“目前严格保密。”

“明白。”

秦健走后，迟可东即交代县委办工作人员向城关镇了解一下，李金明此刻在哪里？问问即可，不要说是迟可东在找。工作人员听命而去，几分钟后即向迟可东报告：“李镇长在落水河电站。”

迟可东点头：“知道了。”

迟可东按兵不动。两天后情况有了新的发展，一份急件送到了迟可东的手上。急件由周宏的秘书小林转下，此前周宏书记已经结束北京的学习，回到本市任上。

这是一封举报信，匿名，被举报者为李金明。举报信指控李金明在石门溪漂流项目中搞权钱交易，收受开发商郑鑫国巨额贿赂。具体受贿数额与细节未涉及。举报信寄给周宏，周宏在上边批了几字："即转迟可东同志阅处。"周宏批得很明确，也很含糊，这件事明确交给迟可东，让迟可东看着办。怎么办呢？周宏不具体说。

迟可东紧闭门户，紧张思忖。

举报信与秦健报告的情况指向一致，二者之间是否存在关联？虽然举报信转下来的时间在秦健报告之后，以该信落款日期和文件处理程序分析，显然是举报信发生在前，县纪委调查郑鑫国在后。从秦健相关汇报看，李金明问题之发现似乎纯属偶然：林勇案牵连郑鑫国，郑鑫国连带交代出李金明，整个过程与某封举报信毫无关联。但是二者时间上如此接近，让人很难相信只是巧合。或许这封举报信不仅寄给周宏，秦健也有？或者秦健通过某个渠道已经知道举报信的基本内容？出于某种原因他没有吭声，却有目的地撒网追索，通过林勇案下工夫，触及郑鑫国，由此掌握了李金明涉案线索？李金明是县管干部，秦健不可以自行决定调查他，需要事先通气，因此秦健必须做得像是事发偶然，是案中案牵涉李金明，不是他有意撒网调查，先斩后奏。这种可能很难排除，因为秦健、李金明之间存有心结。当年迟可东与李金明在河源乡邂逅，是秦健打听李金明的情况并报告给迟可东，后来李金明复职，也是秦健向迟可东主动提出。秦健是个计较回报的人，他认为自己有恩于李金明，李金明应当感恩戴德，但是李金明却始终与秦健保持距离。秦健、李金明两人个性差别很大，为人也多有不同，私下里，人们总是把李金明跳出来为迟可东抱不平，与秦健主动上交《书记要本》作为对照谈资。李金明嘴上从不说那些旧事，心里显然也存不屑，这或许就是他与秦健疏离的原因。尽管秦健是县领导，职位比李金明高，且时时事事表示靠拢，迟可东对秦健却没那么看重，在感情上更信任李金明，迟可东所谓"人的质地不同"并非全是泛泛之谈。这也让秦健心里打结。因此一旦发现李金明有情况，秦健有动机抓住不放。恰逢秦健抓住李金明这条线索之际，周宏转来举报信，事情倍显棘手。

通常情况下，类似举报信不会太受重视，因为是匿名，提供的信息也比较模糊，“某人在某项目中收受某人巨额贿赂”之类提法常为无中生有者使用，很难视为确切线索，因此可以列入所谓“可查性不强”一类。周宏把这封举报信批转下来，表明他关注李金明这个人，但是并没有明确要求进行调查，迟可东有一些选择空间。可以暂放一边，待有进一步线索时再确定调查。也可以让有关部门一般性了解一下情况，这种了解通常很难发现什么，却也表明有所行动，将了解结果反馈给周宏，也算一个交代。但是此刻迟可东已经不可能如此选择了，因为秦健搞出一个案中案，发现了李金明受贿的直接线索，成为该举报信举报事项的明确印证，李金明相关问题已经被记录在案，任何人都无法视而不见，包括迟可东自己。

出于一种本能，迟可东感觉这件事不会是表面显示的这么简单。除了难以相信李金明真会受贿，迟可东还怀疑背后可能暗藏玄机。举报李金明受贿，却没有提到数额和细节，可能因为举报者写信时只听到风声，并未掌握明确线索。这种情况下急急忙忙就要写信买邮票，显然不会是一位无关者。时下无关者听到风声愤而举报的可能性很小，通常情况下人们对官员腐败传闻会发发议论，却不会一听就去买邮票，因为传闻并不一定确切，同时与自己关系不大。把风传拿来举报的人，通常与被举报者有一定关联，多半有仇隙，要通过举报实施打击。

李金明身为镇长，行事作风相对硬朗，工作中难免得罪人。有可能是被得罪者中的某一位心里有气，写信举报。如果是这种情形，背景则比较单纯。眼下需要提防的不是这一类，而是背景复杂的情况，其中最应该注意的是石清标。李金明奉迟可东之命，在落水河电站大坝打头阵，早被石清标骂为“土匪”。大坝在李金明手中炸毁，石清标气恼有加，他会愿意并且舍得在打李金明方面下力气，对他来说打击李金明就是打击迟可东。双方相持落水河电站大坝后，迟可东已经遭遇过一次匿名举报攻击，拿他到监狱探望许琪说事，似与石清标有关。这一次李金明被举报，背后是否也藏着石清标的影子？不能排除这样一种可能：石清标让人搜集探查李金明的问题，从郑鑫国周边探到若干风声，即匿名举报李金明“收受巨额贿赂”，强调“巨额”意在引发重视，导致调查。时下五六万元算不上“巨款”，如果石清标摸遍河里的石头，只摸出郑鑫国这件事，那么确实不算太大太多，但是只要确有其事，六万元已经足以让李金明吃不了兜着走，无可逃遁。

现在的关键是这六万元到底有没有？无论这件事与石清标关系如何，在郑鑫国交代出相关情况之后，迟可东已经没有什么选择余地。他让秦健目前“严格保密”，声称自己要“考虑一下”，却清楚可供他“考虑”的空间和时间都微乎其微。糟糕的是这件事来得非常不是时候，落水河电站大坝刚被炸成一河滩乱石，迟可东疲于应对，李金明这件事犹如雪上加霜。

隔日清晨，迟可东把周宏传下的举报件批转给秦健，用的也是周宏笔法：“请秦健同志阅处。”

秦健收件后即打来电话：“迟书记有什么指示？”

迟可东还是那句话：“目前严格保密。”

“明白。”

“不急。有时间处理。”

“明白。”

迟可东“不急”的理由还是落水河电站大坝。此刻大坝现场一片狼藉，正在进行疏通清理作业，需要李金明在现场督战。从其特殊性考虑，眼下优先考虑推进工程。案子不急，时候到了再说，该谁谁跑不掉。

李金明带着他的人马在工地赶工，任务尚未全部完成，预报中的雨水就应时而至，哗啦啦自天而降。

陈治给迟可东打来一个报急电话，告知情况不妙，有如天降大雨，可能还将下得非常之大。

“赶紧想办法。等吃大亏就来不及了。”陈治说。

此刻落水河电站大坝事件已经弄得到处都是声音，情况越来越显得严重。石清标摩拳擦掌，动用大量关系，声称要把迟可东告倒，不拉下马绝不罢休。省里有关部门已经在研究组织联合调查，认真追究事件中滥用职权等问题。一旦调查启动，责任官员难逃处分，就地免职还算从轻，往往会以此为突破口，连带清查其他问题，算总账，查个底朝天。如今有哪个县官经得起彻底调查？一查下去必死无疑。

“这是石老板说的。”陈治警告，“来者不善。”

“石老板这是玩什么？恐吓战术，小便失禁？”

“你可别不当回事！”

“我当然要当回事。”迟可东问，“你老兄有什么建议？”

陈治让迟可东务必修补篱笆，处理好与周宏的关系。周宏是迟可东的直接上级，此刻周宏的态度非常重要，事关对迟可东处置的轻重。

“这个任务确实比较艰巨。”迟可东感叹。

“得想办法！”陈治说，“给他配药。你说的脂肪酸什么的，哪个管用给哪个。”

不由得迟可东发笑：“捕收剂出了选矿场就没啥用了。”

捕收剂的功能是使浮游的矿粒黏附于气泡上，以备选用或淘汰。陈治要迟可东想办法修补篱笆，黏住周宏，确实点出要害。此刻周宏一句话重如泰山，绝不只是一根无济于事的救命稻草。如果他倾向于让迟可东就地免职，迟可东恐怕插翅难逃。

“还有一个人，你小心点。”陈治说。

这人却是李金明。石清标声称李金明有事情，拿人家钱，收受巨额贿赂，这回跑不掉，会给抓到牢子里去种蘑菇。迟可东不小心也会给拖进去。

迟可东说：“这话听起来真耳熟。”

看起来石老板很难排除嫌疑，“巨额贿赂”似有出处。

陈治强调："你眼前这一关不好过，赶紧想办法。"

"真有那么严重?"

"你以为啊!"陈治说，"你这人一向处事冷静，这回怎么那么冲，非要玩那炸药?"

"事到如今，那些不说了。"迟可东道，"无论如何都要感谢你。"

与陈治通完话，迟可东略略踌躇，终于拿起听筒，给周宏秘书小林打去一个电话。

"周书记今天有时间吗?"迟可东问。

"请稍等片刻，我马上问一下。"小林回答。

他放了电话。不到一分钟即过来回话："迟书记，周书记这两天还排不了，有时间我通知你。"

"好的。谢谢。"

迟可东放了电话。

周宏再次以此表明了"亲切"态度。

周宏从北京回来后，迟可东已经见过他一面，是在市里召开的工作会议上。那次会后，迟可东特意留在会场外等候，待周宏离开前迎上去说了几句话，表示问候，并询问周宏什么时候有空，他想专门汇报一下。周宏点点头，只说了一句："再说吧。"

其实没有"再说"，此后周宏那边没有任何回音。现在迟可东打电话再次求见，再次被冷落，周宏的态度非常明显。落水河电站大坝这件事令周宏恼火有加，他不会轻易放过，此刻人家只认基本事实，不需要听什么辩解。迟可东心里很清楚，充分理解，却不能因此就不吭不声。作为下属，他得有所表示，主动接近，深刻检讨，以求对方宽容、接受。这就是陈治所说的"修补篱笆"。事实上有些东西一旦损害就再也无法修补，迟可东很明白。他主动找周宏，更多的只是一种姿态，他不抱奢望，却不能连姿态都不做。无论周宏见不见他，听不听他说，结果差不多。按照周宏这个

“亲切”态度，事到临头别指望他高抬贵手，迟可东眼前这一关确实不好过，后果必定非常严重。

这时候还能怎么办？悔不当初？那有用吗？

迟可东决心对落水河电站大坝动手，并非一时冲动，当时他考虑很多，预计过最坏的可能，说来也有足够思想准备。但是到了最坏的可能就要降临之际，心境难免还会起落。人就是这样，没办法。

迟可东没在办公室再待下去，即吩咐叫车。几分钟后乘车离开了办公大楼。

他去了落水河电站大坝工地，事前没打电话。那一天雨水不小，一阵风一阵雨，似有大雨将临，天色昏暗，类似迟可东的心境，一言以蔽之，叫做雪上加霜。

此刻迟可东不仅需要对一场爆破承担后果，还要面对奉他之命冲杀在这里的人。李金明受贿指控的处置已经箭在弦上，无法久拖，必须迅速做出决定。最终结果会是自断手脚，让石老板在那一边开怀大笑。如果迟可东不愿忍痛割舍，那么不需要翻查更多问题，仅仅这一徇私不办，就足够被上级就地免职。

迟可东到了落水河电站大楼，没见到李金明。值班人员报称李金明在坝上，准确点说，那里已经没有大坝，应当称为“河里”。迟可东撑着一把雨伞走到河岸边，那里一片轰鸣，铲车、翻斗车在河床里，顶着雨水蹚着河水爬行，穿着雨衣的施工人员散布在机车边忙碌。迟可东看到一个矮个子在河床的石头上跳来跳去，挥着手，大声喊叫不止。隔着一段距离，加上雨声不绝，雨衣遮蔽，人的模样看不清楚，声音也听不清，但是迟可东一眼认准，这个矮个子家伙肯定是李金明。他在那里督战，就像电影里拿着枪顶在士兵后边，逼大家冒着弹雨往上冲的敌军军官。此刻全县雨水普降，落水河径流眼看着就将暴涨，李金明必须抓住尚能在河床里施工的最后一点时间，完成疏通任务，然后安全撤离。这个种蘑菇的显然不负所望，他一点也没偷懒。

如果这个人除了比较勤快，还长着一个吃钱的大肚子，有如一只猪宝宝储钱罐，那么他没救了，落水河这一幕就是他的告别表演。或许迟可东自己在河岸上的静静观赏也一样，堪称告别仪式，任内绝唱，无可奈何花落去，接下来该跟这一切拜拜了。

迟可东没有下河见李金明。他掉头走开，登车离去。

半道上，秦健的电话随风雨而至。

“迟书记！内参出来了！”

“什么内参？”

“颜记者的文章。颜玲，颜玲。”

秦健说了两遍，迟可东才想起那位言辞犀利、穿着一身黑如乌鸦的年轻女子。

4

情况忽起变化，严峻逼人的背景上似乎出现了一线转机。风声急促的联合调查组未曾抵达本县，一个新闻采访组即先期前来。

这时天空开始放晴，接连数日大雨之后，晴空终得一现。与天气状况相当，迟可东心头的阴郁有所排解，希望开始生长。

变化起于颜玲的文章。这篇文章并没有对谁客气，依旧着意曝光，笔头还是一如既往的犀利，削铁如泥，锋芒直指“一些不谋长远的基层官员”。迟可东自然属于该记者文中的基层官员范围，却稀罕地被从她的“一些”里剔除，列为值得关注的另类。这篇文章从落水河电站大坝爆破说起，提到了其后的各种反映，特别是网络上的一片骂声，再追究事件原因的各种说法，最后端出了迟可东的鱼类故事。颜玲以自己对落水河电站大坝实地考察的印象和搜集的资料，表明落水河电站大坝确实给该河鱼类自然生存状态造成毁灭性影响。文章以此写开，列举了一串数据，指出类似在建设时没有进行生态影响评估，没有设置鱼类洄游解决方案，因此造成生态灾害的大坝为数众多，其问题越来越为人们，包括当地领导者认识。但是认识其问题，认为应当加以解决到真正着手去解决有一段漫长的距离，很少有哪一座大坝因此被炸毁，因为牵扯到利益、代价、人情关系诸多问题，更受制于不谋长远只求眼前政绩的一些基层官员的现实考虑。解决这一问题无疑需要深刻的认识，需要理念的高度，还需要足够的勇气。

这篇文章立足探讨问题，落水河电站大坝事件只是其注目的一个事例。文中没有一个字为迟可东说好，其倾向却在不言中。文章发在中央媒体的内参资料上，有着特殊的影响层次和深度。该文引起本省主要领导重视，他批了一段话，指出基层领导干部应当高度重视生态环境保护。这段话同样大而论之，没有一个字提到迟可东，迟可东的遭际却因之发生微妙变化。谴责声浪顿时收敛，一些公允言论得以出现。

媒体非常敏感，颜玲文章和省主要领导批示出来之后，省内主要媒体即闻风而动，要到本县采访。省相关部门迅速安排，组织了一个联合采访团，通知本县做好配合。

情况报到迟可东那里，迟可东反复斟酌，说了句话："赶紧搞一个东西。"

这东西就是一份情况介绍以及基于该介绍的所谓"通稿"，提供基本事实并予定调。迟可东指定县委宣传部部长负责这件事，媒体事务是人家的管辖范围。迟可东又以"加强"为名，另派一位领导参与此事，却是县纪委书记秦健。迟可东说，秦健曾负责率队谈判，对落水河电站大坝问题及处理过程最为了解。另外，秦健当过县委办主任，文字能力很强，可以帮助把握相关提法。秦健在常委里排名靠前，让秦健参与，实际就是让他为主把握。

秦健请示："书记有什么具体要求？"

迟可东谈了几条，一是紧扣省领导批示，突出保护生态环境的认识。二是强调落水河电站大坝这件事是县领导层的共识，从一开始到最后下决心，领导层多次研究，一致决定。另外还需强调该问题处置始终得到上级领导，特别是市委书记周宏的大力支持。

“这一方面要写得充分一点。”迟可东说。

“明白。”秦健说，“只是我了解的还不是挺充分。”

迟可东简单说了说，提到落水河电站大坝问题发现后，周宏即听取迟可东汇报并做明确指示。后来还亲自到现场视察，提出不能就事论事，应当从保护生态环境的高度看待问题，等等。

“你还可以多方面了解一下。”迟可东说。

“明白。”

秦健抓得很紧，赶在采访团到来前把一份文稿送到迟可东手上。这份文稿概要介绍了落水河电站大坝处理的背景与过程，大段引用周宏关于学习中央、省委精神，加强本市生态环境保护的指示，强调这是县领导层形成共识的基础。文稿具体描绘周宏轻车简从深入落水河电站大坝现场视察，细致入微了解落水河鱼类生存状况的情形，称周宏严肃提出要把大坝处理上升到生态环境保护高度来认识，强调周宏“高度重视，全力支持”，为本县处理该问题确立了方向，提供了力量。

迟可东问：“提法都核对过吗?”

秦健称都核对过了。有关周宏书记的内容也跟周宏的秘书做过沟通。

“周书记那边有不同意见吗?”

“没有。只做了个别文字修订。”

迟可东说：“很好。”

他也“只做个别文字修订”，即签了“阅”字。此项任务得以圆满完成。

秦健带着文稿出门后，办公室再无旁人，迟可东才突然抬手，在办公室上拍了一掌，骂一声："迟可东你什么时候变成这个样子!"

这是私人感慨，不宜公开表露。

此刻情况已经悄然逆转，外界还没有传出什么声响，迟可东却已深切触知。作为风口浪尖上的当事人，他心头大难将临的感觉已经烟消云散，于他非常意外有如绝处逢生。迟可东原本准备好承受各种后果，包括传闻汹汹似乎迫在眉睫的所谓"就地免职"。没料否极泰来，最坏的结果肯定不会出现，情况显然会向有利方向进一步发展，似乎还可以进而希望些什么了。一旦心里有了些七七八八的想法，那就很难像早先那样放得开，事到临头不免就得考虑种种相关因素，包括再事修补篱笆。

迟可东很清楚，写在材料里的周宏指示确实都有出处，绝非虚假编造，只是那些文字分别摘自周宏几次会议的报告，那就像外星人研究论文一样，与落水河电站大坝全不搭界。周宏确实曾亲自到大坝现场实地视察过，确实轻车简从只带一个秘书，而且在现场确实提到了河里的鱼和生态，只不过那是随口说说而已。当时电站负责人蒋大林向周宏报告，称"山上有树，河里有鱼"。周宏询问："鱼大吗?"蒋大林称抓过三四斤的。周宏即肯定："生态环境不错嘛。"整个过程就是这样。蒋大林提到的鱼属于养殖品，非野生鱼类，除了鱼的块头，周宏并未对其处境给予更多关注，也未对这些鱼身边存在待解决的生存问题表示态度。秦健避开这些，巧妙利用周宏视察过程中的一些真实素材与细节，加以提高引申，一举改变了那次视察的基调，让其变成凸显周宏的一大亮点。

事实上周宏那次落水河电站大坝视察的态度不是支持，而是阻止，要求迟可东住手，把问题先搁下来。迟可东当场试图力争，让周宏很不高兴。迟可东不得不召集会议传达周宏指示，遵命行事。后来迟可东横下心先斩后奏炸毁落水河电站大坝，打电话向远在北京学习的周宏报告时，他非常生气，返回本市后依旧耿耿于怀。这整个过程在领导层不是秘密，秦健很了解，材料却写成另一个样子。这不仅仅是秦健妙笔生花会编故事，也是按照迟可东的要求。周宏是迟可东的直接上级，无论彼此间有些什么心结，此时此刻，本县对新闻媒体提供的情况不应当对上级有负面影响，只能从正面去表现。也只有这样才略略有助于修补篱笆。迟可东心知肚明，却不尽情愿，经再三思忖，决定把秦健推出来抓这份材料。秦健聪明过人，以其个人特点与风格，当纪委书记未必合适，作为办公室主任确是游刃有余。他长于琢磨领导，也长于琢磨文字。这方面没有谁比秦健更行，迟可东自己能想到却做不来，所以只能拜托秦健。迟可东清楚秦健能把材料弄成什么样，也清楚秦健会把相关信息直接传递到周宏那里。这一点非常重要。周宏曾命迟可东在落水河电站大坝问题上退一步，其后头必有原因。现在反过来说他一直支持炸坝，会不会让周宏没法对后边的人交代？如果那样可真是编故事自打嘴巴。所以应当把信息及时完整传递过去，让周宏亲自斟酌决定。周宏那边没有不同意见，“只做个别文字修订”，显然他能摆平，可以欣然领受秦健强加给他的故事和“高度重视，全力支持”。于是皆大欢喜。由此可见篱笆有时也可以用药水粘连，只不过这种药水不是脂肪酸，很可能只是一个故事。

迟可东是该故事的始作俑者，这本来不像是他会做的。虽必须为之，想来心里依旧很不是滋味。他问自己已经不是以前那个迟可东了吗？真是变得这般美好了？

第二天采访团光临。中央几家重要媒体驻本省机构和本省几大媒体都派了人员。颜玲没有再次驾到，他们单位另有记者参加。颜玲那篇文章发表之后，迟可东曾给她打过一次电话道谢。颜玲嘲讽说：“这一套你也会啊？”迟可东表示作为一个凡人，这一套他几乎天生就会。颜玲说：“我讨厌这一套。”迟可东说：“我也是。”如此了事。颜记者那种风格，此时不在采访团中也属自然。

迟可东亲自陪同采访团前往落水河电站实地考察。秦健亦一起陪同前往。

在中巴车上，秦健向迟可东报告，说工地那边都准备好了。李金明带着人于电站大楼前，迎候县领导和记者们到达。

迟可东点点头。

“他说，工地上的事情基本完成了。”秦健说。

迟可东没有吭声。秦健似乎只是在报告情况，其实话里有话。李金明有一笔账要算，只因为落水河电站大坝有事先挂起来。现在工地快完事了，是不是该把那笔账算一算了?

秦健没有多说，点到为止。

他们在落水河电站大楼外见到了恭候多时的李金明。上一次迟可东冒雨前来，在河岸边看着李金明在河道里跳来跳去，当时两人没有见上面。此后李金明曾电话汇报过情况，却未曾下过山，直到现在彼此才相逢于工地。

“情况还好吧?”握手时迟可东问了李金明一句，内涵比较模糊。

李金明回答：“还行。”

他可能以为迟可东是在询问其妻病况。

此刻落水河电站大坝现场清理工程已经完工，工程队及主要机械已经撤离，只留少量人员做最后扫尾。李镇长本来也可以打道回府，却因为迟可东提前下了一道“善始善终”令，他须守在现场直到任务全部完成。这并非特别需要，却可能是让迟可东拖延做出决定的唯一理由。

采访团记者看了现场，向迟可东等人提了不少问题，涉及野生鱼类、环境影响、爆破施工诸多方面。也有记者想了解决策过程，询问上级领导对决策起了什么作用? 迟可东请秦健谈一下情况。秦健把写在材料里的故事口头叙述了一遍。

“材料已经提供给了各位记者。”秦健说，“需要的话，你们还可以深入采访。”

“可以采访市委周宏书记吗?”有记者问。

秦健眼睛看着迟可东，如何处理好？迟可东即指令秦健打电话向市委办公室请示。

“如果安排得出来，我想周书记会乐意接受采访的。”迟可东对记者们说。

秦健跑到一旁打电话。几分钟后他跑回来报告：“周书记很高兴见一见大家。具体时间他再安排。”

迟可东带头鼓掌，以示欣喜。

采访团一行看过现场，上车离开之际，站在中巴车下送客的李金明对迟可东报告：“书记，我也该走了吧？”

“这里没事可干了？”

“差不多了。”

“你还可以抓抓鱼嘛。”

李金明笑：“我真没有那个命。”

他告诉迟可东，这一段时间他守在落水河，镇里积累一些事情等他回去处理，毕竟他当镇长，有些事情别人没法替代。另外，他老婆那种情况，他也得抽空帮着点。

迟可东还问：“真是善始善终了？”

李金明再次肯定现场已基本清楚。最多再两三天，所有收尾便告结束，然后是不是就让他撤退回镇？

迟可东默然，尔后交代一句：“回去后，到我办公室一下。”

“有事？”

迟可东没吭声，上车离开。

确实有件重要事情在等着李金明。有一支上膛的枪早已对准他，只是扳机扣动一再延迟。事到此刻，显然已经没有理由，也容不得谁再拖延下去。

迟可东必须来扣动这个扳机。他感觉非常不好。

5

无论于公于私，迟可东都必须跟李金明谈一次话，尔后再做出决定。侥幸的话，这次谈话有可能发现并无其事，李金明清白得像根刚洗过的萝卜。这是迟可东最希望的结果，但是凭他多年阅历，这一可能基本可以一枪毙掉。如果李金明真是那根萝卜，郑鑫国不太可能把他供在名单里。如果李金明承认拿了人家的钱，或者是拿了钱却辩称没有，那将陷迟可东于一个非常痛苦的境地。他基本上没有选择余地，只能依规处置，无论是否情愿。

迟可东不能提到郑鑫国交代的情况，那样的话有泄露案情之嫌，因此只能以举报信作为谈话由头。这封信由周宏批给迟可东“阅处”，迟可东就此与李金明谈话，了解所举报事项，属于合理范围，不是通风报信。举报件原件已经交秦健“阅处”，迟可东手里有复印件。这个复印件不宜直接交给被举报人看，迟可东自己亲自动手，从举报件中摘了几段关键文字，写在一张打印纸上。

他把那张纸递给李金明，称是自己的硬笔书法作品，让李金明欣赏欣赏。

李金明一听就笑：“书记太抬举我了。我一个种蘑菇的哪懂得书法。”

迟可东说：“不需要你懂太多，认得这几个字就行了。”

李金明接过那张纸一看，脸上的笑容顿时僵住。

“这他妈的!”他骂。

“急什么。”迟可东道，“看完再说。”

那几段文字不长，一会儿就读完了。李金明把那张纸丢在桌面上，抬头看迟可东。

“跟我说说怎么回事。”迟可东问。

“什么巨额贿赂。胡说八道。”

“没有吗?”

“没有。”

“有郑鑫国这个人吗?”

“有的。”

“你拿了他钱吗?”

“没有拿。”

“没有吗?”

“没拿。但是确实有一笔钱。”

“多少?”

“六万。”李金明说。

迟可东给他的“硬笔书法”没有具体数字，只有“巨额贿赂”，李金明主动承认的数额与郑鑫国供称一致，事情可以对上，但是李金明强调这钱不是那么回事。

迟可东问：“是怎么回事?”

李金明报告了具体情况。这一笔钱由来已久。一年多前，郑鑫国因漂流项目新通道建设事项找到他，请求在项目报批和土地征用赔偿方面给予支持。漂流项目位于城关镇境内，是本县旅游发展一个重点项目，其具体事项只要合法合规，城关镇理当支持。李金明明确表态并指定一位副镇长负责这件事。项目顺利获批开建不久，有一天郑鑫国到了李金明办公室，给李金明送了两瓶酒，说是一点心意，表示感谢。郑鑫国走后，李金明才发觉袋里还有另一点心意：一包现金，共六万元。李金明当即给郑鑫国打电话，让他回来把钱取走。郑鑫国连说那是小意思，让李金明别当回事，给个面子。李金明没松口，一定要郑鑫国回来拿，还说否则就把钱拿到纪委上缴。郑鑫国只好应允取回，说：“李镇长这么客气，只好告罪了，日后另找机会表示感谢吧。”由于车已经上了高速，当天到省城还有急事，没办法掉头赶回来。郑鑫国提出让石门溪漂流项目的一个负责人来找李金明拿回东西。那个人是他表弟，办事稳重，尽可放心。李金明没再坚持让郑鑫国返回。隔天，郑鑫国的表弟来到镇政府，取走了该笔心意。

事情如果到此为止，那就啥都没有，不值得哪位举报者费心。偏偏接着还有下一集，相隔也就半年左右。这一次没有项目报批，也没有征地拆迁，是李金明自己出了项目：李妻因车祸受重伤，住进县医院。郑鑫国闻讯赶到医院探望，拎着花篮，提着水果，却未送钱。隔日李金明才知道郑鑫国派他表弟去医院收费处代缴了一笔医疗费，不多不少，刚好六万元。

李金明给郑鑫国打电话："郑总这是怎么回事？"

郑鑫国说："就是一点小心意。"

上一次送钱未成，郑鑫国曾说日后再找机会表示感谢。现在他找到机会了。

李金明说："这不行。我跟你说过了。"

郑鑫国说："李镇长不要跟我见外。"

"这个我不能拿。现在不说了，回头再跟你说。"

这一次李金明没有立刻宣布退还，让郑鑫国回来取钱，因为钱已经进了医院财务室，那是个无底洞且只进不出，别指望缴进去的钱还能用什么名目讨回来。如果真要退还，李金明需要自己先去筹一笔现金，才能叫郑鑫国过来拿钱。当时正值李妻病况凶险起伏之际，抢救一轮接着一轮，花钱就像流水一般，李金明四处筹钱，亲戚朋友借了个遍，一筹到钱就往无底洞里填，填那个洞显得比退还郑鑫国的钱更急迫，所以一天天过去，郑鑫国这笔钱一直垫在那里没有处理。李金明给郑鑫国打电话时留了一句话："回头再说。"但是此后没有"回头"，也没有"再说"。从那时到现在，李金明没再跟郑鑫国碰过面，也再没跟郑鑫国提起过这笔钱。因此完全可以认为，李金明根本没打算"再说"，而是决定"笑纳"。所谓"再说"只是假说，做做姿态，留个说法，日后一旦有事可供狡辩。以"再说"掩饰

"笑纳"是一种收钱受贿艺术，早让一些腐败官员用得炉火纯青，屡见不鲜。

李金明却不承认，他坚持说："我确实没想要他这个钱。差一点就处理掉了。当时还想找迟书记汇报呢。"

李金明称，去年年底，他得到一笔困难补助金，加上工资补助和亲友支持，七凑八凑凑了六万元，那时他考虑这笔钱先不填无底洞，把郑鑫国的款子处理掉算了，反正无底洞总也填不完，欠多欠少都是欠，郑鑫国的钱处理掉也就一笔勾销。但是具体怎么处理他有些拿不定主意。如果像上次一样退掉，对方可能还会变着花样再送，那很讨厌。把钱直接拿到纪委上缴好不好？郑鑫国送钱之初，他就曾警告要缴纪委，也算有言在先。只是如果这样上缴，纪委肯定要他具体解释，指明张三李四。对方是个投资商，镇里有些项目还想招他参加，这件事最好悄悄处理，不要披露出去。当时拿不定主意，李金明曾想带上钱找迟可东报告，请迟可东给个指示，如果要求他直接把钱上缴，他立刻就去纪委。

"为什么没来找我?"迟可东问。

"账单又来了，要缴一种进口药的钱，必须是现金。没办法，马上都拿走了。"

尽管处理未遂，这笔钱在李金明心里一直放不下。他总有一个念头，只要手头稍微转开一点，立马就把这笔钱掉退。

"你现在手头转开了吗?"

"还比较困难。"

"你什么时候手头能转开?"

李金明无语。李妻不是国家干部，也不是企事业单位正式职工，没有固定职业，其拥有的医疗保障非常有限，没有谁可以为她这场大难报账，只能由李金明自己扛。可以想见除了把手头几个积蓄扔进无底洞，他必须到处借钱，估计已经负债累累，重如泰山。其妻病况看来已难见起色，只是还在一天天拖延，每一天拖延就意味着继续往无底洞里送钱。这种情况下，所谓“手头转开就还”毫无说服力。

李金明却坚称这笔钱是郑鑫国硬塞给他的，他根本没想收。他强调：“书记你了解我，我不是那种人。”

“这么长时间了，你没再跟他表示过退钱的意思吗？”

“确实没有。”

这一段时间李金明诸事缠身，公事私事都忙。私事是照料病妻，公事则是迟可东指派给他的落水河电站大坝处理。由于这些情况，没时间去找郑鑫国“再说”。他也没打电话，因为这种事不好在电话里谈。

“情况就是这样，我对书记从来实话实说，坦白交代，绝不隐瞒。”李金明说，“如果这笔钱有问题，我会马上先挪其他，明天就去还。”

“来不及了。”迟可东说。

“怎么啦？”李金明惊讶，“还有什么情况？”

迟可东什么都没说，摆摆手让李金明走人。

“你回去吧。这件事情我要考虑一下。”

李金明却不走：“到底怎么回事，书记得告诉我啊。”

那时不由得迟可东火起，张嘴就训：“告诉你什么？你没有脑子了吗？”

“书记！”

迟可东怒批，斥责李金明不应该。身为镇长，身边无数眼睛盯着，做什么事都得非常小心。郑鑫国这六万元是可以拿的吗？不拿可以这样搁着吗？基本事实摆在这里，任李金明怎么辩解也无法改变。李金明讲的这些算什么？一个故事？没想要这笔钱，筹了一笔钱想拿到纪委去缴，想带着这笔钱向县委书记报告。那么上缴了没有？报告了吗？没有。现在讲故事有什么用？一个没有实现的故事可以成真吗？能让人相信吗？李金明脑子里怎么会没有这根弦，怎么会变得如此愚蠢！

李金明大惊。他从未看过迟可东火成这样。

“现在来不及了！来不及了！”迟可东连连怒道。

“书记！书记！”

迟可东不想再跟他说了。指着办公室门让李金明立刻就走。李金明自知情况严重，此时不能不听从，即青着一张脸，一声不吭起身离去。

迟可东坐在办公桌后边，一时感觉异常沉重。

他断定李金明所言可信。迄今为止，李金明对他从来都说实话，今天看来也一样，李金明无意隐瞒。迟可东不认为李金明会在猝不及防间紧急编出一个故事以图搪塞，李金明并不擅长那个，也从未有过那种表现。从李金明谈的整个过程看，他确实没想贪这笔钱，李金明所说的曾筹钱拟报告并上缴的故事应当也是真的，只是被病妻拖陷未曾实现。李金明没意识到事情的严重性，且被多事之秋弄得焦头烂额，没能及时处理清楚，才导致问题出现。如果没有发生举报、案中案这些意外情况，李金明有可能在经济状态稍稍缓过来后把郑鑫国这笔钱归还，让事情自然了结。当然也不能完全排除另一种可能：这笔钱一直被搁置在那里，经年累月什么事都没有，于是就算了，权且笑纳。如果这样，该六万元就是一个危险的开始。无论如何，即使李金明还没有贪心大动，却已经铸成大错，如迟可东发怒时所说，现在已经来不及了。

如果李金明面对的仅仅是一封举报信，他在得到提醒之后马上找郑鑫国退款，那样还勉强说得过去，不会造成太大问题。但是在案中案发生，郑鑫国被叫来交代，讲出情况并被记录在案之后，这六万元已经成为赃款，李金明再去还钱已经太晚，郑鑫国不敢收回这笔钱，硬塞给郑鑫国，郑鑫国也得上缴纪委办案部门以求免受追究，李金明则会涉嫌私下串通对抗调查，罪加一等。李金明目前涉案金额只有六万，与动辄几百几千万的巨额贪腐案相比只是一个零头，所谓“腐败水平低得惭愧”。事情发生在其妻重病之际，比较令人同情。如果这笔钱仅发生在李妻治疗时，有可能归为个人馈赠，其性质较不严重，处理可望较轻。问题是这笔钱此前已经出现过，是作为所谓感谢金送给李金明的，其性质很明显是与职权行为相关的贿金。李金明当时退了这笔钱，李妻生病时郑鑫国再送，还是同一笔钱，还是为了表示感谢，因此性质没法改变，依然还可视为利用职权接受贿赂，这就触犯了党纪国法，需要接受调查处置。如果调查中又发现其他问题，如现今贪腐案中常见的那样滚雪球般扩大，李金明将被依法严惩。如果仅仅这一笔，且让李金明在被正式立案前投案自首，坦白交代，他将有可能得到从宽处置，以六万之数，未必如石清标所说去监狱种蘑菇。但是无论如何他再也不能当镇长了，他将背着一项重大处分和一个醒目污点中止自己作为一个基层官员的政治生涯。用迟可东的选矿术语形容，李金明已经被捕收剂捕住，浮起于泡沫中待被选矿机刮除。李镇长不复存在后，回去种蘑菇于他或许是一个现实选项。

这个结果却让迟可东难以接受，某种程度上，或许他比李金明自己更难接受。除了因为李金明是他发现并一手提拔起来的干部，对自己始终言听计从，跟随最紧外，也因为他认为李金明汇报的情况可信，到目前为止，该干部并不贪，其质地并未改变，只因在特殊状态下有所失误，导致问题发生。李金明不该因此就给终结，那对他不公平。可是迟可东已经无从选择。此刻只有两个方案，一是命李金明立刻自首，二是让秦健按规定将问题提交常委会研定。两个方案的最终结果可能会有区别，直接效果是一样的，那就是进入办案程序，李金明无可挽回。

迟可东反复思忖自己还能怎么办。已经到了扣扳机的时候，他的指头却无法弯曲。

恰在此时，周宏秘书小林的电话来了。

“周书记问您后天下午有什么安排?”

“我听周书记安排。”

“那么请您到他办公室吧，他要跟您谈谈。”

此刻周宏在省城开会，后天上午才回本市。他在会毕归来立刻召见迟可东，肯定有些特殊事项。

6

周宏情绪不错，见面时还开开玩笑，问迟可东钢是不是比铁要重一些？迟可东也回以玩笑，称自己得去百度一下。也就当这么几年县委书记，工作没干好，本行倒丢光了，现在只剩下铁的元素符号还依稀记得起来，其他的都还给老师了。

“谁说你工作没干好？我看不错嘛。”周宏说。

自前些时记者采访之后，周宏对迟可东的态度明显改变。那一次周宏特意安排时间，跟记者们聊了一个晚上，效果很好，两天后他对生态环境保护的深刻见解就出现在各重要媒体，网络上也随处可见。迟可东功不可没，周宏对他却一句也不提起，只作心知肚明状。这时候也无需周宏太多亲切肯定，几大重要媒体的正面报道已经有效解除了迟可东身上的重压，曾经面临的巨大风险终于成为过去。

这天晚间周宏把迟可东找来，先谈一个具体事情，事关干部问题。

“一些必要调整，不动一动也不行啊。”他说。

自上级考核周宏，外界纷传其指日高升之后，周宏处理干部问题特别谨慎，市管干部基本不动，因为干部提拔调动一向最受关注，关系切身利益，容易引起攀比，造成各种影响甚至波动。周宏处于特殊时期，必须防止被人议论“突击提拔干部”，在第二只鞋子落下之前，按兵不动是通常选择。现在情况忽有变化，他认为若干急迫干部问题该办要办，显然胸有成竹，这些调整已经不可能带来什么问题了。

有一项调整涉及秦健。以秦健的个人特点，在县里当纪委书记未必合适，而市直部门也有需要。周宏考虑把他调到市委办，先平调当副主任。

“你觉得怎么样？”周宏询问。

迟可东说："很好。"

秦健离开后，谁去接县纪委书记？周宏会征求市纪委和组织部意见，迟可东有什么建议也可以提。

"明白。"迟可东表态，"听周书记安排。"

周宏说相关干部问题酝酿还需要点时间，没动之前，秦健该干什么还让他去干。

"落水河这件事让他继续做完吧。"周宏说。

周宏指的是与石清标的谈判，这件事原本就是秦健负责。落水河电站大坝被炸毁之初，石清标反应强烈，四处运作，搅起对迟可东的一片骂声。随着风向转变，石清标渐失底气，不再显得那般强悍，他已经释放信息，提出愿意与县里就善后事宜再谈。迟可东却不急着跟他接触，视情况发展再说。

显然石清标又找到周宏这里。周宏对迟可东说，落水河电站大坝这件事并没有了结，还需要有个最终处置。眼下石清标不得不接受大坝被炸毁的现实，无法再开大口，因此有可能在县里原有条件基础上谈出一个结果，稳妥处理掉。

"他手里不是还有一条坝吗？"周宏说，"如果不谈妥，你没有理由再去炸那条坝，你那条河里的鱼还是游不上去。"

迟可东说："周书记说得对。我们马上处理，按书记意见办。"

周宏点点头。

"你弄得我们非常被动。"他忽然翻老账，"一个大项目险些被你搞掉，知道吗？"

迟可东无言以对。

周宏说，市里正在争取一个央企大项目落到本市，寻求中央一位重要部门领导帮助，这位领导是本省人，当年给石清标的父亲当过秘书，在上边很有影响。这位领导请周宏关照落水河电站大坝这件事，周宏自当答应。

与一个大项目相比，落水河电站两条坝一块地算什么事？迟可东不吭不声一包炸药炸了大坝，项目险些泡汤，到现在还在补救。

迟可东检讨：“给领导添麻烦了。”

“抓住机会赶紧处理好。”周宏说，“甭管是为了项目，还是为你那些鱼。”

“好的。”

落水河上的爆破声给周宏造成的巨大不快并未消除。这件事除了对他说的某个项目造成不利，应当还对他本人的重大事情有所影响，否则不至于让他那般生气。现在他愿意提起并表示责怪，表明情况已经有所缓和。迟可东在舆论转变难关渡过之际强加给他的鱼故事和“高度重视，全力支持”让他意外，感觉尚好，但是并不能解决所有问题。石清标这件事确实还需要一个了结。

迟可东表示：“回去我们马上研究，落实周书记意见。”

周宏谈起了另一项工作：省委苏副书记下周一到本市调研，准备到迟可东那里看看，需要县里安排好。

迟可东感觉很突然。苏副书记是目前省委唯一专职副书记，主管党务，包括干部工作。他是从中央部门下来的，在本省两年多时间，还没有到过本县。他这一层次的领导下来调研通常有特定内容，不会随意看看。

迟可东问：“我们需要准备些什么？”

“准备一些基本县情，加上简要工作汇报就可以了。”周宏说。

“我知道了。”

“把你的个人情况也准备一份，到时候交给他。”

迟可东吃惊：“要这个？”

周宏告诉他，苏副书记调研的一个内容是了解干部情况，为下一阶段市级班子调整做准备。苏副书记不认识迟可东，点名要看一看，谈一谈。苏副书记这一次前来对迟可东非常重要。

“我介绍了你的情况。”周宏说，“特别说了政治上成熟这一点。他比较认可。”

迟可东说：“感谢周书记。”

“我也谈到许琪。他是他你是你，因为他影响你是不公平的。”

“感谢！”

迟可东明白了，这才是今晚周宏找他的主要事项。苏副书记忽然前来必有内情，周宏点到为止，没有多话，供迟可东自行猜想。这事情是如何提起的呢？是苏副书记注意到在下边任职多年忽然弄出一点声响的迟可东，然后向周宏了解，或者是周宏主动向苏副书记推荐？迟可东估计前者的可能性比较大。周宏能够在上级领导面前为迟可东说几句肯定的话，这已经非常难得，气量不凡。他向领导表扬迟可东“政治上成熟”，可能有感于迟可东不计较所受训斥与冷淡，还要把“高度重视，全力支持”送给他。以此而言周宏本人对迟可东的表扬更是“政治上非常成熟”。

苏副书记的到来对迟可东是何意味？迟可东曾经自我调侃，自称已被捕收剂抓住浮起，即将让选矿机刮除淘汰。现在看来没有那么悲催，有希望了，或许因为遇上了另一种浮选工艺和捕收剂。迟可东感觉到一个重要机会突然降临，他曾经想念过这一机会，尔后痛感失之交臂，现在它又来到，来得有些意外。

迟可东告辞离开。握手时周宏忽然问了一句：“李金明那个事怎么样了？”

迟可东一愣，回答道：“已经在着手处理。”

“抓紧。不要让他影响你。”周宏说。

“好的。我知道了。”

周宏只提到“李金明那个事”，并没点明什么事，但是显然指的是李金明被举报事项，可见周宏对这件事的注意不仅仅是“迟可东同志阅处”而已。周宏是不是已经得知郑鑫国的交代，也知道迟可东迟迟不动，至今还在“考虑”之中？他没有明确表露，但是可能性很大。秦健有可能主动向周宏报告过情况，或者周宏直接向秦健了解过，作为本市市委书记，他可以这么做。因此周宏提醒迟可东抓紧处置，有很强针对性。应该说周宏的提醒出于好意，这件事的处理对迟可东具有直接影响，拖延不办或者处置不当都会伤及迟可东自己，特别在此刻。如周宏警告：“不要让他影响你。”迟可东可能面临转机，不快刀斩乱麻迅速处理好李金明这件事，于迟可东非常危险，对他抓住眼前机会可能会是致命的。

此刻扳机必须扣动，他的指头不能再不弯曲。

迟可东在返回县城的路上给秦健打了个电话。

“你在县城吗？”迟可东问。

秦健说他今天去河源乡检查工作，原定当晚在乡政府开个座谈会，住一夜，明晨动身回县城。

“书记找我有事吗？”他问，“要不要我连夜赶回去？”

迟可东说：“明天就明天吧。回来后到我办公室来，咱们研究几个事。”

“要不要准备一些情况？”

秦健是用这种方式委婉打听迟可东想要研究什么。

迟可东明确点题：“要那个案子的材料，上次你说过的那个。”

“明白。”

迟可东本打算当晚就把秦健叫来商量，马上落实周宏谈话的内容。秦健即将得到的重用不需要迟可东去说，那是周宏的事。迟可东找秦健研究的主要是两件，一是与石清标的谈判，二是林勇案中案的办理。两件事中后一件比较棘手，因为李金明是涉案人员之一。这件事拖到现在已经没有余地了，必须迅速提交常委会，迅速立案办理。秦健当晚不在县城，只能改在隔日商量。

当晚，李金明来到迟可东的办公室。

迟可东原准备在与秦健商量好后才与李金明谈，让李金明正视现实，主动坦白，争取从宽处理。事情无可挽回，分辩没有意义，李金明保不住了，剩下的只是如何减轻处罚。谈这个对李金明不轻松，对迟可东同样不轻松，但是无可回避。没料李金明不请自来。

“书记，我知道情况了。”他对迟可东说，“郑鑫国真该死。”

迟可东不吭声，听李金明说。

前天晚上李金明挨了迟可东一顿骂，心知情况严重。迟可东说“已经迟了”，李金明觉得其中必有原因，肯定不止是举报信所写“收受巨额贿赂”那般含糊空泛。他觉得自己需要赶紧搞清楚其中缘故，这对他不是太难做到。所谓“冤有主债有头”，了解这件事最直接的方式就是找到另一个当事人。李金明于第二天一早就赶到省城，来到郑鑫国的公司。见面时李金明从手提袋里掏出一个纸袋扔在桌上，说自己专程上门还钱来了。郑鑫国一张脸顿时发白，嘴上结巴，连声请李金明包涵，称这钱他不敢拿。李金明追问怎么回事，他才吞吞吐吐，把被县纪委办案人员叫去查问的事情告诉了李金明。李金明大骂郑鑫国不是人，钱是郑鑫国自己跑去缴给医院的，他李金明根本没想要，只是一时顾不上还，郑鑫国居然就把它报告给纪委了。郑鑫国再三道歉，说自己也是不得已，被逼得实在没有办法。李金明不听，拂袖而去，郑鑫国抓着那个纸袋追上来，说事到如今实在不敢收回这个钱，李金明要是非丢下不可，他只能拿到纪委去缴。李金明说：“随你怎么去。”——那纸袋里其实没有钱，只有一本《食用菌实用手册》。当天李金明并没打算真还钱，他匆匆前来，一时半会弄不到那些现金，也因为怀疑问题出在郑鑫国这里，还钱没有意义。李金明随手抓了书柜里一本书塞进纸袋，权当道具使用，借以探出了事情的由来。

迟可东问：“这有意义吗？”

李金明问：“书记我该怎么办？”

迟可东说：“你自己说。”

“我确实没想拿他这笔钱。”

“可是事实上你拿了。你也没法证明你准备退还。”

“我已经退过一次了。”

“那能证明第二次你还会再退吗?”

“我确实准备退的。”

“我可以相信，但是别人会相信吗?”

李金明无语。过了好一会儿，他问：“书记，我是不是没有办法，只能认了?”

迟可东没有吭声。

“太不公平了!”

“你给我一个办法，一个让你觉得公平的办法。”

李金明被问住了。

“有吗? 你告诉我。”

李金明长叹一口气。

“我知道迟书记最了解我，也最相信我。”他说，“是我辜负迟书记了。”

他从自己带的包里取出一个纸袋，放到迟可东面前。

“不是《食用菌实用手册》，是真的。”他说明，“六万。”

“做什么呢?”

李金明说，知道那笔钱已经被郑鑫国作为赃款交代给纪委后，虽然很不服气，他还是反复考虑，觉得自己得做最坏的准备。如果真的有办法，迟可东肯定会帮助他。如果迟可东也做不到，那么他也不能给迟可东造成更大麻烦。他自知自己出事，伤害最大的是自己，还有迟可东，一人做事一人担，他得尽量减少对迟可东的影响。因此他以老婆病况急用为由，千方百计找人借了这六万元以应急。他把钱带过来给迟可东看，想表明自己没说假话。他原本考虑，如果确实没有其他补救办法，他可能得去纪委自首，上缴这笔钱。他觉得迟可东出于对他的关心，也会要求他这么做。如果那样，他会在自首时如实说明情况，声明自己可能有所错失，却绝无贪念。但是考虑再三，他感觉不妥，怕反被人说是做贼心虚，根本不是原无贪念。另外他还担心，一旦问及他怎么得知被举报，可能对迟可东不利。人们肯定会认为是迟可东把内情告诉他并授意他抢先自首以减轻处罚，这就把徇私通风报信嫌疑扣到迟可东头上，那对迟可东很不好。出于这些担心，他觉得应当先把自己的想法汇报一下，尔后该干嘛再干嘛。

迟可东默不作声，听李金明说。

此刻李金明倾向于拒绝自首。他不愿自认有罪，也不愿给迟可东造成麻烦。因此他宁愿迟可东按程序处理，该上会研究就上会研究，该立案该双规就立案双规。那样的话谁敢指责迟可东徇私？谁能说三道四？只要不给迟可东造成麻烦就好。他本人如何无所谓，大不了回去种蘑菇，他本来就是吃那份饭的。没有迟可东拿脚趾头把他掂出来，哪有什么李镇长？自己的失误应当自己承担，不能让迟可东为他惹麻烦。

"我觉得这样好。"他说，"如果没有太多不妥，迟书记就容我自己考虑决定吧。"

迟可东还是没吭声。

李金明站起身，拿起纸包准备走。迟可东抬手摆一摆，示意他站住。

"书记?"

"把那个放下。"迟可东说。

"什么?"

迟可东再次重复了一遍。

李金明把纸包放在办公桌上。

"你走吧。"

"走?"

"没有我的指令，你什么都不要做。绝对不许自作主张。"

"迟书记这是?"

迟可东再次强调，要李金明做好自己的事情，管好自家的病人，除此之外什么都不要做，听从安排，一切如常。不许擅自行动、不许自作主张。这是一条禁令，李金明务必谨记，丝毫不得错失。

“听明白没有?”迟可东问。

他张着嘴巴说不出话。

“现在什么都不要说，记住就好。走吧。”

“书记!”

“没听到吗?”

李金明看着迟可东，还想说些什么。迟可东用力摆手不让他说，他闭起嘴巴。

迟可东看着他转身离去。

六万元留在迟可东的办公桌上。

这笔钱眼下是赃款，一颗烫手的山药。它的非法拥有者李金明需要赶紧把它缴出去，其合法主人郑鑫国推之唯恐不及，迟可东绝对不应当把它留在自己的办公桌上。

事实上迟可东刚才准备说的是：“带上那东西，你走吧。”话到嘴边，忽然觉得喉头发紧，心有刺痛。那一瞬间许多记忆冲进他的脑际。迟可东想起当年在河源乡政府食堂“现场直播”的那个食用菌技术员，想起支撑自己走出逆境的那个被解职的副乡长，想起那个在落水河电站大坝打头阵，承受巨大压力，包括其家庭不幸的人。这个人此刻无助地坐在他面前，却还竭力为他着想，不愿成为他的麻烦和包袱。这个人如迟可东曾经形容，敲起来铿锵好听，是一种金属质地，此刻却成了迟可东必须舍弃的一个包袱，否则迟可东可能会失去更多，机会一旦错失就难以再来。但是世界上确实有些东西难以舍弃，如果一朝舍弃，他还是那个迟可东吗?

他改变了主意。

李金明刚离开，秦健的电话到了。

“书记我回来了。”秦健报告。

迟可东已经把与秦健研究工作的安排从今晚推到明天上午。秦健再三考虑，还是改变了原先的计划，连夜返回。回到县城后他即给迟可东打来电话，如果迟可东没有其他安排，他可以立刻过来见迟可东。

迟可东没有马上回答，停了好一会儿才说："这件事再推几天吧。"

他告诉秦健，省委苏副书记将于下周一到本县视察，需要为此做点准备。等领导视察过后，再研究秦健这件事。

"啊，我知道了。"秦健说。

与秦健通完电话，迟可东即把小王叫了过来。小王是县委办综合科副科长，平时跟随迟可东下乡，相当于周宏秘书小林那个角色。

迟可东把李金明留下的那包钱交给小王，吩咐他清点记录，暂存。

"明白。"小王说。

7

苏副书记在本县的考察与常规考察没有太大区别，同样是接见基层班子成员，听取工作汇报，发表重要讲话、看点。只有一项内容是常规视察所没有的，那就是听迟可东个人汇报，按领导自己的说法，叫做"聊一聊"。该聊时间不长，不到一小时，参加者除了苏副书记和迟可东本人，还有陪同领导下来的市委书记周宏。

迟可东按周宏事前交代准备了一份个人情况汇报，这份材料不太有用，领导只是接下来，当场并不看，也不让迟可东照稿子汇报，只让他"谈谈情况"。幸而主要谈的是个人情况，无须应聘面试般费劲背诵。苏副书记很有修养，温文尔雅，不时发问，面带笑容，不像常见考官那般面目恐怖。本次"聊一聊"相对较松。

苏副书记问了不少迟可东的个人情况，却未涉及许琪话题。

"你对鱼有过研究?"他还问。

迟可东告诉他，自己当年学的是炼钢，对鱼真没有研究。至今落水河里的野生鱼类究竟有几种，他还没法说个清清楚楚。

“你们还是为鱼做了点好事。”苏副书记转头对周宏说。

“其实都是他干的。”周宏指着迟可东道，“他还硬编个故事，给几条鱼让我分享。”

“你怎么没让他分几条给我？”苏副书记大笑。

苏副书记对鱼的话题有兴趣，他本人是学生物出身的，曾在国家环保总局工作过。

苏副书记与他又聊了其他感兴趣的话题，于午饭前结束谈话。

迟可东抓住机会，于当天中午午休前单独向周宏做简要汇报。

“想向周书记推荐一位同志。”迟可东说。

几天前周宏把迟可东召去，谈了拟调秦健，继任者迟可东可以建议。迟可东当时没有回话，今天才找周宏推荐。

“我觉得洪成可以考虑。”迟可东说。

洪成现任本县副县长，他是外地人，选调生，曾在市纪委任科长，提到本县任副县长已经三年，能力很强，口碑也好。

“他是不是还兼城关镇书记？”周宏问。

“可以不再兼，城关镇书记另外物色。”迟可东回答。

“可以作为一个人选。”周宏点头。

迟可东继续汇报，称周宏交代的另两件事都已做了安排，接待苏副书记这项工作一完成，马上着手落实。

“我交代你什么了？”周宏问。

“落水河电站的谈判，还有李金明。”

“这个啊。”周宏笑笑，没有再说什么。

迟可东感觉周宏有些心不在焉，他的笑含义不明。此前他忽然公开向苏副书记暗示落水河鱼故事的某些真实情况，都让迟可东暗自吃惊。这是出于什么原因呢?

苏副书记一行来去匆匆，预定的考察日程顺利完成，当天下午四点即动身返回。

刚送走客人，秦健的电话就到了。

“迟书记，您今晚有安排吗?”秦健请示。

“没有其他安排。”迟可东说，“你来吧。”

秦健争分夺秒，很执着，锲而不舍，似乎担心迟可东继续把扣扳机的时间拖延下去。在郑鑫国这件事上，秦健显然有意收拾李金明，表现得较为主动，因为他掌握了第一手内情，同时理由在手，不是他要跟谁过不去，是李金明自己犯规且露出马脚，必得一查。秦健清楚迟可东会是什么感受，在这件事上谨遵迟可东之命，一拖再拖，始终不表现出过于急迫，却又紧抓不放，穷追不舍。他知道迟可东最终别无选择，李金明这回完了，既是天理难容，也是李金明自己活该。秦健有可能知道自己要调到市委办，周宏或许跟他提起过，这不会影响他执着揪住李金明。毕竟还在县纪委书记任上，守土有责，或许秦健还情不自禁要以办出个结果来表明自己比李金明更值得信任。

晚饭后，不待秦健到，迟可东先走，独自去了县医院。

他在病房里没看到李金明，守在李妻身边的是她母亲，李金明的岳母。老人认出迟可东，忙说：“他刚走，说镇里今晚有事。”

迟可东说：“没关系，我看看病人。”

李妻躺在床上，睁着眼睛，眼神茫然。她不会说话，没有表情，似乎已经没有灵魂，只是一副千疮百孔的皮囊。李妻的病情已难以逆转，但是无论其身边的无底洞如何令人恐惧，李金明始终奋不顾身地往那里边填塞，总说这是自己对老婆的交代。

医院院长方文翰赶了过来。迟可东到院前没给李金明打电话，却通知了方文翰。

方文翰简要报告了情况，除了李妻的治疗，还谈到医疗费等事项。如迟可东所料，该费用可称巨大，相当部分已拖欠多时，李金明早已捉襟见肘。几天前李金明刚把一笔六万元款项放到迟可东桌上，说是以老婆病况急用为由，千方百计找人借的。其实其老婆病况并非只是“为由”，那是结结实实一座债务大山，且如喜马拉雅山脉般还在不断增长中。据此情况，李金明没把一本《食用菌实用手册》包进纸袋送到迟可东桌上，已经属于不易。

迟可东问：“方院长有什么办法帮助帮助呢?”

方文翰说，他们在可能的范围内减免了病人不少费用。他们了解李金明的情况，也比较同情，已经让李金明写了一份申请，医院也出了一份报告，申请从县卫生局掌握的相关救助保障基金里解决一点问题。这件事比较复杂，得上报县分管领导。

迟可东说：“把那份报告给我，我来签个意见。”

“好的。”

“要快。”

“我马上办。”

这时电话来了，是秦健。

“迟书记，我到您办公室了。”

迟可东让秦健稍候，不急。他临时有件事情要处理，晚一点才能到办公室。

“我在这里等您回来。”秦健答。

迟可东探望罢病人，离开病房去了方文翰办公室。方文翰跑到外边张罗，很快拿了一份材料过来，就是他刚说到的申请报告。

迟可东浏览一下报告内容，即签请分管副县长、财政局长和卫生局长阅，另外加了一句：“请研究个办法，尽可能予以帮助。”

方文翰感叹：“书记这是雪中送炭啊。”

迟可东说："还要雪上加霜。"

方文翰表情困惑，不知道迟可东说的是什么。迟可东不加解释，即告辞离开。

一直到现在，迟可东手中还有若干选项，还有几个处理办法可以斟酌。例如他可以在与秦健谈话时，把李金明上缴的款项交给秦健。这或能记为他发案前坦白并上缴贿款，从而减轻一点处罚。它肯定不足以让李金明免责，李金明依然需要接受立案调查，如果没有发现更多更大的问题，李金明会被处分并免职。日后如何不得而知，或许本次重击最终将把他打回去种蘑菇。需要承受重击的不仅仅是李金明本人，还有他的家人，特别是他的妻子。李妻此刻僵卧病床，似已变成一具活尸，车祸大难导致的意识障碍可能已让她什么都不知道，灾难却依然不放过她。可以想见，李金明一旦被调查并处理，病人身边情境将迅速生变，估计她逃不过，必死无疑。

迟可东以往从未见过李金明的妻子，直到车祸后才在医院第一次见到，当时她已是濒死之状。此刻，在即将对李金明涉案事项做最后决定之前，迟可东突然跑到医院探望，除了考虑所谓"雪中送炭"，更主要的是需要就"雪上加霜"下一个最后决心。这个决心不容易下，几天里翻来覆去一直在迟可东心头翻滚。在病房里，看着眼前这个已经承受极大痛苦，却还需要与其夫一起承受灭顶之灾的垂死之人，迟可东做了最后决定。

"就这样吧。"他对自己说。

秦健独自待在迟可东办公室旁的小值班室等待，看到迟可东到，即起身跟随，进了迟可东办公室。

他带来一大包材料，可能是郑鑫国的询问笔录。

迟可东说："案子一会儿谈，先讲石清标。"

"哦，我知道。"

无论他知道什么，迟可东还得正式交代。迟可东把周宏的相关意见告诉秦健，命他继续负责此事，做好安排。

秦健点点头："好的。"

迟可东说："谈你那个事吧。"

秦健打开一个文件夹。迟可东说："材料先不看，你简要说说情况。"

秦健汇报，基本内容都是上次谈过的。

"谈谈你的意见。"迟可东说。

秦健说，郑鑫国的交代扯出了一个案中案，涉案人员和金额加起来都不算小，线索比较清晰，可查性强。他感觉这个案子必须查，而且不宜再拖。如果迟可东没有其他意见，他会立刻安排人员，待常委会听取汇报后马上行动。

迟可东问："上会的准备做得怎么样？"

"都准备好了。"

"明天上午行吗？"

"没问题。"

迟可东即拍板，决定第二天上午开常委会听取汇报，让这个案子进入办理程序。由于苏副书记光临，县领导们都未外出，与会不成问题。

"书记还有什么交代？"秦健询问。

迟可东果然有一个关键交代。

"涉案的几个县管干部都要在会上点出来，会后马上安排调查。"迟可东明确点题，"李金明涉案的情况要汇报，但是不必安排调查，由我在会上做个说明。"

秦健大惊，两眼睁圆，一时说不出话来。

"先跟你交个底。"迟可东说，"我已经找他谈过，情况基本搞清楚了。"

迟可东告诉秦健，根据他了解，郑鑫国确实送了李金明六万元，但是这笔钱并没有中饱私囊，已经被李金明退回了。

"郑鑫国说后来又送了。"秦健即说明，"是替李金明缴到医院。"

迟可东说："这笔钱李金明已上缴了。"

“是吗！”

“全部款项早就缴在你们县纪委了。”

“怎么会！”

迟可东让秦健回去查一下。去年年底，县委办小王曾经上缴过一笔钱，其中就包括李金明这一部分。

“小王缴的？”

“对。”

迟可东把李金明的故事略加改变搬给了秦健，说郑鑫国第二次送钱后，李金明准备把钱上缴纪委，了结此事，又考虑对方是个投资商，镇里有些项目还想招其参加，钱上缴后只怕消息很难不传出去，会影响日后的合作，因此带着钱找迟可东请示，如果迟可东要求他直接把钱上缴，他立刻就去纪委。迟可东认为这个问题可以处理，命李金明把钱留下来，他让小王代办。年底时，小王将它与其他款物合并上缴给了县纪委。

迟可东所说的这笔上缴款物确实存在，一共有十二万元，还有若干物品，是以迟可东的名义上缴的。由于舅舅许琪落马的教训，迟可东在钱财问题上特别小心，不能拿的钱绝不沾手，遇到送钱送礼情况，通常即板起面孔退还。身为县委书记，难免有时会碰上所谓“不便或无法退还的礼物或款项”。例如，过年过节期间，有人以各种名目于迟可东不在家的时候到省城上门送礼送钱。虽迟可东早有交代，他妻子女儿，特别是父母常会推却不及，让财物留在家里。其中有一些来历清楚，目的明确，可以一退了之，但是总会有些对不上号。似乎是某人送的东西，到退时对方却又坚称不是。这时候能怎么办？只能登记上缴。这件事迟可东命小王管，每有飞来钱物均交给小王，让他记录、暂存，汇总到一定量再一并上缴处理。迟可东是县委书记，第一把手，没有谁会要求他将上缴钱物的来历一笔笔说清楚，有时他自己确实也说不清楚。由于这些情况，此刻他声称李金明这笔款包括在内，别人无从置疑。

但是秦健有疑问。

“郑鑫国说，李金明前几天还找上门去，说要退钱。”

这确实值得怀疑。如果李金明已经把赃款上缴给县委书记，何必再去找人家退钱？

迟可东问：“李金明退给郑鑫国的是钱吗？”

秦健迟疑：“说是一本种蘑菇的书。”

“李金明的个性你清楚。他恼火郑鑫国，故意的。他向我检讨了。也怪他自己，那段时间他内外交困，焦头烂额，没有及早找郑鑫国说清钱款已经上缴的情况。”

“迟书记！李金明这个人不……”

“不怎么？”

“迟书记！我是，我是……”

秦健发急了，这很少见。他没把话全说出来，因为他不愿也不能与迟可东直接冲突。他或要提醒迟可东李金明不好，或想说李金明不值得迟可东去保护。他也想表白自己是在为迟可东着想，担心迟可东如此偏袒李金明会招致严重后果。但是他无法把这些意思明白表露，因为其前提是质疑迟可东讲的故事。显然秦健怀疑这个故事，不认为情况真是故事里讲的那样，却无法把对迟可东的质疑当面讲出口。

迟可东并不追问，只是补充。他说，前些时候案中案刚一发生，秦健向他汇报李金明这个问题时，他为什么没有提到李金明已上缴款项呢？因为他感觉其中可能有些环节出问题，需要先核实清楚。现在搞清楚了，问题出在李金明没有及时找郑鑫国反馈情况，郑鑫国误以为钱被李金明收下了，因此才把它交代出来。

“你觉得还有什么问题吗？”迟可东问。

“如果，如果……”

“如果怎么样？”

其实不需要秦健多说，迟可东自己很明白。迟可东讲述了一个故事，这个故事脱胎于李金明报告过的故事，其细节基本都有出处，包括这件事的发生过程，李金明表达的对这笔钱的态度和遇到的特殊情况。但是有一个要害细节做了技术改动，就是李金明上缴这笔钱的时间。这个时间从当下推到以前，可以让李金明摆脱追究，却把迟可东自己陷了进去。迟可东把属于李金明的六万元故事讲成了自己的故事，也把李金明的麻烦揽到自己身上，替李金明承担了责任。万幸的是本故事金额不大，还在迟可东可以承担之内。数额一大谁都无能为力。问题是迟可东这个故事听起来还圆，似乎天衣无缝，但是别人相信吗？经得起细致推敲吗？如果一旦被较起真来，有人要来用心推敲，迟可东怎么办呢？如果故事被发现破绽，迟可东不怕自己毁于一旦吗？说到底，迟可东有何必要干这种事？

这也是迟可东曾反复问自己的问题。

他没有与秦健多谈，吩咐秦健赶紧回去准备，明天上午作为第一议题上会。

秦健告辞退出。

事情至此，没有退路了。

当天午夜，陈治给迟可东打来电话，告知一个重大消息：周宏任职文件已经下达。周宏被提名为副省长候选人，将在下月初省人大常委会例会上进行选举，目前市委书记还挂着，待接手人选确定。

“原来是这样啊。”迟可东感叹。

周书记的第二只鞋终于落地。迟可东的疑惑也有了答案：周宏为什么心不在焉，为什么坦言鱼的来历？他一定先人而知，心境正佳，这时候李金明和鱼实已不太重要。

“终成正果了。说来也不容易。”陈治说。

迟可东问：“陈治厅长呢？文件下了没有？”

陈治说：“妈的。好事多磨。”

“耐心点。你没听到选矿机嗡嗡作响吗？捕收剂已经下了，很快就见分晓。”

“你的段子技术含量太大，真是不通俗。”

迟可东说其实没有多少技术含量，有就是所谓的“捕收剂”让行外人听来感觉比较陌生。那其实就是些化学物品，种类繁多。近年来随着工艺不断创新，新原料不断被开发出来，行内人都眼花缭乱。按照这种发展态势，他大胆设想，也许接下来浮选法会有重大变革，人们将把鱼直接扔进矿石浆里，让它去把某种稀缺矿种叼选出来？

陈治很敏感：“你那些鱼有戏了？”

迟可东感叹：“想一想罢了。”

落水河这些鱼对周宏可能有所贡献，对迟可东本来更有意义，不仅仅让他想一想而已。以苏副书记“聊一聊”的效果分析，前景似可期待。但是转眼间未来变得无法捉摸，其原因却在迟可东自己。迟可东拿出一个故事，决意要保李金明，这就把自己陷入了不可预计的风险中，这种风险本来是他应该也可以避免的，他却做不到。他相信李金明并无贪念，李妻的濒死状况让他尤其不忍，另外他心中还有一份自责。世间任何故事都具有多重因素，包括其来龙去脉。李金明的故事看上去是涉及一笔钱，其实还涉及若干鱼。如果没有落水河电站大坝这件事，李金明应当更有机会及时了结这笔款项，让它不成为问题。如果李金明没在落水河电站大坝充当“土匪”招致仇恨，或许还不会有人急急忙忙掘地三尺替他挖掘出这笔款项。当初是迟可东把李金明推进鱼的故事里，现在不会有人能用另一个故事打捞他，除了迟可东自己。他决定保住李金明，此时此刻，除了编这个故事，再无他法。他无法让自己不陷进去，无论对自己有多大风险。

隔日上午，常委会如期举行，相关议题按程序研究通过。迟可东对李金明事项做出说明，与会人员没有公开表示异议。

秦健亦明确表态：“同意迟书记意见。”

是不是有人在心里抱有怀疑？是不是会在接下来某个对迟可东非常重要的时刻表达其怀疑？此刻实不得而知。

迟可东把李金明叫到办公室关门谈话。从上次夜间谈话到现在，几天里李金明严格遵命行事，除了日常工作和照顾病人，没有任何多余动作，听天由命，连电话都没给迟可东打一个。

“你那个事今天上午已经上常委会了。”迟可东通知他。

李金明苦笑：“我该回去种蘑菇了吗?”

“你以为那么简单?”

迟可东说，这一切本来是不该发生的。早在半年前他就在开始筹划，准备把洪成副县长推到更重要岗位，同时不再兼城关镇书记，考虑让李金明接。城关镇是本县第一镇，举足轻重，城关镇书记历来由县领导兼。把李金明推到那个位子上，就是准备下一步顺理成章让他上。迟可东为此筹划许久，眼看时机渐渐成熟，却不料出了郑鑫国这件事。现在还能怎么办?还有什么可能!

李金明说：“是我愧对书记。”

“一句愧对就完事了吗?”

“我知道不行。是我的过失，我愿意承担。”

“你好大口气！你真承担得了吗?”

李金明摇头，表情痛苦。

“书记别再发火了，我很难过。”他说。

迟可东看着他，用力摆了一下手。

他把刚在会上讲过的那个故事讲给了李金明听。从今往后，李金明必须牢记这个故事，按这个故事学舌，让它成为自己的真实的故事。

李金明听罢震惊，张着嘴说不出话来。

迟可东说，这是他生平第一次编这种故事。他没想到自己会变成这样。他希望自己不是在犯一个大错，不是在做一件异常愚蠢的事情。他希望日后永远不要再为谁编这种故事，希望李金明值得他做唯一的这一次。

李金明举起双手，当着迟可东的面掩脸大哭。那一瞬间迟可东鼻子一酸，差点也掉下眼泪。他强忍着让自己平静下来，一声不吭，看李金明呜呜痛哭不止。

他对自己说："这应该是值得的，世间有些东西无论如何都是重要的。其他那些未必那么重要，该有就有，该没有就算了吧。"

李金明涉险过关。

三个月后，在迅速完成推荐、考核和研究等程序后，迟可东获得提升，被任命为副市长。整个过程基本顺利，相对平静，没有异常情况发生，郑鑫国与李金明的事未被提起。

浮选至此完成。六万元故事烟消云散了吗？未必。所谓春天到了，树木就长芽，只要有过那些故事，它就可能在日后回响。

第四章　清澈之水

1

严海防坚持让迟可东接受安排，他调侃：“你有前科，硬是炸过人家一条水坝。”

迟可东不认同：“水坝跟猪圈是一回事吗？”

“我看差不多。”严海防说，“这种事别人只怕对付不了，所以要劳驾你。当然你最好稳一点，不要动不动赶尽杀绝。不能光知道鱼，也给人家猪留点活路。”

迟可东还有保留：“这件事严书记是不是再考虑一下？”

“不需要，就这样。”

没等迟可东再表示意见，门被轻敲两下，一个年轻人从门外探进头来。

“李副到了。”年轻人向严海防报告。

严海防摆摆手，示意让进。年轻人把头缩了回去。转眼间门又推开，李金明走了进来。该同志一如既往地单薄，个头不高，衬衫似乎显长。鼻子上一副眼镜格外显大，好比长在熊猫头上的那两个黑圈。

他就是“李副”，李副县长，一年多前县区换届时升上去的。进门后一眼看到严海防，他略显吃惊，脱口道：“严书记也在啊。”

严海防没有吭声，迟可东却感觉诧异。李金明应当是被严海防传唤到本会见室的，怎么像是不知道严海防找他？难道另外有人通知李金明会面，地点搞混了？

李金明转头问迟可东：“迟书记在谈事情？”

迟可东更正：“这里没有迟书记。”

他笑：“哎呀，叫惯了。”

迟可东离任县委书记已经两年多，其间两变职务，先是副市长，再任常务副市长。李金明却总是不赶趟，还是习惯性称他“迟书记”。作为老部下可以理解，在这个场合却有不宜，因为严海防在场，人家才是老大，在这里只有一个书记。

李金明改口问：“迟副市长找我有事？”

迟可东吃惊：“我没找你。”

李金明也吃惊：“他们说您叫我来这儿！”

“谁说的？”

无须多问，门忽又被推开，两个人自外而入。来人向迟可东微微点头，什么话都没多说，转身靠向李金明。

“李金明同志，请跟我们走。”其中一个说。

李金明一脸惊讶，一时呆若木鸡。他被带出房间，离开前忽然扭头往回望，眼光在迟可东的脸上扫过。

迟可东面无表情，心里却震惊异常，因为情况大出意外。带李金明的两人里，有一位迟可东认识，是市纪委某室主任。

迟可东不知道这是怎么回事。当天上午他也是临时接到通知，赶到市宾馆贵宾楼的会见室，陪同严海防迎接客人。这组客人其实只是路过，由省政府一位副秘书长带队，组成人员包括环保、水利、农业等省厅官员，他们奉省领导之命到邻市检查工作，途经本市，需要安排工作午餐。严海防非常重视这批客人，他本来在下边县搞调研，得知客人路过消息，专程赶回来陪用午餐，送走客人后还得再接下去调研。严海防让办公室通知迟可东，命迟可东随他一起参加接待。迟可东感觉意外，因为市政府领导分工里，环保、水利、农业并不在他名下。严海防不管这个，称迟可东是常务副市长，需要的话都可以管。严海防本人原任市长，接手书记才三个多月，新市长人选尚未确定，目前严海防是党政统抓，可以直接指派副市长工作。当天上午，迟可东奉命来到贵宾楼会见室时，严海防已经坐在里边了，客人一行还在高速公路上，大约半小时后才会到达。严海防早早把迟可东叫来，却是要谈一项具体工作。原来他让迟可东参加本次接待有考虑：这组客人的任务是检查督促流域综合治理事项，此前已经到过本市，这次虽是路过，日后肯定还会再来。严海防决定让迟可东介入此项事务，因此让迟可东来会一会，亦为工作提早接头。

“不是马琳副市长在管吗?”迟可东问。

“‘国家领导’有情况。你先顶一顶。”

所谓“国家领导”是开玩笑，说的就是马琳。马琳与严海防、迟可东在一个班子里共事，身份却不一样，她是从北京来的，原在国家一个部委工作，被派到本市挂职，因为来自高层综合管理部门，又属正局级干部，来后安排了两个职务：常委、副市长，在市政府班子里排名在市长严海防之后，常务副市长迟可东之前，大家戏称“第一副市长”。因为是从国家部委下来的，严海防常拿“国家领导”调侃她，让大家反调侃严海防是“国家领导”的领导，以此过把嘴瘾。本市流域综合治理工作归马琳负责，这是严海防指派的，该项工作涉及面广，牵扯矛盾多，让一位几无基层经历的年轻挂职女领导负责，似乎不太合适，严海防却有自己的考虑，不请其他大仙，执意劳驾“国家领导”上阵。马琳为人温和，属非常聪明的事业女性，理论功底深厚，经济政策熟悉，讲起课一套一套，非常有逻辑，处理基层事务却有些力不从心，尽管十分努力，所负责的流域治理工作还是推进不畅。

前些时候，马琳所在的国家部门派员前来本省，联系临时调用马琳事务。该部正在为中央起草一份重要经济政策文件，需要组织力量在若干重点区域开展调研，为文件制定提供参考依据，本省是调研重点区域之一。因马琳熟悉该项事务，挂职期间接触本省大量基层实际，被列为调研组成员，需要从挂职单位抽出大约三个月时间。虽然挂职干部在地方工作，毕竟是上边的人，地方上于类似事项自当无条件支持。因此省里通知本市将马琳所承担工作先行移交他人，让她能如期抽调出来。

流域综合治理这件事就这么派给了迟可东。马琳以该项目“领导小组组长”身份抓这项工作，迟可东临时接手，大约只能以“代理组长”身份管这个事。此刻马琳去北京开会，严海防直接把迟可东叫来顶替，迟可东毫无思想准备，一时感觉突然。他本能地意识到情况比较复杂，即表示保留，希望严海防再做考虑。严海防坚持不松口，提到迟可东有前科，让迟可东给猪留条活路，铁定要把事情塞给他。代理时间暂定三个月，其后怎么样还很难说。这项工作本身有时限要求，前边马琳已经管了数月，如果真让迟可东代理三个月，之后大约就要扫尾了。

当天上午在贵宾楼会见室，让迟可东意想不到的是除了这件事，还有李金明。李金明怎么啦？怎么会以迟可东的名义叫来李金明，在两人都蒙在鼓里之际当面把人带走？难道李金明出事了，而且很严重？

迟可东毕竟是市领导，对他必须有一个解释。这个解释已经提前作了准备。李金明刚被带走，迟可东还在震惊之际，门又推开，蔡塘走进了会见室。蔡塘是市纪委书记，相关行动的直接指挥者。

“严书记，我把情况跟迟副通气一下？”蔡塘请示。

严海防没有出声，点了点头。

蔡塘与迟可东都是班子成员，彼此同级，一般大小。蔡塘是纪委书记，由他来做说明比较合适。蔡塘把情况简要通报给迟可东，说发现李金明有严重违纪线索，需要进行调查，经过研究，决定采取措施。由于李金明恰从县里到市里开会，会场和住宿都在宾馆八号楼，考虑就在这里带走归案。为了控制影响，也防止发生意外情况，便以迟可东的名义，通知李金明到贵宾楼会见室见面。迟可东是李金明的老领导，一听是迟可东交代，李金明必定立刻前来，不会生疑、横生枝节。因为情况比较特殊，也比较急，事先不便通知，只能事后才说明，请迟可东理解。

当着严海防的面，迟可东问蔡塘：“李金明是‘双规’了？”

蔡塘点点头。

“鸿远事件中的问题吗？”

“事情正在调查中。”蔡塘说。

蔡塘没有明确回答，这可以理解。可能是出于宜对迟可东有所回应，他又重复了一遍，强调发现李金明有严重违纪线索，因此需要采取措施。根据了解李金明也不是初次发现问题，他曾有前科。

迟可东说：“当年我在县里工作时，他有一个事，涉及一个叫郑鑫国的开发商六万元。后来情况澄清了，不是他的问题。我做过说明。”

“这个事我们知道。”

从他的语气看，他们查的不是这六万元旧事。

迟可东问：“什么时候决定采取措施的？”

蔡塘回答得比较含糊：“书记会研究过。”

“不需要通气一下？”

蔡塘笑笑：“这不是在跟迟副市长说吗？”

迟可东也笑：“有问题当然要查。这个李金明家里有些具体情况，蔡书记清楚吧？”

“他老婆瘫痪多年，我们知道。”蔡塘说。

办案部门已经注意到李金明的家庭情况。李金明的妻子目前由亲属照料，不会有其他问题。这个情况不应当也不会影响对李金明的调查。

迟可东不再发问，当着严海防的面只能问到这个程度。迟可东其实可以只听不说，什么都不问，那样可能更合适些，但是他觉得自己需要表明关切，因为事情发生得太突然，令他非常意外。如果没有发现重大问题线索，不太可能采取这种组织措施，李金明真会弄出那么大的事情吗？对他采取措施应当是刚做的决定，如果事前有过研究，肯定是在很小的范围内，且未像以往那样在常委会通气，可能因为案情特殊，也可能是严海防任书记后的新举措，日后都将如此行事。迟可东只能表示关切，点到为止。他感觉这里边的情况肯定不像蔡塘解释的那么简单直白。如果办案人员仅仅打算借用迟可东的名义把李金明叫出来，他们不需要让李金明到贵宾楼会见室，可以通知到另外的房间，在那里把他带走，无须与迟可东见面。此刻迟可东并非独自待在贵宾楼会见室，这里的主角是严海防，迟可东只是陪同者。严海防在整个过程中一声不吭，像是置身事外的旁观人，其实不然，显然一切都在他掌控之中。把李金明叫到这里肯定要经他同意，更可能是出于他的意思。或许他认为让迟可东与李金明见上一面，彼此意外震惊，将有助于相关案件的调查与推进？

蔡塘刚谈毕情况，市委办一位工作人员进门报告，称客人一行已经出了高速口，估计过十五分钟即可到达。蔡塘不参加此行接待，即起身离开。

严海防忽然侧过身对迟可东点点头，开腔说话，却是开玩笑。

“迟副是工业专家，请教个问题。”他说。

他虚心调侃炼铁，问迟可东炼铁用的那个大家伙是叫高炉吧？高炉的温度得有多高？铁都化成水了，那炉怎么不化成泥呢？

迟可东也调侃：“因为高炉给评了劳动模范，所以坚持住了。”

“是嘛!”严海防大笑。

迟可东称自己不是工业专家，只不过半路出家当领导前干过几年。他记得传统炼铁确实用高炉，高炉炉内不同部位温度不同，炉缸靠近风口区高达两千度。炉底有一千五百度左右。温度太低不行，铁矿石化不成铁水，太高了也不行，炉体会烧坏。

“你看，深入浅出，说得多清楚，这才是专家嘛。”严海防哈哈。

这以后他才点题，说到了李金明。

“迟副看起来很关心老部下。”他说。

迟可东问：“李金明具体是什么问题？”

严海防还是调侃：“卫生间尿尿不讲文明，撒得满地都是。”

“不会吧？”

“听说他是迟副拿脚后跟掂出来的？”

迟可东反问：“脚后跟怎么掂东西？”

严海防笑：“是啊，这得几级专业水平啊？”

迟可东告诉严海防，早先他那个县有一句土话叫：“脚趾头一掂就知道。”讲的是脚趾头，不是脚后跟。那些年李金明确实很为他看重，与脚趾头脚后跟都没关系，只因为李金明有一些地方让他觉得很可取，特别是为人正直和工作努力。他一直认为李金明质地不错，比较难得，怎么忽然就出事了？事情一定很大？真让他难以置信。

“人不会无缘无故出事。”严海防说，“迟副跟他没有个人瓜葛就好。”

“严书记不必担心这个。”

“是吗？”

迟可东抬眼，恰好看到挂在严海防所坐位子后边墙上的镜框，镜框里是一幅风景画，画面上有山冈、树林，分布于台地石块间的池塘和溪水。似乎是四川九寨沟风景。

迟可东指着镜框说：“严书记可以欣赏那幅画。”

严海防扭过头瞥了一眼：“那是什么？”

那幅画有题目：《清澈之水》。山很高，水很长，但是很干净，很清楚，没有杂质。

严海防摇头：“世界上有这种东西啊？”

除了尿尿与清澈之水，没有涉及具体。李金明如何入案？为何劳驾迟副见上一面？严海防不说，迟可东也不问，其巨大空间仅供想象。以李金明为题的意外插曲似乎并未发生，那只是迎客前吹出的一个泡泡，意在烘托气氛，制造惊喜。事实当然绝非如此，迟可东强烈感觉到有一团诡异缠绕在自己的身边。

无论如何，这个意外插曲的直接结果，是迟可东不再对严海防的工作安排发表意见。几分钟后贵宾驾到，双方在会见室里见面，严海防对贵宾们介绍说，本市流域综合治理工作将由常务副市长迟可东代理。他特别授权迟可东在马琳副市长的原有基础上，调整工作班子，加强工作力量，该用谁就用谁，该怎么干就怎么干，务必按照省里的要求，完成这项任务。迟可东什么话都没说，就此认领。

2

迟可东在办公室里打了个电话，找秦健。

秦健说："迟副市长，我刚想去找您。"

"来吧。"

眼下秦健是市委副秘书长。迟可东的办公室在市政府大楼，与市委大楼隔了一段距离，秦健从市委大楼赶到迟可东办公室用了不到十分钟，以此推算，确实是放下电话就动身过来，没有片刻耽搁。

秦健给迟可东带来一份材料，厚厚一沓有十数张打印纸。迟可东匆匆浏览了一遍。

这是一份调查报告和一份反馈公文函件，均标为"送审稿"。函件与调查报告涉及一起安全事故，以及一家名为"鸿远工程有限公司"的企业。函件以市委办公室名义报给省委办公厅，调查报告则以调查组名义写成。该调查组组长即为秦健，副组长有三人，包括市纪委、交通、公安等部门相关领导。

迟可东看完材料，问秦健一句："李金明的问题表述完整吗?"

"都写在调查报告里边了。"

"负有一定的领导责任?"

"是。我们反复斟酌，觉得恐怕还得这样写，虽然主要责任不在他。"

"他服气吗?"

"还是不服。"

"你们的处理意见呢?"

"主要责任人处理相对重，李金明轻些，考虑给通报批评。这个要报市委研究。"

"有没有发现李金明违纪违法问题?"

"目前还没有。"

"有谁提起过早先那件事情?"

"哪件?"

"郑鑫国那六万元钱。"

"没有啊!"

"真的吗?"

秦健有点吃惊："迟书记听到什么情况了?"

迟可东告诉他，李金明已经在几小时前被纪委带走。秦健闻罢大惊。

"真的吗?"他说。

"我看着呢。"

秦健大张嘴巴说不出话来。

秦健显然没说假话，他的意外不是装的。迟可东没有就此继续发问，他站起身，把办公椅推到身后。

"你现在没大事吧?"他问秦健。

"听迟书记安排。"

"跟我走。"

迟可东带秦健出办公室，下电梯到了底楼，他的工作用车已经停在楼门口停车处。

他们上了车。迟可东说声“走”，驾驶员发动马达，轿车驶离政府大楼。秦健一声不吭，不问李金明的事，没打听去哪儿，迟可东也闭口不谈。

轿车驶出市区，沿江岸公路开出十几公里，折转驶上一条乡村道路。迟可东开了腔：“知道这条路通哪里吧？”

秦健问：“是腾龙中心？”

“你去过？”

“在那里开过现场会。”秦健回答。

几分钟后轿车到达目的地，被一个保安拦在腾龙农业综合开发中心的大门外。

保安问：“你们找谁？”

秦健下车交涉，指着轿车车牌问保安：“知道这是哪儿的车牌吧？”

“是……市政府的？”

“看车上是谁？电视新闻里见过吧？迟副市长。”

保安“哎呀”叫了一声：“老板，老板没交代啊！”

“老板在吗？”

“出去了。”

秦健命保安先把门栏杆打开，让车开进去。可以给他们老板打个电话，告诉老板没什么大事，是迟副市长下乡检查工作，过来看看。

轿车开进大门，驾驶员刚要朝办公大楼方向转向，即被迟可东制止。

“往里开，山那边。”迟可东吩咐。

轿车顺一条柏油大道驶向纵深。转过一个岔口，就见山坡上建着十数排长条形房舍，顺坡而下的山风中飘荡着一股猪粪的臭味。腾龙中心是民营农业企业，其前身是一家养猪场，此刻生猪仍是该中心主产品，其养殖基地也就是猪场就在这面山坡上。

迟可东让车停在山脚，下车站在路旁，仰脸看着顺山坡而上的那一排排猪舍。

“相当壮观是吗?”他问秦健。

秦健说：“明星企业啊。”

“气味也很明星。”

迟可东说的气味来自路旁山涧。这条山涧从前边山坡延伸而下，已经货真价实是一条猪场下水沟了，一沟猪粪污臭扑鼻而来。

秦健手里抓着一瓶矿泉水，是从轿车上带下来的。他把矿泉水瓶递给迟可东。迟可东接过来，却没有马上打开喝，只是伸出右手掌朝眼前山坡比画了一下。

“现在咱们来把它抹平，抹个一干二净。”迟可东问，“你看怎么样?”

秦健大惊。

“那样的话，水沟里的水应当会干净一点。”迟可东说。

“可是……”

“可是腾龙中心谁都没法动。”

秦健松口气：“情况迟副市长都了解。”

“怎么办呢?”迟可东问，“这是一个现实问题，还是一个理念问题?”

秦健不知说什么才好。

“心有余而力不足，恐怕只好算了。”迟可东自己回答，“毕竟只是代理，咱们只管管得到的。过了这三个月，该谁谁去料理吧。”

秦健发懵，不知所云。迟可东也不解释，打开矿泉水瓶喝水。有一辆越野车忽然从拐弯口冲出来，一直冲到他们身边停下，车上跳下了两个人。

来者是本中心养殖发展部经理。该经理刚接到老板庄振平电话指令，特来请迟副市长一行到中心会议室小坐、喝茶。庄老板听说市领导光临，非常高兴，正从市区往回赶，半个来小时就能赶到。

迟可东举起矿泉水瓶示意：“告诉他不用了，我们有水喝。马上要离开。”

经理力劝迟可东留下，客气有加。迟可东没松口，也不跟对方多说，即招呼秦健上车，离开腾龙中心。

返程途中，迟可转问秦健：“你知道流域综合治理吧?”

秦健称看过相关文件。这件事不是他管的，没有太多注意。

迟可东要秦健回去后把材料找来看看，全面了解一下情况，做点准备，下周一跟他一起到省里开会。

“这项工作一直是政府办在处理。”秦健提醒。

迟可东说，这项工作格局已经改变。此前由马琳副市长负责，现在已经交到他手上，叫做“奉命代理”，是严海防书记亲自决定的。严书记不愧“劳模书记”，管得很具体，其领导风格一大特点是变化，张三不行换李四，好比排球比赛中场换人，这一特点大家清楚，只能适应。严海防让他接手工作，授权他调整工作班子和力量。原先市政府办有一位副主任配合马琳管具体，该同志因癌症手术，目前还在化疗，需要调整。他考虑除了让政府办另定一位副主任来管，还要把秦健纳进来加强，两办一起抓，秦健多管一点。一方面是表现市委重视，另一方面也考虑到秦健的特点。时间暂定三个月，具体还看情况发展。现在只是先跟秦健通个气，他会与市委秘书长直接沟通，由秘书长对秦健下达任务。

“我最近，这个，事情……”

“事情多也可以兼顾。”迟可东说，“需要的话，我请严书记给你直接发个话。”

秦健忙说：“不用，不用。我听迟书记安排。”

或许有朝一日，迟可东会被要求就今天下午约谈秦健事项做出说明。尽管迟可东是常务副市长，主要工作却在政府一边，直接约谈一位市委副秘书长目的何在？那时他可以强调自己是在进行工作安排，而非刻意了解其他，李金明相关情况是秦健主动谈及的。这样说并未违背事实，尽管他召唤秦健更多的是因为李金明，而非猪圈。在遭遇意外震惊以及与严海防调侃高炉之后，迟可东需要尽快了解其中的为什么。

3

大约半年前，鸿远工程有限公司的库房发生意外爆炸，有两人死于这场灾难，另有五人受伤。事故死伤人数虽不算特别大，却引发不小的震动，因为事件中的爆炸物是炸药，被炸毁的库房为炸药仓库。鸿远公司是一家民营工程企业，主要承揽公路修建项目，其修路工程中经常需要进行爆破，拥有储存与使用相关炸药的许可。炸药仓库爆炸事件暴露了该公司管理方面的问题，引发社会各界的关注。

迟可东很留意这个事件。迟可东在市政府分管交通工作，公路建设与之相关，另外也因为爆炸事件发生地为他曾任职过的县，早在他当县委书记时，鸿远公司就在那里承建公路工程，迟可东见过该企业的老板成富。因此一听到事故消息，迟可东就给李金明打电话了解情况。李金明虽不管安全生产，却知根知底。他告诉迟可东该事故惊动很大，市安监局派人下来调查，县里一位分管副县长配合。事情还好发生早了，死的人不算多，要是拖下去，没准会酿出一个大祸，死伤吓人。

“鸿远现在不行了。”李金明说，“原先那个成老板走人，交班给儿子。小成老板嘴上没毛，办事不牢，吃喝嫖赌样样精通，企业管理一塌糊涂。”

迟可东问：“这件事你不管吧？”

李金明说：“迟书记下个命令，我保证去抢过来管。”

“你准备怎么管？”

李金明打算狠狠收拾小成老板，县里几个责任部门也跑不了，得让他们知道厉害。

迟可东即批评，命李金明不要总想着收拾谁，关键是把自己收拾清楚。

李金明笑："迟书记又给我敲钟了。放心，我始终牢记。"

这起事故发生的时候，严海防还没当书记，还坐在市政府大楼办公。当时该事故曾由市安监局拿到市长办公会上通报，严海防没太当回事，调侃说这什么公司放了门大爆竹，丢了两条人命，还好死的人不算多，够不上重大事件。他拍了板，同意这起事件调查按照权限，交由县里主办，市安监局督促。其后县里组织调查组，安全、公安、监察等部门专业人员按常规开展工作，基本理清情况，对事件的起因、责任的认定和处理提出了意见。就在调查组准备向县政府办公会汇报，最后定案前夕，事故中死伤人员的家属和鸿远公司数十员工突然集体到省城上访，提出事故问题严重，调查存有猫腻，企业主买通相关官员和调查人员，试图大事化小，小事化了，严重侵害死伤人员家属和企业员工的正当权益，要求省委省政府领导主持公道。这场上访把该事故及其调查捅到省城，引起了广泛的关注。

那时候市里领导层刚经历了一次意外变动，原市委书记孙统离职，严海防接任，搬到市委大楼办公去了。有一天上午，迟可东在政府会议室召集交通、财政等部门头头开会，商量一项工作。会刚开个头，电话来了，是市委办通知，让迟可东马上到严海防的办公室，书记有事相商。迟可东即决定散伙走人，另找时间再开会议事。市交通局长不死心，说迟副市长太忙，好不容易有时间召集大家商量这件事，能不能先不散伙，暂停一下就好？大家在这里等，待迟副跟严书记谈完回来后继续开会？

"不需要。"迟可东说，"做你们的事去。"

他心里很清楚，严海防的事情没个准，其他的只能先让。

严海防个性比较特别，有时云里雾里让人摸不着头脑，有时风雨骤发雷霆万钧，旁人很难预料他。严海防号称工作狂，精力特别旺盛，有笑话称他每周工作七天，每天工作二十四小时，无论睡着醒着都在发号施令，因此得到一个专属雅号叫"劳模领导"。该雅号有恭维之嫌，但是即便不喜欢他的人也称准确。这个人有魄力，办事果断，干脆利落，特别擅长运作，知道怎么把事情做得风生水起，让人们留下印象，但是随意性也很强，忽然有个什么念头，马上就要着手推进。他不太在乎副手在忙些什么，一旦他有要求，大家都得丢下手中事情，在第一时间听从召唤。他当市长时被调侃为“劳模市长”，经常临时通知开市长办公会，甚至过半夜了还把人叫来，弄得大家疲于奔命。几个年纪大点的副市长吃不消，暗地里向迟可东抱怨，说怎么老是他妈的发神经，半夜鸡叫。这种不满只能背后发泄，当面都不好说，因为人家是老大，有权半夜鸡叫。严海防这种性格的人天生就要发号施令，不甘位居人下，当第一把手很适应，当副手就很憋屈。以往他在市政府当市长，可以想怎么开会就怎么通知，在市委那边不行，因为人家孙统是书记，孙书记说了才算。由于个性等原因，他与孙统关系不洽，有所表面化，让外界议论不休。据说省里已经考虑严海防调防，另行安排。严海防本人也曾公开称“此处不留人，自有留人处”，似乎马上就要甩手走人。却不料孙统意外出事，黯然离开，严海防反是起而接手，坐到书记的办公室，成了第一把手，“劳模市长”升为“劳模书记”，其个性风格也就从这头扩展到了那边。

那一天迟可东到达严海防办公室时，严海防的面前已经坐了一圈人，都是下属处长、局长们，其中还有秦健。迟可东感觉这一屋子人组成似显随机，心里有些纳闷，推测不出严海防叫自己来跟诸位济济一堂，会是研究什么特殊事项。却不料严海防一开口，当着迟可东面把一屋子人赶出去，说他要先与迟可东商量事情，让大家到一旁休息室等待。迟可东这才清楚诸公与己无关。

那几位刚走开，严海防即发话：“迟副，你觉得这个人怎么样？”

“哪一个？”

“你的老部下啊。”

原来他问秦健。迟可东即答，肯定秦健工作一向很认真，文字能力很强，擅长处理材料，协调能力也不错。

“这么说也可以评劳模。”严海防调侃。

迟可东也调侃：“不能跟严书记比。最多评他一个积极分子。”

“你对他还是很满意的?”

迟可东笑笑，反问：“严书记不满意吗?”

严海防问：“这个人是不是有点心术不正?”

迟可东说：“我看没那么严重。他就是心思比较重。”

“你把他安插到市委办，是因为他心思比较重?”

严海防脸上很严肃，语气却带调侃。迟可东也回以调侃，称自己不仅手伸得长，而且富有远见，早早把一颗心思比较重的定时炸弹偷偷埋到严书记身边，随时可以进行恐怖袭击。严海防听了哈哈大笑。

“我还不知道你吗!”他说，“这笔账是周宏的，不能叫你埋单。”

严海防就是这种性情。他哪有不知道的？当年周宏在本市当市委书记，迟可东和严海防都是周宏手下的县委书记，两人任职的县挨着，号称“隔壁亲家”。彼此同僚，迟可东资格还要老一点，只是任职过程中受过波折。严海防是“劳动模范”，路子比迟可东顺利，早早提到省里，先当农办副主任，后来到省农业厅当厅长。他在省里干了几年，很得领导赏识，偏偏他不喜欢待在省直厅局，喜欢当地方官，为之持续努力，终于运作成功，回到本市当了市长。他荣归本市之际，周宏已经提任副省长，孙统接任书记，迟可东也到了市政府，位于严市长领导之下。本市是严海防起步之地，他在此工作多年，不缺人脉和信息渠道，对干部情况和来龙去脉了如指掌。他知道虽然秦健曾在迟可东手下，其调职却与迟可东关系不大，当年是周宏欣赏秦健，把秦健从县里调到市委办当副主任。后来的孙统书记对秦健也满意，把他调为市委副秘书长。为什么严海防半真半假就是要把秦健与迟可东扯上呢？显然是在传递某些感受。当初严海防与孙统不对，秦健为孙统鞍前马后，不免让严海防有些看法。此刻轮到秦健成天在严海防身边转悠，或许总让他想起孙统，怎么看怎么不顺眼。严海防对迟可东自然也有一些看法，否则无须拿“你的老部下”调侃迟可东。

迟可东没跟严海防多费口舌，他相信严海防找他，不会是因为秦健。果然严海防点到即止，转头从桌边取了一个材料夹，把它递给迟可东。

“看看这个。”他说。

文件夹里是一份复印件，为鸿远公司炸药仓库爆炸事件引发上访的专报。这份专报件上有一段领导批示，要求本市认真对待，采取得力措施，妥善处理。批示言辞平和中性，分量却重，出自省委主要领导亲笔。

迟可东看罢材料，递还给严海防，一声不吭，听严海防怎么说。

“这件事迟副清楚吧?”严海防发问。

迟可东说：“我记得以前严市长主持研究过。”

严海防自嘲：“当时咱们好像没把这门大爆竹太当回事。”

迟可东表示自己虽然没有深入了解，感觉县里抓的调查工作似乎没太离谱。

严海防说：“问题是太笨，事情没抹平，动静弄这么大，把省委书记都惊动了。”

迟可东试探：“严书记是想多弄几个人参与，加强点力量吗?”

“你是想糊弄谁啊？多几个人算啥？既然有这个批示，咱们就得办出个样子。”

严海防提出这件事不能再当寻常安全事故处理，要视为重大事件，把调查权限上收，改由市里直接抓，加强领导，加大力度，杀鸡用牛刀，使劲查他一下，哪怕打掉几顶乌纱帽，扒掉几条短裤衩。要雷厉风行，表现出对省委领导批示的高度重视。

迟可东点头：“明白了。是这样。”

“迟副明白什么了?”严海防追问。

迟可东说，看来这件事需要超常规办理，充分体现重视。严海防把他找来谈，不会是想让他来处理这件事吧?

“你觉得怎么样?”严海防询问。

迟可东称自己未必合适，不过如果严海防认为可以，要求他去抓，他没问题。

“为什么觉得不合适?”严海防追问。

“严书记清楚。”

严海防大笑：“态度很好嘛。”

他说他确实曾考虑指派迟可东去加强，抓一抓这项调查。迟可东虽然不管安全，也不管查腐败，毕竟贵为常务副市长，该管可以去管。但是回头想想确实有点不合适。鸿远公司这颗大爆竹炸得不是地方，就在迟副市长的老巢轰隆一响，两个人丧命，还得有人为这两条人命负责。让迟可东去处理这件事，哪怕迟可东清白得像瓶洗洁精，只怕也会沾手，会有人怀疑他处置不公，偏袒某位旧部。因此回避还是有必要的。

迟可东说：“恭敬不如从命，那我先躲起来。”

“准备躲到哪个老鼠洞啊?”

迟可东称不熟悉老鼠洞。需要的话可以找座废弃高炉藏身，里边想必冬暖夏凉。

除了谈谈大爆竹和相关调侃，没有更多内容。严海防一如既往，云山雾罩，无意坦承。迟可东却有所感觉。他估计严海防找他来，原本可能有考虑让他出马管这件事，待到他主动提出愿意去抓，严海防却改了主意，可能怀疑迟可东心里有猫腻。迟可东知道他疑心重，所以才故意摆出姿态，似乎嘴上有所保留，心里跃跃欲试，供严海防起疑，这没有坏处，因为此事不插手为好。迟可东心里也有疑问。这起事故早在严海防市长任内就曾议过，当时严海防并未显得特别关注，把事情交给县里去办是他拍板定的。此刻状态忽变，仅仅是因为需要贯彻省领导的批示吗?或者是严海防新任书记，要抓住某个事情烧一把火树立权威?也许还有更深因素?

隔日，一份以两办名义下发的通知送到迟可东手上。该通知内容正是加强鸿远公司安全事故调查，提到了省领导的批示，强调要坚决落实，切实加强力量，强化督查。迟可东注意到通知明确提及市委书记严海防亲自过问该工作，决定重组调查组，由市、县两级相关部门领导和工作人员组成，市委副秘书长秦健担纲任调查小组组长。

原来严海防询问“这个人怎么样”并非随兴而起，背后还藏有这一重考虑。秦健被派去查该事故，表面上说也有道理，秦健在市委办分管督查，落实省委书记批示自然是最重要的督查任务之一。恰好秦健又曾在事件所发县当过办公室主任、纪委书记，情况和人头都熟，有利于深入调查。问题是管督查未必就必须亲自担纲调查，而让秦健回“老巢”查事故，难道就不存在“处置不公，偏袒某位旧部”之嫌？

刚放下文件，秦健的电话到了，谈的正是这件事。秦健说他感觉挺意外。

迟可东回答：“凡事皆有可能。”

“老领导有什么指示吗？”

迟可东问：“严书记找你谈过没有？”

“还没有。”

“他会找你谈。”

“真是很突然。”

秦健显得心中无数，他给迟可东打电话，除了向老领导通个气外，可能还想打听一点究竟。昨日上午在严海防办公室打过照面，他可能猜想严海防与迟可东商量过这件事。问题是严海防确实主动与迟可东提及秦健，重点却在探究秦健“心术不正”与否，丝毫没有涉及其他。严海防的那些话不合适搬给当事者，迟可东也确实不清楚严海防出于什么考虑，不知道严海防是否有意以某颗大爆竹测试秦健同志的心术状况？或许还另有原因？迟可东没法跟秦健多说什么，只能肯定一点：严海防行事风格细致具体，他亲自过问，对该事件如何深入调查肯定有想法，该想法肯定会以他的方式传递给秦健。

迟可东拿一个专业名词考问秦健："你知道焦炭吗?"

秦健吃了一惊："我不懂。"

迟可东告诉他。高炉炼铁除了需要铁矿石，还需要大量焦炭。焦炭在炼铁中起还原剂、发热剂和料柱骨架作用。通俗点说，焦炭放进高炉是要让它烧。铁矿石在高炉里化成铁水需要高温，一千五百度，这高温从哪里来？那就是焦炭燃烧产生的。

秦健说："是啊，是啊。"

他当然只是附和，他与冶金无涉，焦炭什么的于他极其陌生，同他谈焦炭不算对牛弹琴，至少也是鸡教鸭叫。迟可东很清楚，却有意为之，不谈其他，只讲焦炭。

"焦炭也有焦炭的质地，它原本是烟煤。在隔绝空气的条件下加热烟煤，加热到摄氏一千度左右，经过干燥、热解、熔化、黏结、固化、收缩等阶段最终制成焦炭。这一过程叫高温炼焦，也叫高温干馏。我说的你能明白吗?"

"明白，我明白。"

"明白就行。"

通话就此打住。焦炭到底怎么回事？为什么忽然说起它？无须解释，慢慢领会吧。

秦健出马之后，鸿远公司安全事故案的调查全面升级，在多个方面取得拓展，其中之一就是李金明意外被拖进事件里。

李金明曾经对迟可东表示过，他本人不分管安全，与这起事件没有牵扯。不料调查中却查出了一点连带关系，该问题还是由秦健亲自发现并挖掘出来。秦健在研究事件的最初新闻报道时注意到一个细节：鸿远公司事故发生后，第一时间第一个赶到现场的领导不是书记，不是县长，却是李金明。李金明并不分管安全生产，他为什么如此踊跃赶来抢镜头？该县分管安全的副县长本该于第一时间出现，却在四小时后，于当天深夜才到达现场，是什么原因让此人姗姗来迟？

原来这里有个具体情况：那几天恰逢该县在省城搞旅游产品推介系列活动，县委书记、县长两主官联袂出击，还跟去了一个副县长，这位副县长既管旅游，又管安全生产。行前，县长安排工作，吩咐在家的李金明“覆盖”一下不在家的领导相关急迫工作。鸿远公司的大爆竹恰恰就在其时“轰隆”炸响。理论上说，此刻安全生产事项在李金明奉命“覆盖”的范围之内，所以他在第一时间赶到现场，不是抢镜头，却是职责所需。分管副县长是在接到报信后才急急忙忙从省城赶回，自然有所滞后。

应当说所谓“覆盖”只是一种临时工作安排，不是分工调整，这件事故的负责领导还是那位分管副县长，不会因为事故发生时他不在县里就可以免责。但是李金明也不能说毫无关系，否则他何必在事故发生后即匆匆赶到现场？既然你奉命“覆盖”，那就该算你一份，虽然算不上大份，小份也算。该事故如果按照一般方式处理，或许李金明的“覆盖”之责可以忽略不计，问题是事件已被视为重要事故，处置必须更为严格有如“严打”，那么所有有牵扯的人都免不了，一个都不能少。

除了“覆盖”之责，李金明还有一个问题，就是他与出事企业的旧有关系。鸿远公司进入本县承揽工程，追根究底却是从李金明开始。当年李金明在城关镇当镇长，镇里修建一条乡道，鸿远公司中标承建，从此开始了在本县的业务。李金明与该企业老板成富的关系相当好，成富为李金明干过一件非常特别的事情：李金明奉迟可东之命炸掉石清标的落水河电站大坝时，不找别人帮忙，就要成富相助。成富从公路工地派出一个爆破专业施工队交李金明直接指挥，临时充当李镇长手下工兵分队，拉到落水河电站大坝凿洞装药，日夜赶工，待迟可东一声令下，“轰隆”一声把那条大坝炸了。其后数个月，迟可东离任前夕，县里与石清标达成置换协议，落水河上游的另一条大坝交给县里，迟可东决心不变，李金明再次奉命上阵，他还是找成富的施工队来炸掉那条大坝，这一次事情简单多了，落水河从此恢复成自然河流。鸿远公司两度成为李镇长的工兵，李金明也出面协调县公安局，为鸿远公司购买、运输和储存炸药提供帮助。这一回被炸掉的仓库，就是当年弄的。后来鸿远公司老板成富因癌症丧生，儿子成全起而接班，少老板是个混混扶不上墙，公司在他手上每况愈下。李金明提起来总是摇头，说这小子就不像是他老子的儿子，恨铁不成钢之意溢于言表。这不免让一些人产生疑问：李金明跟人家那个老子究竟有多好？彼此之间是否存在利益输送、官商勾结？

因此李金明还得想办法把自己撇清。

那天夜间，迟可东已经上床休息，手机铃声忽响，一看屏幕是秦健来电。迟可东注意到那时已经是下半夜一点。他很诧异。这个点实在不合适打扰领导，秦健最懂这个，怎么会如此勇敢？

迟可东接了电话。

“对不起，迟副市长。您可能听到了一些情况，我需要向您解释一下，以免您误会。”秦健在电话里说。

迟可东心知有异，他没发问，只回答：“说吧。”

秦健此刻在县宾馆，他带调查组下县后一直住在那里。由于时间要求很紧，日程安排很满，几乎没有喘息之机，几次想用电话给迟可东汇报，都未能如愿。今晚他很不安，觉得自己一定要挂个电话。他带调查组下来后，工作开展还顺利，目前遇到的一个棘手问题是李金明。李金明与安全事故和鸿远公司都有一些关联，外边有反映。调查组核实这些问题，既是工作任务需要，也是对李金明本人负责。秦健主观上并没有想跟李金明过不去，更不会有什么不可告人的意图。迟可东是老领导，对他最了解。他处理问题从来都有底线，这一次也坚持就事论事，就人论人。查的是安全事故，其他的事不涉及。该是李金明就是李金明，不涉及其他人。他确实是这样把握的。

迟可东问："既然这样，你急什么？"

他请求迟可东理解。下来确实太忙了，事情发展得太快，没能及时汇报，有些情况也不好说，他很不安。

迟可东问："怎么会查到李金明那里？"

"这个，有举报件。"

迟可东直截了当："严书记交办的？"

秦健迟疑了一下说："是的。"

迟可东说："有问题该查就查，涉及谁就该查谁，只要实事求是。"

"明白，明白。"

秦健称这些天一直想着迟可东谈到的焦炭质地，领会其中的深意，丝毫不敢懈怠。

迟可东说："也没有那么多深意。说来其实很简单：多点贡献之心，少点患得患失，那就是了。"

"明白。"

第二天一早，迟可东到办公室时，李金明已经站在门外等候。迟可东一问，他是凌晨专程驱车从县城赶到市区来的。

迟可东说："为什么早不来找我？"

李金明明白他的意思：秦健带调查组下去后即查李金明的问题，为什么李金明自己不及早向迟可东报告呢？李金明回答，他不想给迟可东添麻烦，自己能对付就先对付。

"现在对付不了了吗？"

李金明表示还对付得了。

"那你今天来干什么？"

"感觉不对头。"

李金明感觉秦健除了查事故，很明显还有一个目的，就是查他李金明。虽然明明是鸡蛋里挑骨头，找碴整人，他心里很不服，说到底也没什么大不了的，他真不在乎。“覆盖”就“覆盖”，充其量就是一点联带责任，不算什么屁大的事。拿这个处分他又能搞多大？他跟鸿远公司也没有多少瓜葛，成富在世时没有，少老板当家后更没有，这一点尽管放心。老领导多年教诲，郑鑫国那次教训，他都牢记心中，绝不会再给领导找麻烦。但是调查组搞来搞去，他越来越感觉不对，事情像是没那么简单。调查组要他写一个自己与成富之间关系的说明，特别要他写清当年他帮鸿远公司申报炸药库房是哪位县领导的意思？他如实告诉他们没有任何一位当时的县领导与之相关，心里却因此犯疑。他发现秦健不止对鸿远公司的七七八八情况感兴趣，还在悄悄了解一些明摆不相干的事情，尤其感到奇怪。

“了解些什么？”迟可东问。

“也就是那些吧。”李金明似有保留。

迟可东追问到底是哪些？李金明说，秦健悄悄找人了解该县城东新区一些情况，问起通用厂旧厂房那块地。

迟可东问：“那块地又有什么问题？”

“没有。”

“真的吗？”

“当然。”

“那你干嘛管他？”

李金明还是那句话：“我觉得不对头。”

昨天晚上，李金明到县宾馆找秦健谈，两人吵了起来。李金明问秦健是不是有意跟他过不去，是不是进而通过搞他去搞老领导？秦健脸都白了，勃然大怒，骂李金明知道个屁，把他从房间里赶走。

“我感觉他心虚。”李金明说，“这里边肯定有问题。”

迟可东即批评：“是你有问题。”

迟可东训李金明，说李金明已经是个县领导了，怎么可以还像个村干部那样？跟调查组组长吵架，是他应该干的吗？他对秦健质疑的那些都不该说，怎么不动动脑筋呢？

李金明分辩说，自己其实是动了脑筋。他明里是找秦健发泄不满，实际是要提出警告。他警告秦健有些事是不能做的，有些人是不该伤害的。

迟可东问："这说谁呢？"

"我怀疑调查目标除了我，还有迟书记你。"

"瞎扯。"迟可东道。

"总之不对头。"李金明说，"感觉需要给领导提个醒。"

"够了。"

迟可东让李金明马上回县里，回去后即找秦健检讨，承认自己不冷静，不该吵架。可以说他因此被迟副市长批评了。

"要这样吗？"

"必须。"

李金明很爽快："没问题。"

"别管那些乌七八糟的，你也管不了。明白吗？"

"明白。"

李金明离去。

现在情况清楚了。秦健昨晚半夜来电话，是因为刚与李金明吵，被李金明说过后感觉不安。其不安不在李金明，而在迟可东。秦健查李金明应是有意，秦健与李金明不对路不是一天两天的事，但是这一次秦健查李金明除了个人原因，更主要的应当是出于严海防的明确交代。严海防清楚秦健李金明之间的过往情况，把秦健派来当调查组长，显然不仅要考察该同志心术如何，亦求用其好恶。秦健已承认是严海防把涉及李金明的举报件交办他，或许相关举报不仅涉及鸿远公司事故，也牵扯其他问题，例如，李金明提到的城东新区通用厂旧厂房那块地，所以秦健也悄悄去摸了情况。秦健在电话里对这个绝口不提，可能因为鸿远公司事故之外的东西才是要害，秦健不敢也不能透漏。秦健未必清楚为什么要他摸那些情况，但应当有所猜疑，也有所顾忌。因此当李金明质疑他“是不是要搞老领导”之后，他对迟可东表白自己有底线，不会乱牵扯。迄今为止，凡相关迟可东的事情，秦健都小心翼翼，有所畏惧，他的自我分辩还是有根据的。

迟可东心里很不是滋味。世上确实有一种东西叫做乌七八糟，你讨厌它并不意味着它会放过你，碰上了真是算你运气。迟可东还隐隐有一丝担忧，却是因为李金明本人。李金明在谈及通用厂旧厂房时语气似有保留，那块地该不会有什么事吧？

李金明回去后，没有什么特别情况发生。秦健所率调查小组按严海防要求，在下边奋力挖掘，渐渐也到了收尾时候。大约一个星期前，秦健给迟可东打来一个电话，称调查小组已经返回，任务基本完成，正在整理材料，待严海防书记排出时间听汇报。秦健表示，待材料大体定稿，他会先送迟可东看看。

迟可东问：“你们提出怎么处置？”

调查小组在鸿远公司安全事故中发现了若干渎职行为，也发现了一些贪腐线索。除将线索移交相关部门处理外，调查组也提出了几条处理意见，拟送市委研究。负有领导责任的分管县长以及镇书记、镇长可能都得免职。书记、县长都给个轻处分。

迟可东说：“会不会失之过重了？”

“严书记说，这次就是要重一点。”

“李金明呢？”

“可能也得给个轻处分。”

未料才过几天，李金明就在迟可东眼前被办案人员带走。

4

周宏大发脾气，小会议室里鸦雀无声。

“迟可东同志，迟副市长，你自己说。”周宏直接点名。

迟可东站起身表态：“周副省长批评得对，我们深刻检讨。”

“不需要！检讨顶什么用！”

“我们一定狠抓落实。”

“拿嘴巴贯彻落实？”

“我们用实际行动。”

周宏不依不饶：“你们实际行动多久了？你们都做了什么？阳奉阴违！你们拖了全省的后腿，再拖下去就是有罪！你们知道吗？”

迟可东苦笑：“请周副省长给我一点时间。”

周宏不说了。

汇报继续进行。在周宏勃然大怒之后，会场上格外惊心动魄，除单调的汇报发言，别无声响。汇报者个个字斟句酌，唯恐哪个字说错了再次触怒领导，其他人则一律埋头做用心记录状。实际上无需记录什么，只是别让周宏看不顺眼找碴，拿态度不正什么的修理你。领导左右不对劲呢，别让他揣着一肚子火朝你猛扑过来。

省政府大楼六层小会议室位于省领导办公层，省领导的办公会通常在这个小会议室开。周宏把工作会安排在这里，而不在大家住的宾馆会议室，可能意在突出其重要。当天工作会的议题是流域治理，该项目由周宏主抓，相关地市各来一个分管市长，一个具体负责官员。本市来了三人，迟可东、秦健，还有一位政府办副主任。三人都是首次在该项工作中露面，或称“新手上路”。周宏明知迟可东是刚被换马上阵，与此前工作进展无关，却还要狠加修理，给个下马威，可能因为确实极不高兴。此刻迟可东代表本市，本市问题当然唯迟可东是问，不管你是新手还是老手。

所谓“流域治理”是简称，指的是琴江流域的综合整治事项，事关省城以及上游三个设区市。琴江是省城母亲河，也是省城自来水厂的水源地，省城数百万人平时喝的水都来自琴江。由于沿江各地工业开发等原因，近年来琴江污染日益严重，水质急剧恶化，已经危及省城居民饮水安全，外界反映强烈。今年省委、省政府将琴江流域治理列为一大重点任务，除省城外，上游各相关市也承担了协同整治责任。本市位居琴江上游，本市的兰溪为琴江四大支流之一，因此也被列入流域综合治理范围。本市的整治内容与其他市有所不同，由于偏居山区丘陵地带的缘故，本市工业开发相对滞后，工业污染源相对较少，但是却有一个大项被列入整治重点，就是养猪业。养猪业为本市传统产业，近年来得益于政策的扶持和市场的推动，该产业发展迅速，生猪存栏数稳居全省第一，大型养猪场处处开花。时下养猪与早年农家喂猪天渊有别。早年农家猪吃泔水剩饭，如今猪场猪吃一袋一袋用卡车运来的猪饲料。以往农民养猪要收猪粪回田，猪粪为一等农家肥。如今猪粪没人要了，统统冲进污水沟了事。污水沟自然要有出口，那就是河流。本市所有猪粪及其分解物都被冲入河流，先供本市各地居民享用，再汇入琴江，通过自来水厂的取水口进入省城饮水系统，从各家各户的水龙头流到餐桌上。虽然其间经过净化处理，指标却难尽人意。因此本市的养猪场成为流域治理一大重点，专家们根据河流自我净化能力和其他考量，画出一条整治红线：干流一公里内，支流五百米内的养猪场必须拆除。这条红线牵扯众多养猪户的利益，尽管政府拿出一定财政补助，却不可能弥补养猪户所有损失，执行中困难重重。

周宏副省长负责流域综合治理工作，他本人又曾在本市任过书记，因此对本市整治进度之缓慢特别恼火。刚才在听取汇报中借题发挥，又是大动肝火，又是点名迟可东，把问题上纲上线到“阳奉阴违”、“有罪”程度，表现出强硬态度，唯恐各位与会者不当回事。他并不如此率性，应当是有意为之，其批评其实不只是说给迟可东听，更多的是借批评迟可东敲打其他人，包括在座与不在座的。迟可东是他老部下，彼此了解，光荣入选中枪。两人虽无私交，却有一些既往，所以才有彼此今日。需要时把迟可东拎出来狠批几句没有太大问题，尽管本市现有问题与迟可东实无关系。

那天的会议时间不长，几个相关市汇报之后，周宏做了个讲话，再次上紧发条，尔后即宣布散会，当时还十一点不到。迟可东起身收拾桌上的笔记本，就见周宏朝他比了一下手：“可东，你来。”

迟可东点点头，扭过身子给后边的秦健交代一声，即拎着自己的包随周宏而去。

周宏走出小会议室，去自己的办公室。他的办公室与小会议室相距不远。办公室前部有一个小会客间，边门里是秘书房间，最里边才是周宏的办公室。周宏领着迟可东一直走到最里边，他坐到办公椅上，示意迟可东坐到房间一角沙发上。

“我的意思你明白吧?”周宏问。

“能猜一点。”

周宏解释，他必须把话说重，迟可东回去后才好办。

“明白。”

“是我点的将。我逼了严海防。”他说。

原来是他命严海防调整力量，把迟可东调过来抓这项工作。本市确实拖了全省后腿，领导不力是主要原因，让马琳那样的挂职女干部管这件事不合适。

迟可东说：“马琳人挺好，工作也认真，她走前跟我交换过情况。我觉得困难主要还在严海防。他把马琳推上去管这件事，有他的考虑。”

“我还不知道他的心思吗。”周宏说。

严海防为政老道，在任何公开场合，对流域整治都高度重视，调门极高，对这项工作的上级主管部门和领导的接待也细致周到。前些时省里的检查督促组路过本市，严海防不辞劳苦，专程从下边调研县跑回市里会见，陪用工作午餐，送走客人再奔回下边，充分显示其“劳模书记”风范。但是严海防重视多在表面，实际行动有所保留，有其个人原因。当年严海防当县委书记，尔后升到农业厅任职时，都非常重视养猪，不遗余力推动，曾被记者誉为“养猪书记”，脸面名字上了中央电视台的《新闻联播》。如今要他来拆猪舍，确实不太情愿，他让迟可东对猪“留条活路”即是表现。凡不情之事，严海防敢拖能拖，把马琳推上去管这事是他有意之笔。马琳情况不熟，事事得听严海防的。马琳又是“国家领导”，年轻女性，工作推进不了，大家却不好说她不是。哪怕是周宏，也不能像训迟可东一样批评人家。还好现在马琳另有事项，不能再管了，可以抓住机会调整领导，迅速改变落后状况。周宏明确要求严海防让迟可东出马，他认为只有迟可东才堪当此任，相信迟可东可以承担，也愿意承担。

迟可东感觉意外：“为什么呢？”

周宏也是那句话：“你不是硬炸过人家一条水坝吗？”

迟可东道：“情况不同啊。”

“有什么不同？”

那时候迟可东是县里的第一把手，比较可以按照自己的想法来做。现在不一样，副职领导可以发挥的空间很小。

“我呢？难道是省长吗？”周宏问。

“你是大领导，我不能跟你比。”

“比不比都一样，总之这件事你得给我办好。”

迟可东告诉周宏，他一接手就面临一个很大困难，这次来开会，也想个别报告一下，听听周宏的意见。

“尽管说。”周宏道。

迟可东从公文包取出一份打印材料递给周宏。周宏接过去看一眼即放在桌上。

这是一份举报材料，举报腾龙中心养殖基地被画入治理红线。该中心自恃背有靠山，拒不执行整治规定。政府相关部门一边强迫其他养猪户拆猪舍，一边对腾龙中心养殖基地放一码，如此不公怎么可以？

“举报内容属实吗？”周宏问。

迟可东肯定基本属实。该举报信是前些时候收到的。有人买了邮票和信封，在信封写上名字，信封里装着材料寄了过来。本市其他副市长似乎也都人手一份。由于当时不分管，他没有太在意。忽然接手这项工作后，他特意去腾龙中心现场看了一次。感觉情况很严重，处理却特别棘手。

周宏没吭声，随手取过桌上一个文件夹，拿出一份材料递给迟可东。却是同一份举报信，原来周宏也有一份。举报信上还有周宏的批示，是批给严海防与马琳的，请他们按照省政府文件规定，认真核实处理。

“严书记有态度吗?”迟可东问。

严海防态度明确。他给周宏打了电话，说感谢周副省长关心，他已经命马琳副市长认真核实情况，落实好周副省长要求。

“他特别会表态。”迟可东说。

“我知道他。”周宏说，“所以要让你来。”

“我得怎么办才合适? 希望老领导给些指点。”

“你自己怎么想?”

迟可东说，腾龙中心养殖基地的问题确实应当处理，但是他很难拿下来。按照严海防安排，他只是以“代理”身份接手，大动作不好做。以目前处境，他考虑恐怕只能先做能做的，不能做的先不做，腾龙中心养殖基地暂不动，等待机会。

周宏紧盯着他，没说话。

“领导不同意?”迟可东问。

“你什么时候变成这样了?”周宏忽然问，“这不是你嘛。”

迟可东苦笑：“很惭愧。”

他觉得自己眼下处境比较尴尬。难得周宏看重，有机会做一件正经事，让河水干净一点还是很有意思的。只是感觉环境不好，自己正处于弱势，心有余而力不足。

“有什么情况?”周宏问，“严海防不好共事?”

“人都有长有短。他的个性就那样，加上记性特别好。”迟可东回答，“不过也已经共事这么些年了，彼此都清楚。”

“李金明到底怎么回事？”

李金明把周宏都惊动了，显然影响不小。迟可东告诉周宏，李金明的案子似乎有些奇怪。以他对李金明的了解，觉得眼下这个人不太可能出大问题，难以相信会给弄进去。具体情况他正在设法了解。

周宏看着迟可东，好一会儿没吭声。

迟可东感觉有异，问：“周副省长是不是听到什么了？”

周宏摇摇头。

迟可东称很担心李金明家庭的特殊状况，只怕李金明的老婆挺不过去。

周宏问：“严海防知道这个吧？”

“我告诉他了。”

“你自己什么情况？”

“周副省长放心。”

周宏问得相当含蓄，迟可东答得也很模糊，但是基本内容已经有了：“你不会也有事吧？”“我没事。”

周宏忽发感慨道：“说来要骂孙统愚蠢。”

迟可东说：“他有那个毛病。”

“他不应该。”

这个话题没有多说，外边有人来找周宏，迟可东告辞。离开前周宏对迟可东表了态度，说腾龙中心养殖基地的问题不能回避，市里绕不开，省里也绕不过，必须有个处理，取信于民。周宏理解迟可东目前的困难，却还是希望这个难题能在迟可东手上解决。如果迟可东拿不下来，其他人就更没办法。至于什么时候，用什么方式处理它，迟可东尽可根据具体情况，自己来掌握。需要的话，他会给予支持。

迟可东说：“明白。我知道了。”

"多留神。"

"谢谢。"

离开周宏的办公室，这场交谈却没有结束，还在迟可东脑子里一遍一遍重复着。忽然到了需要让人提一句"多留神"的境地，真让迟可东始料不及，恐怕也是周宏始料不及的。想来迟可东心里颇不是滋味。

如果孙统"依然健在"，事情本来会是另一个样子。

当年周宏离开本市，孙统下来接任书记，到任不久即与市长严海防因一些具体事情产生分歧。孙统曾当过省政府秘书长，在省城任过市长，上层历练多年，经验丰富，他不动声色在人事安排上布局，有效掌控局面。孙统的一大手笔就是重用迟可东，把迟可东摆到了常务副市长的位子上。

孙统与迟可东原本并不熟悉，孙统重用迟可东，原因却在严海防。严海防个性强，喜欢另搞一套，与孙统沟通不畅，合作不佳，孙统需要市政府中有一个人能平衡严海防，贯彻自己的意图，他看中了迟可东。迟可东的资历不输严海防，行政能力强，讲规矩且不畏事，市政府领导里，关键时候只有他敢提不同意见，严海防也让他三分，曾说迟可东不评国家级劳模，也可评个市级劳模。孙统在省领导那里有影响力，经他力荐，迟可东被提为常务副市长，有了更多话语权。孙统常越过严海防，直接给迟可东交办任务。严海防对此很不高兴，但是与迟可东也未直接冲突，一来因为孙统是第一把手，人家是主导，二来迟可东很注意把握火候，执行孙统的指令，他会以合适的方式告知严海防，询问严海防的意见，力争摆平。迟可东一向保持低调，听命于孙统，却也顾及严海防，不愿插足他俩的不和，某种程度上还在两者间进行沟通，因之与严海防基本相安无事。当时严海防曾调侃迟可东，说迟可东既会炼铁又能和面，人才能得。迟可东也回以调侃，称日后没有领导可当时，一定按严海防指点找家面馆应聘。严海防表扬迟可东心气高会拿捏，迟可东也回以表扬，说严海防魄力大套路多。他还给严海防提过一条小建议，说劳模领导不妨多一点情怀，那就如虎添翼。严海防询问情怀是个什么东西？迟可东说那其实就是一些想法，好比想吃牛肉拉面，或者想吃盖浇饭。彼此开开玩笑，处得似乎轻松，其实心里有数。后来严海防与孙统不洽表面化，外界盛传严海防即将走人，有很多人猜测迟可东将接任市长，这也是孙统首选，却不料孙统忽然出了事情。

如周宏所骂，孙统出事确属“愚蠢”。孙统原本既精明又大气，年纪尚轻，已经在省直关键部门历练过，又当了市里第一把手，明摆的大有前途，不料却毁于私生活不检。孙统下来任职是单身赴任，家人留在省城。单身官员在地方工作免不了有些私人事务，诸如住宿、吃饭等较好处理，有周转房、机关食堂可用，洗衣服则有点麻烦，尤其对通常由老婆打理生活事务的男性官员。孙统不仅不会摆弄洗衣机，他还是个非常注意门面的官员，或称“很注重形象”，夏天衬衫往往一天几换，冬天的套装也讲究整洁亮眼，这就对洗衣服要求较高。有一位年轻女子悄悄走进其生活，自觉承担起为领导排忧解难的任务。该女子为本市文化局一个普通干部，其夫在市委办工作，奉命跟随孙统，也就是俗称的“秘书”，正式叫法为“领导身边工作人员”。“领导身边工作人员”之妻配合其夫工作，帮助领导洗衣服接近于内部安排，比较不受外界注意，却不料时间一久洗出了问题。孙统其人如迟可东所说“有那个毛病”，当年在省城时，就有传闻常把年轻女下属带进带出，此刻下到市里，远离太太监督，加之生理需要得找个出口，很快便从换裤子到脱裤子，让自己陷了进去，渐渐的外界有了风言风语。有一晚，市公安局治安支队接匿名举报电话，称市区某酒店某房间有人招妓嫖娼。时恰开展扫黄专项治理，警察接报后立刻出动，突击检查，在迅雷不及掩耳突进疑似卖淫场所的酒店房间后，立刻发现问题：举报显然失实，房间里发生的事情不属于治安管理范畴。该房内确有一男一女，男子不是别人，却是经常出现于本市电视新闻里的孙统书记。女子用被子蒙住脸蜷缩在床上，不露真容。当时要查出该女是谁易如反掌，带队警官却知情况异常，立刻下令警员退出房间，撤离现场。事后所有参加行动的民警被命令严格保密，本案非卖淫嫖娼，不属于治安管理范围，不得对外传播。却不料第二天消息就满天飞扬，然后有人把举报信寄到了省纪委，举报孙统与有夫之妇通奸。举报者实名，却是“领导身边工作人员”，孙统的秘书本人。尔后省里迅速派员调查，不久孙统被解除职务，调回省直单位，降为处级干部。

这就是周宏骂孙统“愚蠢”的由来。如外界所嘲讽，孙书记没有管住自己的“鸟”，把秘书的老婆纳为“小秘”，结果毁了自己，也连累了其他人。此刻迟可东身旁一团诡异说来可叹，竟与孙统的“小秘”如此关联。

5

秦健打来电话：“迟副在房间吗？”

“有事？”

“是的。”

迟可东让他过来。

那时迟可东刚从周宏办公室回到酒店。此前在省政府大楼小会议室，迟可东已经交代随他来开会的秦健他们两位先回市里，待明日迟可东回去后再碰头研究工作。迟可东要回家处理一下私人事务。明明已经交代，秦健却未按吩咐行事。他留在酒店，等迟可东回来收拾东西，准备退房时忽然打电话求见。

迟可东打开房间门，秦健已经在门外了。让他进门后，迟可东即开腔询问：“有什么情况？李金明吗？”

果然不错。

“他的事与鸿远没有直接关系。”秦健报告。

这一点对秦健很重要。因为他是鸿远公司事故调查小组组长。

“那么跟谁有关？”迟可东问，“难道是石清标？”

“迟副市长已经知道了!”秦健面露惊讶。

迟可东未置可否。他之所以提到石清标，只因为李金明曾告诉他，秦健在调查鸿远安全事故之际，曾悄悄了解该县城东新区通用厂旧厂房那块地的情况。那片旧厂房已被推平，其地被开发成“城东花园小区”，目前小区在建中，却已经是全县最热门的一个在售楼盘，该房地产项目的开发商就是石清标。

“说吧，你听到什么情况了?”迟可东问秦健。

据秦健了解，李金明涉嫌拿了石清标一笔钱，数额有一百万。

“一百万!”

“说是这个数。”秦健肯定，“从石清标案里发生的。”

“石清标犯案了?”

“听说案子很大。”

迟可东点头:“原来是这样。”

秦健不禁吃惊，眼睛看着迟可东，不知道迟可东什么意思。

迟可东想起上午会后与周宏的交谈。当时周宏问起李金明涉案情况时，忽然看着迟可东，好一阵不吭声。迟可东觉得他似乎想说什么，却又作罢了。此刻得知石清标出事，迟可东恍然大悟，周宏想提的可能是石清标。石清标如果出事，周宏会知道，或许李金明涉案的内情周宏不是全然不知，只是不便主动提及。

迟可东问秦健:“李金明这一百万是石清标交代出来的吗?”

“应该是。”

迟可东摇头:“难以置信。李金明拿石清标的钱尤其难以置信。”

“消息来源很可靠。”秦健说。

以往李金明有什么特别情况，秦健总会及时向迟可东提供。这一次李金明突然被带走，秦健却不知情，有所疏忽，其后不免特别上心。秦健在省里、市里都有一些信息渠道，是他在基层工作中逐渐建立起来的。当某一件事情突然发生，大家都还不知道怎么回事之际，他总能从哪儿得到若干消息。消息有时直接来自现场相关人员，有时来自隔着一些层次的上级部门办事人员。很多情况下，下边的大事在上头显得无足轻重，无须太顾忌，不经意间便会被透露若干。类似消息渠道的形成需要很用心，秦健在这方面比任何人都要用心。秦健向迟可东提到这类消息从不涉及其来源，迟可东也从不问个明白，因为不是重点。

秦健提到李金明拿石清标这笔钱，似与城东新区通用厂旧厂房那块地直接相关。迟可东问："你带队调查鸿远事故时，是不是也了解过城东新区这个情况？"

秦健好一阵说不出话。

"当时发现什么问题没有？"迟可东继续问。

秦健摇头："没有。"

"你不可能自作主张去查那个。"

秦健苦下一张脸："要求很明确，无论如何不得透露给任何人。"

"你什么都没有说。"

不需要再多问，情况已经很明显。会对秦健下这一要求的只可能是严海防。看来严海防决意提高规格严查鸿远公司安全事故，确实不仅在事故本身，也想借机查查李金明，查李金明与安全事故的关联，也要查通用厂那块地。秦健在这块地没有发现什么问题，原因可能在于秦健早已调离，不了解那块地的具体情况，且秦健奉派带组调查安全事故，难以深入去搞事故之外的事。严海防当时应当没有掌握具体线索，否则他会交代，至少指出路径，防止秦健止于泛泛了解，无功而返。问题是秦健两手空空刚刚归来，转眼李金明就给弄进去，那块地以及所传的一百万巨款怎么会突然从地底下冒出来？

秦健说："我也觉得很意外。"

李金明出事前，曾跟迟可东提起那块地，担保自己没有任何问题。迟可东觉得可信。一来出于对李金明的了解，二来也因为事涉石清标。哪怕李金明一转眼变贪婪了，他拿谁的钱都可能，却不会拿石清标的。当年李金明被石清标骂为“土匪”，石清标四处搜集材料，试图以腐败之名搞倒李金明，郑鑫国案子背后的推手就是石清标。彼此有那么多故事，李金明无论如何不会那么痴呆。因此仅以常识论，迟可东认为这件事绝无可能。

但是秦健的消息绝对不会是空穴来风。

“听说李金明进去后态度很不好，不配合，相当顽固。”秦健报告。

以李金明的个性，这很可能。

“其实没有用。”秦健说，“我处理过这种情况。开头常有这样，都不可能坚持到最后。徒劳无益。”

迟可东没吭声，眼睛看着窗外凝神思忖。秦健察觉他神态有异，当即闭嘴。

秦健离开后，迟可东即给陈治打电话。陈治一听是迟可东，在电话里大叫：“迟可东，你都藏到哪个旮旯里去了！”

迟可东笑：“好家伙，满电话都是喜气。”

两个多月前，陈治就地提拔为省发改委副主任。早在数年前迟可东被“浮选”之际，陈厅长已呼之欲出，不料好事多磨，其间几经周折，直到这一回才终于如愿。

迟可东说，知道陈老同事升官后特别忙，因此不敢打扰。今天乡下人进城赶集，恰好有点时间，就想念起来。他问陈治此刻有何贵干？陈治报称没大事，在办公室听下边处室的工作汇报。

“咱们以前都干过嘛。”陈治哈哈，“现在感觉有些不一样啊。”

“有时间拨冗接见一下吗？”迟可东问。

陈治答得很简略：“快来。”

半小时后迟可东进了省发改委大楼。当年迟可东与陈治在这里当处长时，常抱着一推材料找分管副主任汇报工作，听取指示，那场景似乎还在眼前。如今还是这座楼这些办公室，却是陈副主任坐在办公桌后边听处长们汇报了，那感觉肯定是不一样的。

彼此同事老友，交流情况直截了当。一见面陈治就证实：石清标确实涉案出事，只差一点就给弄进去。这家伙耳目众多，听风遁走，目前不知去向。

迟可东骂道："妈的，石老板也会这一手。"

石清标所涉案子是从北京弄下来的。中纪委调查一个部级官员，发现其中一条线索与石清标有关，数额不小。办案部门派了一组人下到本省，准备对石清标采取措施，不料石清标跑得不见踪影。办案人员未能取得口供，却还是从石清标公司的账目里查出若干证据，证实石清标确实给北京那位高官送过钱。办案人员还从石清标的公司查到了其他问题线索，涉及本省一些官员。这些线索被移交给省里处置，由于石清标尚未到案，所查获的线索有些不甚清晰、似是而非。省里根据干部管理权限，把线索分别交给相关地方和单位查实，厅级官员归省里，地方处级以下由市里去弄。

"是不是你那里也有？"陈治问。

迟可东讲了所听李金明涉案情况。出于那些往事，他很难相信李金明会拿石清标的钱。

"可东，人是会变的。"陈治说。

"这个人不会，至少在近些年。"迟可东说，"他有过教训，我让他牢牢记在心里。"

"眼下这种事很多：一边记住教训，一边接着干。"陈治说。

不由得迟可东骂："你这家伙非要打击我呀。"

"我担心你呢。这什么李金明不会给你找麻烦吧？"

迟可东摇头："你还不了解我？"

"你这人我相信。别人会变，你不会。别的人渐渐长锈，你是不锈钢。"

迟可东说自己未必如陈治说的那么结实耐用，但是直到今天，心里确实还有那么一点点愿望，希望抓住于他特别不容易的机会做些事情，因此特别希望身边能有一个好的环境，无论自然，还是人际，都干净、清楚，没有杂质，如清澈之水。

“理想化了。你自己清楚，只能想想而已。”陈治评说。

“它值得时而想想。”迟可东道。

陈治告诉迟可东，有传闻说石清标逃到香港去了。消息还封锁着，外边知道的不多。石清标手眼通天，眼下走了麦城。他的案子如果不是从北京查下来，估计也弄不到这个程度。但是陈治对其案只知大概，具体细节并不了解，案子从上边下来，办得相当隐秘。石清标涉案出走时间不长，是近一两个月的事。陈治本人也只是一周前才忽然听说石老板跑路了。

迟可东忽有所动：“这里有疑问。”

“什么疑问?”

迟可东称有座高炉炉温才一千度，铁矿石就化了。这不对，肯定是测温仪乱跳。

陈治不禁笑：“你啊，说通俗点。”

迟可东告诉他，有一句俗话说，春天到了，树木就长芽。大概就是这个意思吧。

他们没再多谈，迟可东匆匆告辞。

击中李金明的子弹从石清标那里打出来，此刻可以确定。这里边很重要的显然还有严海防因素。严海防让秦健查李金明时，石清标案还很隐秘，陈治尚且不知，严海防不太可能先知先觉。那时候他就盯住李金明，可见对李金明早有看法，对那块地早有感觉。严海防如迟可东所说“记性特别好”，让他有看法可不是一件好事情。这位“劳模书记”精力过人，掌控意愿特别强，性情时显偏颇且非常落实。感觉好时“两肋插刀”是小意思，有看法甚至恼火时他会记恨，下手时绝不留情。李金明虽与他隔得较远，不排除会在一些具体事情上让他有看法，对李金明的看法里是否包含着对迟可东的看法也未可知。严海防当市长时条件尚不具备，现在当了书记，有了足够的处置权力，可以表达一下自己对李金明的看法了。他让秦健查李金明，秦健没查出什么问题，石清标案信息突然传递下来，事情因之峰回路转。如果陈治所谈无误，石清标案扯出的线索有的似是而非，把它们交下来查实时，办理方式应当有些选择余地，未必都要求立刻采取组织措施。但是李金明的线索到了严海防那里必然给放大，因为恰好符合严海防对李金明的看法，有理由决定对李金明动手。问题在于石清标这条线索是否可靠呢？或许李金明拒绝承认，并不是他顽固抗拒，而是确无此事？

迟可东发觉自己总是倾向于认为李金明不可能有问题。事情发展至此，可能性似已微乎其微，但是他还是宁愿如此相信。

6

迟可东问："腾龙中心的庄总到了吗？"

他是明知故问。会议厅二排位置"腾龙中心"名牌后头坐着一位与会者，那人理平头，年纪尚轻，不是该公司老板庄振平。

理平头者应声站起："报告迟市长，我们庄总有事去北京，让我来参加这个会。"

"你在公司里做什么？"

他是庄振平的一个助理。

迟可东问："你可以代表你们庄总做决定吗？"

对方顿时口吃："我会，我会向他报告。"

迟可东转头问坐在一旁的秦健："你们是怎么通知的？"

坐在秦健身边的政府办副主任赶紧起身分辩，称按照迟副市长和秦副秘书长要求，他们办公室工作人员在电话通知时再三说明，要求企业负责人务必亲自到会。

迟可东问那位助理："你们是不是接到这样的通知？"

"我，我不知道。"

迟可东说："那好，请你去给你们庄总打电话，让他来。"

"他去北京了！"

"现在去打。"

迟可东没有提高音调，口气却显严厉，不容置疑。那人不敢再说话，即退出会场。

那天的会议在市宾馆小会议室召开，与会者有各县、区分管领导，市直相关部门官员，会议内容是流域综合整治，要求在原有工作基础上，按照省、市要求重新部署，力求突破重点，全面推进。筹备会议时，迟可东提出一个想法，要把几家流域治理红线内的大猪场老板列为对象，一起请来开开会。这个想法想想可以，实行却有难处，因为涉及腾龙中心，如果不把腾龙中心也请来开会显失公平，而一旦请来会不会骑虎难下？迟可东考虑许久，拍板决定通知腾龙中心参加，他说："学习上级精神，宣传政策依据，我看没什么问题。"于是郑重相请。却不料该公司老总庄振平知道迟副市长有何好事关照，屁股一拍走人，拒绝与会，请领导好自为之。

这位庄老板此刻当然是请不来的。几分钟后那位助理回到会议室，报称他们庄总手机无法联系，可能是在飞机上。

"他一定是在往这里赶。"迟可东自我解嘲，"他知道迟副市长的会议很重要。"

那天的会议原定开半天，分上下两段，上半段传达上级精神、迟可东讲话，下半段各单位表态发言。迟可东让秦健负责传达省政府会议精神，重点学习周宏副省长讲话。秦健按照上边下发的文件照本宣科。传达学习之际，迟可东坐在主位上，一边一杯接一杯喝水，一边拿一支水笔在自己的讲话稿上画线，加注解，做准备。画着画着他忽然把笔一扔，抬起头看天花板许久。尔后他写了张条子递给坐在身边的政府办副主任，该同志拿着条子匆匆跑出会场，一会儿工夫又跑回来，给迟可东耳语几句，迟可东点了点头。

秦健把省里会议的材料读完，该迟可东讲话了。他当着大家的面，拿桌上的茶杯盖往茶杯身上轻轻敲了一下，“当”地敲出一个清脆声响。

“会议的议程现在要改变一下。”他宣布。

他决定，原定他的讲话以及各单位的表态都不要了。给大家一点时间放松，玩，一边玩一边领会省里的精神。今天玩得轻松，领会得深刻，有利于会后贯彻落实。

所谓“玩”即旅游，游山玩水。与会人员走出会场，外边已经停着一部大巴车，刚才迟可东写条子，命政府办副主任办的就是这件事。迟可东指挥与会者上车离开宾馆，往南前进，半个多小时后赶到目的地，却是腾龙综合开发中心。

前些时候，迟副市长曾与秦副秘书长相携前来此地，现在再次光临，带来了满满一车人。与上次一样，迟可东绕开该中心办公楼，带着一车人直扑后边山坳，让车停在气势不凡的那一排排猪舍下方山谷旁。

迟可东说：“这是让大家来实地感受一下。”

他让与会者感受的当然不是山林景色和具有相当科技含量的壮观猪舍，而是气味和下水沟，这两样东西强度十足，不说令人作呕，至少印象深刻。

政府办副主任给迟可东找来话筒和扩音器，是常见的旅游活动中导游人员使用的设施，在现场会这种场合属于非专业用品，扩音效果有限，也还差强可用。迟可东拿着微型话筒，站在猪舍山坡下的溪涧旁喊话指挥。与会数十人员排成一长溜，跟着他沿溪涧上的一座小石桥过桥，再从涧左岸的小路顺流而下，走了百来米路。在一处涧流窄处，人们从涧岸下到涧底，一个接一个跳上涧中一个大石块，再跳到对岸，从那边上涧，回到涧边石岸主路上。

这就是本次“游山玩水”或称“实地勘察”的基本内容。迟可东身先士卒，谁敢不相随？尽管此游相当痛苦。那条涧游早已成为养殖基地的下水沟，其臭无比，特别是从沟底石块上跳过，几乎等于踩过一洼大粪坑，一沟又黑又稠的猪屎臭浆熏得死人，没有谁可以不紧捂口鼻。

队伍回到大巴车停泊的空地，迟可东即席讲了一些话。他说今天会议前，两办为他准备了一份讲稿，供他在会议上朗读，同时印发给大家。他考虑既然印发了，就给大家节省点时间，不朗读了，大家自己去翻一翻，有关精神和要求都印在上边，回去可以传达贯彻。本来已经决定不说了，到这里觉得不行，感受太深刻，不说几句交代不过去。此时他的感受是什么呢？首先感觉很严重。大家实地考察，一定有同感，此间景象可谓触目惊心。眼前一沟臭水并非至此为止，它们会往下流，下游四百米，山背后就是兰溪，这条沟里所有肮脏东西完美无缺，全部注入兰溪，河流的自然净化绝对解决不了它们，只好容它们无穷无尽汇入水体，先由本市居民享用，再请省城的干部群众共赏。谁要吃水谁逃不过。他的另一个感想是很荣幸。流域治理这项工作本来归马琳副市长管，现在由他代理。他发现可以通过自己的努力，让河水干净一点，哪怕就干净一点。这种机会不是谁想要就能要的，有这种好事落到头上，真好比“千年修得同船渡”，确实很荣幸。各位与会同志应当要有同感。这件工作当然也有很大难度，除了面对千家万户，还要面对腾龙中心庄振平这种在天上飞来飞去的大老板，诸多不容易。提起这个他想透露一点情况：他原本感觉有些犹豫，担心条件不够成熟，打算过一段时间再来处理腾龙中心的问题。但是刚才会议上再次学习上级精神，觉得不能再拖延了，就下决心把工作会改为现场会，拉到这里，一边游山玩水，一边继续开。本次会议的精神、需要统一的认识以及决心，都体现在这里。在这里他要表一个态：腾龙中心情况比较特殊，体量太大，别说所在乡镇处理不了，区政府也不太够得着，只能由迟副市长自告奋勇，亲自来过问。所谓“抓住大的”，既然腾龙中心是治理红线里的老大，那么就必须优先治理。按照上级文件规定，腾龙中心必须整改。修修补补没有意义，必须把这一大片猪舍彻底抹掉。腾龙中心必须按照市里这一次会议确定的限期，在规定时间内自行完成整改。如果置若罔闻，拒不执行，相关部门将采取一切必要措施，包括行政手段和法律手段予以处置，不彻底解决问题绝不罢休。

当天的会议就此告结，众人坐上车，顺原路驶回宾馆。

有一个电话挂到秦健的手机上，秦健回了一声："是我，是我。"嗓音忽然发哑。

那时在途中，大巴车上。迟可东坐在左侧客座第一排，那个位置通常作为领导席。秦健在他后排。迟可东听秦健接电话，发觉他嗓音忽变，心里就有数了。

应该是严海防。

秦健这个电话接得分外痛苦。当着一车人，特别是迟可东在场，他什么都不能说，无法分辩、说明、解释，只能听话，不断答以"是，是，是的"。迟可东能听到秦健手机听筒里"嗡嗡嗡"的音调，听不出任何内容。无须转过头观察表情，仅从秦健简单应答声音里，迟可东就能听到一丝强忍不住的颤抖。

严海防反应强烈，这在预料之中。他的一肚子火先冲秦健而去，因为迟可东毕竟是副市长，不便一吼了之。事实上严海防力吼秦健并无道理，秦健只是奉迟可东之命跟随行动，未必能预知迟可东想干什么。

这天上午，迟可东率队旅游腾龙中心，走的是旁门左道，看的是庄老板的腹股沟。通常情况下，腾龙中心的腹股沟总是给遮住，秘不示人，展现给大家的形象一向非常光鲜，或者是主通道旁整齐划一的猪舍，或者是科技含量突出的设备和研究机构。该中心最靓丽之处当属办公大楼，其大堂挂有十数幅大照片，为重要领导视察该中心时的留影，到过该办公大楼的最高级别领导是一位前副总理，国家部委高官和省领导加起来有十数位，迟可东这一层级的官员还不够资格列入。有一位地方官员几乎在每一幅照片中现身，他就是“劳模领导”严海防。几乎每一位到场视察的大领导身边都有他，作为陪同者与企业主庄振平一起跟前跟后。严海防与本企业的特殊关联由此略略可见。

事实上，这些大幅照片上的重量级领导都只属客串，严海防才是此间最重要的人物。对腾龙中心，严海防兼具伯乐、诸葛亮以及上帝的角色。早在庄振平还是个乡间中学高考落榜生时，严海防就看中了他，当时严海防还只是区委副书记。严海防帮助庄振平得到一笔政府创业扶助，让他去养母猪，就此打下了腾龙中心的基业。其后一二十年间，严海防步步上升，从县委书记到省农业厅长，再回到本市任职，无论他在哪里高就，始终对这家本土企业关照有加。庄振平在他支持帮助下羽翼渐丰，其公司经营领域迅速扩展，实力大增，成为本市农企龙头、明星企业。这家企业与严海防的关系多为人知，严海防从不讳言自己对之的看重与支持，曾多次谈及该企业养殖基地那大片山地，是他帮助拿下来的。该企业的某项科技创新扶持经费，是他帮助从国家部门争取到的。这家企业已经成为严海防的一大政绩项，却不料这回突遇波折，其养殖基地给画入流域治理红线里。有若干懂行者开玩笑，说流域如果晚治几年，待严海防官再大一点，足以掌控，这条红线肯定得从庄振平的猪圈下边绕个弯而去，留下这里的猪继续拉屎拉尿。此刻虽然无法绕开，庄振平还是多方活动，试图规避整治。相关官员没有谁敢去迫其就范，其他养猪企业跟着看，导致本市治理工作半真半假，全面滞后。严海防从未宣布可以放腾龙中心一马，在公开场合从来他都是坚决彻底，宣称整治不折不扣，不留一个死角，绝无例外。这当然只是表态。在给迟可东交办工作时他就暗示：“不要赶尽杀绝，给人家猪留条活路。”这指的是哪头荣幸的猪啊？没有谁比迟可东知道得更清楚。此刻迟可东居然一咬牙拿腾龙中心开了刀。如果腾龙中心都给整治，谁敢不服？问题是腾龙中心真的可以整治吗？

因此难怪严海防震怒。迟可东率队在该养殖中心下水部位旅游之际，消息一定立刻传到天上，庄振平电话一定立刻挂得通了，庄振平一定立刻把状告到严海防那里。于是秦健不幸蒙受怒斥，接下来必有迟可东领受的，毕竟他才是冤家债主。

迟可东清楚自己在干什么。腾龙中心这件事曾让他感觉犹豫，他跟周宏汇报情况时，曾表示过暂不动，等待机会。周宏虽未认可，却也表示理解。但是迟可东自己心里却过不去。上午在会议室，他把手中的笔一丢抬头看天花板。那个天花板有什么可看？就是一排排的灯。其实他根本没注意那些灯，只感觉那上边全是眼睛。上级的眼睛，群众的眼睛，千家万户养猪散户的眼睛，还有会议参加者的眼睛。这些眼睛是可以糊弄的吗？如果执意糊弄他们，采取所谓聪明办法也就是双重标准，对别人照章行事，对腾龙中心网开一面，那样的话，迟可东还是迟可东吗？严海防很清楚迟可东的秉性和想法，却敢让他来抓整治，显然因为有把握。此刻迟可东底气不足，特别是李金明入案，对迟可东牵制莫大，迫使迟可东更得小心谨慎，不能不按严海防的调子行事。严海防没想到迟可东毕竟就是迟可东，越是身处困境，迟可东自己的那些想法越是顽强，当心里窝一团火的时候，尤其不甘罢休。事到如今，难道他就横不下一条心？

迟可东行事一向相对稳重，如此迅雷不及掩耳，突然把工作会开成现场会，原本不是他的风格，倒是学自“劳模领导”严海防，也算与时俱进。

大巴车开进市区时，迟可东接到一个电话。不是严海防，却是方文翰。

“迟书记有时间吗？有个情况要向您报告！”他口气很急。

“不急，慢慢说。”迟可东道。

方文翰还在县医院当院长。他向迟可东报告的情况很突然：几小时前，李金明的妻子被急救车送入医院，病况凶险，人已经昏迷。

迟可东不禁“啊”了一声。

“书记，迟书记……”

迟可东道：“赶紧抢救。”

医生们正在采取措施抢救，病人状况非常不好。因为眼下的特殊情况，方文翰觉得需要直接向迟可东报告。所谓“特殊情况”是什么？李金明出事了，下场未知。

大巴开进宾馆已是中午，与会人员在此用工作餐。迟可东一下车，秦健就紧张趋前，低声报告：“迟副市长，严书记刚才……”

迟可东抬手示意不用说，他清楚严海防刚才怎么啦。此刻他要先处理另外一件事。

迟可东站在大巴车旁，当着秦健的面给蔡塘打了个电话。

“蔡书记在哪里?”迟可东问。

很巧，蔡塘也在宾馆。市纪委在这里开一个小会，中午与会者在小餐厅用工作餐。

“我有个事，要占用你几分钟。”迟可东说。

蔡塘略迟疑了一下：“咱们到贵宾楼吧。”

迟可东交代秦健安排与会人员午餐与离会事宜，自己抽身走开，即往贵宾楼。蔡塘考虑有其道理，小餐厅那边人来人往，不方便谈事情，贵宾楼一楼有个会见室，在那里见面比较合适。楼层服务台有该会见室钥匙，市领导有叫即开。

他们俩差不多同时到达。进门坐下，没有多余寒暄，迟可东开门见山，讲了刚刚得知的李金明妻子病重入院的情况。

蔡塘没感觉太突然，早在李金明被带走那天，迟可东就曾特别提醒过他。

“是不是已经病危?”他询问。

“差不多。相当严重。”

蔡塘眉头紧锁，神情困惑。

迟可东说：“情况特殊，能不能先让李金明出来照料病人，最后送一程?”

蔡塘轻轻摇摇头：“这个事我定不了。”

“你可以有一个态度。严书记那里我去说。”

“迟副，实话说，”他斟酌语词，“你也不便……”

他的意思很清楚：李金明是一个正在接受腐败调查的官员，迟可东身为市领导，为李金明出面说这说那合适吗？不会引人怀疑吗？更深一层理解，或许他还在暗示迟可东与李金明关系众所周知，李金明案或已牵连到迟可东，这个时候迟可东是不是应当更小心一点，努力区隔以避嫌？

迟可东说：“我知道你的意思，谢谢你提醒。但是这件事我确实放不下，眼下不可能有谁替他说话，我不说就没人说了。”

“这个事能不能这样处理。”蔡塘说，“我来过问，交代县里让医院尽量抢救病人，不能因为她丈夫受审查就耽误她的治疗。还没定案处理前，他还是副县长。”

迟可东点头：“这样好。”

蔡塘说：“然后我们看情况。如果病人实在不行了，那时再考虑怎么办。”

“会不会来不及了？”

蔡塘沉默了一会，称实在没办法。本来也还不必到这个程度，是李金明自己搞的。

“他表现不好吗？”迟可东问。

蔡塘稍微透露了一点。果然如秦健所传，李金明入案后态度有问题，拒不合作，顽抗，胡搅蛮缠。办案人员正在千方百计寻求突破。这个时候不可能让李金明出来，风险很大，会发生什么事很难预料。

迟可东张嘴，有一句话就在嘴边，差点就说出去，却又被迟可东自己压住。

他想问蔡塘是不是有一种可能，就是李金明并非顽固抗拒，只是没那个事，不能无中生有。这个问题对蔡塘有刺激，不宜提。迟可东转口问：

“要不要我来做点工作？”

蔡塘一愣，不知迟可东之意。

迟可东说自己是突发奇想。他对李金明比较了解，李金明以往也比较听他的。假如能因其妻病危让李金明出来一下，只要蔡塘同意，迟可东可以跟他见一面，劝告他端正态度，与办案人员配合好，说不定有点用。

蔡塘摇头：“这不好。”

“就当我没说。”

迟可东其实很清楚，绝无可能。哪怕蔡塘同意，迟可东也不能如此出面。迟可东是副市长，不是纪委办案人员，他没有权力插手案件办理。他与李金明的个人关系，更让他的所谓“劝告”显得可疑。他难道不是想私通或者暗示些什么？用自己的出场影响李金明，干扰对李金明的调查？迟可东明知不可，却还要说，目的只在于表达关切。

迟可东没再跟蔡塘多谈，该表达的已经表达过了，情况发展不是他所能控制的。

谈话间迟可东无意中抬眼一瞥，意外发现侧墙上有变化。原先挂在那里的《清澈之水》不见了，换上了另一个镜框，里边画的是牡丹。

宾馆老总赶了过来，他听说两位市领导到了贵宾楼会客室，赶来问一问有什么需要？恰好碰上迟可东与蔡塘谈完话要出门离开。迟可东跟老总握手，随手指着里边侧墙上的牡丹问了一句：“这画是新挂的？”

老总点头，说原来挂的是另一幅。几天前严海防在这里会客，批评说那个画很难看，怎么挂在这里？于是他们赶紧把画换下来。都说牡丹富贵，就挂了牡丹图。

“迟副市长不喜欢牡丹吗？”他问。

迟可东笑笑：“挺好的。”

蔡塘匆匆离开。迟可东走到一旁，打开手机给严海防挂了个电话。

此刻他需要主动与严海防接触。在把工作会开成现场会，高调严究腾龙中心之后，迟可东必须给严海防一个解释。严海防有何反应可以想见，迟可东却不能因此不做表示。此刻无论有多困难多不情愿，迟可东至少必须有一个姿态。

“严书记吗？我是迟可东。”

“嗯。”

“书记什么时候有时间?”

严海防没吭声。

“想向你汇报一下工作。”

严海防冒出一句话：“你怎么能这样干!”

“书记下午在办公室吗?”

严海防不回答。

“书记什么时候有空，请给我一个电话。”

严海防挂掉了电话。

7

迟可东决定亲自率组巡回各县，全力检查督促流域综合治理工作。他要秦健规划行程，一天跑两个县，上午下午各一个县。

秦健问：“从哪里开始呢?”

迟可东说：“从南到北。”

秦健说：“还是，还是……”

“有什么问题吗?”

秦健摇摇头：“没什么。我马上做方案。”

迟可东发觉他表情有些奇怪，显然有话未说。或许他有所揣摩，想劝告又不敢提?

隔日迟可东动身下县，秦健留在市里，没有随队。迟可东命他负责控制面上情况，同时密切关注腾龙中心的动态。在现场会上强硬发令后，看庄振平有何反应。

头天晚上，检查组住在落水河边，这里是迟可东任过县委书记的地方。老书记前来，现任领导自然非常重视。从中午到达起，县委书记、县长全程陪同，汇报进展情况，看整治现场拆猪舍，当晚一起用工作餐，边吃边谈。

县委书记林加政偷偷告诉迟可东："人快不行了。"

说的是李金明的妻子。

林加政原任本县县长，与迟可东搭过班子，两人关系很好。迟可东从方文翰那里得知李妻病况后，除了找蔡塘，还直接给林加政打了电话，请他留意一下这件事。其后市纪委书记蔡塘也给林加政打电话做了交代。蔡塘说话算话，没有对迟可东失约，这很重要。迟可东只能私下关心，蔡塘发话则属公事公办，让林加政有所依据。此刻李金明在接受调查，事情比较敏感，林加政身为县委书记，可以留意，却不便亲自出面，他派了县委办一个科长守在医院，随时掌控动态。

"已经做了手术，身上插了几根管子。"林加政报告，"人还昏迷，拔管就没气了。"

李妻病情恶化与李金明出事相关。李妻已瘫痪多年，没有语言和认知能力，但是显然还有心灵感应。只要李金明在家，每天跟她说说话，她就会显得比较平静。病情也相对平稳。李金明出事后，她似也感觉到异常，越来越显得烦躁。尔后因气候变化患上感冒，病情迅速发展，送院时已经濒危。医生对她做了气管切开插管手术，辅以相关药物，暂时控制住病情。

迟可东问林加政："蔡塘书记怎么交代你?"

蔡塘要求及时汇报。如果人不行了要在第一时间报告，即使半夜三更也要打电话。

迟可东问："病人在医院哪个病房?"

“现在在重症监护室。”

迟可东点点头。

林加政低声道：“迟副，这个事交给我们处理就好。”

迟可东没吭声。

林加政什么意思？那就是请领导稍安勿躁。李金明此刻是一个敏感问题，县委书记林加政不合适去公开关照，副市长迟可东更不合适。但是迟可东干嘛来的？下乡巡回检查，第一晚即安排住在本县，是偶然吗？不是。拆猪舍在本县不是问题，流域治理事项在这里没有特别大的阻力。迟可东匆匆到来，是因为有一件事放不下：这里有一个病人像是快死了，这个人是李金明的妻子。迟可东与她并不熟悉，只知所谓“个高人丑”，连名字都叫不出来，但是当年她因车祸入院时，迟可东曾专程前去探望。现在她要死了，迟可东是不是也应该看一看以示关心呢？正常情况下当然不错，此刻却是异常时候，他再次赶到，却难有动作，因为李金明本人出事了。

当晚在县宾馆吃工作餐，餐中颇不平静。林加政的手机不时发出震荡动静，他不时起身出门接电话。一会儿他进来对迟可东耳语：“呼吸很困难。”一会儿他又说：“缓过气了。”有一回林加政刚出门接电话，转眼门被推开，进来的却是另一个人：秦健。

“迟副市长，我来了。”他报告。

迟可东心里诧异，表面上不动声色，只问：“吃饭了？”

“还没有。”

“坐吧。”

人们赶紧给秦健让座。秦健不吭不声，动手吃饭。

迟可东等秦健吃了点东西后，即指着他说：“你来一下。”起身走出包厢。秦健跟随而出。恰好对面包厢空着，没有人。两人进到里边说话。

秦健事前未打电话，匆匆从市区赶来，必有重要情况。迟可东推测不外两方面，一是庄振平，二是李金明。果然如其所料。秦健报告说，腾龙中心老板庄振平专程到市委办公室找秦健，解释那天确实人在北京，不能赶回来参加迟可东开的会，很抱歉。还说已经让手下人紧急作了一个整改方案，很快就可报给市里。

“不需要什么方案。”迟可东直截了当，“要求他行动。”

“他说其中有些原因。”秦健道。

据庄振平反映，腾龙中心的养殖部目前承担着两项重大科技研发项目，一项是国家级的，一项是省级的，都与开发排污治理技术相关。国家、省有关部门已经投入大笔经费，如果此刻匆忙处置，这些钱等于打了水漂，损失重大。因此要求暂缓处置。如果需要，庄振平可以请国家和省相关部门出面说明，给市里提供一个理由。

“庄老板让我转告您，回头一定找迟副市长亲自解释。”

“他有这么客气吗？”

秦健苦下个脸：“他还好。只是严书记很生气。”

“严书记最终会明白的。”迟可东说，“咱们是为他负责，帮他的忙。”

“可是他……”

“不依不饶，是吗？难道就得撤退收兵？”

秦健支支吾吾，说庄振平的情况比较特殊，如果上级确有说法，因为重大科技项目暂缓一下，待情况明朗也不失稳妥。

“那么大家还得再喝庄老板的猪下水？”

“也许他们科研开发做好了，污染就不排放了。”

“这是骗我们自己，还是要拿去骗大家？”

秦健不敢再说。

迟可东交代秦健与庄振平保持联系，要让对方清楚，迟副市长有前科，硬是炸过人家一条水坝。迟副市长下决心要办的事，一定会坚决办下去。庄振平不要以为找谁出面就可以摆平，不要再给大家找麻烦，特别是不要再给严海防书记找麻烦。事情已经没有退路，腾龙中心必须按照要求彻底整治。企业整治中的损失，会得到规定的财政补助。腾龙中心情况比较特殊，可以研究加大支持力度，前提是必须配合。

“你比较擅长多方沟通，所以我才抓你来。有些事要靠你，明白吗?”迟可东说。

秦健苦笑：“只怕做不好啊。”

迟可东问：“其他方面还有新情况吗?”

他没提到李金明，但是秦健心领神会。秦健汇报的庄振平事项并不显得特别紧急，电话说说亦无妨，他不吭不声匆匆赶来，肯定另有急迫而电话不宜事项。

秦健低下声说：“听说已经认了。”

“李金明?”

“是的。”

据秦健得到的消息，李金明在顽抗多时之后，终被办案人员突破。眼下已经老实交代出不少问题，承认自己与石清标确有权钱交易。

“一百万?”

秦健点头。

迟可东不说话，感觉备受冲击。

秦健称消息渠道应当是准确的。据说李金明同时交代了涉及城东新区那块地的一些情况，涉及一些人，包括领导。

“市领导?”

“听说主要说到您，具体提到什么还不清楚。”

迟可东无语。

秦健说：“这是最新情况。”

“什么时候了解的?”迟可东问。

“昨天，昨天。”

迟可东忽然回想起昨日安排下乡行程时秦健脸上的奇怪表情。他明白了，当时秦健已经得到了李金明这些消息，他想说而不敢说的就是这个。不敢说可以理解：事情很敏感，牵扯到迟可东，秦健向迟可东报信有风险，如果迟可东有事，秦健就麻烦了，以自保计，不报为妙。现在为什么他舍近求远又匆匆赶来报信呢？

“心里很不安，想来想去不能不来。”秦健说，“迟副市长是我最敬重的领导。”

迟可东回答了一个字：“好。”

这时林加政匆匆过来，报称病人又不行了，刚给推回手术室。

迟可东没有吭声。

他们回到包厢，继续吃饭。几分钟后来了一个电话，却是市委办公室的。

“迟副市长，通知您回来参加今晚的会议。”打电话工作人员说。

迟可东道：“我在下边检查工作。”

“严书记请您马上回来。”

“有什么急事吗？”

对方也不清楚，只是强调严海防要求直接通知迟可东本人，要迟可东按时赶到。

晚上会议定于二十二点整召开。迟可东吃完饭立刻往回赶，时间还够。“半夜鸡叫”属严氏风格，这位“劳模书记”精力过人，彻夜不睡开会工作于他是小菜一碟，迟可东早习以为常。类似夜会通常召开于发生紧急情况，例如台风洪水之时，但是严海防无须劳驾老天爷，他自己就是理由，想开就开。今晚会议处理什么紧急事项？只有严海防自己清楚。迟可东问不到究竟，心里却有异常感。严海防似乎是盯着他，会议时间似乎是按照他返程到达的时点安排，还特别强调要他到会。难道该会内容与他有关？或者只是用一个会议的名义把他叫回来？时下要对某位涉案官员采取措施，常用通知开会方式，或许今晚将增加一例？

如此联想无疑荒诞。即便秦健匆匆赶来所报情况属实，李金明“认了”并说出了迟可东的某些情况，那又如何？迟可东对自己还能没有数？即便迟可东真有天大的事情，也还不到那个时候。他是省管干部，对他的处置不是严海防可以决定的。

但是迟可东已经备受打击。他没显出任何异样，心里却波涛起伏，充满着痛感与失落。李金明像是真的完了，居然拿了那么大一笔钱，居然也会起而反咬！这是迟可东了解的那个李金明吗？那个敲起来铿然有声的质地哪里去了？这年头人都怎么啦！

迟可东离开餐厅，直接上车返回。小组交由秦健带队，按原计划继续检查督促。

秦健和当地领导在门外送行，林加政问了迟可东一句：“领导有什么交代?”

迟可东知道他的意思，问的不是猪舍，是病人。

迟可东轻轻摇摇头。此刻对该病人已无话可说。

轿车驶出县宾馆，折上出城通道。已经走出一段路了，迟可东突然吩咐：“停车。”

驾驶员赶紧停车。

“掉头，往回走。”

他一边指挥驾驶员走另一条路，一边拿手机给方文翰打了个电话。

方文翰在医院。

十来分钟后，迟可东来到医院，方文翰在门诊大楼门口等候。迟可东到后，方文翰即带迟可东去了手术室。迟可东到来的时候并不合适，手术还在进行中，外人不能进入。他们只能等在手术室外，那里孤零零坐着一个老人，是病人的母亲，也就是李金明的岳母，静静坐在一张长椅上。

一见迟可东，老人吃了一惊，从椅子上站了起来。

“领导，领导。”她招呼。

迟可东跟她握手，问候了几句，要她不要过于担心，医院和医生会尽力帮助她女儿，请老人注意保重身体。

“谢谢，谢谢。”

只能到此为止，也没有时间等手术有个结果，迟可东匆匆离去。临走时，迟可东从口袋里拿出一个信封塞给老人。那是两千元现金。迟可东原本没有这项安排，刚才临时决定前来，才问驾驶员带钱没有？驾驶员身上恰有两千元，被迟可东借用应急。

他知道自己的这一次突然探视立刻会为人所知，日后可能成为一个问题，却无法让自己绕开而去。理智告诉他，他身边所发生的一切，包括秦健的消息都有其缘故，不会空穴来风，他得面对现实。现实可能就是这样，李金明及其一切于他将就此画上句号，完全成为过去。在得知李金明垮掉之后，他在医院露面已经显得可笑，除了给自己找事，再无其他意义，完全不值得。为什么他还会情不自禁，匆匆一往？因为实在无法放弃，他无法相信秦健传递消息的可靠性，宁愿相信自己认识的那个李金明。

他于当晚十点如期赶到市委大楼常委会议室。走进会议室时发觉一切如常，会议并非虚拟，与会领导们已都在各自位子坐好，只留下迟可东那张椅子空着。

迟可东刚刚坐定，严海防即宣布开会。他称明天一早要到北京跑一个项目，可能得几天，走之前要把一些事情定下来，因此召集大家来开个会。大家振作点精神，早完早散，完不了就接着开，直到鸡叫。

他特意点了一下迟可东，说把迟副市长从县里追回来开会，跑得屁滚尿流是吗？

迟可东回答：“只是有点气喘。”

“心里七上八下？”

迟可东重复：“只是一点气喘。”

“能喘气还有救，不喘气就没救了。”

严海防要迟可东赶紧喝水，保持平静。还临场发挥，说本地有句土话叫“夜半出小旦”，这是说好戏在后头，漂亮小旦要在后边压轴出场，前边上的都是铺垫。今晚大家先要耐心铺垫，最后才看好戏。特别是迟可东辛苦赶路，尤其不该错过。拿迟可东的炼铁术语说，高炉加料燃烧，到时候拿棍子一捅，铁水出来了，那就是夜半出小旦。

严海防云里雾里，大家只当玩笑，或许只有迟可东才略有感觉。今晚会议有何好戏上演？难道是让迟可东“铺垫”毕，再请君入瓮？如果那样就不仅是好戏，是无比轰动了。只不过今晚制作轰动似嫌条件不足，无论如何还不到那个时候。

严海防与迟可东已经数日不见。那一天迟可东在腾龙中心公开狠敲庄振平一棒，严海防生气，拒听迟解释之后，迟可东没再主动给严海防打电话，静待严海防做其表示。严海防始终一声不吭，事情像是过去了，其实彼此都知道问题待解，下文尚长。今晚严海防忽然表现得对迟可东特别上心，有意拿他谈笑风生，其中肯定有些缘由。

接下来开始铺垫。当晚研究的几个议题，迟可东感觉都不是那么急迫，完全可以待严海防北京归来后再议，但是人家只争朝夕。还好会议没开太晚，大约凌晨两点，提交的议题基本告结。

这该是小旦出来的时候了。果然就听到楼下吱吱吱有汽车的刹车声，不一会儿，工作人员领着小旦进了会场，果然是位女子，长得清楚可人，不是别个，却是“国家领导”马琳，已离开多时的马副市长。

领导们赶紧挪动，在严海防身旁挪出一个空位，摆上一张椅子，让马琳就坐。

迟可东看到马琳，先是感觉意外，继而便明白过来。

严海防说：“刚才说迟副辛苦，其实人家马副才真是辛苦。马副今天下午还在写调研材料，连夜从省城赶回来。人家是‘国家领导’，不辞辛劳，多好的榜样。”

他当众宣布，马琳接受的上级任务已经提前完成。从今晚开始，马琳回来继续参加市委、市政府工作。马琳返回后分工不变，以前管什么现在还管什么，包括流域综合治理。这项工作迟可东代理一段时间，虽然很努力，进度却不理想，省领导提出了不少批评意见。现在工作交还马琳，迟可东就不要管了。

“迟副感觉怎么样？是不是一下子轻松了？”他问迟可东。

迟可东笑笑：“我该表示感谢吗？”

严海防宣布无须感谢。虽然迟可东没能取得重大成效，工作还是有想法的。如今每天喝水吃饭，他总会想起迟氏名言：“让河水干净一点。”不想还好，一想就是猪尿猪屎，恶心，吃不下喝不了。迟可东该当何罪？简直就是谋害领导。

迟可东说：“现在结束了。严书记尽管放心吃喝。”

“胃口已经被你搞坏了，这吃喝能放心吗？”严海防说。

迟可东建议严海防从此改喝品牌桶装水，那东西成本略高，干净应当没问题。

严海防说：“行了。”

他决定散会，各位领导可以回去睡觉了。迟可东不要走，暂留一步。

一会儿工夫，会议室里走光了，只剩严海防与迟可东两人。

严海防问：“迟副有什么要说的？”

迟可东称原本确实有些具体工作想法要跟严海防交换，现在不需要了。

“是不是听到些情况，有点感觉？”严海防问。

他似乎是在暗示所传李金明案子的突破，该情况对迟可东无疑极具冲击。迟可东却做一概不知状，反问他：“严书记打算跟我透露什么？”

严海防哈哈：“很有定力嘛。”

他跟迟可东说了几句话，不谈别的，只讲马琳。马琳是他设法叫回来的，他觉得不能让迟可东那么干，也知道让迟可东改变主意不容易，因此还是请马琳回来好。迟可东不要意见太大，大家共事这么些年，看法归看法，李金明归李金明，不说那些，他本人对迟可东其实挺欣赏。他早说过，迟副人才难得，能炼铁会和面，心气高会拿捏。而且还有想法，那叫什么？情怀。那东西有点虚啊。

“严书记没有其他吩咐了吗？”迟可东问。

严海防打个哈欠，提了条建议：现在时候不早了，赶紧回宿舍休息。明晨最好劳动模范一点，别睡懒觉，早点到办公室仔细检查，保证没有情怀，也有惊喜。

“是我告诉你的。记住啊。”他哈哈。

两人起身离开。

出了市委大楼，迟可东没回宿舍，直接去了政府大楼。一来因为已近凌晨，心里百味杂陈，全无睡意，二来因为严海防话说得蹊跷，想去看看究竟。

他的办公室里多了样东西：一面镜框，摆在靠窗的墙边。这是临时摆放，显然是要等迟可东回来后再确定悬挂位置。该镜框就是原挂于宾馆贵宾楼小会见室那个，被严海防称为“很难看”的《清澈之水》。

肯定是严海防命人把它送到这里，以供迟可东“惊喜”。这是什么意思？调侃迟可东拆猪舍清河水莫大决心草草收场，兼具嘲讽迟可东对李金明的相信？或者没有更多的意思，只是送个高兴，在釜底抽薪之际聊表情怀，传递严书记的欣赏与亲切关心？

迟可东坐在靠背椅上，隔着办公桌看摆在窗边的那幅画，感觉它依旧清新美好。山很高，水很长，干净，清楚，没有杂质，清澈之水。这是一种生态，也是一种境界。

这时他的手机铃响。是方文翰。在医院手术室外分手时，迟可东要他及时报告李金明妻子的抢救结果，无论什么时间。

方文翰说：“人救过来了。”

“辛苦了。”迟可东慰问。

这或许只是病人奔赴死亡前的一次短暂喘息。它对迟可东还有意义吗？他认识的那个李金明已经不知所往，尽管他依然不愿相信。无论如何，哪怕他心里的相信与不相信被一一粉碎，他依然还会坚持喜欢一个什么，例如喜欢这幅画：清澈之水。

迟可东坐在靠背椅上看那幅画，渐渐倦意袭来，就歪在那里睡着了。

隔天，迟可东悄悄命人把那幅画送回宾馆，交该馆老总妥收。类似东西放在心里就可以了，未必需要挂在墙上。猪圈无须再管，心却难以平静，因为水不能不喝。迟可东心知一切都远未结束，铁水还在高炉里翻腾，风波还在持续。如严海防所问：铁都化成水了，那炉怎么不化成泥呢？

第五章　你可以相信

1

迟可东感觉裤口袋似有动静。掏出手机一看，不禁一怔。

手机屏幕显示，他的未接电话和未读短信各有三条。三条短信分别来自不同人员，报的是同一件事："李金明副县长之妻抢救无效，于上午十一时在县医院亡故。"

上午会议讨论市境内一条省道改线施工问题，迟可东把手机关成静音。可能因为讨论比较激烈，他的注意力全在会上，以致来电、短信的震动提示都未能及时赶上，直到午餐桌边才发现。当天中午吃宾馆自助餐，迟可东面前摆着饭菜，已经吃上了。

他没有马上做出反应，收起手机后依旧坐在餐桌边，拿筷子夹了点菜放进饭碗，只是摆个样子，不曾下咽。好一会儿，他把筷子放下，拿出手机把短信又看了一遍。

确切无误，李金明的妻子到底没能救活，终于还是走了。她要是早一点走，或者晚一点走，情况可能都会好一些，可她没有挑一个适合远行的黄道吉日，却选了这么个特别不宜的凶时仓促走人。当然这不是她自己可以挑选的，大约只能归咎于命运。命运总是喜欢捉弄人，迟可东曾经多次关注过这个人的病况，到了她一朝离去之际，于迟可东而言似乎已经无须知晓了。

但是心里依然还会有一种特别感觉。

或许这位死者其实选择了一个恰当的时候？

迟可东思忖片刻，起身走到一旁打电话，找市政府大院机关食堂的管理员。

“迟副市长有什么交代？”对方客气相询。

迟可东问：“严书记在小厅吗？”

对方回答说，严海防还没到。严海防的秘书打过电话，说中午严海防会到机关食堂吃饭，让管理员给留一碗炒米粉，严海防喜欢吃那个。

“我也要一碗可以吗？”迟可东问。

对方吃惊：“您没在宾馆会议用餐？”

迟可东说：“我喜欢你的碗。”

他匆匆离席，没跟围在同一张餐桌的局长、主任们多说，只讲有件急事需要处理，随即上车离开宾馆直趋机关大院，一直开到机关食堂大门边。

迟可东进了小厅，看见严海防已经端坐在他的位子上，谈笑风生。

所谓“小厅”是市机关食堂餐厅的一部分，这里用几面屏风隔出一块空间，摆着几张小餐桌和餐椅。时下干部交流力度大，许多市领导都是只身赴任，如果不是开会接待，多半都到机关食堂就餐，没有谁独自在宿舍厨房冒充厨娘。市领导们到了食堂，或者自己点菜打饭，或者让管理员帮助拿饭拿菜，大都会端到小厅这边，围坐餐桌吃饭，边吃边谈。食堂餐厅座位不像主席台或者宴会厅那么严格，却也相对固定，例如靠窗对着墙上一台电视机的那张餐桌，通常归严海防用，哪怕严海防没有到，位子轮空，其他领导一般也不把饭盘端到那里，侵占书记待遇。严海防是个工作狂，工作安排非常紧凑，会议没完没了，吃饭时间也常被他拿来开会。严氏餐会的特点是主角单一而配角走马灯一般，严海防想跟谁开会就把谁叫到自己这张餐桌，谈完后该同志自觉端饭盘走人，让严海防叫下一个上。该餐桌成为中心，众领导众星捧月，端着饭盘围着它在小厅里走来走去。

迟可东到达小厅时，严海防正与马琳副市长开午餐会。马琳穿白衬衫，蓝西裤，衬衫下摆塞在裤腰里，在位子上坐得笔直，看上去清爽干练。

迟可东走过去瞧了一眼，注意到严海防面前的托盘里几个小碗，分别装着菜，其中果然有一碗炒米粉，还有一个汤罐。

迟可东打听："严书记今天喝什么汤？"

严海防回答："浓汤。猪下水，迟可东牌。"

迟可东说："现在是马琳牌。"

马琳笑着插嘴："迟副市长有事找严书记吧？"

迟可东点头："我先报名签到，等马副谈完再说。"

马琳即站起身，称她的事情已经谈完了，迟可东可以接着上。马琳戴眼镜，为人温文尔雅，虽然是国家重要部门下来的挂职干部，"国家领导"，人却很谦和。她比迟可东小了六七岁，级别却比迟可东高，同为常务副市长，排名在迟可东之前。马琳在市政府班子里很有人缘，除了形象好，还善解人意，总有人喜欢跟她开玩笑，称她是本市国家形象代言人。迟可东不太跟她打哈哈，偶有机会聊聊，感觉挺谈得来。她对迟可东始终很尊重，客气有加。

马琳起身走开，严海防却未做表示，看样子似乎还没轮到迟可东开会。迟可东不管，马琳一走，他就坐到那张椅子上。

管理员用一个托盘给迟可东端来饭菜。也是一碗炒米粉，一个汤罐，还多了一个大玻璃杯，里边是满满一杯白开水，迟可东的标配。

严海防看着那杯白开水调侃："茅台都上了？"

迟可东拿筷子敲敲水杯说："白干。摄氏五十五度。"

他把盘子推到一边，先谈事情。他告诉严海防，李金明的妻子刚在医院去世。

“他自己呢？还活着吧？”严海防问。

迟可东说，此刻李金明是死是活他不清楚，估计严海防应当知道。

“他老婆死了，你着急什么？”

迟可东说：“我着急没有用，得请严书记关心。”

“要我关心谁？李金明？”

“活的不好说，死的更需要。”

迟可东说，李妻瘫痪多年了，这一走也算解脱，无论对死者本人还是家人。现在的问题是人死了不算了结，还需要办丧事，总不能把尸体腌起来。这件事得由她丈夫去操办，别人多着急也代替不了。李金明是他当年一手重用的干部，因此有人把李妻过世的消息传给他，可能是希望他设法关心。虽然感觉这件事不好管，也已经没必要去管了，心里还是放不下，毕竟人死了。考虑再三决定找严海防。总得有人出面反映，估计此时此刻，除了他没有谁敢跟严海防提这件事。

严海防从他话里挑出一句追问：“为什么你觉得没必要去管了？”

迟可东不做正面回答，只说那天晚上半夜开会，严海防询问他：“是不是听到些情况，有点感觉？”实话说，还真是听到些传闻，有一点感觉。

“李金明的案子很大很严重，你该清楚的。”

迟可东称自己其实不清楚，只有一点点道听途说。平心而论，无论李金明的案情如何，碰上死老婆这种事，特殊处理一下也应当。恐怕得请严海防出面关心，让李金明出来办这个丧事，需要的话可以派人监管，可以限定时限，完事了继续审查。

严海防看着迟可东，忽然说一句：“动机很可疑啊。”

“说我？”

“迟副恐怕有个什么目的？不可告人？”

严海防语带戏谑，却不全是开玩笑。迟可东也回以戏谑：“是啊，不可告人。”

“不能给我介绍一下？”

“不可告人。”

这些话实不轻松。李金明案波澜起伏之际，其妻突然死亡，让他出来治丧似有理由，但是假使他利用此机暗中行事，给案情相关人例如迟可东通风报信，或者与迟可东暗通攻守策略，岂不是严重影响办案？离开规定场所，谁能保证监管措施足够严密？万一发生逃跑、自杀等事件，谁来承担责任？难道是迟可东？迟可东身为副市长，没有插手纪委调查的权限，他以“心里放不下”为说法，出面游说放李金明出来，会不会是“贼喊放贼”，意在李金明案突破祸及迟可东时争取机会与李金明接触，施加影响，紧急救火？

迟可东说：“其实严书记可以换一种思路，或许有助于案件突破。”

他称案件办理攻心为上，这种时候让涉案者出来一下，可以表现人道，也能让其感受关心，促成心理转变，更好配合办案。如果涉案人不思悔改，还想利用机会通风报信，不妨让他去试试，只要监管到位，就能知道他找谁了，通了些什么，让涉案人露出马脚，新线索得以暴露，是不是有利于案件的推进？

“原来迟副的目的是协助办案。”严海防说。

迟可东说他无意为办案出谋划策，那不是他可以做的。以他对李金明的了解，实在不愿意相信李金明会出大事，但是也清楚李金明被调查肯定事出有因。他与李金明的关系众所周知，李金明出事后，外界议论纷纷，有人对他也持怀疑。通常这种时候他应当避嫌，躲在一旁甚至主动切割。他觉得没那个必要，李金明是李金明，迟可东是迟可东，是不是一回事，时候到了自然清楚，相信世间应有公正。

“那东西是不是有点虚啊？”严海防问。

“其实很实际。”迟可东回答。

他再强调，由于以往那些情况，李金明的案子他不能发表意见，李妻亡故这件事却感觉不能不说。即便李金明确实犯有大罪，不可饶恕，老婆死了，也该让人家回去见上一面，这是人之常情。

“你应当去跟蔡塘说，他是纪委书记。”严海防道。

“蔡书记还得请示你。”迟可东说，“请严书记考虑。”

严海防说：“要我看，不行。”

“建议严书记再考虑一下。”

严海防用力一摆手，不说话。迟可东心知此刻无法再谈，即站起身，端着托盘想走开，却不料严海防还不放过：“这就走了？”

“严书记还有事跟我谈？”

“没事就不能谈吗？”

迟可东又坐下来。

严海防不谈李金明，却谈炼铁。严海防说，曾经有一回他向迟可东讨教，了解炼铁高炉里温度有多高，记得迟可东回答好像是一千五百度左右。假如温度差不多了，眼看要炼出铁水了，这时忽然停电熄火，那会炼出些什么？

迟可东说自己以前未曾遇到过这类情况。严海防的假设可能有所误会：高炉靠焦炭燃烧，不是靠电炉丝加热。高炉炼铁当然也要用电，比如，开鼓风机。停电风断，情况会很严重，处置不当有可能造成重大事故。如果是探讨炼制过程中断，炉料会变成什么？以他推测，那些料会报废，凝结成一团铁疙瘩，好比当年大跃进大炼钢铁时，人们拿土高炉炼出的那些个块块。

严海防表扬：“瞧，确实就是专家嘛。”

他进一步深入探讨，说假设咱们不拿高炉炼铁，拿它炼猪圈，比方把腾龙中心的那一山坡猪圈拆了扔进去炼，准备烧它一千五百度。中间停电熄火了，那会炼出些啥？

迟可东建议请马琳副市长来探讨这个问题，现在拆猪圈是她的事。

严海防问："跟迟副一点关系都没有吗?"

迟可东承认："还有间接关系，比如，喝汤喝水就遇上了。"

严海防告诉迟可东，几天前他到省里开会，见到了周宏副省长，一起探讨过腾龙综合开发中心的问题。周宏清楚腾龙中心是农业领军企业，其养殖基地在全省都摆得上位置，生猪存栏量大，对稳定全省生猪供应有功劳。严海防向周宏提出，这家企业多年来一直受扶植，流域整治还是应当有所区别。整治河流减少污染当然是对的，具体情况也需具体对待。腾龙中心这种大型企业可以靠科技手段减少排污，还有国家和省里的科技课题在支持，其他养猪户不可类比，有理由另做考虑。周宏副省长表态说这个问题让具体部门去研究一下吧。省领导这个态度可以作为市里的把握依据。

迟可东说："这个情况严书记一定跟马琳副市长传达过了。"

"你就不需要听听传达吗?"

迟可东称具体操作已经不归他管，他也就是听听精神而已。他不讳言，这方面他还是有些自己的想法。

严海防笑笑："我给你讲个故事。"

那还是当年他在区里当副书记时的事情。有一回下乡，他的车给一群人堵在一条乡村土路上。他听到河边一棵榕树下有女人哭，感觉奇怪，下车看看究竟。只见树下坐着一个年轻人，吐了一地水，旁边一个中年农妇坐地哭嚎。一问，才知道年轻人刚从小桥上跳到河里，幸而及时被人从河里拖上岸来。一旁抹眼泪有如哭丧的中年妇女是他母亲。围观者说，年轻人父亲早死，寡母费尽千辛万苦拉扯他，节衣缩食供他上学，指望他读书成才。年轻人高考落第，家人让他复读一年，不料再考还是没考上，得到消息后一时想不开，忽然就从桥上跳下河去。还好人没给淹死，要真死了，看老母还怎么活。严海防一听大怒，上前一把抓住那年轻人，朝他脸上用力就是一巴掌。年轻人给打懵了，一旁围观者也都大惊失色。严海防当众大喝："没出息的小子！跟我走!"

“知道这小子是谁吗？”严海防问迟可东。

“难道是庄振平？”

“迟副好头脑。”

跳河的小子果然就是如今腾龙中心老总庄振平。从一个高考落榜生到赫赫有名的民营农企老板，这段路程不短，其中每一小段都有严海防的名字留在上边。为此严海防非常自豪，当众宣称过那比自己升官还要得意。

迟可东说：“我感觉眼下严书记还可以给庄振平一个新机会，拆除现有的养殖基地，或许还能促成这家企业转型提升。”

“严书记是妇女儿童，可以让迟副这么拐卖吗？”严海防不屑。

“我多嘴了，这是人家马副市长的事情。”迟可东说。

午餐会差不多该结束了。迟可东站起身，端起自己的托盘，离开前再次建议：“严书记，李金明那个情况还请再考虑一下。”

严海防一摆手，什么都没说。

迟可东转身走开。刚坐到旁边一张餐桌上，就听手机“滴”的一声，有短信到。

却是马琳，内容很简单：“饭后回办公室吗？”

迟可东抬头看，小厅已经不见马琳身影。她吃得少，早早离开了。

2

政府办公大楼十层是市长们的办公楼层，安排有市长、副市长的办公室，一间值班室和一间会议室。迟可东与马琳的办公室分别在走廊两端，迟可东挨着会议室，马琳在另一头，与市长的办公室相邻。市长办公室原归严海防用，严海防提任书记后搬到市委大楼那边办公，由于新任市长一直未到位，这边的办公室暂时轮休，虚位以待新主。

迟可东进了马琳办公室。马琳一边请他坐下，一边推一下门把它关上。

“跟迟副谈件事。”她说。

迟可东问：“看起来很严重?”

她笑笑：“可能是。”

她打开办公桌上一个文件夹，拿出一张纸递给迟可东。是一纸公文，省委文件。迟可东一看大吃一惊，即感觉大事不好。

这份文件其实与他无涉，是《关于马琳同志免职的通知》，内容只有一行，关键词为免去马琳市委常委、副市长职务。

“这怎么啦?”迟可东询问。

原来事情已经酝酿若干时日了。前些时马琳被所在国家部委抽去参加相关调研，时间原定三个月，不料才去一个来月就匆匆返回，那是因为严海防分别找到省里、部里领导，提出目前本市暂缺市长，常务副市长马琳承担重要任务，希望上级大力支持，让马琳回来帮助工作。马琳两年期限未满，挂职身份尤在，地方主官的请求不能不考虑，经领导协商，同意她先回市里应急，调研任务也未取消。她回来后才知道严海防要求迫切，主要是考虑流域综合治理工作。这项工作本由她分管，她走后由迟可东代管，迟可东与严海防意见相左，特别是执意抓住腾龙中心不放，让严海防很不高兴，决意把马琳请回来，让迟可东自然退出。回来这段时间里，马琳尽量安排好工作，把力所能及的事先抓起来，但是以她的具体情况，也难顾及长远。部里领导要求她尽快处理好地方事务，及早回去参加调研与文件起草工作。她考虑挂职时间所剩不多，办不了什么大事，与其两头兼顾，两边贻误，不如脱开一边，保证一头。上级领导赞同她的意见，相关部门经过研究，决定免去她在市里所挂职务，让她全力参加调研组工作。挂职关系移到省委组织部直到期满。

“这个变动可能影响到迟副。”马琳道，“所以想提前通个气。”

迟可东问：“不会又让我去拆猪圈吧?”

她点头说，严海防很不愿意她走，但是也知道留不住。她向严海防提了建议，她走后，流域整治这一块工作，最好还是让迟可东接回去，请严海防考虑。

迟可东感叹："这又把我扔进高炉里了。"

刚才马琳让迟可东看文件时，迟可东感觉大事不好，原因就在这里。迟可东与马琳工作交集不多，比较特殊的关联只是代管流域综合治理，即所谓"拆猪圈"。这件事不久即交还马琳，迟可东尽管劳而无功、心有不甘，客观上也松了口气。所谓"好马不吃回头草"，他本能地不希望在刚刚放手之后忽然又来接手，该事务于他确实炉火熊熊，何止一千五百度。刚才一看到那份文件他就心生不安，因为即便马琳不做建议，让他吃回头草显然最合理顺畅，没有哪位市领导比他更适合扔进高炉里。

马琳承认："我也很矛盾。"

她清楚迟可东与严海防之间的分歧。回到市里后，她特地把秦健叫去了解。涉及领导之间的问题，秦健吞吞吐吐，不敢说太多，她还是听出了一些情况。

"感觉迟副市长很不容易。"她说。

迟可东略做说明，称自己并不觉得与严海防之间有什么个人问题，工作上有些不同意见很正常。他作为副手，一向很注意摆正位置，不争权不争利，但是不会没有自己的看法和理念。严海防优点很突出，却也容易受制于个人好恶与情绪化。严海防喜欢身边人唯唯喏喏，迟可东不觉得那样就好，以他的个性也学不会。拆猪圈这件事，没让管他不插手，让他管必得按自己的认知去做。总有些事不能考虑对自己有没有好处，于对方高不高兴，只能是该说要说的，该做要做的。他觉得这才是对工作对严海防负责。

"我这人的毛病严书记很清楚，就好比我清楚他。"迟可东自嘲。

马琳坦言，她到本市挂职后，严海防对她非常看重，多方关照。她对严海防的魄力、能力和工作精神也十分钦佩。但是在拆猪圈这件事上，她觉得迟可东正确。她不好直接对严海防这么说，推荐迟可东来接手，实际上表达了她的看法。她也知道这么推荐是勉为其难，迟可东未必高兴，却感觉不能不说。

“我特地去腾龙中心看了看。”她告诉迟可东。

马琳以往没到过腾龙中心，只听说过一些情况。她曾问严海防这家企业该如何整治？严海防让她“不急，稳妥点”，他会亲自掌握，她也就不过问了。这一次马琳用“微服私访”方式，让农业局畜牧办一位技术人员带着去现场，不吭不声像是一个随行防疫实习人员。由于主要坐在车里，加上她挂职以来出头露面不算多，基层一些人对她不熟悉，因此得以顺利进入现场，没有引起注意。在腾龙中心走了一圈，她感觉沉重，确实不整治不行。这项工作省里非常重视，地方上具体情况却比较复杂，以她的挂职身份，实在难以完成。谁可以承担这一重任？想来想去要靠迟可东。某种程度上，是这次腾龙中心的实地考察让她下决心脱开本地事务并力推迟可东来顶。

“听说迟副有一句名言：让河水干净一点。”马琳说，“我听了很有感触。”

迟可东表示那就是一点感言。别说让不让他做，让他做也未必做得到。

“我感觉严书记会让你接。”马琳说。

刚才小厅“午餐会”时，严海防像是有意提及那些事，例如，称自己的汤罐里装着“猪下水，迟可东牌”，还谈起腾龙中心庄振平高考落第跳河的故事。看来都不是随意而谈。迟可东本以为严海防是在调侃他盯住腾龙中心却只能中途熄火，现在看来是因为马琳离开这个因素，严海防需要考虑相应安排。

迟可东对马琳说：“这件事我不能再干了。”

为什么呢？关键在于严海防的态度。严海防对省里画红线搞整治的规定心有保留，他为政老道，公开表态必定高调，实际操作另有主张。按照他的真实想法，这件事下有对策，走走过场，过得去就可以了。养猪业是本市一大产业，严海防历来非常看重，他对腾龙中心全力扶持，偏爱有加，容不得他人伤害。此刻严海防是老大，不按他的意思办不行，按他的意思办又有违迟可东的心愿，所以不能再干。

“可是河水怎么办？迟副是最真心关注它的。”马琳说。

“心里很矛盾。”迟可东承认，“感觉特别无力。”

他说，前些时候代管拆猪圈事务，接手工作的同时就碰上李金明被带走，一时工作压力和心理压力都非常之大。他自认为不是一只玻璃瓶，经受过挫折，有抗压能力，从不轻言放弃，眼下却感到力不从心。

“我印象中迟副从来不会消沉。”

“免不了也会失望，主要对自己。”

“因为李金明吗？”

迟可东表示不仅李金明，面对腾龙中心无能为力，感受确实不佳。

马琳了解李金明的案子怎么回事。马琳是挂职来的，属于局外人，对内情所知不多。迟可东简要说了情况，包括所传李金明拿了石清标一百万，以及入案之初态度顽固，后来也承认受贿，交代出背后的一些人，其中涉及迟可东，等等。

“有这回事吗？”马琳问。

迟可东笑笑：“你看呢？”

马琳摇头：“我不能相信。”

迟可东说：“我也不愿意相信。”

两人的所谓“不相信”有点区别。马琳的意思是她不相信迟可东会有事，而迟可东则是不愿意相信外界关于李金明的那些传言，提法略有保留。迟可东坦承一直感觉李金明案有疑问，想弄清楚，目前却无从得知。

马琳问：“严书记很重视这个案子吗？”

迟可东回答：“严书记在案发之前就很重视这个案子。”

马琳听出迟可东话外有音，瞪着两眼看迟可东。迟可东没多谈，只讲个大概，说从一些迹象看，严海防对李金明像是很看重，早在石清标案件发生前，就借调查鸿远公司安全事故，安排查李金明，也查了通用厂旧厂房，当时并未发现问题。

“严书记为什么对李金明这么看重?”

迟可东摇头，对此真是不得而知。这也是他心里的一个疑问。

“听说迟副一向很看重李金明?”

迟可东点头。正因为一向看重，所以一听李供认受贿，才感觉特别失望，既对李金明本人，也对自己。迟可东从来都很自信，相信行事应当公正，相信自己对人的判断。难道现在连自己对人对事的认识与判断力都不可相信了?

马琳问：“以往迟副没有察觉李金明有那方面的问题?”

迟可东摇头。

“即使他拿了人家一百万，那也是他自己的事情，与迟副并没有关系，是吧?”

迟可东点头。

“那为什么要给自己心理压力呢?”

迟可东抬起右手，在胸脯轻轻敲了两下。

“很好，没了，压力消失。”他笑笑，“感谢马副。”

马琳看着他，也笑笑，没再说什么。她当然知道迟可东是在掩饰。事实上她已经问到要害：如果迟可东与李金明的事情毫无关系，蜘蛛丝都粘不上，他何须担心?

迟可东告辞。马琳把他送到门口时，忽然又问了一个问题：“中午在小厅吃饭，迟副跟严书记是谈李金明的事吧?”

“是他妻子的事。”

迟可东把情况告诉她。她的反应竟与严海防略同：“感觉有些奇怪啊。”

“为什么?”

“迟副不是想找机会跟李金明本人直接接触，弄清那些疑问吧？”

“可能吗？”

她说，无论迟可东是什么意图，他出面说这件事都显得可疑。特别是迟可东本人可能还被李金明拿去立功减罪了。

迟可东“哎”了一声：“失望归失望，该说还要说。”

他称自己确实很想把李金明找来问个明白，只不过那不太现实。他出面找严海防更多的还是于心不忍，毕竟人家老婆死了。人总会有些东西放不下，尽管心里也清楚，他出面未必有用，严海防未必肯听。

“需要我帮助做点工作吗？”马琳问。

迟可东不禁一怔，尔后立刻回答：“那当然好。”

她开玩笑，说自己抽身走人，却把迟可东扔进高炉里，得设法做点弥补。

没想到竟是她解决了问题。当晚八点，迟可东收到她一条短信，只有两字：“好了。”一小时后便有消息报到迟可东这里：“李金明被送回县城家中。”

隔日上午，秦健来到迟可东办公室，报告了一个最新情况：李妻的葬礼定于当天下午三点在县医院殡仪厅举行，按要求仪式从简。结束后李金明将立刻被送回归案。

迟可东问：“他的情况怎么样？”

据说状态很差，人显得瘦，脸黑，情绪低落。

迟可东问：“哭了吗？”

“没有。”

李金明可能已经麻木，其妻因车祸瘫痪多年，数次濒死，早有思想准备。李金明本人正在被调查，或许欲哭无泪了。

秦健一如既往提供了若干情况。据他听到的消息，李金明受贿情况似乎相当复杂，李金明时有反复，拖延了办案时间。据说李金明的立功交代很直接，但是办案人员感觉棘手，因为涉及市里重要领导的事情他们无权处理，需要请示上级。

迟可东问："消息可靠吗?"

秦健一摊手："应当有点依据。"

秦健自然不敢担保所听无误。案件高度敏感，不可能传出多少，秦健更多的应当还是通过间接途径，听到的最多也就一鳞半爪。仅从秦健谈的这些看，内容已经相当可观。如果该案果真涉及市里重要领导，人们不需要对着电视新闻画面点数排座次，无疑都会立刻认定那不是别人，肯定是迟可东。

秦健问："迟副市长需要我做些什么吗?"

迟可东可以让秦健悄悄安排一部车，掐准时间，赶去出现在李妻的葬礼上。那种场合未必能与李金明谈几句话，但是只要有若干交流，哪怕是一两个眼神，不言中就能传递出很多消息，即使不能完全解开迟可东心里的疑问，至少能凸显迟可东的存在，供李金明在打算继续拿哪一位领导深入立功前谨慎三思。如果这种接触失之冒失急切，那么也可以让秦健安排一个花圈，写上迟可东的名字摆在葬礼显要位置，同样能显现存在。如果不想公开张扬，还可以委托某个可靠的人去葬礼上悄声代为致意，亦有同样效果。李金明的老婆死的真是时候，让李金明意外得到个出来的机会，这种事无法人算，只能天算。迟可东怀所谓"不可告人之目的"，亲自出面找严海防，才促成机会的出现，这种时候能不紧紧抓住?

但是迟可东只对秦健说了三个字："不需要。"

"这个，这个……"

他又重复了一遍："不需要。"

"明白。"

没有任何举动。事实上迟可东只能这样。

秦健报告了另一个情况，令迟可东大吃一惊：昨日晚间，严海防签署了一份文件，以加强领导为由，确定调整本市流域综合治理领导小组，严海防以书记兼市长的身份亲任组长，迟可东为副组长。领导小组办公室仍然把“两办”都纳进去，市委副秘书长秦健和市政府办一位副主任为办公室正副主任，两人都是原来迟可东用的班底。

严海防就是这种风格，事先勿需通气，变换突如其来。他签署的这份文件已经在市委办打字室里。秦健作为市委副秘书长，有机会于文件印制之前掌握情况。

“马琳副市长没在名单里。好像是要走了。”秦健说。

迟可东没有吭声。目前的问题不在马琳，而在迟可东自己。秦健报告的这份文件还未正式下发，如果迟可东立刻找严海防，坚辞不干，或许还有改变余地。

秦健离去后，迟可东立刻给严海防挂电话。电话尚未挂通，他的手机收了一条莫名其妙的短信。内容只有四个字：“放心小心。”

短信发自陌生手机，没头没脑有如暗语。

迟可东立刻想起百余里外那座县城。此刻有一个亡者的丧事正在那里准备，亡者之夫戴眼镜，身材单薄个子不高，他叫做李金明。据说他因为一块地拿了一麻袋贿赂，并且拿它立了功。此刻则状态很差，情绪低落。

难道他还会发短信？

迟可东立刻把那条短信删除。

他没再给严海防挂电话。

3

那块地的事情最初发生于那年春节，当时石清标石老板还活跃于省内外，生意风生水起，看不出到头来会落个仓皇跑路逃往境外的下场。而那时已经跑路多年的黄志华则结束了其匿迹天涯的岁月，悄然返回。那年大年初二，迟可东与黄志华结伴从省城悄悄出发，驱车前去清涧监狱，探望许琪。

许琪涉案被查前夕，黄志华先知先觉，提前跑路，躲过一劫，先到香港，再转加拿大，行踪不定，唯恐被定位弄回国。许案判决后，黄志华还继续待在国外观望，未敢轻易归返。到了那年春节前夕，他感觉时间足够久了，再没有人对他感兴趣了，这才不声不响悄悄归来。他回国的动静极小，连迟可东都不知道。直到大年初一，迟可东与妻子去许家给舅妈拜年，才与他突然邂逅。

迟可东见面即骂："你这个家伙。"

黄志华拱手："千言万语，不说了。"

许琪案发生时，迟可东曾受牵连，被怀疑为黄志华输送利益，还好最终排除嫌疑。许琪入狱后，许家有不少事情由迟可东照料，包括探监。黄志华回来后，自然要赶紧去跟岳父问安，他想让迟可东带他去走一趟，因为迟可东路熟人熟，可带路又可帮着引荐相关人士。迟可东点头答应，隔日即一起动身。

许琪身体尚好，情绪平稳。多年跑路的女婿归来，他表示高兴，却也不喜形于色。谈话间，听女婿说打算把自家公司在国内的业务再打理起来，他点头认可，却指着迟可东交代了一句话："可东不容易，你不要给他找事。"黄志华说："我知道。"

返回途中，黄志华感叹："老头子还是火眼金睛啊。"

迟可东问黄志华心里又有什么让许琪看穿了？难道是准备给内表弟找点好处？除了带路探监，还另有所图？

黄志华说："当然。现在我不找你还找谁？"

黄志华跑出去几年，此间人脉大变。如果还想做生意谋再起，不找迟可东帮忙还能找谁？但是既然许琪发话了，他自当小心，尽量不给迟可东找事。

“除了迫不得已。”他说。

“听起来一定已经迫不得已了。”

黄志华承认不错，确实有人找到他那里了。不是别人，就是石清标。石清标看中了一块地，是一块待开发的旧厂房，希望迟可东给予支持。

迟可东问：“哪里的地？”

是在迟可东原先那个县，城东新区，原县通用机械厂的旧厂房。

迟可东告诉黄志华，那个城东新区是他在县里当书记时规划的，那块地他也知道。但是现在县里的事他管不了。如果他还在下边，也不会为石清标说话。

“听说你们炸掉他的水坝？”

“当时对他有所补偿，已经给了一块工业用地让他开发。他不能得陇望蜀。”

黄志华说：“人家也没想白拿那片旧厂房，只是希望能有些关照。”

“让他去跟县里谈吧。”

“你不能稍微点一两句吗？”

迟可东问：“你才回来，不会已经让他给套住了吧？”

黄志华承认自己有些情况。前些时候他在香港，想回国又怕捕鸟网还支在那儿。找了若干朋友出面帮忙，却还觉不踏实。在一个饭局偶遇到香港办事的石清标，两人聊了起来，石清标表示有过硬关系可以帮忙。后来石清标通过北京的渠道打探情况，据说还找人游说、活动，事情得以明朗。他给黄志华打电话，担保捕鸟网已经卷收入库，不会有问题了。黄志华因此下决心回来。黄志华回来后，石清标在第一时间得到消息，立刻请他吃饭，旧厂房的事情就是在饭桌上提出的。石清标甚至邀请黄志华参股开发，说该地段前景很好，如果黄志华有意东山再起，可以从这里开始。

迟可东说：“志华，安全起见，别跟这个人弄在一起。”

他让黄志华给石清标回话，就说已经把话传给迟可东了，迟可东表示不便出面。地的事该找谁找谁，按规则来就行了。

黄志华摇头：“石清标说过，你要是不出面，哪怕他大放血，事情也办不成。”

“那倒未必。”

“他很肯定。”

迟可东说：“不管他怎么说，只能这样。”

“没有余地吗？”

“只能这样。”

黄志华表情落寞，似乎有些失望。尔后再不提起此事。

其后大约一个月，李金明到市里开会，跑到办公室见迟可东。他跟迟可东谈起城东新区建设的事情，迟可东即想起石清标所求事项。

“通用厂旧厂房那块地现在怎么样了？”他问。

“还没出手，有几家在谈。”李金明问，“迟书记有什么交代吗？”

迟可东说：“没有。”

该地情况迟可东基本清楚。通用厂全称“县通用机械厂”，是县属企业，早年间因经营不善濒临倒闭，县里搞了个改革方案，把企业的厂房设施及债务打包招商，让一港商兼并重组，工人买断工龄下岗，自谋职业。其间因各种缘故波澜迭起，兼并重组流产，工人利益未得保障，成了一个烂摊子，人称“一裤屎”。那是迟可东从省里下派到县任职之前的事情。迟可东下来后，曾着手收拾残局，所谓“换裤子擦屁股”，经极其困难谈判，与相关港商协议解约，也为该厂下岗职工争取到一些补偿经费，但是仍有众多遗留问题。当年迟可东提出搞城东新区，把该厂厂区划入，一个意图就是解决遗留问题。迟可东离任后，城东新区建设成为该县一个重要增长点，通用厂旧厂房渐渐转热，引起开发商注意。李金明在县政府里恰分管这一摊。由于当年那些事，此刻石清标绝对别想从李金明那里得到哪怕苍蝇大点的便宜，除非迟可东干预。但是迟可东肯定不会干预，尤其是为石清标石老板。彼此间不说分外眼红，也差不到哪去。

不料只过了半个月，迟可东给李金明打了一个电话。

“石清标也在竞争通用厂那块地吧?”迟可东直截了当问。

“这家伙特别缠。”

“听说你给他找了不少碴?”

李金明笑：“他不早说我是土匪吗?”

“你打算怎么着?”

李金明打算把石清标踢出去，不让他来搅和，只要抓住合适的理由，应当可以做到。石老板本事大，别人怕，李金明不怕，早就交过手了。

迟可东说：“算了，别计较以前那些事，还是公平竞争，一碗水端平吧。”

“这可不行。”

“为什么?”

“这家伙财大气粗关系多，说不定就给他弄走了。”

“只要合理合法，该谁是谁嘛。”

“迟书记的意思是可以让他参加。如果他出的价高，那就给他?”

“对。公平竞争。”

李金明说：“我明白了。”

迟可东没有说自己为什么忽然要替石清标出面，李金明也不多问。对迟可东交办的事情，李金明从来没有二话。

两个月后，李金明向迟可东报告，称通用厂那块地有主了，新主人就是石清标。石清标志在必得，不惜大放血，终以高出竞争对手一大截的标价拿下。

“我们割了石老板一块肥肉。”李金明快活不已。

迟可东问：“石老板舍得放血割肉，是不是太大方了?”

李金明说：“家伙一定有他的算盘。”

“你们要留点神。”

石清标的事情，李金明不敢不特别小心。他说，那块地确实挺麻烦，关键时候一门横炮“轰隆”过来，几乎把事情打飞。李金明不予理会，该怎么办就怎么办。

迟可东问：“哪来的横炮？”

李金明含糊其辞：“也没什么，我能对付。”

事后证明，石清标真不是爱心奉献，自愿为李金明割肉，他肯下狠心确有自己的算盘。该算盘算在哪里？却在地块的用途上。该地块本属工业用地，必须用于工业开发。石清标也是以工业项目参加竞标，拿下地后却按兵不动，不久即通过省里和北京的关系运作，以城镇化发展、周边功能区变化为由，申请改变该地块属性，将工业用地改为商住用地。该项改动于县里亦属有利，县里愿意支持，同时也提出条件，让石清标负责相关区域道路配套，石清标接受了，因此双方协力报批，最终得以获准。

那个时候就有若干质询声音在本市传播，一直传到市政府会议室里。

有一天市政府开办公会，讨论文化建设议题，与土地开发无关。会议间，市长严海防突然问迟可东：“你那个老地盘有个什么通用厂？”

迟可东告诉严海防，该厂早在他去之前就倒了，他去时没有厂子，只剩遗体。

“你们拿那遗体卖了个大价钱，是吗？”

“我在的时候没卖成。听说现在他们弄成了。”

“你没听说他们搞什么名堂吧？”

迟可东问：“严市长听到什么情况了？”

严海防称外界有反映，那块地号称卖了大价钱，实际是贱卖，给开发商占了大便宜。这里边是不是有猫腻？是谁干的？经得起查吗？

迟可东说：“反映这么严重，是不是查一查？”

严海防说：“时到花便开。”

果然春天到了，树木就长芽。此刻石清标涉案，跑路出境，而李金明因为那块地被拖入旋涡。如果外界所传无误，李金明已承认收受贿赂，他是太不应该。李金明有过教训，当年郑鑫国的六万元几乎让他身败名裂。如果不是迟可东，李金明头上的帽子早就没有了，他怎么能转眼继续犯错？特别是拿石清标的钱，还有什么比这个更蠢？李金明清楚石清标的底细秉性，怎么会如此利令智昏？对迟可东而言，问题在于这笔交易并非仅仅涉及李金明、石清标，与他本人也有关系。一旦李金明寻求减罪，当年迟可东给他打的那个电话足够可用，他只需供称自己是奉迟可东之命把地给了石清标，就既能开脱若干责任又有立功表现。从传闻看，该情节似已发生，只是因为调查“重要领导”需要权限，让办案人员感觉“棘手”。这种“棘手”肯定只是暂时的，案件深查下去，涉及多大人物，就会有拥有多大权限的办案机构介入，时间只在早晚。

迟可东为什么要打那个电话？其原因是否也属“不可告人”？无论如何，此刻这个电话已经进入案件链条，迟可东无可逃避。

4

流域治理工作再次移交给迟可东。

迟可东没有找严海防力辞，决定顺其自然，因为没有拒绝的足够理由，且未必能让严海防改变主意。迟可东相信，如果有可替代方案，严海防不会愿意他再来管这个事。一来因为事情原本迟可东管过，再接顺理成章，二来因为不是好事，其他领导未必愿意接，接了也未必能顺利推进，说来严海防也不得已。严海防随意性强，却不失基本把握。为了有效掌控，他只能做高度重视姿态，把自己顶上去，亲任组长，防止迟可东自行其是。李金明案形成若干牵制，迟可东自然不能不格外小心。

这却不意味迟可东只能放弃自己的想法，完全听从摆布。

那一天市里开精神文明表彰会，严海防与迟可东都参加了，在主席台上的位子挨着。会后严海防敲桌子，让迟可东留下，两人在台上谈了会儿工作。

严海防说，马琳离开后，拆猪圈这件事还得再劳驾迟可东，虽然知道迟可东未必情愿。为了帮助迟可东分担一点压力，他亲挂组长，这个头衔只是挂个名，具体工作他授权迟可东全权处置，该怎么做就怎么做，无须向他报告。只有那些特别复杂的，处理不了的问题才需要一起来商量研究。

迟可东坦率道："其他事情问题不大，腾龙中心恐怕得研究个意见。"

严海防责怪："你怎么光记着姓庄的那些猪？"

迟可东说那些姓庄的猪绕不过去。有很多人盯着，举报信早就出来了。要是没有一个合适的办法，一旦事情扩大化就很不好，对严海防尤其不好。这项工作如果不是他管，他不需要多嘴，现在交给他，他就不能不提出来。万一出问题，严海防是组长要负主要责任，他作为副组长，奉命具体掌握工作，他的责任也不轻。

严海防说："我告诉过你，这事已经跟周宏报告过，他说可以研究。"

"这不算明确态度。或者我再请示他一下？"

"有必要那么麻烦吗？"

"至少我们自己得先研究研究吧？"

严海防说："那行，你们去研究。"

有这一句话，迟可东便可行事。

流域治理工作在本市全面展开已有若干时日，迟可东接管之后，一边抓面上的推进，一边解决重点难点。腾龙中心即是重点，又是难点。迟可东以奉严海防命之名，召集相关部门官员研究该问题。这个问题还有什么可探讨的？所谓"周宏答应研究"的说法不属于可以公开的态度，无法据此把腾龙中心问题暂放一边。能端上台面的只有省里的文件规定以及腾龙中心养殖基地的现实状况。该养殖基地确实给画到整治红线里，该基地对水流的污染确实触目惊心，两条都是客观存在，不会因为找到多少辩解理由而改变。上一次迟可东“代理”拆猪圈，腾龙中心被列为突破重点，责令其限期整顿，目标未能实现，这一回迟可东再来主事，调子当然不会差之太远。

迟可东说：“咱们还得立足现实。这件事没法一蹴而就，那就考虑一个阶段性目标，实现了也算有所成果。”

庄振平被请到迟可东的办公室。他给迟可东送来了一份《整改方案》。

迟可东说：“现在不需要方案，要一个实际行动。今天咱们得商量这个。”

庄振平说：“迟副市长，我们企业的情况您也清楚。”

庄振平理平头，穿西装，在迟可东面前显得低调，彬彬有礼，并不张扬。作为一个年纪还轻，事业已经风生水起的民营企业主，虽然庄振平的身后有一位强大的支持者，迟可东却不是他可以小视的。他没有正面回应迟可东的要求，只是含糊其辞提到企业情况，那其实是在暗示严海防的既有态度。

“我清楚你们企业的情况，你也清楚省里文件的规定。”迟可东说，“文件是一张草纸吗？我们必须按规定来办，没有谁可以例外。这个问题事关公正。”

迟可东强调外界已经有不少声音质疑腾龙中心，庄振平已经成为一个关注焦点。这对工作造成压力，也直接影响到严海防。如果庄振平不顾上级规定，一味抵制，最终企业利益维护不了，支持关心他的领导反会受到拖累。严海防为人强悍，讲义气，这些话他不会跟庄振平说，迟可东却必须说，请庄振平自己好好掂量。

“迟副市长想要我怎么做呢？”庄振平问。

迟可东要求庄振平有个主动姿态，自己去拆猪舍，让外界看到他愿意合作，并不是顶着不办。只要庄振平有诚意，采取配合态度，迟可东可以考虑让整治部门先退一步，不强调庄振平一步到位，全部拆除。当前的要求很简单，目标有限，就是要有行动，哪怕先拆一排猪舍，这对庄振平并不困难。鉴于大家都在关注，整治部门需要有进展，以严海防为组长的领导小组需要取信于民，对庄振平的这个要求应尽快实现，不能地久天长。可以给庄振平一周时间，一周内要有行动。

庄振平问："然后呢？"

"以后的事再说。"

庄振平说："我考虑考虑。"

这个人很精明，他知道要害。做个姿态拆几排猪舍于他确实不困难，但是这一拆就意味着承认自己没有理由得到网开一面的特殊对待。突破一旦出现，接下来有一就有二，最终可能就是一山坡猪舍被拆成平地。这不是他愿意接受的。

庄振平离开，那份《整改方案》留在迟可东的桌上。迟可东拿起来浏览一下，果然里边什么都没有。除了详细列举企业历年来所获各种荣誉和接待过的省部级以上领导，标榜自己的省内行业龙头地位外，还罗列了二十几条企业在治理养殖基地污染方面采取的措施，看上去不遗余力、耗费不菲且科技含量充足，却没有一个字涉及核心问题，不提该中心的猪圈被画入红线，只强调其为国家和省相关科研项目的研究基地，受到上级部门关心支持，需要继续加强以完成项目研究。言下之意就是不能动。

迟可东命秦健即把该方案退回，让庄振平不要再存幻想。当年迟可东炸掉石清标的落水河大坝，一点都不手软。只要事关公正，该出手就出手，绝不含糊。迟可东提出的要求并不高，庄振平可以做到。

秦健问："要他做个样子，有意义吗？"

"拆一排是一排，河水也能干净一点。"

有一句话迟可东没有说出来：李金明案正在叶噜叶噜冒着气泡发酵，他不知道接下来会发生什么，不知道在被气泡裹住之前，他还有多少时间多少力气接下来办这些事情。如果情况非常不利，所谓"阶段性目标"可能就是他所能做的全部。

秦健把那份《整改方案》带走，遵命退还。不料隔日上午方案又回到迟可东案头，且这一次无法一退了之：这一份是报送严海防的。严海防在上边签署了意见：“请转迟可东副市长阅处。”虽然没有明确表示态度，其态度实已在其中。

此刻迟可东需要外援，否则可能骑虎难下，连极其有限的所谓“阶段性目标”都拿不下来。他给周宏副省长打了电话。

让迟可东去拆猪圈，周宏是始作俑者。周宏曾明确表示腾龙中心需要处置，还希望该难题在迟可东手上解决。现在马琳正式离开，事情再次交到迟可东手上，一上手再谋难题，当然还得求助周宏。

迟可东向周宏提出一个要求：“请求周副省长回来视察一下，最好能去看看腾龙。”

周宏很干脆：“我来安排。”

他告诉迟可东，严海防曾找过他，提出对腾龙中心特殊对待。这种要求他怎么可能答应？腾龙中心可以特殊，为什么其他人不行？大家都有理由不动，这件事就不要做了。

“周副省长这一说，我心里踏实了。”迟可东道。

他进一步要求，问周宏能不能近期就来视察？周宏追问：“有什么情况吗?”

“主要是需要尽快推动。”

“李金明的案子怎么样了?”

“传闻满天飞，真实情况不得而知。”

“你没什么事吧?”

“老领导了解我。”

周宏说：“可东不容易。”

三天之后，周宏的秘书小林打来一个电话：“周副省长抽出时间，决定明天去。”

周宏前来视察的通知已经通过正式渠道传给了市政府办公室。小林特地再给迟可东打电话，让他提前做准备。周宏预定一早从省城出发，晚饭后返回省城。视察的主题就是流域整治工作，看哪些项目请迟可东尽早安排。

迟可东命秦健他们赶紧做一个接待方案，秦健请示：“得让周副省长去看哪些呢?”

迟可东说：“重点是腾龙。”

“严书记会同意吗?”

周宏驾到，严海防肯定得出面，接待方案必须经他同意。严海防当然不可能主张让周宏去感受腾龙养殖中心的臭下水沟如何四面飘香。

迟可东说：“就这么排。”

秦健没敢多吭声，赶紧派人做方案。当天下午恰逢市委中心组学习，迟可东把方案带到会上，瞅个时间送到严海防面前。

那时领导们正在听省里请来的一位经济专家讲课，忽然间严海防一拍桌子大喝一声：“搞什么名堂!”

他勃然大怒，与人家专家的讲座无关，纯因迟可东塞给他的“接待方案”看得他恼火，以致打断学习议程发作。与会诸领导都瞠目结舌，唯有迟可东心知肚明。

严海防骂起人雷霆万钧，一肚子火直喷。他说周宏副省长来干什么?检查流域整治。本市这项工作大大落后，让省领导都屁股疼。这个事没做好，进展缓慢，原因在哪里?领导很得力是吗?不要推三托四找替罪羊。到时候省领导有意见，狠狠拍板子，该谁打成红屁股，那就是谁，任谁也别想逃得过去。

严海防于生气中却不失把握，明明是对周宏视察具体安排不满，却绝口不提该方案，不提腾龙中心。明明是冲着迟可东冒火，却不直接点名，像是一股雾霾惹他生气。他虽然气恼，于会上发作更多的还是借题发挥，有意发一通火，表达情绪，以期震慑。

迟可东没吭声，等严海防点上名再说。不料严戛然而止，转口下令继续听讲。

学习结束之后，严海防把那份接待方案推回到迟可东面前，日程中的“腾龙中心”已经给他画掉。迟可东看看，没有吭声。

办公室迅速拿出了后备方案，迟可东命秦健直接与周宏的秘书联络，请示周宏有何要求？小林很快回了电话，说其他安排都可以，只有一条，领导听到了不少反映，打算去看看腾龙中心，为什么不安排呢？

秦健推托，称前些时候下了大雨，那个地方的交通有点问题。

迟可东命秦健即通知庄振平做相应准备。周宏行事认真，如果他想会见姓庄的猪，哪怕步行都会欣然前往，任什么“交通问题”都阻拦不了。周宏熟悉本市情况，谁也别想糊弄他。腾龙中心必须在周宏视察之前，按照迟可东提出的要求开始行动。

“只怕庄老板拱不动。”秦健担心，“周副省长未必能到他那里。”

“周副省长肯定会去。”迟可东说。

他命整治办两位主任迅速做一个后手准备，也就是强制执行方案。庄老板自己不干，就让专业队伍去干。这支队伍由腾龙中心所在镇、区和市里相关部门抽人，请市执法局局长亲自带队行动。市执法局是流域治理领导小组组成单位，该局有一支执法队伍，日常管理对象主要为小摊小贩，此刻迟可东拟让他们也来管一管猪。

“让他们准备好，弄一部平板车，载上钩机，加上人员集中待命，一有命令立刻出动。”迟可东下令。

两位都显得紧张。秦健问：“会不会太急了点？”

“不欠理由。”

整治工作不是刚刚开展的，上一回迟可东代管时已经提出限期整顿，腾龙中心所在地镇政府也早就给庄振平发过一份通知，命该中心按照上级文件要求限期自行拆除违规猪舍，否则将采取强制措施。这份通知实为通稿，红线内的所有养猪企业和农户人手一份，内容都是一样的。镇政府给腾龙中心发通知其实只是例行公事，不能不发，否则要承担责任。庄振平不为所动，把该通知视同某猪打了个嗝，小小镇政府实奈何不了。但是这个嗝也不全是酸气，时候一到，此刻它成了组织力量强拆的有效依据。

迟可东确定，无论自行整改或者强制执行，本次任务目标有限，不求量大，只要行动。周宏到达腾龙中心时，那里必须有动作。不是为了做给领导看，是利用领导视察的难得机会，破除障碍，取得开局。秦健曾被迟可东表扬为擅长“多方沟通”，无须迟可东交代，秦健会用其特有方式，将相关情况传递给庄振平，甚至严海防。如果能迫使庄振平自行采取行动，不战而屈人之兵，不失为最好的结果。

第二天上午，迟可东早早驱车前往宾馆，准备迎接周宏驾到。当天上午恰有一个全国人大视察组在本市活动，需要严海防陪同，迎候周宏交由迟可东负责，严海防安排中午陪周宏吃饭。迟可东估计一下时间，周宏一早从省城出发，十点来钟即可到达，顺利的话，在宾馆稍息片刻就能继续上路，直奔腾龙中心，在严海防未及见面施加影响之前，就把事情办了。严海防可以把该议程从接待方案里拿掉，却不可能阻止周宏前往。周宏是上级领导，他想看什么就可以去看，不管你安排了没有。周宏视察腾龙中心将会是突击行动展开的最佳时机，按照迟可东的要求和整治办的安排，市执法局局长已经早早到位，临时组织起来的执法队和工程机械也都集合待命，只等迟可东一声令下就开进腾龙中心。拆几排猪舍没什么大不了的，比炸一条水电站大坝简单多了。

那时候迟可东接到了一个电话，是纪委书记蔡塘打来的。蔡塘问迟可东可有时间？是不是在办公室？有一件事情需要请他配合一下。

蔡塘没说是什么事情，迟可东却很敏感，立刻感觉有异。或许李金明提供的涉及“重要领导”的线索已经报经上级同意，查迟可东的授权已经有了？

迟可东只问一句：“事情急吗？”

“如果迟副市长安排得出来。”

“现在还不行。”

迟可东告诉蔡塘，周宏副省长到本市视察，需要他陪同，一时排不出时间。只能等周宏离开后再说。

“那行，咱们再联系。”蔡塘说。

迟可东到达宾馆，整治办两位主任都已经守候在那里。

秦健报告：“周副省长快到了。”

迟可东问了一个情况：“庄振平那边有动作吗？”

腾龙中心没有任何举动，哪怕一排猪舍都视如皇宫，不愿舍弃。庄振平似乎认定周宏不可能驾到，没有按要求到位等候，完全没把迟可东的通知当回事。

迟可东问：“执法队做好准备了吗？”

“准备好了。”

“通知他们开始行动。”

“进、进去？”

迟可东命该队人马直奔腾龙中心，务必在周副省长到达之前进入拆迁作业。

秦健说：“庄振平的人有可能阻拦！”

“如果他想闹大，让他闹。”

“迟副市长，能不能……”

秦健似乎还想劝告，迟可东当即打断他：“不必多说，赶紧去办。”

秦健带着人即赶紧出门联络。

几分钟后，迟可东的手机铃响。来电显示为周宏的秘书。

“小林好啊。”迟可东接了电话，“你们到哪里了？”

手机里传出小林的声音：“有新情况，周副省长跟您说。”

迟可东一怔，就听手机里传出了周宏的声音：“可东吗？”

“是我。”

周宏告诉迟可东，他们已经进入本市地界了，却不料突然接到紧急通知，有一个意外事项要他立刻返回处理。

迟可东大惊：“返回！”

“意外事项。有一个意外事项。”周宏重复。

“这边都准备好了！周副省长没到，戏就没法唱了！”

周宏表示遗憾，情况发展有时确实难以预料。此刻他们的车已经就近下了高速出口，掉头回省城了。他让迟可东不要着急，他另找机会下来。

迟可东无言以对。

秦健从门外跑了进来：“迟副市长，听说周副省长不来了？”

迟可东不吭声。

“迟副市长！迟副市长！”

“听着呢。”

“执法局那批人已经在路上了。让他们按原计划进行吗？”

迟可东没回答。停了好一会儿，他说：“让他们回来。”

“停止行动？”

迟可东紧闭嘴巴不回答。秦健赶紧退出门去。

那一刻真是极其失望。

5

迟可东来到市政府大楼时，他的办公室门外已经站着三个等候者。三人中带队的是市纪委一位室主任，迟可东认识，另两位陌生人，听介绍才知道其中一位是市纪委干部，另一位是从县里抽来参加办案的人员。

迟可东让他们进办公室，说："蔡塘书记给我打过电话了。"

两天前蔡塘曾给迟可东打电话，提出有件事需要配合。当时周宏副省长正在高速公路上匆匆而来，迟可东只能与蔡塘约定另找时间。周宏的轿车忽然转向，终未光临，蔡塘那头却已经做了其他安排，因此拖至今天才得以"配合"。

三位干部果然是为李金明案而来，虽直接接触迟可东，此刻却也还只能以调查李金明为名目。他们说，是李金明案中的一些具体问题需要找迟可东核实。

迟可东点头："说吧。"

他们了解李金明把通用厂那块地卖给石清标的过程，其间李金明是否向迟可东汇报过？

"他不需要向我汇报。"迟可东说。

迟可东已经不是县委书记，在市里也不分管这方面工作，因此李金明无须向迟可东汇报此事，这是常理。李金明在处置过程中，也确实没有具体汇报过该事细节。

"他从没向迟副市长谈过这件事吗？"

"谈过。"

迟可东注意到那三位顿时警觉，如发现重大线索般下意识地握紧记录笔。

迟可东告诉他们，石清标在县里搞工程，不是一天两天的事情。涉及石清标的事情，李金明会向他谈及，他听到什么时也会向李金明了解。因此他知道石清标竞标通用厂那块地。在他的印象中，这块地的出让似乎是公正的，石清标的出价比竞争对手高出许多。至于李金明在其间如何索贿受贿，他没有听说。

他们说，根据调查，那块地的竞标貌似公正，其实做了手脚，其间石清标、李金明二人曾多次接触，石清标之所以竟得那块地，得益于与李金明的私下交易。石清标拿到地后，设法通过关系改变用途，获得巨额利益，其间也存在巨大利益输送。李金明获取的仅是其中一部分。领导要求查明前因后果。李金明本人与石清标原有很大矛盾，为什么会去帮助石清标拿地牟利？其后边有什么因素？是否同样存在利益输送？需要一一弄清。

“迟副市长对李金明有过什么指示吗?”他们问。

“李金明交代了哪些指示?”迟可东问。

那三位均缄默。

迟可东笑笑，称自己只是开个玩笑，他知道该情况不能随便透露。他需要说明，就这块地的具体处理，他不能对李金明做指示，因为没有那个权限。记得他确实给李金明打过一次电话，表示过态度，认为应当一碗水端平，不宜出于旧怨把石清标拒之门外。这个态度应属公正。他本人从头到尾与石清标没有直接接触，也没有任何利益输送，这个问题他得说清楚，请几位记录下来。

他们谈了半个来小时。迟可东毕竟是领导，不属他们的调查对象，三位询问者的提问不曾太尖锐太深入。从他们的问题看，李金明确实交代出迟可东，讲到什么程度不得而知。尽管三位询问者彬彬有礼，很客气，仅从他们直接找迟可东核实情况就别具意味，有如暴雨骤降前雨丝飘落。疑问显而易见：迟可东与石清标当年为落水河电站水坝的交锋众所周知，为什么翻过脸却为石清标背书？真的没有人民币在其中润滑吗？除了人民币是不是还有其他?

当天上午还未深入到这一层次，以来者的身份，还只能调查李金明，迟可东这一级别干部不在他们的办案范围。他们需要核实迟可东怎么跟李金明说，迟可东本身的为什么不由他们负责追索。他们做了笔录，走之前带队的那位把笔录交迟可东过目，迟可东浏览一下，写上“情况属实”四字，签上自己的名字。

当天晚饭时，迟可东在机关食堂小厅见到了严海防。严海防心情很好，一见面就话中带刺损了迟可东一句。

“迟副市长作案未遂，白费一番工夫。”他调侃。

迟可东回答：“严书记四两拨千斤，不费吹灰之力。”

严海防大笑：“你现在才知道啊？”

周宏视察未竟已过两天，由于严海防陪同全国人大视察组客人到县里跑，两天里与迟可东没打照面，此刻才在小厅邂逅。时过境迁，严海防情绪依旧很高，一见面就拿该事调侃迟可东，其所谓“作案未遂”指的是迟可东组织一队人马浩浩荡荡杀往腾龙中心，半道上灰溜溜撤回，劳而无功。当时迟可东为什么不能横下一条心干到底？因为即便执法局那一队人进入腾龙中心，只要严海防一个电话命令撤离，没有谁敢不听，哪怕迟可东坚持，严海防也会直接给执法局局长下令，迟可东无法与之抗衡，那时就非常被动。只有一个情况可有胜算：如果周宏在场，态度明确予以支持，迟可东就能把事情办下去，严海防不至于想跟周宏顶着干。这就是迟可东把周宏请到现场的一个主要考虑。可惜周宏突然转身，被所谓“意外事项”调回省城，迟可东白费了一番工夫。周宏的“意外事项”发生得太恰巧，太蹊跷，会不会是严海防运作的结果？从严海防的情绪看，可能性相当大。严海防有办法，没有他做不到的。

迟可东端来自己的饭菜托盘，坐到严海防的面前。

“迟副市长像是有点事？”严海防语带双关。

“我没事。谢谢关心。”迟可东说。

“他是他，你是你。”

他似在暗示李金明。迟可东不跟他说那个：“还是想跟严书记谈谈腾龙。”

“姓庄的猪招惹你了？”

迟可东说那些猪招惹了很多人，其中最不该的是招惹了市委书记。这件事情如果闹出问题，最受伤害的人是迟可东吗？不是。这个观点他已经一再表达过。

严海防语带戏谑：“迟副真贴心。”

“严书记这么英明，心里很清楚的。”

“迟副市长绝对不比谁傻，为什么非要一条道走到黑？”

迟可东说：“人总有一点心愿。”

“让河水干净一点？”

迟可东称这件事除了关乎河水，也关乎公正。他知道世事纷繁复杂，却依然相信世间还应当有公正。无论作为理念，还是作为行事依据，都是需要的。

“迟副就这个不好，虚。”严海防说。

迟可东不认同，说为人行事要有理念，那不是虚。严海防有魄力有能力，人称劳模，一周工作七天，一天工作二十四小时，大小事情掌控手中，诸多项目强势推进，让人吃不消也让人佩服。但是他还想继续建议严海防多一点情怀，从更大角度考虑问题，避免受制于个人情感，给予某些猪过分关爱。

市政法委书记齐之光端着托盘凑过来，似有事要跟严海防说。严海防摆摆手，让对方等一会儿：“我跟迟副还要谈谈。”

他不谈猪，讲的却是上午的笔录。显然事态在他掌握中。

“听说你给他们签了字？”他问。

“情况属实。”

“他们说迟副很配合，提供了新线索，可以帮助突破案件。”

迟可东吃惊：“我还为办案做贡献了？”

“我看未必。”严海防说。

“严书记觉得哪里有问题？”迟可东问。

严海防说，世界上有很多事情不需要拿眼睛看，用鼻子一嗅就知道对不对头。迟可东不是相信公正吗？那块地的处置如果确属公正，怎么会弄成一个案子？这里边的公正是不是很可疑，不可相信？还有一个重要问题很值得追究：迟可东这样一个优秀领导，怎么可能忽然跳出来替牛鬼蛇神石清标主持公道？这不是见鬼吗？

"你怎么会打那个电话？为什么不做说明？"严海防一针见血。

迟可东笑笑："严书记亲自办案啊。"

"人为财死，鸟为食亡，无利不起早。是这回事吗？"

"严书记说呢？"

严海防称，从当前现实情况看，类似现象通常是因为有足够的钱在发挥作用。如果在这个地方居然看不到一点钱的影子，那么肯定另有因素在作怪。

"严书记觉得那是什么？"迟可东问。

严海防认为此事有意思，可以拿来竞猜。他感觉答案其实不复杂，就像那句笑话说的，拿脚后跟一掂就知道。事情背后肯定还藏着一个人，对不对？迟可东听从了这个人。这个人是谁？他干什么的？他拿了多少？迟可东知道吗？

"听起来严书记知道？"

"要为人不知，除非己莫为。"

迟可东说："这就好办了。"

"好办什么？"

迟可东俯过身，低下头，压低声音说，回头他即给办案人员打电话做补充说明，请他们直接去找严海防。因为事情背后的情况严海防全都知道。

不禁严海防恼火："开什么玩笑！"

迟可东笑笑："调侃。"

严海防突然问："李金明蘑菇种得怎么样？"

迟可东说，李金明是食用菌技术员出身，当年蘑菇种得确实不错。

“小伎俩还差一点。”严海防说。

严海防提起一件事：前些天一个中午，也是在这个小厅，迟可东端着饭盘走到他面前，挤走马琳，就坐在这张椅子上，报称李金明的妻子过世了，提出放李金明出来处理，还强调这样有助于办案。如果李金明借机通风报信，只要监管到位，就能知道他找谁了，通了些什么，这就让涉案人露出马脚，新线索得以暴露。这些话有吧？

“我记得。有的。”迟可东说。

严海防说，根据迟可东等领导的提议，他跟蔡塘商量后，决定允许李金明出来治丧。李金明再三表示感谢，保证严格遵守纪律，绝不做不该做的事情。治丧期间李金明不声不响，不与无关人士发生任何接触，老实得像朵蘑菇，其实却是假象。在监管人员密切注视中，李金明居然暗中通过他人，偷偷向外发出一条信息，涉嫌通风报信，订立攻守同盟，破坏办案调查，性质非常严重。

迟可东立刻想起那四个字：“放心小心。”

严海防问：“迟副想起什么了？”

迟可东说：“感觉很惊讶。”

“迟副是不是刚好收到什么很特别的短信？”

迟可东称，时下电信诈骗高发，他不时会收到一些从陌生号码发出的来电、短信，相信严海防本人也会有类似经历。他一向掌握一条，对陌生号码高度警惕，原则上不予理睬。来电不接，短信删除，这样省事。

严海防说：“它已经被记录在案。就好比当时迟副所说，有涉案人露出了马脚。”

迟可东自嘲：“看来我对本案真有贡献。”

严海防笑笑：“那天我说迟副的动机很可疑。说错了吗？”

迟可东回答：“错了。”

彼此没再多说，迟可东起身走开。

他心里颇受震动。当初收到那条奇怪短信，迟可东就曾怀疑与李金明有关，现在得到证实。以迟可东对李金明的了解，他干得出这种事，奋不顾身孤注一掷，于李金明不是第一次。李金明当然清楚一旦败露会有什么严重后果，为什么还要那么干？他发出的那四个字可以说没有任何内容，却又内涵丰富。如果外界传闻准确，李案已经突破且李金明在寻求立功，何须有这条短信？难道这个案子还另有玄机？

有个人再次提供了帮助，却是马琳，她回来了。

马琳离开本市后，全力参加调研组活动。他们在本省的调研任务已经完成，将返回北京汇报，尔后还将赶赴下一站陕西，继续开展重点区域调研。由于还有个人物品存放本市，离开前马琳驱车从省城回来打包收拾，准备运回北京。

她给迟可东打了一个电话，当晚迟可东赶到市宾馆跟她见了一面。

她问迟可东："听说他们去找你了？"

迟可东告诉她，办案人员确实已经找他了解过情况。关于那块地有两个基本事实，一个基本事实是他曾经打电话过问过，如果他没有干预，事情可能会是另一个样子。另外一个基本事实是，在他这个环节上没有任何利益输送，没有丝毫的钱权交易。

她也是那个问题："你为什么打那个电话呢？"

"有一些特殊原因，我无法拒绝。"迟可东说，"具体的我不好多说。"

马琳看着迟可东，好一阵不说话。

"如果案子发展，"末了她说，"你不可能一直回避。"

迟可东说："我知道。"

她讲了一个情况：上次她自告奋勇去找严海防，建议让李金明出来为其妻治丧，严海防接受了。这一回严海防告诉她，李金明胆大妄为，居然利用机会违规给相关人发短信通风报信。她听了非常不安，怀疑牵连到迟可东。确实如迟可东所说，严海防对李金明早有看法，相当不好。严海防没有提及具体原因，却提到了迟可东，说李金明谁都不放在眼里，只听迟可东一个人的。那块地明明与迟可东有关，迟可东本人都承认，李金明却拒不交代。自己的事可以说，别的再大的官也可以说，唯独不涉及一个“迟”字。这不能帮助迟可东开脱，反而越发引起怀疑。

“你知道这个情况吧？”她问。

迟可东摇摇头。

他没有说什么，表情没有异样，心里却震惊不已。如此看来外界传闻确实有误，李金明可能供认受贿，却没有拿迟可东去立功减罪，并未交代迟可东打过的那个电话，该事实由迟可东自己向办案人员提供。所谓“迟副很配合，提供了新线索”应当就指这个。在迟可东提供情况之后，办案人员或能据此证明李金明没说实话，以之为突破口，去打破李金明的顽抗，进一步深挖。

“我很替迟副担心。”马琳坦承。

她相信迟可东谈到的基本事实，认为迟可东不会让石清标把套子套到头上。但是李金明这个环节出的问题，或者是迟可东不愿谈及的另外一个环节出现的问题，迟可东都有责任。也许没什么大事，处理不好也可能非常麻烦，这一点迟可东肯定比她清楚。她的基层经验无法与迟可东相比，具体情况也掌握不多，不可能提供什么有价值的建议，唯一想提醒迟可东注意的是与严海防的沟通与协调。她能感觉到严海防对迟可东的不满，特别表现在流域综合治理工作方面。为此她更觉不安，因为是她把迟可东扔进高炉里。她建议迟可东注意缓和与严海防的关系，必要的话，可以在成为矛盾焦点的腾龙中心问题上先退一步，日后还有机会处理。

迟可东说：“谢谢马副好意，我会认真考虑。”

他告诉马琳，他清楚那块地是他必须面对的一大问题，也清楚严海防的态度相当重要。严海防曾质疑说，如果确实出于公正，那块地怎么会弄成一个案子？这里边的公正是不是很可疑，不可相信？严海防的质疑让他很有感触。或许本不该有李金明涉案，不该有他本人遇到的麻烦，如果他没有打过一个电话，可能什么事都不会有。想来感觉沉重，自知确有责任。但是他并不认为公正不可相信，问题在于是否真正公正。或许发生的这些事，包括石清标的跑路，相关人员的涉案，以及他心里的沉重，恰都表明了公正的存在，人必须为自己的行为承担责任。无论他本人还要承受什么风险，无论世间有多少人多少事变得令人怀疑，他始终认为依然有些东西可以相信，例如公正。

他没有提及腾龙中心。

6

那一天晚间，迟可东约庄振平到办公室谈了一次话。他告诉庄振平，明天他要带队去北京，跑一条战备公路的扩展改线项目，得待几天。动身前需要准备的事情很多，他却放不下腾龙中心这件事，决定抽空找庄振平来谈一谈，主要是想跟庄振平约个时间。

“庄老板可以找人算一算，定个黄道吉日。”迟可东说，“只要在近日就可以。”

庄振平问：“迟副市长有什么交代？”

迟可东没有新交代，只是老调重弹。上一回跟庄振平说过，要庄振平行动，给一周时间。现在已经过去不止一周，腾龙中心按兵不动，看来自己动手确有困难。迟可东曾打算借周宏副省长视察之机，亲自带队到腾龙中心，帮一帮庄振平，可惜没能如愿，看来挑的日子有些问题。黄道吉日这种事政府部门不好搞，民营企业老板可以搞，因此迟可东让庄振平自己选个近期时间，只要与市里的安排不冲突，那就确定下来。到时候迟可东准备亲自带队开进腾龙中心，把上一次没做完的事情做完，帮庄振平一把。

庄振平说：“迟副市长多包涵，是我不对。”

他低调如常，一开口即检讨，称自己哪里敢麻烦迟可东帮助，这一段时间没有及时找迟可东汇报，原因只是怕给领导添麻烦。没能落实好迟可东的要求，他感觉很过意不去。不是他不识抬举态度不好，是企业发展到这个程度，确实有些不得已。

迟可东说自己也有些不得已。有好心领导劝他不要跟腾龙中心太较真，给自己省点麻烦。问题是他可以这么做吗？如果这么做，治理任务完不成不要紧，他这个副市长当不成也不要紧，河水里的那些猪尿猪屎怎么办？老百姓臭骂怎么办？他这个人跟大家一样，希望喝点干净水，同时也比较顾惜脸面，相信应当行事公正。庄振平说不听，不顾惜身任整治领导小组组长严海防的面子与影响，这怎么可以呢？迟可东只好亲自动手，去帮助庄振平拆猪圈，为严海防分忧。

“我把话说在前头。”他警告，“如果庄老板自己动手，我的要求不变，只要有行动，哪怕先拆一排。如果非要我去帮助，那就不一定了。”

庄振平还是说：“请迟副市长体谅我的难处。”

迟可东说：“你的猪把河水搞脏了，你得让它干净一点。”

直到送客，庄振平始终态度良好，也始终没有松口。迟可东最后发了句话：“如果庄老板自己挑不出黄道吉日，那么我请秦副秘书长代劳。”

隔日迟可东前往北京。在京期间他一边穿梭国家各相关部委，一边密切注视庄振平举动。秦健随时把最新进展用电话报告给他。

事实上没有任何最新进展。一连数日庄振平依旧纹丝不动，稳如泰山。

迟可东电话要求秦健组织整治办即做一个行动预案。如果庄振平依然那般结实，迟可东说到做到，待从北京返回后，必亲自率队突击，试一试姓庄的猪圈是不是用钢铁铸造。拟动用农业、执法、交通、供电、供水等相关部门，除拆除作业，还要采取一切可能的手段，例如，停水、停电和限制交通等辅助办法。预案要有应对抗拒措施，如果庄振平打算闹大，必须有措施迅速制止。真要是那样，到时候谁都保护不了庄振平，所有保护他的人都要受他连累。迟可东要求这个预案要在近几天完成，他返回本市后即召开会议研究确定并付诸实施。

秦健不安："严书记能同意吗?"

"严书记的事情我处理。"迟可东说。

秦健没敢多说。相信他还会"多方沟通"，迟可东的打算会迅速传递给庄振平等人，肯定也会直接到达严海防那里。

隔日上午拜访国家发改委，在向一位副局长报告项目情况时，迟可东感觉裤口袋里手机的振动。由于汇报需要，他提前将手机调成静音。当时正在谈事，不可能理会电话，迟可东待事情谈毕，与副局长握手道别，出了人家的办公室后，才掏出手机瞅了一眼。这一眼让他大吃一惊，有如死者到访。

未接来电显示的名字竟是李金明。

李金明不可能用他的手机给迟可东打电话。李金明的手机肯定于"双规"之初就被办案人员按规定收缴，此刻这部手机在办案人员手中。难道他们是要以此试探迟可东的反应，以期推进案件的办理?

迟可东略略思忖，即在国家发改委办公大楼的走廊上回拨了一个电话。

接电话的竟是李金明本人。

"你在哪里?"迟可东问。

他居然给放出来了，此刻在市政府大楼。今天上午离开办案地点后，他立刻跑到市政府找迟可东，听说迟可东到北京出差，赶紧挂电话，迟可东没接，他推想可能正忙，准备等一等再挂。

"情况怎么样?"迟可东问。

"还行。"

事情比较敏感，隔着数千公里，不便用手机问个明白。迟可东即交代李金明赶紧回县里去见家人，好好休息，待他从北京回后再谈。

不一会儿秦健来电话，报称李金明出来了。迟可东问："问题排除了吗?”

秦健说：“听说还有问题。”

如果有足够问题，哪怕只要一百万的十分之一，李金明也会从“双规”地点给直接送到看守所去。他出来就表明没有大事。案情如此逆转，其中一定有特殊缘故，尽管还不知究竟，迟可东已经喜出望外，曾经那般强烈的失望感一扫而光。

两天后迟可东返回本市。北京的事情并没有全部办妥，他被通知提前返回，因为市委当晚开会，议题比较重要，严海防要求所有常委必须到场。

当晚议题之一竟是李金明。

市纪委管案件的副书记向市委常委通报几个案件的查处情况，对涉案干部提出处理意见，报请研究。一批共提请研究处理五个市管处级干部，李金明是其中之一。

迟可东感觉突然，所汇报的李金明案情尤其让迟可东意外：明明查的是石清标那块地索贿百万，提请处理时忽然变了个样子，石清标及其百万贿款一字不提，竟是以鸿远工程公司的炸药仓库爆炸案来处理他。李金明在该案中的主要问题是什么呢？关键一条是利用职权为该公司解决炸药仓库用地和报批，在提供帮助的同时收受对方财物。据查，其收受财物累计折合人民币近十万元。这些财物包括烟、茶、酒、药品与近万元现金，其中药品为一大项，原因是李金明之妻车祸瘫痪在床，当时的鸿远公司老板成富曾多次探望病人，热情送药，其中有冬虫夏草、天麻等名贵中药。累计到总案值里的现金也是该老板在逢年过节探望病人时给的红包，一次多为八百、一千，累计近万元。成富已因癌症过世，其送礼情况是从其子、现公司老板成全以及旧日账本那里获知，李金明本人对此没有异议，供认不讳。考虑到这些财物更多的属于礼品礼金范畴，与索贿受贿有所区别，办案部门认为可以按违纪违规处理。他们提出的处理意见包括追缴礼金，党纪处分，同时行政降级，由副处降为正科。

李金明被解脱给迟可东的喜悦荡然无存。李金明虽无大事，免却了牢狱和饭碗之灾，处理却也相当之重。在基层当个副县长算是不小的官了，说拿掉就给拿掉，拿掉后要再拿回来谈何容易，接近于让一片落叶再长回树枝上。

迟可东提出了疑问。

“据我了解李金明被调查的主要问题是一块地的出让，为什么处理材料没有这方面的内容？”他问。

汇报人解释，李金明的调查内容确实包括那块地。调查中发现他在该地块出让时犯有领导错误，致使国有资产流失，私人企业家石清标获得大利。但是调查中一条主要的索贿受贿线索已经确定排除，因而处理材料没有列入这方面内容。石清标案是上级查处的，目前还没有结案，办案中可能还会发现新问题新线索，如果还涉及李金明，到时候根据情况再做调查。

迟可东说：“眼下这样处理会不会急了点？不能等全部调查清楚，再议处理吗？”

严海防插嘴，满脸严肃问：“蔡塘同志，这个事你们查过迟可东同志吗？”

大家惊讶，不知严海防是在说什么。

严海防说，应当查一查李金明以及迟可东的三代人，查实里边到底有什么瓜葛。除了李金明是迟可东拿脚后跟掂出来的人才，会不会还是小舅子大姨夫，表弟姑老爷什么的吧？如果是，那得让迟可东申请回避。

原来他在开玩笑。说开玩笑也不尽是。

迟可东保证自己与李金明没有任何亲属关系。他从未拿脚后跟掂过谁，李金明算不算人才也不好说，他只是觉得对李金明的处理不一定那么急。

“你可以提出意见，也可以保留意见。现在让其他人说。”严海防道。

严海防的态度很明显。其他领导均未提出异议。却不料最后竟是严海防自己出来打翻盘子，让所有人大出意外。

严海防问了一个问题："在座各位领导口袋里的人民币哪个最大？严书记的大，还是迟副市长的大？"

迟可东即调侃："当然严书记的大。"

"错。"严海防说，"严书记口袋里的一百块钱，迟副市长拿到自己口袋里还是一百块，变不了一百零一。"

迟可东说："虽然数额没有变，含金量还是下降一点。"

严海防却不跟他开玩笑，他有所指。他说今天讨论处理五个干部，都是屁股粘着屎的。纪委提出的处理意见大家都表示赞同，只有迟可东对李金明提出保留。迟可东这一保留对他有启发，他也要提出保留。他注意到这五人处理分两种，三个人开除党籍开除公职，移送司法机关依法追究，两个是党纪处理，行政降级，李金明是其中之一。从材料上看，前边被双开移送司法的一个干部，涉案数额也就十万，与李金明差不多，为什么两人处理的差别这么大？难道李金明拿的钱小，前边那个人拿的钱大？李金明账上有的不是钱，是物品，物品又怎么啦？没有钱可以有物品吗？大家到药店去，拿一盒冬虫夏草试试。

蔡塘在一旁稍加解释："严书记，这主要是性质有些不同。"

严海防当即拉下脸来："什么不同！一样价值，两样处理，这是怎么搞的！"

蔡塘不再吭声。

严海防说，纪委提出处理意见，当然也有他们的依据。有依据未必就有道理吧？李金明除了鸿远这件事，不是还有迟副市长关心的那块地的问题吗？一百万不算他，那就没事了？把那么一块地贱卖给私营企业主，让人家挣个底朝天，从上到下输送利益，搞出一串大案，部级高官都给抓了。哪个该死的弄出这摊大事？或者说谁是"始作俑者"？李金明。他不需要承担责任吗？他是失职还是渎职？有没有涉嫌职务犯罪？这件事李金明在前台，李金明的背后有人，背后的背后也还有人，弄不好就是一串利益链条，但是李金明拒不交代，妨碍深入调查，这不是窝藏案犯吗？李金明是不是也该移送司法呢？让司法部门依法审一审，看看是不是有罪，该不该关他几年？看看他是不是要赶紧立功减罪，把背后那些东西交代个一清二楚。

会议室鸦雀无声，只有严海防的严厉言语。说到最后，他一敲桌子宣布：“不说了，散会。”大家还没反应过来，他就站起身，从会议室门走了出去。

与会领导互相看看，陆续离开。迟可东即抓住一旁蔡塘：“蔡书记能留一步吗？”

他俩留在会议室里。

迟可东问蔡塘：“今天这是怎么回事？”

蔡塘苦笑，说昨日他曾专题向严海防汇报过。当时严海防确实提出如此处理是不是便宜李金明了？他告诉严海防这样把握还是合宜的。李金明账上那一堆乱七八糟东西，可算可不算的都算进去了，再加重处理就显得不合理。严海防没再表示反对，同意今天上会通过。没想到会上一生气又翻了过来。

“你不必太介意。”迟可东说，“他的火其实是冲着我来的。”

迟可东表示李金明一案如此发展，他感觉很突然很意外，希望能多了解一点情况，如果不涉机密的话。蔡塘称没有问题，案子已经收尾，一些情况可以在领导层通个气。

原来李金明确实拿了石清标一百万。事情发生在石清标竞标获得土地后，李金明要求他“按行情”放血，石清标给了他一百万，这就是其索贿受贿基本情节。但是这一百万未被李吃进肚子，李金明把它全数交给通用厂善后小组，要求专用于该厂下岗职工的医疗费开支。李金明称自己老婆瘫痪，医疗费让他不堪重负，因此对下岗人员这方面负担感同身受，既然石清标拿下该厂土地，对该厂下岗职工做点慈善也应当。

迟可东提出一个疑问：如果一百万元是这个去处，查起来应当毫无困难，李金明一说，到善后小组一核对就了事了。如此简单的案情，为什么要费那么多时间调查？

蔡塘说："当时怀疑其中有明有暗。"

所谓"有明有暗"是指李金明暗中另有受贿，以明的掩盖暗的。办案人员怀疑李金明拿去做慈善的这一百万是石清标专项拨付，索要的一百万则被他暗自吞下。由于石清标跑掉了，深入查证不容易，只能从李金明一侧查。李金明被调查期间态度有问题，不好好配合，查起来特别费劲，让办案人员很恼火。按照办案惯例，除了与石清标有关的问题，其他有疑点的事也进行调查，李金明与鸿远公司老板之间的问题就是这样查出来。这方面李金明态度还好，基本都认，可能自以为问题不大。

迟可东问："他从石清标那里受贿的怀疑是不是全都排除了？"

"基本排除。"蔡塘说。

办案人员做了很多努力，包括从李金明身上深挖，也在外围撒网，未能发现更多线索。李金明一案来历特殊，起于中纪委调查国家部门一位高官，该高官被发现收受石清标贿赂，办案人员从石清标公司里找到了他们需要的证据，同时发现本省一些官员的受贿线索，移交本省按干部管理权限调查核实，因此才有对李金明的调查。在调查过程中，上级办案部门又传下新情况，根据石清标本人供述，有若干线索可以排除，其中就有李金明这一条，因此可以让李金明解脱。

迟可东问："石清标回来投案了？"

蔡塘不清楚石清标目前状况，因为是上级办的案子。

"石清标提供的情况是刚传下来的吗？"

蔡塘回答比较含糊，只说有一点时间了。

"为什么没有早一点解脱李金明？"

因为还有鸿远公司这件事，违纪违规，同样必须查清楚，这方面李金明配合尚好。由于查出一些问题，毕竟还得有个处理。严海防强调不能拖，要求尽快了结。办案部门抓紧走程序，这才把李金明列进这一批五人里一起上会。

“处理是不是太急了点?”

“迟副市长在县里当过书记，该知道我们也有难处。”

蔡塘低下声跟迟可东说，严海防对李金明这个案子比较关注，态度比较明朗。严海防个性强，要求高，他的意见蔡塘必须重视。

“李金明为什么让他这么看重?”迟可东问。

蔡塘摇头：“我也不清楚。”

蔡塘也不是全都按严海防的意思办。办案中曾经遇到过一些敏感事项，例如郑鑫国那件事要不要再查？那块地的来龙去脉是不是要继续追？他都坚持按照规定和权限办，需要的话必须先请示省纪委。

蔡塘说得有些含糊，迟可东却能听出一些意思。估计有人记性好，主张翻一翻老账，拿郑鑫国那笔钱查李金明，严海防可能也有这意思，蔡塘却不赞成。因为那件事迟可东已经做过说明，再翻老账就不是查李金明，是查迟可东了。追那块地来龙去脉也一样。无论如何，如果要查迟可东，那需要报告给上级，不是市里可以自己定。这些情况比较敏感，涉及严海防的态度，蔡塘只能含糊带过。

蔡塘还告诉迟可东，李金明确实比较顽固、极端。办案人员告诉李金明，迟可东自己都承认曾经为石清标打过电话，李金明却还矢口否认，始终睁着眼睛说瞎话，咬定不改口，称迟可东与此事无关。李金明这么做有害无益，既无法替迟可东担待，又加重自己的态度问题，除了让办案人员反感，越是抓住不放外，没有更多意义。

“还有个情况跟迟副通个气。”蔡塘说。

严海防在会上严厉批评土地贱卖，涉嫌失职渎职，是其既有看法，也有新的强化因素：近日省委书记转下一封群众联名信，写信者为石清标所开发的“城东花园小区”购房业主。当初他们为开发商宣传所吸引，购买了该高价楼盘。石清标出事跑掉后，开发项目停摆，交房无限期推后，购房人员产生恐慌，担心购房款打水漂。他们联名写信要求严肃处理与不良开发商勾结，侵害群众利益的腐败官员，保护他们的合法权益，一些人甚至在酝酿上访。省委书记将来信批给严海防，要求本市详细了解情况，认真处理并及时反馈。严海防命市委办负责了解反馈，同时要求市纪委根据案件调查情况，就那块地出让给石清标的具体过程提供一份说明，要求把已知的过程写清楚。该过程目前仅纪委办案部门掌握。

“我们得根据笔录来整理，基本情况都必须写上。”蔡塘说。

迟可东不吭声，好一会儿。

“材料最后会让严书记过目把关。”蔡塘补充。

迟可东回答：“我知道你的意思，谢谢。”

为什么蔡塘要特别通气这件事？他是在为迟可东提出预警，这份材料对迟可东而言潜藏危机。迟可东打过的那个电话已经记在办案人员的笔录里，属于“基本情况”范围，大约会用“竞标过程中，副市长迟可东曾打电话过问此事”之类方式表述。材料送到省领导那里后，领导很可能产生疑问，即便没有立刻引发调查，也会要求迟可东详细说明。蔡塘知道其要害，特地提到材料将提交严海防把关，其意思是要迟可东直接找严海防陈述，如果严海防听进去了，认为这份材料无须涉及迟可东，那么也可以拿掉。迟可东虽然打过电话，毕竟没有直接要求李金明把地交给石清标。

可是严海防能听吗？他要求蔡塘“把已知的过程写清楚”，难道不是有所指吗？严海防的倾向很明显，迟可东能怎么办呢？

他跟蔡塘没有多说，两人握手告辞。蔡塘问了一句：“你觉得我现在该怎么办？”

在严海防发了通火，“受迟副市长启发”，提出“保留意见”后，蔡塘压力最大。严海防的“保留意见”是不是等于否决原议？难道真的要推倒重来，把李金明移交司法？

迟可东说："我建议不要急。"

他告诉蔡塘，严海防个性强，却也一向把控自如，不会发作无度，发火到这种程度并不多见。严海防说的话固然确是其内心所想，却也有些让人感觉大出意外，也不知道他的真实意思是什么。看起来他似乎有些焦躁，不会是遇到什么特殊情况吧？不妨等几天看，说不定那股劲就过去了，事情自当明朗。

蔡塘点头。

"严书记那边，迟副还是要多沟通。"分手时蔡塘特意再加提醒。

迟可东苦笑一下，只说了两个字："谢谢。"

他给秦健打电话，询问腾龙中心情况。秦健说那里依然如故，纹丝不动。迟可东即确定明天下午于他的办公室开会研究行动细节，命秦健通知几家相关部门领导做好准备。迟可东在北京跑项目期间，已交代秦健做行动方案，此刻箭在弦上。

"预案已经准备好了。"秦健迟疑，"不过，要那么急吗？"

迟可东没有回答，放了电话。

他决意不再等待。对蔡塘的预警，他自知做不了什么，也于心不愿。李金明脱身了，那块地的事情还没完没了，一旦引发问题，他无以逃避。他不知道自己能够掌控的时间还有多少，不知道还有多少力气去对付姓庄的猪。

隔日上午，李金明来到迟可东办公室。进门时咧嘴一笑，管迟可东叫"迟书记"，说了声："我没事。"

刚从一场风波中走出的李金明与迟可东上次见到时的感觉差不多，只是显得更瘦，憔悴点。迟可东看着他摇头："看起来不太好。"

李金明脸一苦，眼泪哗哗哗就落了下来。

迟可东什么话都说不出来。他把办公室门关上，让李金明坐沙发椅，给他倒了一杯水。李金明一边喝水一边落泪，落到杯里的泪水又被他喝了下去。

迟可东没吭声，让他哭。直到他拿手掌抹眼睛，把自己克制住。

“不好意思，见笑。”他说。

“哭够了?”

“够了。”

“说吧。”

李金明两手一摊自嘲：“以为出来就没事了，哪想迟书记还要接着办案。”

迟可东点头：“还行。状态开始恢复。”

他先询问李金明与鸿远公司老板成富那些事。李金明承认当年彼此间确实有些人情往来，特别是李妻瘫痪，人家表示好意，感到无法拒绝。当时他掌握一条：有来有往。对方送一盒茶，走时他也还一盒，价钱未必相当，也算尽意。对方过年到医院，给他妻子包了红包，后来他到对方家里，也给对方的孙子包红包。他没想到这些人情往来也会成为调查内容，累计起来数目还那么大。他曾对办案人员表示不服，认为计算不合理，对方送的算，他回的不扣，这没道理。办案人员不理他这个茬。

“冬虫夏草呢?”迟可东又问。

冬虫夏草确实有，印象中好像并不太多，给他老婆用上几回就没了。办案人员从鸿远公司旧账上查出的量却很大，数额吓人，该老板当时应当是用到好几个地方，并不都在他这里。但是人家已经死了，死无对证，事要人背，非要算到他头上那就算吧，谁让他还活着呢? 总的说，这方面他比较配合，因为怎么算都是他自己的事，不会伤及他人，特别是无关迟可东。

“你的任何问题都跟我有关系。”迟可东说。

李金明无语。

迟可东告诉他，鸿远公司的这些事此刻都成了问题。李金明要有思想准备，处理可能相当严重，有关部门提出降级，会上还未能通过。

“我心里有数，严书记不会对我客气。”李金明回答。

“这是为什么?”迟可东追问。

“就是那块地。”

原来症结在这里。当初城东新区通用厂旧厂区的争夺者除了石清标，还有一家强势企业——庄振平的腾龙中心。庄振平看中那块地，拟建一座现代化大型肉制品加工厂，从事生猪屠宰和猪肉加工，建成后其规模将为本省老大，产品将覆盖全省。庄振平为这件事数次找过李金明，一再称自己与严海防“特别铁”，要李金明予以“倾斜”，还说书记县长那边都打过招呼了，只要李金明这个环节办清楚，其他都不是问题。腾龙中心的底细在本市不是秘密，李金明也早听说过，但是他跟庄振平装傻：“你吹跟严市长铁那不算，要严市长说跟你铁才算。”竞标前夕，庄振平最后一次找李金明，谈话间拿出手机，当面挂电话找严海防，再把手机交给李金明，让严海防直接与李金明说。严海防在电话里问：“你们那块地里埋了多少金子?”李金明称那里没有金子，就是一片破厂房。严海防问破厂房为什么搞得那么复杂?李金明说因为有规定啊，上级领导不让乱搞。严海防即发布指令：“庄振平看上了，那就给他吧。你去按规定办好。”李金明回答：“我知道了。”后来李金明曾含糊其辞向迟可东报告过有一门“横炮”，说的就是这个事。在请出严海防发话后，庄振平追着要李金明承诺，李金明说：“电话里那个声音听起来像严市长，真的吗?不会是庄老板哪里找来的托吧?”弄得庄振平非常恼火。李金明表面装傻，心里其实很清楚，电话里那个人肯定是严海防。当时严海防还没当书记，作为市长也已经足够庞大，李金明却没打算听从，因为迟可东早有交代，得按公平来。最终庄振平出局，地给石清标拿走了。严海防那样的个性，心里哪里放得下。对他而言说轻点就是被漠视，说重点简直有如遭受戏弄。这就是他认为李金明“胆大妄为”、“谁都不放在眼里”，所谓“在案件发生之前就很重视”的缘故。严海防当市长时还有些够不着，到了当上书记，李金明就跑不掉了。

说来李金明也是倒霉，石清标案早不出晚不出，刚好在严海防升任后发作，如果上级转下的涉嫌受贿线索牵涉的是别人，处理方式可能相对稳妥，只要先摸底查实，那就不易搞错，最终可能什么事都没有。李金明不一样，由于那块地酿成的成见，他的问题到严海防那里肯定放大，必从重从快有如“严打”，一旦给“严打”上，没大事也会有小事，最终没给抓去判刑已属万幸。

“当时为什么不把全部情况都跟我说呢?”迟可东生气。

李金明称自己了解迟可东，迟可东给他打电话谈石清标，一定有原因。领导把事情交给他，他自应想办法做好，有问题尽量自己解决，不给领导找麻烦。如果把庄振平这件事报给迟可东，矛盾上交，肯定让迟可东左右为难，不如李金明自己对付。

“这件事应当让我来解决。”迟可东说。

李金明自嘲：“我就是个种蘑菇的，想得简单，脑子不够用。”

事情不仅于此。李金明被调查期间，办案人员按照领导要求，把搞清那块地的来龙去脉作为一个要点，想方设法让李金明交代背后的人，追问是否有哪位市领导过问此事。李金明怀疑他们意在追索迟可东，他矢口否认，绝不涉及一个“迟”字。后来被追急了，李金明一张嘴就把严海防抬了出去，说严海防曾亲自打电话过问这块地的出让，不信的话可以去跟严海防核实。只说到这个程度，没谈具体细节，办案人员就面面相觑。他们让李金明不要信口开河胡说八道，李金明保证自己说的是实话，请他们尽管记录下来，尽管去查，到时候得记为他交代立功才行。

迟可东“啊”了一声。

李金明问：“我错了?”

“我说你错了吗?”

“严书记一定气死了。”李金明说。

外界所传李金明拿交代“重要领导”立功，竟然出于这个。严海防批李金明“别的再大的官也可以说”原来也出于此。他不火冒三丈才怪。

迟可东问：“那条短信怎么回事？”

短信确实是李金明所为。他在紧张操办其妻后事之际，偷偷交代老家来的大舅子想办法给迟可东发去。

迟可东说：“光这条就可以让你吃不了兜着走。”

李金明说当时实在没有办法，心里着急，觉得既然有机会出来，无论如何要给迟可东通个气。事后办案人员查他，他出了一身冷汗，只怕给迟可东造成大麻烦。他把事情全部揽到自己身上，对办案人员说，如果条件允许，他也想给严海防发一条短信。没有其他目的，只是表示对领导的想念。短信是他发的，有问题他全部承担。这就好比诈骗短信，可以追究发短信的骗子，没理由追究收短信的，否则大家都有事了。

迟可东摇摇头：“我不担心那个。说到底，当初如果我不给你打电话，你就不会陷到这个境地。这一切原本就不该发生，不该有你遭受的这些。”

“领导不要这样说！”

有一个情况迟可东没有告诉他：李金明涉案后，他曾对李金明以及对自己怀有巨大的失望。突然而至的那条短信让他感觉异样，或许情况并不像外界所传那样？李金明并没有那些事，还是可以相信的？质地依然不变，敲起来依旧铿锵中听？从那时起迟可东开始怀有希望，直到事情成真。迟可东自知这些情况不能谈，对李金明未必好。他只说，李金明受贿之嫌被排除，他非常欣喜，觉得自己的判断没有错，李金明可以相信，人可以相信。李金明不能说没有错，如果在与鸿远公司老板的交往中更为谨慎，就不会有面临的麻烦。但是这与受贿绝对不是一回事，于李金明也情有可原。目前对李金明的处理还未最后决定，他还会提出自己的意见力争，无论是否有效。李金明要有足够思想准备，情况不容乐观，处理还有变数，那块地的事也还没完没了。

李金明表现豁达，说大不了回家种蘑菇，又不是第一次碰上。他在县里也听说“东城花园新村”准业主们惶惶不安，有人在酝酿闹事。新房烂尾，迟早会出问题。

他们在迟可东的办公室谈到近中午，迟可东命政府办值班员去叫来两份快餐，陪着李金明一起打发了午饭。两人各一盒，加两杯白开水。李金明把开水壶拿到桌边帮迟可东续水，喝一点续一点。他调侃说，跟随领导这么多年，第一次享受让领导掏钱请吃快餐的待遇。有这一盒快餐加一杯免费热白干，“进去”一番也值。

迟可东拿筷子敲了李金明的水杯一下，说接风大餐不够，还有一句名言共勉。

是他总说的那句话：“世间应有公正，你可以相信。”他称这句话值得他们记在心里。对他们来说，事情还没完没了。

李金明离去后，迟可东即给老友陈治挂电话，进一步了解情况。果然陈治提供了蔡塘也不清楚细节：石清标并未正式到案，依然躲在国外不敢回来，听说跑到了菲律宾。但是石清标与上级办案人员已经有所接触，双方在马尼拉见过面，石清标表示愿意合作，虽然没有回来，却提供了不少新的情况。

这大概就是李金明被解脱的直接原因。但是他依旧要为之付出沉重代价。

蔡塘来了一个电话，通报称问题已经解决。什么问题呢？严海防所谓的“保留意见”。果然如迟可东安慰，严海防那股劲过去了，真实意思也明朗了。今天上午他把蔡塘叫去，在李金明等人的处理文件上签了字。

迟可东不禁发急：“签了？”

“他就是那个性子。”

李金明的处分至此已成定局。

尔后秦健匆匆跑来，报告了最新进展：庄振平已经动手拆除第一座猪舍。

“不会吧?”

“是真的!”

腾龙中心居然给拿了下来！事情怎么会突然如此逆转?

7

一个让所有人感觉意外的消息迅速传播，称严海防要走了，荣调他方。

领导层人事变动历来为人们关注，机关内外经常有这类消息传播，特别在换届、考核及相关调整之际，常有消息满天飞，有真有假。有的人被传荣调数回，依旧像胶水粘着似的坐在他那张椅子上，没有丝毫变化。有的则不吭不声，忽然就离开了。严海防情况也一样，当年他任市长，与前书记孙统不洽，那时就不时有新闻，传他即将调防，结果哪都没去，倒是接任了书记。这一次传他离开，大家都认为是假新闻，不可能，因为他当书记没几天，那张椅子在他屁股下还凉冰冰呢。此刻他依然兼着市长，该是派一个张三李四来接走他那顶市长帽子才对，哪里会安排他离开?

不料这回却是真的。

马琳从西安给迟可东挂来电话，再次提醒迟可东特别注意与严海防的协调。她说，严海防走之前这段时间，对迟可东本人很重要。

迟可东问：“怎么可能让他走呢?”

“好事啊。他的条件合适，本人也有意愿。”

严海防不走则已，一走却到天边。近期中组部安排若干省区干部异地交流任职，本省与东北一个省互派两名设区市主官交流，其中市委书记一名，市长一名。严海防被确定为本省送出去交流的市委书记。严海防刚当书记不久，资历尚浅，如果在本省干，再上一层的机会比较靠后。交流东北就不一样，虽然眼下只是平调任职，却拟安排他去该省一座中心城市，该市市委书记通常由省委常委兼，现在让严海防干，只要不出问题，不需要多久就会上去。严海防本人强势，有魄力有能力，号称“劳模”，工作狂，风格硬节奏快，颇有上级领导赏识。任书记前，他当过多年市长，此前还在省直当过厅长，经济工作、党务工作都熟，年富力强，很符合本次交流干部条件。本省符合条件的市委书记不止严海防一个，只是有的在省内很快即有上升机会，有的身体不好，或者家庭有情况，对于远调有顾虑。严海防没有这些问题。酝酿人选时，省委组织部部长曾找他去谈，他态度最为积极，因此终被选定。

马琳对省里和上边的一些情况比较了解，她告诉迟可东，一旦严海防离开，上级马上会派一位书记来接手工作。市长则不一定，如果没有特别问题，很可能指定目前排名第一的常务副市长迟可东主持市政府工作，尔后视情况再确定人选。

“严海防书记还在位，他的态度非常重要。”马琳提醒说。

迟可东说：“谢谢马副关心。”

他告诉马琳两个消息，一是经过多方努力，腾龙中心终于有所行动，开始拆除猪舍。这是一个好的开端，河水有望因此干净一点。第二个消息是李金明已经从案件中解脱，只是得了一个沉重的处分。

她回答：“我听说了。”

迟可东表示，此刻他没有太多奢望，能够按照自己的心愿继续做点事，那就行了。

他是有感而言。

情况已经明朗，李金明的匆匆处分，其中一个时机因素是严海防即将调离，他有意在走之前办出一个结果。方振平忽然自拆猪圈显然也出于同一因素：这一次工作变动对严海防很重要，他不希望因腾龙中心问题节外生枝，方振平只能先退一步。严海防离开之前肯定还有一些未竟事宜需要操心，估计迟可东也在其中。马琳出于好意，希望迟可东协调好关系，她不知道此刻严海防手上正抓着一份说明材料，极可能将迟可东推入风险之中，严海防离开前不会把它弃之不顾。

事实上早在严海防提任书记之初，本地就有迟可东即将接任市长的传闻。从那时起迟可东就不抱幻想，因为心知严海防未必欢迎他这样的搭档，这里有当初孙统那些事的影响，也因为迟可东不是那种唯唯喏喏的人。严海防作为第一把手，他的意见举足轻重。其后情况果如所料，迟可东毫无动静，外边则不时传闻谁谁要来了。这些传闻都不是空穴来风，只是因为各自原因一一落空。最接近实现的是一位省国土厅副厅长，他被考核，在报纸上公示，表明拟提任设区市正厅级领导职务，大家都传说他就是本市市长人选。却不料公示中因被人举报未曾通过，省里不得不另行挑选。由于这些特殊情况，严海防任书记后一直没把市长一职卸掉。严海防走后，新来的书记不可能像他一样再兼市长，迟可东是常务副市长，在市长人选尚未确定之前，让迟可东主持市政府工作顺理成章。但是迟可东自知不能自作多情，严海防的态度可以想见，迟可东必须准备面对更糟的处境，而不是机会。

他没跟马琳多谈，只是表示感谢。

两天后，严海防与迟可东相聚于宾馆贵宾楼下小会客室里。

周宏副省长再次决定前来视察，严海防命迟可东陪他参加接待。严海防有意通知迟可东提早到达，两人在小会客室见面时，客人一行还远在高速公路上。

“跟你说一件事。”严海防道。

这件事情迟可东已经从蔡塘那里知道。就是严海防在李金明等五人的处理文件稿上签了字，事情就此确定。严海防说，虽然迟可东和他本人都对李金明提有保留意见，毕竟少数服从多数，作为书记他不能因为自己有保留就把大家的意见推翻。如果不管，作为遗留问题丢给接任者就更不好。还是任内结清吧。

迟可东无语。

“迟副市长很失望?”

迟可东说：“我感觉严书记没必要这样。”

“这是为他好，也是为你好。”严海防说。

严海防称李金明胆大妄为，什么领导都不放在眼里，只认心里那一个，这怎么可以？这么下去迟早要出大事栽跟头。一旦出大事，岂不连累了迟可东？必须给李金明一个重重的教训，让他长出记性，从此老老实实。可惜这一次时间不够，严海防本人忽然要离开，否则不会让李金明这么快活。降职算什么呢？真应该让他到牢里坐几年，再放他回去种蘑菇，算是对他的教育，也省了日后迟可东继续被他连累。

迟可东说：“这不是处理人的理由。”

严海防说：“迟副得知道严重性。”

他听说李金明解脱出来那天直奔政府大楼，找迟可东而未遇。几天后迟可东从北京回来，立刻通知李金明前来会面，两人还一起共进快餐。迟可东都跟李金明说了些什么？是不是提到了一条短信？是不是把市委的讨论情况透露给当事人了？是不是还商量了应对办法?

迟可东说：“严书记真是这么怀疑吗?”

“我在考虑怎么认真追查。”他板着脸说。

“有必要吗?”

严海防哈哈大笑：“开玩笑都紧张?”

他当然是调侃，眼下他考虑的事一定很多，时间和机会却未必有。但是迟可东没有轻易放过，即向他保证自己将配合追查，如实交代相关的所有问题。同时希望严海防再慎重考虑一下处理李金明这件事。

“文件已经发下去了。”严海防说。

“可以追回。”

“现在迟副不应该操心他，还是多操心自己。”严海防说。

他提到那块地的问题已经引起省委书记关注。迟可东与这件事有牵扯，应当考虑怎么去面对。严海防早就拿脚后跟掂过，认为这事有个症结，迟可东身后藏着一个人。迟可东对此讳莫如深，始终不愿涉及。其中有何猫腻，不应该查个清楚吗？他到底是谁？

迟可东不做正面回应："这什么时候了？严书记还要亲自办案？这么耿耿于怀？"

"其实不需要你说，我猜得出来。"严海防说。

"真的吗？"

严海防说，迟可东可称有洁癖，公正无可挑剔，他不可能拿石清标的钱，也不会为亲属谋私。但是有一个人会让迟可东无法拒绝。这个人当过迟可东的直接领导，现在还是上级领导。当年迟可东与他之间虽然曾发生过一些问题，但到了提拔的关键时刻，人家鼎力相助，让迟可东背上重重的人情债。这个人与石清标是老关系，为石清标出面给迟可东打打电话对他没什么大不了。这个人是谁？不就是此刻从高速公路上驶来的那一位吗？

他竟直指周宏。

迟可东没有吭声，无法正面回应。严海防已经确定远调，讲话少了几分顾忌，他也堪称目光如炬，事实与他的猜测只有个别细节的区别：当初周宏并没有给迟可东打电话，只是在省里一次会议的休息期间，把迟可东叫到身边，谈了石清标这件事。迟可东可以干脆利落一口回绝自己的表姐夫黄志华，却无法同样回绝周宏，除了因为周宏的身份和既往关系，也因为周宏所持的态度："这种事还是应当公正处理。"这是迟可东无法拒绝的，也是此刻迟可东无以自辩的。

"不对吗？"严海防抓着不放，穷追不舍。

"不如等会儿你直接问问他。"迟可东说。

"我主要考虑迟副。一旦事情发展，到了非让你说的时候，迟副怎么办？"

迟可东问："严书记意见呢？"

严海防反问："你准备都担起来？你担得了吗？"

"严书记准备帮我担一点吗？"

严海防摇头："你没救了。"

他表示自己确实耿耿于怀。当年李金明没把严市长放在眼里，让他非常恼火。这还不是主要的，好好一块地弄成这样，想来就生气。石清标出事了，那片房地产还开发个屁。眼下已经有业主联名上书省委书记，再拖几天，卖房的买房的开银行的倒水泥的都成了热锅上的蚂蚁，一旦有人挑头就会闹事，危及稳定。一片破厂房酿出一个大案，毁掉了许多人，上至北京的部级领导，下至迟可东眼中质地如此优秀的李金明，后头还有这么多麻烦。与其如此，当初实不如把它交给庄振平搞实业，建设一座现代化生猪屠宰工厂，那样的话，此刻还会有很多的产值和利润不断产生，于社会有益。为什么会搞成这样？迟可东要负责任，实在不该插一手。迟可东一向不干这种事，为什么忽然下水了？太重情义，还是忘乎所以？人跟人是不一样的，有些事别人怎么干都行，迟可东却不能干，否则就会出事，这回就是教训。迟可东想必心里有愧，他一直不舍李金明，恐怕也有这个原因吧？

迟可东称自己确实在认真反省。无论事情怎么发展，他都会坦然面对，绝不推卸责任。现在对李金明的处理，还希望严海防再做慎重考虑。

严海防把手一摆："已经便宜他了。"

这时有人轻轻敲门，一个年轻人推开门扇探进头，小声报告："严书记，人来了。"

严海防说："让他进来。"

来的却是秦健。他看到迟可东在场，略略一怔。

"今天有什么事要报告？"严海防问他。

"没、没有。"

“每一次都能汇报些东西，今天没有了？迟副在场，害怕了？迟副会吃掉你？”

“不是，不是。”

严海防说，前些时候也是在这个会客室，他和迟可东谈话，他们把李金明叫到这里跟迟可东见上一面，尔后把人带走。今天被叫到这里的是秦健，同样是迟可东的老部下，却没蔡塘参与，大家无须担心。当着迟可东的面，他要批评秦健一句，对书记交办的任务，秦健完成得并不好。除了李金明的要害比较抓得住，更重要的方面却达不到要求。汇报虽然主动，要紧的东西拿不出来。只要涉及迟可东，总是不着边际，避重就轻，留有一手。这到底为什么？心术不正，还是出于害怕？是不是迟可东当年领导秦健，拿脚后跟掂过人家，把人家整治怕了？那是怎么整治的？扔进高炉里放火烧，把他烧成焦炭？这一回虚心向迟可东学了一番炼铁技术，试着将几位放进高炉里炼一炼，好比把铁矿石、焦炭、石灰什么的填进炉里，点火烧烤。可惜时间不够，热度还没上足，不到一千五百度，不得不撤手走人，最终没炼出铁水，只弄出一炉铁疙瘩，好比当年大炼钢铁土高炉出的产品。说来真是欠点火候。

秦健想要分辩：“严书记，我不是……”

迟可东打断他：“急什么，严书记跟你开玩笑呢。”

严海防一瞪眼睛：“谁说我开玩笑？”

迟可东道：“严书记的炼铁术语很皮毛，提法不科学，只能算开玩笑。”

他摆手，命秦健走开：“我跟严书记谈件事，你先回避。”

秦健刚要动，严海防发了句话：“我让你走了吗？”

秦健动弹不得。

“严书记还在位呢，迟副就要越权发令了？”严海防说迟可东。

迟可东说：“严书记前途远大，别这么闹情绪。”

“其实也就是拿去炼炼，我还是手下留情。迟副烧成焦炭了吗？”

“严书记还想接着烧？”

“当然，你们听我说。”

原来他有件事要谈，却是庄振平，他把秦健找来就为谈这个。他说，他知道外边有人把他说成是腾龙中心的靠山。这一点他不需要否认，如果没有他打了庄振平一记耳光，庄振平今天不知道还在哪里。有一点可能大家未必清楚：这么多年来，他没占过庄振平一分钱的便宜，没拿过庄振平哪怕一条烟一包茶叶，更别说冬虫夏草。他可以大张旗鼓支持，理直气壮帮助，无须顾忌，因为廉政方面他也堪称劳模。等他离任之后，两位有兴趣可以就此进行调查，看看是不是这样。那么他为什么要帮助庄振平？因为有成就感，高兴。庄振平这个人河都敢跳，有股劲，能办大事，企业搞得多红火。对这种企业应当支持，像迟可东这样穷追不舍，搞得鸡犬不宁，那还怎么发展？一条红线算什么？那不是人画的吗？人画的就可以改，只要找到关键的人。考虑到迟可东的难处，前两天他命庄振平先退一步，按照迟可东的要求做个姿态，争取一点缓冲。接下来希望能够缓和点，不要催命鬼一般，周副省长今天一到，他也会做做工作。

“上一次周副省长中途折回，知道为什么呢？”他问。

“严书记作案。”迟可东回答。

“我早说过，迟副好头脑。”严海防说。

周宏下到本市当书记之前，曾经是省委副秘书长，给省委副书记当过秘书。当年那位副书记现在在哪里呢？在医院重病室。前副书记有位公子在农业厅下属一家企业当头，跟严海防熟悉。那一天迟可东把周宏请下来，试图打进腾龙中心。严海防觉得不行，即给该公子打了个电话。该公子马上联系周宏，说父亲情况忽然不好，只怕撑不住，想见见周宏。周宏一听，哪里还敢耽误，立刻打道回府。

“你们知道就好。外边不说，免得影响不好。”严海防道。

秦健说：“明白。”

严海防强调，这一次可以保证老领导暂无大碍，周宏肯定不会再掉头回去了。周宏对腾龙中心的态度也肯定会缓和一些，不信马上可以验证。忽然奉调远任，他严海防在本市待的时间屈指可数了。正在节骨眼上，走得不太是时候。如果多点时间，让他把事情都收拾清楚就好，可惜无法事事如人所愿。他还会继续为庄振平争取支持，把事情用合适的方式办清楚，让大家都能交代得过去。如果有谁以为他离开就失去影响，把他留下的这些话当作遗言，那肯定要出错，可以走着瞧。

迟可东说："我给书记表个态。"

"不要再跟我说李金明。"

迟可东谈自己，说这段时间一边抓流域综合整治，一边配合严海防炼铁，工作推动很艰难，心理压力很大，一度非常失望，总问自己可以相信什么？虽然心情很沉重，感到内疚不安，却从不感觉畏惧。因为一路走来，无论身处什么环境，他总告诫自己要有底线，保持操守与情怀，这就足以支撑。不管面前还有什么波折，只要还有机会，他会依然如故，该怎么做就怎么做，扔进高炉也不会改变，必全力以赴，让河水干净一点。世间应有公正，他觉得可以相信。

"虚了。"严海防批评。

"严书记其实有一个最实的办法，简单可行。"迟可东说，"趁着还在任上，赶紧找个人接手，把那些猪圈再从我手里拿走。"

"迟副以为我做不到?"

这时有人敲门报告："客人就要到了。"

迟可东站起身，严海防摆摆手让他坐下，同时要秦健离开。

"还有一件事。"他对迟可东说。

却是关于石清标那块地的说明材料。严海防说，按照他的要求，蔡塘他们将调查中掌握的相关情况都写了进去。其中有一部分内容涉及迟可东，提到迟可东为石清标拿地打过电话。其依据是办案人员那份笔录，有迟可东签字："情况属实。"

"你有什么看法?"严海防问。

迟可东反问："严书记的看法呢?"

严海防说："我删掉了。"

迟可东非常意外。

严海防考虑，没必要把迟可东扯进来。迟可东虽有责任，却无私心，为官有想法，处事有分寸，既能坚持理念，也会接受教训，非一般人可比。李金明这种人应当狠狠整一整，迟可东这种人不应当被无谓牵连。加之他严海防这一离开，迟可东眼看着有机会得到重视，这种时候尤其不应该被无谓伤害。

"现在我后悔了。"严海防问，"我是不是该把删掉的这一段再放回去?"

迟可东回答非常简略："同意。"

"真的吗?"

"你可以相信。"

严海防哈哈大笑，脱口骂了句："妈的！我最恼火这个，其实也最欣赏。"

门外又有人跑进来招呼："严书记！客人到了！"

严海防与迟可东赶紧起身。出门前两人互相瞥了一眼，非常短暂地交换了一下眼神，这一眼内容都非常丰富。

可以确信，有些东西彼此都无法改变。

8

半个月后严海防荣调远行。新任市委书记邓际良到位。邓际良到来后第二周即在市领导会议上宣布，根据上级决定，在新市长到来之前，由迟可东主持市政府工作。

腾龙中心拆除了红线内的全部猪舍。没多久庄振平远赴东北考察，追随严海防谋划新天地。据说他拉了几头小猪崽去试水东北黑土地，那里天气寒冷，小猪崽冻得鼻子通红，却依然活蹦乱跳。

李金明黯然去职，无可挽回，成了严氏高炉炼出的一粒铁疙瘩，从此梗在迟可东心里。迟可东心知类似问题的化解需要时机，时机往往左右开刃，时而转瞬即现，时而又姗姗来迟。

第六章　苦杏仁味

1

迟可东问：“是不是有股气味？谁有感觉？”

那些人反应不一，多数表情茫然，个别敏感点的下意识地抽鼻子。

“苦杏仁味。”迟可东问，“有那种感觉吗？”

有人下意识地摇头。空气中似乎有股汽油味，除此之外就是山野里雨水季节的那种气息，有点霉，有点潮湿。

安监局局长洪成给迟可东递上一个口罩。迟可东没接，只让洪成给周边的人都发一个。如果发觉有苦杏仁味，那么就戴上。

他心里清楚，类似口罩仅属聊胜于无。临时弄来的这些小布头不是防毒面具，对付通过喷嚏传播的感冒病毒是否有效尚且可疑，何论对付毒气。

他们在事故现场，现场位于一面山坡，公路从山坡中部穿过。有一辆皮卡车斜插在上坡方向的路沟里，歪倚于路坡石壁。这是肇事车辆。一个多小时前，这辆皮卡车从坡下往上拱。时这一带下雨，道路湿滑。皮卡车于急转弯路段与迎面下坡的一辆卡车相逢。闪避过程中，皮卡车驾驶员操作失误，车身与内侧石壁刮擦，尔后急闪另一侧时撞击卡车，致避于路坡外侧的卡车冲下路基。那一段道路外是陡崖，崖下是一条山谷，卡车在陡崖翻滚坠落，车头撞扁，车身撞烂，于崖下山坡间散落成一堆破烂，车上物品滚落山谷，散布在山石、林木、杂草、泥潭与荆棘丛中，有的一直甩落至谷底山涧。卡车司机与一位押运员当场毙命，肇事皮卡车驾驶员重伤，已送院抢救。

迟可东接到急报已是车祸后半小时。当时迟可东在宾馆会议中心的圆桌会议室主持一个工作会议，知道情况后立刻宣布散会，急出会场直奔事故现场。之所以必须放下一切立刻前来，是因为事故虽死伤不大，却涉及极其麻烦事项：被撞下陡崖的卡车车身涂有危险化学品标志，该车坠崖解体后，所载运的数十个钢罐滚落于山谷间，那些罐子都写有“氰化钠”字样。迟可东知道氰化钠是什么，该物在冶金一行也算鼎鼎大名，炼钢用不上，炼金则大量采用，所谓“堆浸法”的黄金提取工艺就是用氰化钠溶液喷淋破碎后的金矿石，再收集含金溶液提炼黄金。氰化钠别名山奈，有剧毒，口服半克即可致命。氰化钠遇水会分解为氰化氢，二战期间德国法西斯于集中营毒气室屠杀犹太人，氰化氢曾是他们使用的毒杀剂之一。该气体剧毒，有一股苦杏仁味。

因此迟可东到现场后情不自禁地抽鼻子。隐隐约约，他感觉到潮湿的空气里有股异味，似有若无。他不希望那真是来自空气中的氰化氢，更希望纯属疑神疑鬼、心理感觉。作为一种剧毒物品，国家管理部门对氰化钠的储存、运输有严格规定，它在公路上周游通常都很隆重，不允许探头探脑，得装进结实密闭的钢罐里，其容器理论上应当经得起车祸的撞击。但是本次车祸的摔落高差以及连续碰撞让卡车成了一坡碎片，难免有钢罐顶不住，只要变形到某种程度，氰化钠泄漏在所难免。这种时候山谷里弥漫起苦杏仁味不是主要问题，重大危机还在坡下那条溪涧。这里位于双羊水库边缘，一旦氰化钠倒入水中，污染了涧水并顺水而去，后果极为严重。

迟可东赶到现场时，市安监、公安、交通、水利等部门人员已经聚集，数项应急措施紧急施行，公路交通已经阻断，事故现场宣布封锁，后续支援队伍和物资设备正在调集过来，有三个相关人员先行攀崖下到车辆损毁处侦察，探明危险物资散落情况。这三人属敢死队，此刻往剧毒钢罐身边凑，无疑以命相搏。

迟可东问："谁带下去的？"

洪成报称是李金明。

迟可东不吭气，好一会儿。

"通知他们，先撤回来。"迟可东命令。

此刻迟可东是市长，而李金明为市安监局主任科员。迟可东任市长已两年多，李金明则是半年多前才从县里调到市安监局，为迟可东亲自操办安排。迟可东知道李金明胆子大，眼下却冒失不得。

现场数个相关单位负责人紧急报告了各自掌握的情况。肇事车辆和出事车辆的身份都已查明，肇事皮卡车挂本市牌照，属个体运输户。出事卡车不是本市车辆，属于南胜矿业，该矿业集团是省内著名采金企业，邻市有一座金矿归其所有。被撞卡车所载氰化钠属这家企业物资。情况已经通知对方，该企业迅速派出一支救援队伍，带着处理现场所需双氧水、漂白粉等物资赶来，估计再过半小时即可到达。本市亦从化工部门调来若干技术人员和化验设备，以便做涧水污染检测。

"有几个事情需要报请迟市长决定。"洪成请示。

"说。"

一个问题是下游安全。山谷这条小涧往下汇入双羊水库，从水库流出后将注入兰溪。近期本市春雨绵绵，预计降水还会继续，污染物有可能借助水流扩散。目前还不确定氰化钠是否泄漏，是否要先行实施防备？

迟可东问："主要什么措施？"

目前最直接的一条是通知双羊水电站停止发电，水库停止排水，把可能受污染的水体先控制在水库内，待确认污染排除才予解除。

迟可东斟酌，扭头问身边的林加政："林副意见呢？"

林加政于半年多前提任副市长。他分管安全，此刻眉头紧锁。

“最好先等情况明朗。”林加政说。

“我看还得早做准备。”迟可东说。

他命令水利局即紧急联系该水库，确定目前库容以及发电与泄洪情况，作好应急安排。一旦发现问题，立刻采取措施。

“还有一个是消息披露和通知媒体。”洪成汇报。

事件已经按规定迅速上报省主管部门。这种事情高度敏感，各媒体得知后可能蜂拥而至，是不是需要及早发布消息，主动通知？

迟可东还问林加政：“林副怎么看？”

林加政情不自禁脱口骂了句：“妈的，又要搞死了。”

他主张赶紧先把救援事项弄起来，跟媒体打交道才有的说。或许只是车祸，毒剂并没有泄漏，不妨确定后才通知媒体，免得沸沸扬扬，虚惊一场。

迟可东对洪成说：“你们按林副意见办。”

林加政始终绷着个脸，一副吃了枪药模样，因为此刻氰化钠于他相当狠毒，于迟可东当然也一样。本市今年安全生产形势严峻，春节期间接连发生两起旅行车车祸，死亡都在十人以上，由于应急处置等方面的问题，省安全生产电话会点名批评本市，副市长林加政被记过，市长迟可东被通报，下属责任官员撤了一批。事情刚刚过去，春汛紧接着到来，本市山区一线雨水绵绵。前些时一场大雨，一个偏僻村落毁于泥石流，死亡六人，尽管没达到重大安全事故界限，却因死者除一老者外，五个是留守儿童，媒体上一时间到处都说死孩子，影响极不佳。事情没完没了，今天又来了氰化钠。不知谁将被毒死，能够确信的是万一有事，林加政很麻烦，迟可东也无可逃避。最好老天有眼，滚坡钢罐个个坚固，氰化毒雾只是虚惊一场，最终什么事都没有，外界悄无声息，最多有几条“事故已经得到妥善处理，未发现毒剂泄漏”，那就够了。

但是老天爷会那么关照吗?

意外立时出现：爬下陡崖探查的李金明等三人失去联络。现场人员根据迟可东要求通知他们返回，却不料手机无一可通。现场远离通讯机站，信号非常弱，山坡上勉强可以通话，估计山坡下便是盲区。李金明他们还带了一部应急对讲机，该对讲机也叫不通。三个前锋突然失联，现场气氛顿时异常紧张，唯恐再出事。

由于防护器械尚未运输到位，李金明三人冒险下去探查，都只戴一副口罩，身上都没穿防护服。如果遇氰化钠泄漏，他们可能中毒，一旦中毒必然失去联络，手机、对讲机都成摆设。如果他们遇险，此刻再派人前去救援将同样有去无回，只有在防护设备到位之后才可展开行动。那样的话，中毒者得不到及时抢救，必死无疑。

林加政脸色发白，看着迟可东。迟可东问：“有高音喇叭吗?”

交警一位队长报告：“我们有。”

这个喇叭安在一辆警车上，带到现场应急，以备疏导交通。迟可东命那车开到山坡上，用最大音量呼叫，唤李金明等人速返指挥部。

喇叭一遍又一遍向山下呼叫，下边悄无声息，没有任何回应。

这时洪成的手机响，他跑到一旁接电话。现场信号不好，只听他不断表示：“听不清楚，喂，喂!”一边说一边四处走，试图接上信号。

几分钟后他跑回来，满脸紧张凑到迟可东身边低声报告：“糟糕，消息传得很快。”

他接的电话来自媒体。省城一家晚报社记者打听本市是不是又出了一起大车祸，又是重大安全事故?洪成未加确认，只说最近天气不好，车祸容易发生，具体情况安监局正在核实，待有明确消息即会通知媒体，以此先搪塞过去。

迟可东说：“我知道了。”

林加政说：“市长，这里交给我，你尽管去吧。”

迟可东没有吭声。

当天下午省政府有一个会议，各设区市市长必须到会，明日还有一天会程。迟可东原本上午就得动身往省城，因为一些急迫事项必须尽快安排，他把动身时间推后，先安排市政府的工作会，打算会后才走，利用中午时间赶路，直奔省政府，不耽误下午开会。突如其来的安全事故迫使迟可东把市政府工作会议停掉，却不能不去省里开会，除非得到批准。如果他就这起事故向省里请假，虽能表现出对突发事件的重视，事件也会因之突然放大，引发更多注意，凸显本市近期安全事故的频发与严重，造成巨大压力。如果事故并未导致氰化钠泄漏，闹得沸沸扬扬实得不偿失。迟可东在得知事故消息的第一时间赶到现场，已经表现出充分重视，不去省里开会反而造成不利。

但是迟可东不放心，特别是此刻李金明三人下落不明，让他难以抬脚离开。

焦虑中等了十几分钟，坡上高音喇叭不断呼叫，崖下忽然传来石块滚落声，灌木丛里枝叶摇动，有人钻出来，正是李金明一行。山坡上的人顿时松了口气。

三人被用绳子一一拉上崖，来到公路边。李金明满头大汗，头发沾在脑门上，见到迟可东便举右手敬礼。

“报告市长，我们没事。”他笑。

“对讲机怎么啦?”

那机器坏了。携带对讲机的年轻人在崖下滑了一跤，滚到山涧里，人没事，对讲机浸了水，立时成了废铁。

迟可东指着李金明的左手问：“那是什么?”

李金明左手抓着一个矿泉水瓶，里边装着大半瓶水。该矿泉水瓶是李金明在下边捡到的，可能是从出事卡车中甩出。他把瓶里的水倒掉，灌了山涧里的水带上来。

迟可东命令："赶紧安排检测。"

那时候安监局召集来的化工检测人马已经赶到，需要检测样本。

李金明报告说，山坡上有不少钢罐滚落于草丛乱石间，山涧周边也有。看上去都撞得很严重。目前还没办法判断里边的氰化钠是否已经泄漏。

"有没有苦杏仁味？"迟可东追问。

那边有各种异味，柴油味、机油味，甚至有烧焦味和屁一样的怪味。其中是否有苦杏仁无法判断，李金明不知道那是个啥。

迟可东没再追问，只说："给他找一瓶水。"

洪成赶紧张罗，却是徒劳。大家都是匆匆赶来，没有谁想到多带一点矿泉水。虽是春季，天气已显湿热，车上搁的应急饮水早都成了空瓶，载运面包、矿泉水等保障物资的车正在路上，估计还得一点时间才能赶到。

迟可东的手机铃响。他看了一眼屏幕，打开接听。

"什么情况？"他问。

他举着手机往外走，找一个能听清楚对方声音的位置，嘴里低声"嗯，嗯"回应。这个电话显然与现场事故无关，比较私密，不便当着众人的面交谈。隔着一段距离，能听到他询问："谁呢？""什么时候？""怎么讲？"末了他说了一句："行，回去再说。"即挂断电话走了回来。

李金明给迟可东递来一瓶矿泉水。迟可东接过看一眼，瓶盖却是开过的。他没在意，打开盖就喝，咕噜咕噜，一口气喝掉一瓶。

"什么味啊？"他看看空瓶，"苦杏仁？"

一旁洪成急叫："这水哪来的！"

李金明抬手向山上指了一下。

原来运输车还没到达，李金明拿了几个空瓶，跑到前边山涧打来几瓶水应急。瓶子已经仔细洗过。取水点位于山涧上游，氰化钠不可能像鱼一样从下边游上来。

洪成问："卫生呢？消毒呢？"

迟可东摆手，让洪成不要担心。他问李金明：“还有吗?”

李金明又掏出一瓶，迟可东接过来就喝，咕噜咕噜，又一瓶一饮而尽。

他在喝水那时下了决心。

“检测结果怎么样?”他询问。

检验人员在李金明提供的水样里没有发现氰化物。

“为什么总是有那股味?”迟可东问。

大家情不自禁都抽鼻子。多半是装样子，配合动作。大家都徒有动作，并没有哪一位出来附和迟可东，声称嗅到了那股香味儿。

迟可东交代务必继续做好检测。此刻没有发现问题是好消息，但是不能掉以轻心，现在没有并不意味接下来也没有。需要重新采水样，另行检测，一直做，直到污染源全部清除。当然没发现问题也不要人为制造紧张，搞得惶恐不安于事无补。

“请林副市长坐镇现场指挥。”他交代。

林加政说：“迟市长放心。”

迟可东点头，指指李金明提了个要求。

“你跟我走。”他说，“有事。”

林加政、洪成送他们上车。迟可东刚打开车门，前边忽然传出喊叫。

那儿发现一只死鸟，在一棵树下。鸟浑身羽毛完好，像是刚死不久。按照现场处理要求，死鸟已经给装进一只专用塑料袋中隔离，以备检验。在专业人员检定之前，无法判断该鸟是否属于氰化钠中毒遇难。

林加政说：“迟市长，我来处理。”

迟可东交代：“有情况立刻给我电话。”

轿车驶下山坡。刚到坡下，迟可东的手机响铃，不是林加政，却是秦健。

“迟市长还在现场吗?”秦健说，“千万注意安全。”

“你也来凑热闹?”

秦健下去当县委书记，接手林加政，已经有半年时间。他一如既往消息灵通。当天他来市里办事，听说迟可东在宾馆开工作会，特意赶到会议中心找迟可东，要汇报一件事。不料到了后才听说出了紧急情况，迟可东已经离开。秦健只能打电话报告。

秦健这件事让迟可东听来很不高兴，效果类似于氰化钠泄漏。说来其实也没什么：天马茶园拟于下月举办春茶会，秦健考虑让县旅游部门与茶园联手，借机办天马旅游节。天马茶园的主管部门天马水库是省管单位，他们请了省水利厅一位副厅长、省旅游局一位副局长来参加春茶会，两位领导都已确定到会，也都表示愿意参加县里的天马旅游节开幕式。秦健想请迟可东出场，借此机会一并视察县里工作。

“老领导好长时间没回来关心关心了。”秦健说。

迟可东追问：“你这个旅游节是什么东西?”

秦健报称是临时决定做的。主要想抓住机会搞宣传，扩大一点影响。打开手机，不能老是那五个留守儿童。

前些时候那场泥石流灾害就发生在秦健治下，至今网络上还随处可见，一提起该县，总是这五个幼小亡灵。作为县委书记，秦健对网络上的谴责帖子不能视而不见，来自上级领导的不断追问更让他吃不消。此刻确实需要多一些正面消息与影响，所以才想搞旅游节。目前该节的准备工作已经全面展开。

迟可东当即表示不满：“小心到时候我拿你问责。”

“哎呀市长……”

迟可东让秦健提前做好准备，组织一支大型收容队，派到天马水库专事收容垃圾，糖果纸、矿泉水瓶、小孩尿布之类。他准备亲自前往检查，水库弄脏了首先问责秦健，因为秦健搞了一个节。然后问责迟可东，因为他接了秦健这个电话。

“市长开玩笑……”

“我像是开玩笑吗？”迟可东问。

这时“嘀”的一声，有一条短信发到李金明手机上。李金明看了一眼，从前排扭身，把手机递到迟可东面前。屏幕上有一句话：“请告迟市长，水样检测还是正常。”

短信来自洪成。可能因为迟可东与秦健通话，电话挂不进来，他把短信发到李金明这里。看来氰化钠充分理解迟市长的难处，很配合很友好，像冬眠的蛇一般老老实实待在撞扁的钢罐里，未曾出来找事。如果是这样，可称万幸。

迟可东看了一眼短信，继续听电话里秦健说。秦健连声检讨，说他考虑不周，事办急了，应当提前找迟可东汇报的。他会特别注意搞活动同时保护好天马山环境。

迟可东说：“那里本来什么活动都不该搞。”

“我知道，我知道……”

迟可东道：“现在不是时候，以后再说吧。”

接毕电话，他靠在后座椅上，一声不吭看着窗外。轿车在山道上跑不快，这里坡大弯多，周围尽是树，道路湿滑，坑坑洼洼。终于开出山路到了一个平坦地带，轿车驶进高速公路收费口。迟可东忽然“嗯”了一声，问李金明：“你怎么不说话？”

李金明问：“我能说吗？”

“为什么不行？”

“我感觉领导在考虑问题。”他说，“一定是重大问题。”

迟可东让李金明与洪成联系，问一问那只死鸟。李金明即打电话，洪成在电话里报称看来没问题，像是自然死亡，不是误食氰化钠。

迟可东用手机给市委书记邓际良挂了个电话。邓际良是全国人大代表，此刻在北京参加“两会”。迟可东把事故情况报给他，他问了一句：“需要我做什么吗？”

“目前看来问题不大。”迟可东说，“我来掌握就可以了。”

邓际良说：“那就好。”

迟可东称此刻心情很矛盾。氰化钠没有跑出来肯定是好消息，转念一想，如果发现麻烦大了，是不是反而有助于解决问题？但是果真那样，只怕吃不消啊。

邓际良笑：“还是没事才好。”

这时临近一个高速公路休息区，迟可东让司机把车开进去。那时不到十二点，吃中饭还早了点。迟可东却说：“就这里，请李金明吃一顿大餐。”

休息区里能有什么大餐？除了快餐，也就是小炒。迟可东让驾驶员去点菜，多上几个，要有鱼有肉有汤。

李金明说：“领导这么关心，让我浑身不对劲。”

迟可东没吭声，坐下后才开始查问：“刚才谁派你下去找那些钢罐？”

李金明称当时需要有人带队下去探情况。总不能让洪成自己去当敢死队吧？因此他自告奋勇带那两个年轻人下去。

“我这人贼胆大。领导清楚。”他笑。

“不是破罐破摔？”

李金明称没那么严重。罐子算不上好，摔起来也会心疼。

迟可东问：“女朋友找到了？”

没有。前些天又去相过一次亲，对方条件很好，人挺漂亮。李金明自惭形秽。

“为什么？”

他笑笑：“条件不好，受过处分。”

迟可东一声不吭。

“其实我很好，领导不用为我担心。”李金明说，“有任务尽管交办。”

迟可东这才告诉李金明，刚才把他叫上车带走，其实没有更多目的，就是让李金明离开现场，不需要李金明在那里当敢死队，十几分钟高音喇叭呼叫已经足够惊心动魄，绝不允许再来一次。他注意到李金明面有菜色，估计这些日子一定吃得不好，顿顿方便面。恰好中午将至，一起到休息区用个午餐，多点两个菜，给李金明补充点营养，借机聊一聊。尔后迟可东不回市里，赶路往省城，参加下午的会议，途中会把李金明放到市区高速公路收费口，李金明在那里叫车回家去吧。

那时驾驶员张罗点菜，餐桌边只他们俩，李金明打听一件事："领导要走了吗?"

"我去哪里?"迟可东问。

李金明称近日机关内外又在风传，说迟可东马上要调到省直当厅长了。

迟可东问："你觉得怎么样?"

本市上下，最不希望迟可东离开的人应当是李金明。有迟可东在，李金明无论干什么都感觉踏实，迟可东如果走了，他不知道今后会怎么样，他那个处分的解决可能再也无望。但是他还是觉得迟可东应该走，如果真像所传那样，那是好事。迟可东从省里下来这么多年，时候到了，自然应当回去。他会为领导感到非常高兴。

"我走了你怎么办?"迟可东问。

他笑道："好办，跟领导走。领导上哪里，我去那里给领导拎包。"

迟可东也笑："你会拎包吗?"

"可以学啊。"

迟可东说拎包也要有拎包的质地，敲击起来音质不同，李金明未必合适。

李金明笑："那我可完了。"

迟可东提起刚才在事故现场他接的那个电话，那是他妻子打来的，讲了一件事。不是什么好事，跟氰化钠差不多。所谓好事成双，需要的时候请都请不来，不需要的时候忽然扎堆涌现，凑热闹一般。

"说明领导还走不成。"李金明断言。

“为什么?”

“老天爷不同意。”

不由迟可东笑：“李金明这么长进，连算命也学会了?”

李金明却不是开玩笑。他说，他还没学会算老天爷的命，但是对迟可东却了解。说老天爷不同意其实不对，应当说是迟可东不同意。领导自己不让自己走。

“为什么?”

李金明说，领导原本是炼钢工程师。下来这么多年，现在最多只算把铁炼出来，还没来得及炼钢。这能放得下吗?领导还是领导啊，他并没有变成另外的人。

迟可东看着李金明一声不吭。菜上来了，驾驶员也坐到位子上，话题骤然中止。

简直有如与李金明呼应，几分钟后，电话铃响了。

是林加政。他的嗓音急切：“迟市长！有情况!”

检验人员在最新样本中检出了氰化物，严重超标。

迟可东说：“别慌。按预案处理。”

“好的。好的。”

这顿饭吃不下去了。迟可东坐在餐桌边，已经全无胃口。他思忖了好一会儿，打开手机给周宏副省长挂了个电话，正式提出请假，请求允许他留在本市处理突发事故。

周宏问：“情况很严重吗?”

迟可东报告了检测结果。据他所知，氰化钠水解后变成氰化氢，氰化氢沸点低，超过二十六度就会气化逸出扩散掉。以所知的一些案例推测，只要处理及时，本市这起事故可能造成大量死鱼，应当不至于造成人员中毒死亡等严重后果。只是由于氰化钠的剧毒性质让人闻之色变，它的泄露会受到广泛关注，甚至会造成一定程度的恐慌。

周宏沉吟片刻："既然这样，你赶紧另派个市领导来开会吧。"

迟可东放下手机，发现一旁李金明两眼圆睁，紧盯着他。

迟可东问了一句："你觉得迟可东还是迟可东吗？"

"当然。"

迟可东说，所谓炼钢简而言之就是往沸腾的铁水里吹氧，让铁水里的杂质氧化去除，让所含的碳降到适当比例。吹氧这个环节很关键。

他拿起手机，给颜玲挂了个电话。

对方接电话，声音平静："迟市长有什么吩咐？"

迟可东告诉她，本市刚刚发生一起严重事故，消息还未传到任何一家媒体那里。他估计颜玲会有兴趣，特意给她打电话报料。

"是吗？"她有些惊诧，"那是个什么事？"

迟可东简要介绍。颜玲反响一般，只表示曾听说过氰化钠，知道是剧毒物。记得以前曾看过氰化钠运输事故报道，不知迟可东向她推荐的这起事故有何新情节？

"颜记者知道水源地吧？"迟可东问。

这件事的要害是水源。由于事故地点位于水库边，氰化钠泄漏会污染水体，水中剧毒物品将通过双羊水库流入兰溪。兰溪是本市的水源地，有数家自来水厂从兰溪抽水。一旦污染严重超标，这些水厂必须停止取水，本市市区及周边百余万居民将因此断水，直到水源中的氰化物降解到危险水准之下。

"噢，是那样啊。"她回答。

迟可东没再跟她多说，道声"再见"即结束通话。

他们上了车，驶出休息区，从最近的一个出口下高速，原路返回。

半路上，颜玲来了电话。此前迟可东报料时，她表现平淡，没有显出特别兴趣，却不料一放电话立刻去翻查资料，尔后主动发起追索。

"我想知道为什么。"她说。

通常情况下，地方官员不喜欢乌鸦嘴。好事可以多说，坏事最好不报。氰化钠事故不算好事，无从表现政绩，地方官员不会希望它被大肆渲染。特别是本市近来事故频发，此刻雪上加霜，迟可东主动向颜玲通气显得奇怪，其中必有原因。

迟可东告诉她，刚才他在事故现场喝了很多水，水是从山涧里直接打的，未经任何消毒，因为口渴，不管三七二十一只能喝下去。他这个人号称“牛饮”，经常一杯接一杯喝，饮水量比别人多上几倍，缺水会让他感觉焦虑，甚至影响思维。可能因为个人原因并由己及人，他对水特别在意。近些年他在不同岗位做的事情，很多都牵扯到水。今天的事件关乎饮水安全，令他非常不安。

“关键情况你没说出来。”颜玲一针见血。

迟可东不置可否，只说事件本身是一起灾难，严重性毋庸置疑。目前有两人丧生，毒罐滚遍山坡，空气里有一股苦杏仁味，山坡下涧水中已经检测出氰化物严重超标。

她没再多问，挂了电话。

迟可东对李金明感叹：“其实现在我最不应该想到的就是她。”

2

半年多前，有一天迟可东到省城参加领导干部大会，会后被马琳留了下来。

此刻马琳已从“国家领导”降格为省领导了，只不过前称纯属调侃，尔后称货真价实。作为国家重要部委的局级官员，马琳早被列入后备名单，作为培养对象到基层挂职锻炼。挂职结束她如期返回北京，所谓“黄鹤一去不复返”。没料只过一年多，她又回来了，直接派下来当领导，任省委常委、组织部长。

她一如既往，对迟可东客气有加。

那天她给迟可东说了一件事：“打算让你回来。”

迟可东非常意外。

所谓回来即调回省直任职。马琳说，近期省里准备对厅局班子进行调整，有一些重要岗位需要物色合适人选。迟可东原本就是省直机关下去的，在基层干了多年，从县委副书记一步步当到市长，履历和经验都非常丰富，可堪重任。

她有意表明该调整属于重用，这当然只是委婉之辞。他们都清楚，虽然级别相当，眼下基层党政主官比省直厅局主官还是更具分量。

“想听听你本人的想法。”她说。

迟可东直截了当，表示自己感觉突然。

马琳说，她原本希望让迟可东继续在下边当几年市长，遇到机会换个地方当书记，日后更有空间。但是现在出于一些具体情况，让迟可东先回省直也好。回来也不就是到站了，日后有机会还可以再重用下去当书记。

迟可东问：“是不是已经决定了？”

马琳称还在酝酿中。

如果决定已经做出，迟可东只能服从。如果只是征求意见，迟可东还希望暂时不动。他说，他的情况马琳很了解，对提拔上升并没有太多奢求，只想做点事情。好不容易当上一市之长，手中有一点实际权力，又碰上邓际良一个好合作的书记，正可有所作为。当市长之初他就说过八个字：“不图好看，要做实事。”这两年他自认很努力，多少也做成一些事，只是时间还短，一些事刚刚开头，有的非常应该做却比较困难的事还不见进展，甚至骑虎难下。这个时候突然离开，很可能前功尽弃，感觉很可惜，心有不甘。如果可能，他希望能再待一些时间，哪怕一年，把该办的事情尽量办起来。

马琳劝告说，迟可东这样的人，在下边总有做不完的事情。有的事在自己手下做不下去，留给其他人去做未必不成，也许还能另辟蹊径。一旦需要离开，还是应该放得下。她让迟可东回去好好考虑一下，有什么要求还可以给她提出，尽快为好。她的意思很明白：这件事虽说还未最后决定，估计已经没有余地。迟可东考虑清楚，可以提出一点个人的要求，例如，希望到什么部门去任职，可能的情况下她会想办法给予帮助。马琳细心周到，说话不虚，如果她来决定，肯定不会让迟可东离开，但是显然事情不是她能左右，有比她职位更高的领导表示了明确态度。迟可东能猜出那是谁。

“陆文同志有些看法吧?”他问。

马琳轻轻摇摇头，显然这个话题她不合适触及。迟可东点到为止，不再多问。陆文是现任省长，三年多前从外省调来任职。因为若干具体事情，他对迟可东似有看法。眼下如果有哪一位省领导认为迟可东不合适当市长，那不会是别人。马琳当然不是只听陆文的意见，找迟可东谈话前，必定与省委书记沟通过。陆文作为省长不能随心所欲决定市长去留，但他的意见省委书记也还得尊重。如果情况确如迟可东所猜想，那么马琳征求意见更多的只具关心意味，结果难以改变。

那一天是星期五，除了马琳谈话，还有一个意外相随而来。

与马琳谈过之后，迟可东回到家中。迟可东与妻子女儿在省城有一套住宅，迟可东常年在外，父母年纪大需要照料，迟妻与女儿搬到迟可东父母那边，三代同堂。那天晚间迟可东回家时，父母还没休息，他陪老人说了会儿话。老人上床后，迟妻把丈夫叫到一边，塞给他一张纸。

是迟可东母亲的医院检查报告单。多年前迟母做过一次乳腺癌手术，尔后身体状况尚可，不料前些时一次例行体检中又发现异常。按照医生要求，迟妻安排她进一步检查，现在结果已出，医生认为老人癌症复发，已经转移，可能需要再做一次手术。医生警告说，老人患有多种老年病，做手术风险比较大。家人需要拿个主意。

迟可东父亲身体不好，性情内向，退休后与外界联系很少，家里事情通常由儿子拿主意。婆婆身体这个情况，迟妻不敢与两个老人说，只待迟可东回家才拿出单子。

迟可东备受冲击。隔日他到了省立医院，找负责医生探讨。尔后又找了其他医生和专家咨询，最后决意先取保守治疗，视情况发展再定。

母亲忽报不祥，也把迟家多年积累的问题凸显出来。迟可东父母均年迈，妻子长年操劳，也是一身毛病，女儿已经读到高二，很快就将面临高考。这种情势下，下去多年的迟可东掉头返回似乎也到了时候。老天爷像是很关照，及时安排，无须迟可东自己提出要求，人家已经在考虑换马。此刻迟可东只要把情绪调整过来，为自己做点考虑，提几个对自己最有利的要求，自有马琳替他力争。

周日晚，他给马琳去了一个电话。

马琳问："考虑成熟了？"

迟可东称已做反复考虑。他要感谢马琳的关心，同时表示一个态度，无论省委如何确定，他都会服从安排。个人没有其他要求，有的话还是那天谈到的：如果可以不离开，他希望继续在市里工作。如果必须离开，希望不要太急，给他一点时间。

马琳反应平静："行。我知道了。"

这个结果似也在她预料之中。

迟可东觉得自己只能如此。如果他听从建议，提出自己想去哪里，未必能够那般安排，却是必走无疑。他坚持不愿离开，或许还有一丝可能留下。即使非让他走人不可，作为市长，没出什么事，加上还有马琳，调整安排差不到哪里去。因此顺其自然吧。

当晚迟可东给周宏副省长打个电话，希望星期一一早到省政府大楼求见。

周宏说："我有安排了。"

迟可东坚持要见，哪怕半小时。周宏询问是何急事？迟可东称电话不好说，一言难尽。

第二天上午七点半，迟可东到了省政府办公大楼周宏办公室。上班时间未到，大楼里只有值班和勤务人员活动，显得分外安静。

周宏如约提前到达。他问迟可东："碰到什么麻烦了？"

迟可东简要说了马琳谈话的情况。周宏点头道："我有感觉。"

如果眼下有哪位重要领导对迟可东有看法，确实只有陆文。陆文曾在某个会上说迟可东不能顾全大局，思想方法有问题，等等。周宏感到奇怪，迟可东怎么会让陆文这么看重？

"其实也就是个别工作上的不同意见。"迟可东说。

"如果省长态度明确，我很难说话。"周宏表示。

迟可东清楚这种事周宏未必好出面，出面说话也未必能起作用。迟可东曾考虑是否直接去找省委书记陈述想法，争取留在市里，却觉得未必有效，反而可能在书记、省长中造成问题，让事情复杂化。左思右想，决定顺其自然。今天求见周宏，并不是出于个人考虑，求老领导替他说话，只是希望周宏尽快安排时间，带上相关部门人员到天马水库做一次调研，把那件事往前推一推。

周宏看着迟可东，好一会儿才说："你这个人怎么说？不见棺材不落泪。"

迟可东称此刻棺材已经抬出来了。趁着还没给抬走，能做多少是多少。

"有什么意义呢？"

"也算善后。"

周宏看着迟可东不吭声，好一会儿。

"我考虑考虑。"他说。

与马琳谈话时，迟可东称离开心有不甘，有些想做的事不见进展，甚至骑虎难下，指的就是天马水库这件事。天马水库问题是本市一大难题，也是一个老问题，早在迟可东任市长之前即已谈论多年。迟可东这一届政府登台后，在邓际良支持下，将解决该问题列为本届政府一大工作目标，还通过本市的省人大代表、政协委员，分别在当年省“两会”上提出多项议案，建议省领导及有关部门支持，确定天马水库为本市市区的第二水源，该问题一时成为热点。

第二水源属地方事务，为什么要弄到省“两会”上？原来涉及管理体制问题。天马水库是一座中型水库，位于本市地盘，管辖权却在省里，设有一个天马水库管理处，为省水利厅直属单位。二十世纪末水库管理体制改革，中型水库基本下放给各地管理，天马水库却没有下放，原因是牵扯到下游两市的灌溉利益。这座水库建于二十世纪五十年代，当时水库灌溉区域属于同一个地区，没有分属问题。数十年后地改市，一个地区分成两个市，兄弟分家，天马水库下游灌区基本保留在本市境内，也有小部分归入邻市范围。水库管理体制改革时，恰逢两市一个相邻地段因山界纠纷发生大规模群体事件，致人员伤亡，影响很大，为避免再因库区灌溉发生纠纷，决定该水库“暂不下放”，管理权保留在省水利厅。这种状况本属权宜，却因各种原因一直维持至今，相关各方相安无事，直到本市第二水源问题提起。

本市市区沿兰溪两岸展开，兰溪是居民的饮用水源。近年来，随着上游人口激增、城镇群发育和工业开发，兰溪水质逐渐变坏，水量明显减少，供水事故频出，且有发展趋势。为解决供水问题，本市一边治理兰溪，一边也着手第二水源建设。上级对各地建立第二水源早有明确要求，本市水利部门曾就此提出过若干方案，却都未如人愿。主要因为所提方案都建立在利用市区周边河流及相应水库基础上，取用的是兰溪及其支流水源，如果兰溪发生重大生态灾难，市区现有水源不能正常使用，拟议中的这些候选水源可能也同样无法使用。于是人们开始注意天马水库。天马水库所在河流不属兰溪流域，水库地处山地深处，环境植被好，水质优良，水量丰沛，可完全满足市区供水需要。它之所以在一开始没有列入首选，主要因为两条，一是与市区相距六十余公里，相对较远。二是它归属省里管辖，本市鞭长莫及。

到了邓际良、迟可东两人搭档主政本市之际，天马水库两大问题中，距离问题已经不再无法逾越。早年间其成本和施工难度让人望而却步，似乎无法撼动。经过这些年的发展，情况已经改变，以目前施工技术能力，建设一条调水渠道包括打通一条长距离供水隧道都有足够把握。建设资金也完全可以筹措到。需要重点解决的主要是体制问题，如果能把天马水库从省管改为市管，问题便迎刃而解。

但是这种事没那么简单。如果可以一蹴而就，何须等到迟可东来操办此事？当年为什么别家下放了，天马水库管理权还“暂时”留在省上，一直至今？这里有一个兄弟分家，各有利益问题。这个问题过去存在，现在同样存在。一旦天马水库成为市区第二水源地，其下游灌溉所受影响需要统筹解决，本市范围内相对好办，邻市辖区就不好处理。供水改变造成的问题如不妥善解决，对方强烈反对，省里必然要顾及各方，慎重对待，事情就做不成。

迟可东与相关部门研究了几个方案来解决利益分配，最简单的是财政补偿，最大胆的是调整行政区域。无论哪个方案都牵扯很多问题，做起来都不容易。

迟可东说：“我相信事在人为。”

在努力作为之际，迟可东与自己发生遭遇，迟市长跟当年的迟书记打了起来。当年迟可东当县委书记时，天马山一带是县里最贫困落后的角落。该角落如何发展？迟可东搞了个规划，确定主打旅游。他还亲自命名，将天马水库下游一段狭长河谷定名为“天马大峡谷”，天马水库库区定名为“天马湖”。迟可东利用省里关系，与省水利厅联手，从省财政争取数笔经费，修桥铺路，改变库区交通状况，为旅游开发打下基础。迟可东离任后，接手的领导基本按照他的规划前行。近年间天马山旅游逐渐为投资商注意，省城一家旅游开发公司先行一步，在天马湖投资建设天马茶园，省水利厅授权水库管理处与之合作，库区周边原有茶山均归入茶园，该茶园主打的牌却是旅游，茶园更多的是它的一个绿色符号。天马茶园成立对县里有压力也有刺激，县里亦成立天马旅游发展公司，整合乡镇、林场的资源和财力，力求在旅游开发上分一杯羹。一个天马牌子，实际分两家，省上大头，县里小头。由于各方努力，天马旅游区被列入省旅游发展规划，显现强劲发展态势，待到天马水库作为第二水源议题一出，不确定性突然出现。旅游开发与第二水源地存在重大矛盾，确定为水源地，水库的自然生态必须得到最大限度保护，旅游开发必须降温甚至叫停。那样的话，已经投入的资金将打水漂，有利可图的旅游开发前景将归为零。

因此阻力之大可想而知。省水利厅始终不愿下放该水库管理权，提到表面的理由还是灌区分属不同辖区，需要由省上协调各方，其背后真正原因更在于既有利益难以放弃。省直部门近水楼台，对省领导的影响力大，地方上想把上级部门的权力、利益拿下来，不说是为虎谋皮，至少涉嫌以下犯上，其困难之大可想而知。类似问题的解决路径无疑都牵到上头，只能从省里找办法。迟可东与邓际良为这件事找过几乎每一位省领导，包括书记、省长和马琳，找得最多的是副省长周宏，因为周宏是关键领导。周宏在省政府管农口，水利厅归他分管。周宏在本市当过书记，对本市市区第二水源相当关心，多次听过汇报，表态却十分慎重，毕竟所居位置不同，他必须兼顾各方。将近两年时间里，事情几上几下，时而似有转机，时而又陷困境，几番争取均无结果，曾经的热点渐渐转凉，如迟可东对马琳称，已经骑虎难下。

但是迟可东不甘放弃。突然面临换马走人之际，他不愿离开，一来因为市长干不完一届就被换掉，肯定招人议论。二来也因为确实有些事让他难以放下，例如，天马水库这件事，早说出去了，没办下来脸上无光。现在“棺材已经抬出来了”，他还想抓住最后一点时间，为此求到周宏面前。周宏早就答应亲临天马山调研，了解一下情况，只是因为各种缘故一直没有驾到。此刻情况忽变，迟可东来日无多，已经情急。

一星期后，周宏亲自前来。

周宏以迅速安排视察表达了对迟可东的支持，未受迟可东的变数影响。或许正是迟可东忽然要被换掉，让周宏觉得自己应当有所动作，表示对迟可东执着其事的认可，有如安慰。这种情况下的领导调研只有象征意义，不可能有更多实质性动作，指望多年弄不成的事忽然获得转机，在短时间内突破，绝无可能。迟可东何必多此一举？

迟可东说：“走一步是一步。”

领导调研以示重视，于类似问题解决属必不可少，因此促成这一步还是有意义的。周宏带了省政府一位副秘书长、省水利厅厅长两位大员下来调研，两位大员各自还跟随有一帮处长，一行人坐一辆中巴车，浩浩荡荡开上天马水库。那时候邓际良恰出访不在家，由迟可东全程陪同周宏。当晚他们住在天马茶园。该茶园在湖边已经建有十数幢房舍，都是两层别墅，为接待游客之用。别墅背山面湖，周边绿树环绕，身后是大片茶园，环境非常优美。别墅群边还有一片搁置的工地，乱七八糟挖着沟，丢着砖石。迟可东告诉周宏，天马茶园原打算在那里盖一座拥有百余床位的星级酒店，已经着手开建。由于第二水源问题正式提出，经市里与省水利厅交涉，以项目报批手续不完备为由，让茶园暂停施工。茶园并未放弃计划，目前还在观望。

周宏问迟可东：“现有的别墅和设施怎么办？”

一旦天马水库被确定为市区第二水源，旅游业必须重新规划，转移到不会造成库区水质污染的下游峡谷发展。库区这里则需要保护起来，茶园别墅得关门，湖面上开发的摩托艇、水上表演等游乐项目必须废弃，养殖渔排也要全部拆除。

周宏表示：“现场看看感觉确实不一样。你真是动了人家好大一块奶酪。”

迟可东说：“比起来，那边是百万人喝水，比这块奶酪重大。”

他强调此刻天马旅游只算起步，实际规模还不大，奶酪的很大部分还属于概念，调整代价还在可接受范围。如果再拖几年，大家一拥而上做大了，那时就没法回头。

周宏在天马水库开了一个小型座谈会，听取情况汇报。按照周宏要求，水库管理处、市水利局、当地县领导、天马茶园以及基层旅游部门等单位分别汇报，水利厅与本市领导只做补充。周宏在座谈会后即席说了几句话，提到天马水库归属以及确定为第二水源的问题已经议论多年，因为涉及一些具体事项，需要综合考虑，有必要深入调查研究。这一次调研使他对问题的方方面面有了更多的了解，回去后会根据具体情况深入研究，再做考虑。

会后周宏对迟可东说：“目前我只能讲到这个程度。”

迟可东说：“感谢领导。”

迟可东提出进一步要求，希望周宏继续支持，把事情往前再推一步。建议在周宏调研的基础上，由省政府办公厅牵头开一个协调会，把有关各方请到一起，把情况和问题带到桌面上，通过研究协调确定若干共识，形成一份《纪要》。

“不行，时机不成熟。”周宏即予否定。

周宏说，目前水利厅与本市两家主要当事方认识差距很大，一方想要拿，一方不想放。这个问题不先解决，其他方面加进来没有意义。如果要开协调会，两家必须自己先沟通清楚，有一个基本共识，对相关问题如何解决有一个可行方案。

迟可东认为问题比较复杂，不能指望开一次协调会就拿下来，可能得有几次，分若干步骤。第一次协调会不解决具体问题，只明确目标与基本原则，也就是确定水库管理权原则上下放给地方，这就可以了。这一原则不是新东西，早在二十世纪末本省水库管理体制改革时就已确定并实施，只因一些特殊情况未落实到天马水库。先把这个明确下来，具体问题日后再一步步推进。

周宏说：“你原先不是这个态度。”

迟可东承认他原本希望依托省领导支持，一揽子敲定。看来困难很大，时间也不允许，只能步步前进。这就像几年前抓流域综合治理拆猪圈时，面对腾龙中心，一次弄不下来，只能提出阶段性目标，先拆一座打开缺口。他考虑，天马水库问题在自己手上解决的可能性已经很小，退而求其次，如果能够争取到省里明确态度，用《纪要》方式留下来，也算有所成果，留给后任。

周宏却不松口，还说时机不成熟。眼下不比当年，利益格局相当复杂，当年一张纸可以把水库下放掉，眼下没那么简单。不能急，欲速则不达。

由于周宏的审慎，那次调研除了象征性重视，没有更多实际效果。

调研中还有若干小插曲。

天马茶园是调研中涉及的一家单位。茶园老板家住省城，那一天专程赶来参加座谈，汇报情况。老板叫任泰昌，四十出头，戴眼镜，穿一身汉装，看上去文质彬彬，举止儒雅，言谈举止既显热情又不卑不亢。他找个机会跟迟可东攀谈，称迟可东下县任职之前，在省发改委当处长时，他见过迟可东。那时候他已经从事旅游，在青年旅行社工作，后来才自己出来创业。任老板是省内旅游界一匹黑马，搞旅游确有其招，例如，拿“天马茶园”作招牌，其旅游开发包括若干茶叶内容，手下还有一支茶艺表演队，显得颇有文化。当晚在天马茶园，他为周宏一行安排了茶艺表演，作为调研相关内容的一个形象展示。迟可东陪同观看。其表演队有十几个年轻女孩，表演内容不限于沏茶，还及歌舞才艺，感觉比较雅致。

这位文质彬彬的老板是迟可东的一大障碍。天马茶园号称股份制企业，有若干股东，任泰昌是最大股东，直接掌握了经营权。天马水库也以土地水面等资源参股，成为利益一方。作为省水利厅下属单位，多年来水库管理处为厅里承担接待、若干特殊开支等需要，主管部门的利益因之也捆绑在一起。任泰昌已经投下大笔资金，对未来期望很高，不愿轻易放弃，他的人脉关系和影响力是造成骑虎难下局面的一大原因。

任泰昌跟迟可东提起一个人："石清标先生跟我说过迟市长。"

"你跟他熟?"

"我认识他的时候，他刚辞掉处长下海。"

"他最近怎么样?"

"在澳洲。来来去去。"

任泰昌像是随口提起石清标，其实肯定不是。迟可东心里有数。

调研中还有一个情况：周宏在私下问迟可东："你们打算让谁接林加政?"

那时林加政还是县委书记，也参加了周宏的调研座谈。林加政刚刚在市人大常委会上当选为副市长，县委书记尚未卸任，接任者也还没有最后确定。周宏对本市干部比较熟悉，恰到天马水库调研，关心一下当地县委书记人选也属正常。

迟可东告诉周宏，据他所知有若干人选在酝酿，目前还没有最后定局。

"你觉得秦健怎么样?"

迟可东心里略微一怔。

周宏说秦健在这里当过县委办主任、纪委书记，情况很熟悉。迟可东是秦健的老领导，对秦健很了解，关键的时候要支持。

迟可东说："人事问题主要还是邓书记在掌握。"

"邓际良那里没有问题。"周宏补充，"把秦健先摆过来，对这个水源计划也有利。"

他的意思是，如果目标得以确定，天马水库成为第二水源地，所在地将会遇到不少规划调整、产业转型等问题。当地县委主要领导是否得力很重要。

周宏调研回去后两天，邓际良出访归来。迟可东向邓际良报告了情况。周宏下来调研无疑是一大进展，但是难以继续往下推，亦是一大难题。

“我怕是没时间了。”迟可东说，“就是心有不甘。”

邓际良说：“咱们走一步是一步。”

谈话间邓际良主动提起秦健，询问迟可东对秦健下去县里任职有何看法？秦健已经直接找过邓际良，要求很迫切。

“他不敢来跟我当面提，一定是怕我不同意。”迟可东说。

“他不合适吗？”

迟可东说，以他对秦健的了解，这个人下去后工作会很努力，政绩会很突出。当然也须注意不要患得患失以及浮躁。

“那么还是可以考虑？”

迟可东感叹说，如果从当地实际情况出发，以及当前建设第二水源的需要，有一个干部最为适合，那就是李金明。比李金明精明的干部很多，有他那种质地的却不多见。

邓际良笑笑：“市长的心情我理解。”

邓际良下来任职前是省委组织部常务副部长，曾带队考核过本市班子，对迟可东早有了解。邓际良到本市当书记后力推迟可东，是迟可东终接任市长的一大因素。邓际良初任之际，迟可东就跟他谈过李金明问题。当时李金明刚受处分，从副县长降级为主任科员。迟可东提出，前任书记严海防对李金明有成见，处理失之过急过重，希望能重新审理。邓际良对李金明案已经有所了解，他坦率说，如果当初是他来办，不会是这个结果，但是目前改变却有不宜。他翻查了常委会记录，除迟可东与严海防表示若干保留外，与会常委都同意纪委提出的处理意见，办理程序是完整的。李金明受处理的事项主要是人情往来和礼品礼金，那些事不计较不算大事，一计较也是问题。由于李金明并不否认那些往来，其交代记录在案，所以也不好说案件处理失实。邓际良刚刚接手书记，如果即重新审理此事，外界会有说法，班子内部可能意见分歧。因此恐怕只能等待时机。如果这件事最终不好推倒重来，只要他还当书记，合适时机到了，会考虑把李金明重新用起来。通常处分后要等三年时间，可能的话可以争取更短一点。

邓际良说得在理，迟可东不好再多说什么。探讨秦健任职时，迟可东旧事重提，只是表示一种感慨。李金明已被降为科级，根本不可能一步登天提升到县委书记位子上。

迟可东提出，如果确定让秦健去当县委书记，他考虑得动一动李金明。李金明被免掉副县长后，关系放在县政府办，职务是主任科员。秦健、李金明两人个性不太相合，以往有过一些磕磕碰碰。秦健成为李金明的顶头上司，只怕会生些事，因此调开为宜。一个科级干部的调动本不需要惊动市委书记，只因为情况特殊，迟可东觉得应当先说一说。

“你安排。”邓际良很爽快，“你最了解情况，该怎么办就怎么办。”

李金明受处分之初，迟可东就有意把他调到市里工作，换个环境，或许对他和他儿子有益，市里单身女子多，有助于李金明重建家庭。但是李金明宁愿待在下边，称自己人头熟悉，好过日子。当时迟可东没有强求，一方面因为李金明本人态度，另一方面也考虑如果有机会撤销对李金明的处分，让他就地复职，比重新安排简单。撤销处分终未能实现，秦健却要去当书记了，迟可东自己则离开在即，时间显得紧迫，迟可东决意让李金明走。他迅速找了一个位置，要李金明去市安监局。安监局局长洪成在迟可东手下当过副县长、县纪委书记，后来提拔到市安监局，迟可东对他很了解。洪成当副县长时还兼城关镇书记，其搭档镇长就是李金明。两人当年合作很好，此刻让李金明去安监局，不失为较好环境。

迟可东把李金明找来谈话，李金明却不想走。

“领导别为我费心了。”他说。

迟可东即批评："别以为还能再让你去种蘑菇。"

李金明受处分后，在县政府办没多少事干。他是前副县长，管着下边政府办主任，现在人家反过来怎么管他？出于顾惜面子，他自己也不愿意在政府大楼里出头露脸。因此很少去办公室，经常在下边跑，号称"调研"。其"调研"一个特定内容是蘑菇房，或称食用菌室，他喜欢往那里边钻。虽已离开多年，拾起旧日专业技能也还容易，给菇农当个技术顾问绰绰有余。此时重操旧业，于他颇显沧桑。

迟可东不管李金明如何不情愿，坚决要他离开，给他两星期时间，没有多说理由。

"房子我安排，你儿子上学我安排。你只管走。"迟可东下令。

李金明把手一摊："必须的吗？"

迟可东斩钉截铁："必须。"

他无奈，笑道："领导让我跳楼，睁着眼睛也跳。"

李金明的调动手续办得极快，不到半个月就到了市安监局。

秦健走马上任，成为县委书记。确定任职之后他即找迟可东表示感谢，说此前不敢直接找迟可东提要求，但是心知老领导一定会支持他。

迟可东说，如果秦健当初找他，他不会赞成秦健下去。不是担心秦健不能胜任，是因为情况复杂，基层工作难度与风险都比以往大。既然已经确定，只希望秦健自己把握好。

"老领导有什么交代？"秦健询问。

迟可东谈了天马水库问题，当前天马山旅游必须按兵不动。

"我听市长的。"他说。

迟可东还交代一件事：天马茶园与石清标是否有关联，请秦健侧面了解一下。

秦健下去后，很快即报来消息：天马茶园与石清标确有关联，茶园老板任泰昌投资天马旅游曾寻求过石清标支持，石父原为省领导，石清标在水利厅当过处长，上层及水利界的人脉资源都多。石清标帮助任泰昌牵线，拿下了天马茶园项目。任泰昌亦拉石清标入股。石清标没有以个人名义出面，让其小舅子作为一个股东参加。茶园具体经营还是任泰昌做主，石清标没有太多介入。

迟可东说："我知道了。"

所谓不是冤家不聚头，真是一点不错。

然后迟可东持续努力的天马水库事项忽然又推进了一步：周宏到省立医院做例行体检时，医院一位领导跟他聊起迟可东情况，得知迟母身体欠安，周宏打来一个电话表示关心。迟可东告诉他，保守治疗未见起色，家人很担忧。周宏说了句："你回来也好，很快了。"话外有音。迟可东立刻想起马琳谈过的那件事，估计是基本确定，周宏显然听到了些消息。

迟可东感叹："清楚到了该放手时候，只是心有不甘。"

"不能太亏欠你。"周宏干脆道，"可以开一个协调会。"

迟可东喜出望外。

两天后，省政府办正式通知，周宏副省长拟于下周召开协调会，听取有关天马水库管理权的汇报，对相关问题做研究协调，请做好汇报准备。

周宏再次表示重视，已认可迟可东的持续努力，也让迟可东对自己即将出局少点遗憾。这次协调会结果未必能如迟可东所愿，其召开本身已经把问题提上议事日程，无疑又前进了一步。迟可东迅速调集人员组织汇报材料，不料大家加班加点日夜赶工之际，省政府办再次通知，协调会推迟举行，时间另行通知。

迟可东直接给周宏打电话询问原由。周宏表示有新情况，需要等一等。

"即使我出局，这个会也可以不受影响。"迟可东争取。

周宏道："情况明朗再说吧。"

几天后情况明朗，果然是因为人事变动。出局的却不是迟可东，是对方，省水利厅厅长。该领导被调整到省政协一个委员会任职，事前可能有所知晓，向周宏提出自己不宜再处理重大问题，周宏只能把协调会后推。这一批人事变动幅度相当大，同时有二十几个省直重要厅局主官调整，迟可东原本似乎也应该在这份名单之中，不料却没有动静，难道是如他所求，领导终决定留他不动了？

那时省里恰开大会，迟可东与会。会间休息时他跑到主席台边，与马琳见了一面，简单交谈几句。马琳明确说，出于一些具体原因，这一批没有排上他，估计将很快再议。迟可东如果有什么要求还可提出，宜尽快。

迟可东说："没有。"

迟可东意外多出了若干时间，长短未知。但是天马水库这件事却也相应拖延下来。水利厅换马于迟可东有喜有忧，喜的是新任水利厅长居然是陈治，由发改委副主任提任。老友主管水利厅，于解决天马水库问题无疑是一大利好。但是新官上任需熟悉情况，短时期内该问题必然先搁置，或许等到人家可以操办其事时，迟可东自己已经不知给扫到哪个墙旮旯里去了。

迟可东给陈治打电话祝贺履新，也预先做点铺垫，说新厅长新鲜出炉头几天不打扰，接下来他会去找麻烦。彼此感情深，届时不客气。

陈治问："听起来是件大好事？"

迟可东说："要给你一个大红包。"

这时迟可东本人即将离任的消息已经到处风传。老天爷刻意垂青，于此美好时刻接连肇事，几起重大安全事故连续发生，迟可东被通报，似乎在为换马铺垫，忽然降临的氰化钠灾难更是雪上加霜。这种时候总是少不了一些花絮，例如秦健，迟可东曾明确交代天马旅游按兵不动，秦健去的前几个月还能依令行事，不料忽然随天马茶园躁动，要办旅游节。难道秦健确信迟氏第二水源方案已经胎死腹中，迟可东在本市的存在不剩几时，已如癌症晚期患者，可供悲悯，无须太当回事了？

恰也是秦健这个电话勾起迟可东一个想法：天马水库与双羊水库原不搭

界，或许竟能通过这场灾难联系起来？氰化钠事故必凸显水源问题，如果它变成一个机会，灾难便有了另外的意义。因此他给颜玲打了电话。自那次讲述落水河鱼类故事以来，数年间他们还曾打过若干交道，迟可东知道她有助于事。但是恰如他对李金明所说："现在最不应该想到的就是她。"以他目前的处境，一旦事态造成大的影响，怎么承受得了？

此刻心情极为矛盾。

3

迟可东再次到达事故现场，那里情况不妙。

救援人员在山涧里发现一只钢罐，罐口被撞扁，整个罐体浸泡在水中，里边的氰化钠泄漏。救援人员正在设法打捞那只钢罐，由于空气中氰化物浓度高，必须身着防护服才能操作，那一带山石嶙峋，没有道路，操作极其困难。

这只是发现的第一只毁损钢罐，有一可能就有二有三，已经可以推测有相当数量氰化钠毒剂在本次事故中泄漏。

迟可东一遍又一遍，反复问一个问题："市区是否安全？"

氰化钠泄漏现场位于荒郊野岭，如果山坡下没有一条山涧，如果不是雨季，那么影响范围比较有限，只要把现场严密封锁住，全力清理即可。很不幸这辆危险化学品载运车倾覆的不是地方，也不是时候。此刻天下小雨，山涧水丰，泄漏的氰化钠势将迅速融解于水，水会把毒剂顺山涧带出事故区域，流入近在咫尺的双羊水库，从双羊水库往下进入兰溪，直达市区。

能否临时筑一条隔水坝，将山涧水封在这一块区域，使之无法注入水库？此间不具备封锁地形，也没有可施工条件，短时间内绝无可能，污染水排入双羊水库已经不可避免。目前所能做的只是控制住水库，把受污染水封锁在水库内降解。迟可东再次到达之前，林加政已经按照预案，命双羊水库停止发电，禁止泄洪。到目前为止污染水都还在水库内，如果能够一直保持住，市区安全无虞。

几位救援技术专家在现场做粗略计算，他们的数字图形表明，即使本次事故中翻落山坡的氰化钠有大比例泄漏，全部经山涧流入水库，经双羊水库水体稀释，其浓度也将大大降低。即使没被控制住，让这些水源源不断流入兰溪，沿途进一步稀释、降解，理论上说，到达市区时，水里的氰化物已经远低于致命浓度，市区是安全的。

“虽然理论上乐观。”迟可东说，“还得以防万一。”

迟可东把救援分解为两大重点，现场搜查与清理是一，市区加强防范是二。尽管目前分析可能不会危及市区用水安全，却不能不安排防范，因为往往有些因素未曾估计到，判断可能会有误差。事件的防护重点在市区，那里必须防备最坏的可能。

迟可东在救援本部做了应急安排，打电话将情况报告给远在北京的邓际良后，即将现场交林加政全权处置，自己返市区，部署市区的防范准备。迟可东命安监局局长洪成随他离开，到市里配合工作。市安监局原本还有一位副局长，因为患癌症住院，没有上班。迟可东现场决定，在洪成随他离开之后，由李金明在现场代表市安监局，协助林加政工作。李金明当过副县长，知道如何处理类似事故。他在县里当副县长时，林加政是县委书记，两人处得不错，此刻让林加政指挥他，无须磨合，用来顺手。

迟可东与洪成匆匆赶回。他们赶到市政府办公大楼，直接去了会议室，已经有十几个相关部门官员集中在那里，等待迟可东召开紧急会议。

迟可东让洪成通报事故情况。尔后研究紧急应对措施，集中于市区饮用水受到威胁时的应对之策。此刻必须立足于最坏情况，一旦警报响起，水厂停止取水，全市供水中断，市区及周边各单位部门以及百万居民家庭断水，这时候怎么办？必须列出可能出现的方方面面重大问题及其应对办法，尽可能考虑周全，以防万一。迅速形成一个完整、可行的处理预案。

市住建局局长脸色发青，说这局面太可怕了。满河都是毒水，到哪去找水用啊？难道把全省超市里的矿泉水都买过来？

迟可东说："这也是一条，要提前准备大量瓶装饮用水。"

这时候他们的电话都已经被打爆了。会议一边开，迟可东一边接电话，没完没了。此刻打到迟可东手机上的电话基本上都是他必须接的，都来自上级。书记、省长两巨头在北京参加"两会"，也在会议讨论期间分别来电话询问情况。仅从来电的层次和频率，就可知本次事件的特殊性质及其震撼力。事故现场的情况亦不断传来。经艰苦作业，落入山涧中的那个破损钢罐已回收完毕，迅速送离现场。抢险队在附近又发现了毁损钢罐，正在紧张回收作业，同时开展消毒。由于雨水不断，地形不利，回收和消毒均困难重重，进度很慢。山涧水样依然检测出氰化物严重超标。

有一个电话报来一个特殊消息：记者颜玲坐着一辆出租车到达事故现场，要求进行采访。现场工作人员拒绝其进入，以安全规定为由，要求其离开。颜玲坚持要进，称自己是迟可东亲自请来的。林加政直接给迟可东打电话，请示如何处置。

迟可东说："让她采访，注意保护她的安全。"

"会不会……搞死人？"

林加政对颜玲有顾忌。前些时候那场泥石流事故，就是让颜玲一篇报道搞得名满天下。这个女记者眼光独到，能挖掘旁人未加注意的东西。例如，一场死亡人数一般的非重大事故，她在六具尸体里挖出了五个留守儿童，弄得到处沸沸扬扬。此刻说不清她还会在氰化钠里挖出些啥，能够推想的就是肯定足够麻烦。

迟可东说："别怕，我掌握。"

紧急碰头会期间，媒体通气会也在匆匆准备。事故消息已经传出去了，类似消息的传播速度非常之快，政府部门必须及时做媒体通气，发布权威信息，否则会成为问题。迟可东确定在紧急碰头会后立刻召开媒体通气会，他本人亲自出席，以示重视。通气会的时间、地点已经通知出去，需要迅速准备一份情况通报，提供给媒体作为报道依据。洪成已经提前安排人员拟出一份初稿。此刻该通报最敏感之处就是市区将面临什么情况，这无疑是媒体，也是人们最关心的问题。如果提到市区自来水源有可能受到氰化钠污染，市政府已经就此安排紧急防范，固然可以表现市领导和有关部门的重视以及及早部署，却肯定会造成紧张，甚至恐慌。洪成主张稳妥为要，市区防范多做少说，甚至不说，对媒体和外界宜强调说明：根据专家分析，市区是安全的。

洪成的担心确有道理，此刻需要防止造成恐慌。但是只强调市区安全，万一情况有变也会成为问题。迟可东考虑再三，觉得还是两方面的话都说，要让大家知道目前专家的意见，无须惊慌，也要准备防范万一，一旦发生问题有足够思想准备。

这个媒体通气会没能按时举行。

紧急碰头会还未结束，省安监局来了紧急通知：副省长周宏由省安监局局长连晨光陪同，已经从省城出发赶往本市，拟直接到达事故现场视察，请迟可东到现场汇报情况。由于省领导工作日程繁多，视察之后不停留，直接返回省城。

此刻周宏是省政府当家领导。由于分管安全的王副省长也是全国人大代表，与书记、省长都在北京，眼下省内安全事务亦归周宏过问。今天下午省政府开会，原本是周宏主持召开，迟可东也得去参加，不料来了一场特殊车祸和氰化钠，迟可东请假不算，周宏也得调整日程，匆匆下来视察以示重视。

省领导亲临，市里主官自然不能缺位，依例迟可东必须陪同。还好省城与本市的距离形成一段时间差，足够迟可东把紧急会议开完，把市区各大应对措施确定下来，再赶往现场。原定的媒体通气会只能延后，待迟可东返回再开。根据行程计算，洪成安排通知各新闻单位，暂定时间延至晚八时。

迟可东与洪成冒雨再往事故现场，这是当天迟可东第三次到达，这一次比前两次惊险：轿车刚刚通过设于事故区域外围的封锁关口，就见一辆救护车亮着警报灯，响着警报铃，“呜哇呜哇”急驶而过，与迟可东反向而行，快速驶离。

迟可东大惊，这里出事了，有人员伤亡！

匆匆走进临时指挥部帐篷，迟可东立即问：“救护车怎么回事？”

果然出了事，是人员中毒，目前伤员两名，其中一个是李金明。

当天下午李金明都在陡崖下，督促救援队寻找并转移钢罐。地形条件很差，加上下雨，把每个装有七十公斤氰化钠的钢罐拉上山坡非常艰难，因为无法使用机械，只靠人力。为防止钢罐受损泄漏，必须对钢罐实施临时防护包裹，再搬运转移。山坡上的钢罐相对还好处理，滚落到溪涧周边的最为困难，偏偏又是那些钢罐最具危险，泄漏的氰化钠将直接水解。李金明作为安监局现场负责人，主要任务是现场调度与监督，并不需要亲自去搬钢罐。出事前，救援人员拖拽山坡上一只钢罐，他在一旁指挥，尔后忽然离开队伍，独自往山涧汇入双羊水库方向走，顺山石攀下山涧，人们都不知道他是要干什么。后来他从山涧下喊人，有几个年轻人跟着攀下去。原来是乱石间发现了一个钢罐，头朝下斜泡在涧水中。由于该罐入水，罐身又卡在两块岩石间，处理起来分外困难。李金明带着一个人攀到罐旁探查，后边救援队员看到他伸手触动罐体，忽然迅速转身，拽住身边那人离开，没走几步就先后扑倒于地。救援队员冒险赶过去把他俩拖走，两人都显出中毒症状，呼吸困难。他们被转移到山坡上，即抬上救护车，直接拉往市医院。有医生在车上进行应急施救。

“李金明没穿防护服吗？”迟可东追问。

现场防护服不够用，李金明称自己监管而已，没必要穿，只戴了口罩和手套。

不由迟可东骂："这家伙该死。"

这时周宏一行赶到。

周宏也见到了救护车，一下车同样查问究竟，一听是救援人员中毒，他非常生气。

"你们怎么搞的！难道还要再死几个？"他怒斥。

迟可东当即检讨。尔后命林加政立刻给市医院院长打电话，要求医院迅速安排抢救，无论如何要保住伤员性命。

"快给我了解一下伤员目前情况！"周宏下令。

此刻两个伤员都在救护车上，必须联系救护车上的人员才知道动态。一旁有人喊了声："找那个记者！她在上边！"

说的竟是颜玲。颜玲是叫了一辆出租车从省城赶到现场采访的，到达后出租车就开走了。采访中接到市里媒体通气会的通知，颜玲即要求帮助找交通工具前去市区，她担心赶不上时间，听说救护车上还有空位，要求跟着走。林加政怕颜玲待在现场找事，急于送神，即指令商请医护人员支持，安排她随救护车离开。

有人迅速挂通颜玲手机。颜玲说伤员陷入昏迷，医生正在处理，一路不停。

周宏下令："告诉他们，想尽一切办法，一定要救回来！"

现场情况已经相当严重，如果还要加上两个救援人员中毒身亡，事态就更显严重，传到外边极易造成恐慌，难怪周宏生气。

周宏时间有限，迟可东与林加政向他简要汇报了情况。周宏再三询问的也是迟可东反复追问的那一个问题："市区安全吗？"

听说市区应无问题，周宏说："迟可东你要谢天谢地。"

迟可东提到市区已经做的防范安排，他表示认可："不错，应当以防万一。"

迟可东报告了准备开媒体通气会的情况，周宏即查问打算怎么通报？一听说提到市区可能面临威胁，周宏当即表示关注，话说得很重："迟可东，不要制造恐慌。"

迟可东不服："至于吗？"

周宏说氰化钠怪物如此狰狞，鬼魂似的，此刻要紧的是给百姓一个定心丸，不是心慌意乱。掉以轻心不能有，防范预案应当做，应对措施应当齐备，但是要控制在内部范围。对媒体，对百姓要强调目前市区安全，市领导要说，还要让专家去说，到报纸上说，电视上说，让大家放心。即使到时候怪物真的来了，市区自来水中毒了，那时候另行通报也没什么不是，毕竟情况在发展中，不能要求专家判断不发生失误。此刻事件初起，人心惶惶，最需要安定药片。全国"两会"正在召开，安定稳定最要紧，不要搞出一城恐慌，让书记、省长在"两会"上丢人现眼，举国成名。要是那样，别说迟可东，他周宏也承受不起。

迟可东即表态："我们按周副省长要求办。"

周宏还提出一条，这个媒体通气会可以由别的市领导去开，迟可东不一定出场。

迟可东说："林加政同志得盯在现场，没办法去。"

"其他人也可以上。媒体通气会，让宣传部部长主持也合适。"

此刻迟可东是本市最高长官，一出场就没有退路，不要给自己找麻烦。周宏说，这么多年了，他对迟可东还不了解吗？迟可东无疑很优秀，但是也有缺点，脑子里总是有些想法。有想法不是问题，为之努力也不是问题，不计后果甚至奋不顾身就是问题。迟可东奋不顾身早有前科，时候一到，拿个什么东西往茶杯上用力一敲，"当"一响就冲出去了。不是这样吗？这种时候这种情况下，不允许。

迟可东苦笑："周副省长知根知底，真是入木三分。"

他申辩，说自己并不总是喜欢敲茶杯玩，也不敢太用力，因为茶杯多是陶瓷质地，经不起。他是工科出身的，对世间物质的不同质地比较敏感，纸质的、石质的、金属质什么的，比重不同，密度不同，可以通过敲击声分辨质地，好比检修工拿个小铁锤敲打火车车轮，根据敲击声进行检测，那是职业习惯，与奋不顾身没有关系。

周宏说："我是爱护你。"

"我明白。感谢领导。"

周宏一行视察完毕，匆匆离去。迟可东与洪成没有多耽搁，也迅速动身赶回市区。在周宏提出明确意见之后，媒体通气的口径只能改变，迟可东命洪成在车上用电话通知市里那边，迅速调整通报稿内容。

"迟市长是不是也给曹部长打个电话?"洪成请示。

本市常委、宣传部长叫曹娜，女性。如果请曹娜出面主持通气会，洪成实够不着，必须由迟可东亲自交代。迟可东没吭声，因为心有不甘。周宏不主张迟可东见媒体，却也只说"不一定出场"，迟可东似乎还可自作主张。迟可东并不热衷于出镜，此刻出镜尤其不是什么好事，但是如果抓住机会引导话题，突出水源问题，无疑也有其意义。

这时马琳给迟可东打来一个电话。

马琳听到氰化钠泄漏消息了，感觉担忧。她这个电话除了关心事件及其处置，也问起迟可东的个人事务："我刚听说家里有些情况?"

迟可东说："谢谢马部长关心。也没什么事。"

他猜想马琳问的可能是其母病况，或许是周宏告诉她的。迟可东本能的不想张扬这个，因此在电话里什么都不说。事实上今天上午他在事故现场接到的妻子电话，讲的就是母亲的病况，如其后迟可东在休息区对李金明所感慨："不是什么好事，跟氰化钠差不多。"迟母的保守疗法效果不佳，医生拟安排一次会诊，可能得准备拿命一搏。当时迟可东告诉其妻，待他参加省政府会议后回家商量。不料得知氰化钠泄漏，只能半路折转，家里的事先放了下来。

马琳说："克服一下，先处理好眼前事情，'两会'回来后会迅速安排。"

迟可东"啊"了一声。

马琳说："可东，来日方长，此刻遇事稳妥为要。"

"谢谢。"

马琳的意思很明确：迟可东离任在即，时间就在两位主要领导从中央"两会"返回后研究确定，届时迟可东便有较多精力应对家庭问题了。此时此刻忽然又跑出个氰化钠事件，显然马琳既担心事件处理不当，也担心迟可东本人有特别之举，以致影响其工作调整。除了周宏，马琳也是对迟可东有相当了解的一位上级领导。

放下电话后，迟可东叹了口气，决定后撤。他命洪成即给曹娜打电话。接通后，迟可东接过手机，把媒体通气的事项交代给了对方。

半小时后他们到了市宾馆，已经是八点半，与原定延迟了的媒体通气会时间又延迟了半个小时，记者们早已守候在宾馆会议中心。迟可东把洪成留下，让他去配合曹娜开媒体通气会，自己没有下车，轿车掉头驶出宾馆前往市医院。

到达市区前，已经有消息报给迟可东，称由于处理及时，两位伤员送院途中病情得到控制，送院后经最强阵容抢救，目前伤员已经苏醒，病情趋缓，已无生命危险。

迟可东到达医院门诊大楼时，院长站在门边等候。两人进了特护病房，两个伤员各有一个房间，他们先看了另一伤员，尔后才进了李金明的病房。

李金明病情比另一伤员重，还戴着吸氧面罩。看见迟可东进门，他挣扎着比画，示意把面罩取掉，似乎有什么急于表达。

迟可东问："可以取掉吗？"

医生说拿掉一会儿问题不大。

吸氧面罩取了下来，李金明话还说不出来，他使劲比画，说了一个字："水。"

迟可东问："水怎么啦？"

李比画了一个上升的动作："涨，涨。"

迟可东没听明白，一遍遍询问，最终搞清楚了，李金明急着报告一个情况：山涧里的水在往上涨，把氰化钠钢罐淹入水中。此前迟可东听到的汇报称李金明出事前离开队伍，独自往山涧汇入双羊库区方向，顺山石攀下山涧，救援队员都不知道他是去干什么。或许当时他是发现水位异常，要去查实情况，结果发现了那个泄漏钢罐？

迟可东原本打算骂李金明一顿，训斥他不该那般冒险，几乎酿出大事。但是看到李金明躺在病床上的模样，话到嘴边全都咽了回去。迟可东请医生把面罩给李金明戴上，只交代了一句："好好养伤，其他的不要操心。"

走出病房，他立刻给林加政挂了电话。林加政在电话里连声叫唤："市长！市长！刚要给您打电话，有新情况！"

李金明报告的情况属实，事故区域山谷的水位正在快速上涨，这是因为双羊水库停止发电与泄洪，而上游下大雨，水量集中注入水库。事故地段的山涧处于山谷下方，本已接近水库水位平面，水库水位一涨，山谷下方已跟库区水面联为一体，水位随之上涨。确实已发现有若干山坡上滚下来的钢罐被淹没在上涨的水面之下，如果水位继续上涨，预计还会有钢罐被淹没，特别是一些摔进荆棘乱石中，藏得较深的毒罐，一旦没入水下，找不到更无法清理，即成为严重隐患。

"这里刚刚开会紧急会商，看来不行，得另想办法！"林加政说。

现场专家与负责官员一致认为不能再让水库水位上涨，必须尽快泄洪，保护住事故现场，确保搜寻与清理。由于该区域近期降雨量大，库容原本已在高位，发电停止、泄洪闸关闭后水位迅速上升，很快将接近危险线，即使没有氰化钠泄漏事故，仅仅考虑水库安全，泄洪也在所难免。一旦泄洪，原先设想就告无效，被污染水无法封锁在水库内降解，必定会经泄洪闸排入兰溪。会商时还有一位专家提出，原先分析污染水危害的数字模形存在重大缺陷。该分析的一个基本前提是受污染山涧水融入双羊水库水体中，氰化物被稀释，比例大大降低。这个分析模式忽视了一个地理状况：事故区域位置接近水库泄洪口，一旦开闸泄洪，这条山涧来水将就近直接引向泄洪口，不待充分稀释就泄入兰溪。因此下泄污染水中的氰化物浓度将大大高于原分析值，且水温在摄氏二十六度以下，未达气化临界点，即使经过稀释降解，到达市区时仍可能超标。

迟可东听罢，好一会儿说不出话来。

林加政在电话那边连声唤："市长！迟市长！"

迟可东下令："让他们再深入讨论。不要只是估计，我要有足够把握的意见。"

林加政报告的这个情况非常严重。如果泄洪在所难免。如果那位专家说的有道理，那么市区用水很快将受到氰化物威胁，不再安全。这种情况下，市区防范措施必须立刻付诸实施，无论最后结果如何，此刻已经不能再坚称市区安全，否则肯定成为问题。

迟可东没有片刻耽搁，立刻给曹娜打电话，询问媒体通气会开了没有？曹娜说洪成正在做情况通报。迟可东了解通报稿是否发放？曹娜报称已发，人手一份。她还说，会前与洪成商量，因为是第一次对媒体通气，与会记者肯定有很多问题。事故现场情况还在变化，她本人了解得不多，难以回答记者提问，万一说错了岂不糟糕。因此这次会议准备只通气，不安排提问。洪成念完通报稿就散会。

迟可东说："现在有些情况。你把会议掌握住，先不要散，等我。"

"市长要来？太好了！"

媒体通气会原定迟可东亲自出席，消息已经提前告知媒体。后来改成曹娜主持，特意让曹娜在会上说明，称有重大救灾事项需要迟可东主持研究部署，所以委托曹娜主持。虽然曹娜主管意识形态，媒体归她，毕竟没有直接参与救灾，如果不是迟可东指名让她上，作为下级不能不听，否则打死了也不会来主持本通气会。确如所言，她并不了解情况，难以回答记者提问，真是压力山大。迟可东一来她就一身轻了。

十分钟后迟可东赶到宾馆会议中心。匆匆走上台阶之际，有个人突然从一旁跑出来叫唤：“市长！市长留一步。”

迟可东一看眼熟，再一想记起来了，是任泰昌——天马茶园老板。

“有一件事……”

迟可东没让他说，即伸出手一摆：“现在不说。我有急事。”

迟可东把他搁在一边，匆匆走进会场。会场那时嗡嗡嗡一片杂乱，迟可东进门后突然安静下来，转眼鸦雀无声。

原来洪成已通气完毕，记者们纷纷举手要求提问，曹娜没有安排谁问，只宣布暂时休会，迟可东市长正在赶来，待市长到达后继续开会。

迟可东在椅子上坐下，对曹娜说：“继续吧。”

曹娜点名让本市日报社记者先提问题，自家媒体不会出难题，问的只是市领导如何重视一类。洪成做了解答。不料话音未落，省城一家晚报社的记者跳出来抢提，质询洪成。该记者称于事故发生后不久听到车祸消息，即从省城打电话给洪成。当时洪成回答最近天气不好，车祸很多，还待核实。从刚才通报的情况看，那个时间点洪成应当是在事故现场，难道到了现场还不清楚是氰化钠运输问题？为什么不说真实情况？今天的通气会几次更改时间，原因是什么？是不是有些情况还不想公开？

该记者避免使用刺激性过强的提法，却是质疑是否有意隐瞒真相。洪成称当时由于水样检测结果未出，无法对媒体说明准确情况，所以才那么答复。本通气会之所以延迟举行，是因为周宏副省长临时下来视察灾情，需要配合、汇报。

记者问：“根据刚才的通报，我打电话那时，迟可东市长也在现场是吗？”

迟可东接过话筒。他告诉那位记者，当时他的确在现场。该记者打电话的情况洪成当时就向他汇报了。他们都没有也不会打算隐瞒真相，只是力求真实准确。后来在事故现场，他曾亲自给媒体记者打电话告知消息，在座的颜玲记者可以证实。

颜玲即举起右臂。迟可东抬手示意，请她说。

“想问迟市长两个问题。”她说。

她竟然毫不客气，直追迟可东本人。她说接到迟可东提供的消息后，直接去了事故现场，亲眼目睹两位救援人员中毒，被抬上救护车送医院。此刻大家最关心的除了现场危险，还有市区安全。根据刚才通报，专家们认为目前市区安全有保证，这个结论有把握吗？这是一个问题。第二个问题是水源问题，本次事故发生于市区水源地，表现出水源安全堪忧。她匆匆查核了一下资料，发觉近两年前，迟可东本人在市“两会”政府工作报告中明确提到市区供水安全存在隐患，需要推进第二水源建设。但是这个项目除了写进工作报告里，至今并没有任何具体进展。这是什么缘故？是否属于对防范今天这场灾难无作为？迟市长本人是否有责任？

问题相当尖锐，却与迟可东不谋而合。迟可东当众做答，倒过来先谈颜玲的第二个问题，说现在的主题是突发事故及其处理，不是第二水源。但是颜记者深究事件后面存在的问题，他觉得应当赞赏。本次生态灾难充分显示解决第二水源问题的重要，该任务之所以没有实质性进展原因很多，作为市长首先要承担责任。他愿意表示态度，要高度重视本次事故的警示，创造条件迅速推进第二水源建设。

这时他的手机铃响。进会场之前来不及把手机调为静音，一时全场都听铃声。

迟可东看了一眼来电显示，即说了声：“对不起，我需要先接这个电话。”

他站起身走到后边，那里是会场小休息室，此刻空空荡荡。

是林加政打来的。林加政说，现场专家和部门领导紧急会商，还分头电话咨询几位业内权威人士。看来没有退路了，双羊水库泄洪刻不容缓。被污染山涧水经水库泄洪口排入兰溪时的稀释程度，专家看法有不同，但是都承认原先估计不准确，危险指数会提高。尽管如此还得赶紧泄洪，否则麻烦更大。

迟可东听了不吭声，许久，说了句："顺其自然吧。"

"什么?"

迟可东命林加政按程序执行，速将情况和拟采取措施报告省里。如没有不同意见，那就立刻泄洪，市区这边将立刻启动应对措施。

刚收起电话，有一个人忽然闪进休息室，却是任泰昌。

"迟市长！非常抱歉！我就占用一分钟。"任泰昌说。

任泰昌既非媒体人员，也与氰化钠泄漏无关，他怎么会在这里？原来只因为他那个"春茶会"。秦健已经给迟可东打过电话，他则专程下山送请柬，到市区才听说出了事情，迟可东不在政府大楼。有人告诉他迟可东将参加媒体通气会，他便早早守在宾馆求见。后来听说迟可东不会来，他不死心，又守了半天，没想真守到了。他担心通气会一结束领导马不停蹄，轮不到他，因此抢进来说一句话，表示个意思，诚心诚意邀请。

他把一张印制精美的请柬放在迟可东面前的茶几上。

看着任泰昌，迟可东忽有所动。

"听说你们请了水利厅一位副厅长?"迟可东问。

"还有省旅游局一位副局长。"任泰昌回答。

"我看规格太低，重视不够。"

迟可东也不多说，拿起手机打电话，找到了陈治。

陈治消息灵通，张嘴就问："你那儿又出个什么事了?"

迟可东告诉陈治，此刻前有记者追问，后有氰化钠逼迫，他却操心起天马茶园的春茶节。任泰昌报称省水利厅派一位副厅长光临喝茶，他听了很有意见。陈大厅长干什么去了？难道官一当大，人就变阔，六亲都不认了?

陈治大笑："这不是怕见你吗？"

"来吧。我不送请柬，拿嘴巴请可以吧？"

陈治问："大市长怎么忽然变得这么客气？"

迟可东说，来了一场生态灾难，自感可能中毒，时日无多，该做什么得抓紧做。陈治上任后他一直没去打扰，他知道陈厅长也不会光顾着升官高兴，肯定琢磨过迟可东的大红包怎么回事。此刻箭在弦上，到了商量商量的时候了。

陈治干脆回答："行。到时候见。"

放下电话后，迟可东对任泰昌说："瞧，把你们厅长给你叫来了。"

"我知道迟市长跟陈厅长关系不同一般。"任泰昌说。

"谁告诉你的？石清标？"

他点头。

迟可东说，石清标一定给任泰昌讲过一些故事，故事里一定有一条被炸毁的水坝。任泰昌一定很清楚，一旦迟可东下决心，没有什么可以阻拦。在今天这起灾难之后，天马水库肯定会有一些事发生，任泰昌需要认清形势，不要试图阻拦。放弃当下若干利益，说不定可以另辟新天地。

不待任泰昌表示，迟可东即起身，离开休息室进了会场。

他告诉媒体记者们，他之所以赶来参加通气会，是因为事故现场有新的情况，刚才的电话确认了这个情况。目前市区饮用水已面临危险，应急措施将立刻启动。

那时全场鸦雀无声。

4

后来的事态分外揪心，惊心动魄。

双羊水库于当夜十一时开始泄洪，库水携氰化物直泄兰溪，奔袭市区。

接近午夜时，市区自来水取水口附近水样检测发现异常，水中氰化物含量升高，表明受污染水体已经到达，警报拉响。从那时起直至第二天下午，检测数据一直偏高，警报一直未曾解除，由于数值没有突破标准，尚可通过自来水厂的净化系统清除，因此停水命令始终未下，市区自来水厂保持运转。第二天傍晚起，水样中的氰化物浓度开始缓慢降低，阳光初现。第三日数据接近正常，市区供水危机宣告解除。

事后专家分析，市区之所以逃过本劫，老天爷帮了大忙。那几日流域降水量大，兰溪发洪，双羊水库下泄的污染水体被一河大水稀释，终未造成灾难性后果。与市区加强防范的努力相呼应，事故现场的救援人员开足马力紧张清理，所有散落山坡、山涧的氰化钠钢罐在事故隔日下午全部找到并转移处理，受到污染的山坡地面做了全面消毒。山涧水进入水库之处，连续数日出现大量死鱼，确定是氰化物污染所致。除了这些库鱼，没有发现人畜死亡。

有赖于老天爷关照，事故终有惊无险，迟可东本人却没有那么幸运。这场事故被广泛报道，一时成为热点，在“两会”上也受到注意。网络上有人质疑地方官员失职，试图隐瞒消息，迟可东成为质疑焦点，有人称一查到底，这家伙肯定是个腐败分子。对迟可东影响最大的要数颜玲，她写了一份内参，依然是其一贯风格，着力深究事故背后的问题。颜玲文章提到事故现场空气中的有毒气味，抢救过程中两位冲锋在前的干部被救护车送往医院，以及本市市区居民经历的一场恐慌，进而追问事故暴露出来的缺失，本市市区第二水源建设迟缓，成为其质问的一个重点。她在文章中引述迟可东曾经说过的话，提到应当对不作为官员进行问责。虽然没有直责迟可东就是她抨击的不作为官员，却直接引发联想。颜玲的锋芒在迟可东预料中，该记者总在人们注意不到的地方深入挖掘。虽然清楚她不可能对谁笔下留情，为了想要的结果，迟可东必须付出代价。这篇文章惊动了许多人，多位省领导作了批示，包括省长和书记。所有批示无不提到严肃对待暴露出来的问题，也都提到尽快解决好第二水源等。

中央“两会”结束后，书记、省长回到本省，果然如马琳所说，迅速安排了干部议题，又有一批省直部门主官进行了调整，迟可东再次未列入名单，显然是被临时剔除在外。马琳没有来电话告知原因，迟可东也没有找她询问，只是猜想应当与刚刚过去的氰化钠事故有关。毒气消失了，苦杏仁味犹在，于他不是好事。但是这一剔除让他手中又多了一点时间，估计不可能太长，却显格外珍贵，因为来自一场令人震撼的灾难以及已经和即将付出的个人代价。

他马不停蹄，首先做陈治工作。氰化钠事故当晚，借任泰昌送请柬之机，他对陈治发出邀请，陈治果然不负所约，于天马茶园的春茶节前到来。事实上那个节对他俩都无足轻重，陈治知道迟可东为什么要他来，作为多年老友，他也有必要表达关切。

在天马茶园的库区别墅一见面，陈治就把迟可东一拉，一起到外边库区散步，避开了正闹哄哄入住，前来参加隔日春茶会开幕式的各方客人。

“听起来情况不太妙，你老兄怎么搞的?”陈治坦言。

他听说氰化钠事故影响很大，一些领导很不高兴。省长陆文在一次会议上发火，说迟可东到底怎么回事？市长是怎么干的？光是白蹄子，或者思想方法有问题?

迟可东说：“如果光骂白蹄子，也只好认。”

“白蹄子”是本地名词，指那种祸事不断的倒霉鬼，所谓“被诅咒者”。本市近期事情一件件发生，迟可东确有白蹄之嫌，不过陆文显然并不止于观察迟可东的蹄色，他似乎更关注迟可东的脑袋，他早质疑过迟可东的思想方法。

陈治替老友担忧，以陆文那种个性，肯定会有一些动作，对迟可东肯定不好。

迟可东道：“随他吧。”

“你不该丢掉机会，现在迟了。”

陈治早就听说过换马消息，曾私下询问过迟可东。当时他就不赞成迟可东的态度，认为不如走了好，早走早好。此刻经过几轮调整，省直重要单位的主官差不多都确定了，剩下的都是些冷门、边缘单位。如果当初迟可东听从马琳，安排肯定差不了。

迟可东还是那句话：“顺其自然。”

他告诉陈治，处置氰化钠事件时，他曾感觉左右为难，心情很矛盾，纠结于争取对自己好一点，还是对事情好一点？左思右想，最后想起了这四个字：“顺其自然。”顺什么自然？那就是无须想这想那，按自己的本能去做就是，无怨无悔。

“你把事情揽到自己身上了。”陈治说，“值得吗？”

“我觉得只能这样。”

彼此是老朋友，不需要兜圈子，交换意见可以直截了当。陈治说，他到任之后即开始关注天马水库事项，感觉解决起来相当棘手。毕竟是历史遗留问题，牵扯到利益关系。如果就他本人的想法，他觉得应当下放，不仅因为迟可东是老朋友，也因为第二水源同是水利部门的业务，双方都有责任。但是所谓“屁股指挥脑袋”，以往厅长下放不了，他来当厅长想下放掉，班子里很难取得一致，对内对外都不好交代。他考虑不要太急，一步步做，时机成熟再来推动，可能更有把握。

迟可东说：“现在时机成熟了不是？有什么比书记省长的批示更有力？”

迟可东力劝陈治下决心，说天马水库利益纠纷中，天马茶园是一大项。利益也意味着风险，天马茶园此刻能提供好处，未来倒可能变得异常烫手，如同炼钢转炉倒出来的炉渣。陈治刚到任还不受其制约，正好可以处置，时间长了只怕会有更多牵扯。

陈治承认：“说的也是。”

他低声告诉迟可东，前任厅长离任审计时，有若干笔开支被折腾得很厉害，其中几笔与天马水库有关。以往厅里一些不好处理的支出项目，例如接待、礼品，等等，走的是天马水库的账，实际是天马茶园拿的钱。眼下巡视、审计日渐严格，类似事情麻烦渐多，厅里厅外都有议论，也已经出现在一些举报信里。把水库下放掉可能是一个解决办法，只是阻力确实也大。

迟可东问："石清标也是个阻力吧？"

"他给我打过几个国际长途。"

"你可别听他的。"

陈治自嘲，说陈厅长算个啥？石清标这家伙躲在境外，轻易不敢回来，那是对本省的最大贡献。要是石清标大摇大摆在眼前晃来晃去，会有些官员吃不了睡不着。还好陈治自认为不在此列。在天马水库这件事上，石清标不算什么事，只不过是陈治本人确实不想处理太仓促，毕竟他当厅长也才几个月时间。

"你老兄为什么逼得这么急？"陈治问。

迟可东自感时日无多，这件事已经不可能在他手上全部完成，但是如果能够基本确定，也算得遂心愿。当市长之初他就说，不图好看，要做实事。有机会掌握一点权力，应当做一些能让人记住的事，第二水源为其中之一。这件事努力数年，骑虎难下，前些时听说自己要被换马，感觉脸上无光，也有迫切感油然而生，因此千方百计要来推动。山坡上一车氰化钠翻得非常不是时候，无论对本市还是对他本人都是雪上加霜，但是感觉也提供了一个意外机会。不会每天都有氰化钠钢罐滚落在山坡上，既然发生了这种事，如果终能促成问题解决，为之付出一些代价也值得。否则他会终生遗憾，鼻子里永远会有那股气味。

"到时候让人说，这个迟市长虽然腐败，还是做过一点好事。"他调侃。

陈治骂道："妈的，这是骂谁啊？"

他们走回别墅，一起吃了晚饭。晚饭后两人闭门再谈，观点渐趋一致。

一个紧急通知打断了他们的会商：省政府办公厅于晚八时发来明传电报，通知省政府安全工作检查组将于明日上午到达本市，对相关事项进行专项检查。检查组由省政府副秘书长江勇为组长，省安监局局长连晨光为副组长，成员包括安监、政法、交通、卫生等相关部门以及监察部门官员。通知命本市政府即做好准备，迎接检查。

市政府办接电报后，立刻打电话报告迟可东。迟可东正在房间里与陈治深入商谈，接通知后一时默然无语。

陈治问了情况，当即变色："刚说会有动作，果然转眼就到。来者不善啊。"

今晚突然明传通知，明早检查组便来叩门，真是猝不及防，迅雷不及掩耳。仅此便知非同一般。如此安排，或许因为一些意外情况导致，更大程度上应当是刻意而为，传递一种警惕与严厉，形成一种气势。

"是陆文的风格。"陈治说，"江勇特别强势，你多加小心。"

江勇原本是省府办副主任，因跟随陆文而别具分量。前些时候江勇提了一级，被任命为省政府副秘书长，依然直接听命于陆文。陆文把江勇派下来，亲自带检查组到本市，具有许多意味。陈治为迟可东捏了把汗，他建议迟可东赶紧应对，得像对付氰化钠一样，及早防备，不能掉以轻心。仅仅正面应对检查不行，一定要做好后面的工作，重点必须从省领导那边努力。江勇再狠，毕竟得听领导的，省领导除了陆文，也还有其他人。要紧时候，高层得有人帮助说话。

迟可东说："谢谢。我知道。"

他匆匆结束与陈治的私下会商，连夜起程返回。检查组即将光临，需要立刻做各种准备，此刻无法也无心于天马水库的春茶了。

当夜，市政府办及相关部门人员彻夜不眠，组织材料，安排会务，调兵遣将，紧张程度有如氰化钠泄漏当晚。

隔日上午，迟可东与林加政等人在市宾馆迎接江勇一行到达。检查组的中巴车驶到宾馆贵宾楼前时，迟可东率队于楼门边迎候。调查组主要官员与迟可东都不陌生，平日相逢有时还会寒暄几句，开开玩笑，此刻场景有别，见面时按礼仪互相握手，个个都板着脸，表情严峻。

江勇对迟可东道：“咱们开会再说吧。”

见面会预定于十分钟后召开，会场就在贵宾楼下的会见厅。见面会为工作开展前的沟通，通常不涉及实质性内容，主要由检查组组长讲明来意，提出要求，尔后主人表个态度，谈谈配合安排，剩下的事项就交给具体部门官员衔接。见面会场面可大可小，时间可长可短，视不同情况而定。通常见面会之前，双方主要负责人会简单交换一下情况，彼此交个底，江勇却没有这个打算，拒绝个别接触。该姿态有所意味。

见面会气氛紧张，双方发生了争执。

江勇与迟可东是同级别官员，位置虽然重要，仅以身份并不高出主政一市的市长。但是他却明显气势强盛，压人一头，因为所率检查组是省政府所派，直接听命于省长，可以倚省长以制诸侯。此刻或许还有一个因素，是他清楚迟市长来日不长，无须过于顾忌。他在见面会上强调说，陆文省长非常重视，亲自对检查工作提了要求。本市近期安全事故频发，省政府通报、处分后，局面没有根本改变。这一次氰化钠事故影响特别大，特别不好。事故处置中已经暴露出一些问题，引起省领导重视。检查组将以问题为导向，不放过任何缺失，不放过任何责任人，无论是谁，绝不客气。

迟可东表了态度。这种时候当然得表示欢迎检查，保证正视问题，加强整改，愿意承担，等等，这是常规，必须得说。被检查者处于弱势，位居下方，哪怕心里不服，嘴上必须认孙子，其他的多说无益。迟可东通晓规矩，也清楚江勇厉害，却不甘一味示弱，除了正常表态，还有意添加看法，强调本市刚刚经历一场意外事故，经受住一次严峻考验。虽然事故处置未必方方面面都如人意，总的说基本得当，可供检查。

江勇眉头一皱：“这些不说。”

迟可东并不退缩："实事求是。"

连晨光适时把话题引开，称检查组日程紧张，江秘书长遵照省长指示，要求一到达就进入工作状态。请迟市长指定一位领导具体配合，保证检查工作立刻展开。

迟可东说："我们昨晚已连夜开会研究，由林加政副市长负责。"

会商转向具体事项，江勇与迟可东没有再起争执，气氛却已呈现诡异。

隔日上午，迟可东赶到省城求见周宏，周宏在办公室见了他。

"现在知道厉害了吧？"周宏批评。

他还耿耿于怀。氰化钠出事那天，他让迟可东不要贸然出头，迟可东却没有听从。事后迟可东特意给周宏去电话报告情况，解释原由，强调原本已不折不扣按周宏要求执行，只因情况忽起变化，没有更好选择，只能他自己临时顶上去应急。周宏听罢不以为然，问了句："是不是又敲杯子了？"迟可东说："没有。"周宏道："并不是只有一个办法。"后来颜玲的文章在内参上发出，周宏迅速做了批示，要本市认真查找工作中的问题，重视解决好市区第二水源。这项工作是周宏主管，此刻忽然成为注意焦点，周宏自当有个态度。氰化钠事故居然从双羊水库牵扯到根本不搭界的天马水库，引出第二水源问题，于周宏肯定始料不及。颜玲提到问责，迟可东接受质疑时承担了责任，并没把问题往上推，但是作为主管领导周宏却不会感觉高兴。此刻迟可东遭遇江勇，找到周宏这里，难怪他要批评。

他对动态了如指掌，问迟可东："你跟江勇顶牛？"

迟可东否认："没那么严重，表示一点看法而已。"

"你又不是不知道江勇。眼下这种情况，不要刺激他。"

"我会掌握，周副省长放心。"

迟可东称今天来找周宏，不是为了检查组，是想当面汇报一个重要进展：他已经与省水利厅陈治厅长做了深入沟通，对天马水库管理权下放问题形成共识，涉及的几个主要事项也都有了可行方案。

周宏吃惊："你真是没闲着啊。"

迟可东请求将上次没有开成的协调会开起来。他说，本来只能指望这次协调会确定基本方向和原则，现在看还可更进一步，把一些重要事项也确定下来。在氰化钠事故发生，外界普遍关注，省领导相继批示之后，迅速推进很是时候，也很有必要。

周宏忽然问："你在双羊水库边想的不是毒罐，是这个？"

迟可东称当时鼻子里全是苦杏仁味，能够摆平就谢天谢地，哪敢另有所求。没想到这场灾害还有并发症，把第二水源问题也弄了出来。

"不要说得那么无辜。"周宏道。

此刻推进该问题解决，于周宏也是适时的。但是他没有立刻表示同意，还认为需要先听一听两家汇报，可以一起汇报，等他排个时间。

"请周副省长尽快安排。"迟可东说。

"有那么急吗。"

迟可东笑笑："都说我中毒了。加上一个江勇在屁股后边穷追猛打。"

周宏看着他不说话，举手摆了摆。

几天后，周宏约见迟可东、陈治两人，在省政府办公大楼他的办公室里谈了话。

那一天是星期六，时值双休。汇报本安排在前一天，即周五上午进行，不料周四下午周宏的秘书小林给迟可东打来电话，称领导隔日临时有事，无法听汇报，改在周六约见，问迟可东有问题吗？迟可东举着手机半天说不出话，小林问："有情况吗？"迟可东赶紧回复："没问题。按照周副省长的时间。"

星期六上午，迟可东与陈治在约定时间到达周宏的办公室。

周宏先表示关心："江勇搞得怎么样？"

迟可东报称江勇副秘书长率检查组认真开展工作。几乎所有参加救援的干部都被叫去问过，核实当天的各个细节，了解负责领导特别是迟可东本人说过的每一句话，从中发现问题。目前他们还未约谈迟可东本人。

周宏交代："注意处理好。"

迟可东与陈治分别汇报了各自的考虑，周宏听他们说，不时插嘴，追问细节。虽然事前迟可东、陈治二人沟通得比较深入，各具体事项的解决办法比较接近，却也仍然有若干问题超出两家的职权范围，需要更高层次领导决策确定，例如，调整省旅游发展规划，重新定位原天马山旅游项目等。因此周宏非常认真，过细之极。

"天马茶园你们怎么考虑?"他了解道。

迟可东提出目前先处理水库下放，待大事确定之后再着手处理连带问题。

"你得有个基本考虑。"

迟可东表示，一旦确定天马水库为市区第二水源，开发只能服从于保护。天马茶园应该退出去，可以给予补偿。

周宏没有说话。迟可东的手机突然响铃，他看了一眼手机屏幕，对周宏比个手势，表示自己很抱歉需要接这个电话，即起身走了出去。

他在走廊接电话，只用了大约两分钟时间，即返回周宏办公室。

周宏问："你怎么回事?"

周宏很敏锐，已然发现问题。其实当天上午汇报时，迟可东未曾表现太突出，不外是偷空看了两次短信，接了一个电话而已。

迟可东回答："家里有点情况。"

"什么情况?"

"也没什么。"迟可东说。

尔后继续汇报。隔会儿周宏有电话，接听中他忽然抬头，眼睛紧紧盯着迟可东。

"你讲。"他对打电话者说。

两分钟后他放下电话，眉头紧锁问迟可东："告诉我，你母亲怎么样了？”

“那是谁……”

“别打岔。说实话。”

迟可东这才如实报告：刚才他接的电话是妻子打来的。事前他已经交代过，不是万不得已，不要打电话。那个电话确属万不得已：此刻他母亲在省立医院外科手术室里。医生切开老人腹腔，发现癌变情况比料想的严重，手术风险增大。医生考虑两种方案，一是中止手术，将切口缝合。二是扩大手术范围，清除更多病灶。医生倾向于第二方案，由于风险大，要家人拿个主意。迟可东与妻子在电话里商量，考虑到手术继续进行还有一线生机，确定采取第二方案。

不禁周宏眉头一皱，生气道：“你怎么不早说！”

迟可东说，为了这一手术，省立医院特地请了北京一位顶尖专家来做。由于专家时间所限，只能安排在今天。原先确定周宏的汇报时间是昨日，恰与迟母手术时间错开，因此他同意了。后来这边时间改动，形成冲突，他考虑难得周宏重视，他不能节外生枝，因此安排妻子去医院，自己来汇报。

“还汇报个啥。快去！”

“这件事还是希望周副省长有个态度。”

“快走！”

他几乎是被周宏赶出了办公室。

虽然汇报中止，主要问题毕竟都已提出，当时那个状况，只能到此为止。迟可东匆匆赶到医院，手术还在进行中。他与妻子在手术室门外又等了近三个小时，手术终于结束。医生告诉迟可东，病人能够撑到手术完成很不容易。接下来要看情况，正确的医疗措施、病人的身体素质加上求生意愿，如果诸事齐备，或许能够抢回一条命来。

迟母刚刚推进重症监护室，秦健就赶到医院，带着一只花篮。

他说自己到省里跑一笔资金，意外听到了迟母手术的消息。特地前来探望。

迟可东说："不要告诉任何人。"

"市长放心。"

周宏接的那个电话一定是秦健打的。秦健总是能听到应该听到的消息，也总是能把消息传递到应当传递的人那里。

当晚周宏来电话询问迟母手术情况。得知状况还好，他松了口气。

"你这个迟可东真不像话。"这时候他才骂出声。

如果迟可东母亲死在手术台上，不说迟可东自己终生抱憾，周宏也难逃痛心。

或许还是迟母给儿子助了一把力，一星期后，周宏让秘书通知迟可东，决定于周日上午开协调会。周宏日程很满，仅有那天是空档。迟可东闻讯非常高兴。他原本要率队于周日起程去北京，汇报、争取项目。接通知后即迅速调整日程，将起程时间后推两日。不料恰在其时事又来了：省政府检查组工作人员给迟可东打来电话，通知江勇副秘书长约谈，时间定于周日。迟可东当即回复，以需要参加周宏副省长协调会为由，请江勇另定时间。迟可东还将自己近期工作安排提供给对方参考，称协调会后他将率队到京汇报、争取项目，会有近一周时间不在本市。

检查组人员去请示了江勇，回头又给迟可东打电话："秘书长时间都排满了，请迟市长另外派一个副市长去省里开会吧。"

迟可东称这件事关系重大，必须他亲自参加。

"有会议通知吗?"

"你们可以给周副省长直接打电话核实。"

迟可东不跟他多说，即放了电话。

江勇咬住不放，命工作人员再次给迟可东打电话，说既然迟可东那么多事，那么就现在吧，请迟可东立刻前来，到宾馆谈话。这时已经有一帮子人被迟可东召集到办公室，要讨论协调会材料准备。江勇左一个电话右一个电话，靠一个传令兵发号施令，让迟可东不胜其扰。此刻不按江勇的步调，恐怕电令还会没完没了，考虑一下，终决定自己这边暂停，先去见了江勇。

据迟可东了解，检查组对事故的调查实已基本完成，但是江勇又安排了新内容，不止于事故本身，扩展范围把相关部门的日常安全教育也列入检查，一些干部被叫去书面考试，回答危险化学品包括哪些，事故应对有何程序要求，等等。理论上说，类似内容确实涉及安全意识和防范准备，但是一起事故调查有必要细致入微到这种程度吗？恐怕只有江勇才做得到。

江勇倒也没打算对迟可东进行书面考试，只是表示不满：“迟市长这么不好请?”

迟可东说：“江秘书长太客气了。”

谈话气氛一如既往。江勇咄咄逼人，挥舞尚方宝剑，强调本次调查旨在发现问题，不在评功摆好。他重点追问事故处置中的问题，问得很具体，表明本次检查确实深入细致，掌握了几乎所有相关过程与细节。江勇问迟可东第一次到达现场时，为什么没有立刻决定停止双羊水电站发电，关闭水库泄洪？其后迟可东离开现场，拟往省城开会，直到听到检测发现问题才返回，救援进展是否因之延缓？现场救援组织不严密，救援人员防护措施有漏洞，导致李金明等两人中毒，是否推高了外界恐慌？灾害论证前后矛盾，媒体通气材料宣称市区安全，马上又改口说不安全，是否授人以柄，还造成混乱和紧张？本该稳妥处理的一起事件，为什么酿出了重大负面影响?

迟可东一一做解释，他还是那句话，事故处置基本得当。江勇提到的问题都有其缘故，且都属于枝节问题，基本事实是没有造成重大损失。由于氰化钠所具的特殊性，影响在所难免，但是并非全是负面。水源问题引起广泛注意与重视，具有正面效应。

江勇扭头，对现场两位检查组工作人员问："迟市长这些话都记录下来了吧?"

两位回答："记下来了。"

江勇对迟可东说："现在你可以走了。"

迟可东一声不吭，起身离开。

或许他应当摆出另一种姿态，显得温顺甚至可怜。那样的话江勇的感觉一定好些，此刻其感觉于迟可东并非没有意义。迟可东心里明白，也曾对周宏表示自己会掌握，但是时候一到依然没有改变，或许他注定无法改变。

回到办公室，那些人都还在那里等他。

迟可东说："咱们继续。"

周日上午，协调会如期于省政府大楼举行。在会场见面时，周宏开了句玩笑："可东就是高俅，把我们都逼上了梁山。"

迟可东也调侃："主要是借了氰化钠东风。"

由于本市与省水利厅两家已经就关键问题取得共识，本次协调会顺利达到预定目的。按照商议，协调会所议事项将形成一份《纪要》，《纪要》将仅涉及天马水库管理权下放事项，不涉及市区第二水源，因为那是市里的权限。事实上，确定水库管理权也就意味着第二水源的确定再无根本争议。但是这份《纪要》还需提交省长办公会通过，再由省政府办公室批转执行。过这一关才算确定。

散会后周宏特意交代迟可东一事：天马茶园处置尽量稳妥，目前不急，维持现状。

"我知道了。"迟可东说。

周宏感慨："本来是不能这么快办这件事的。"

"为什么呢?"

周宏调侃："氰化钠还是不如高俅。"

隔日是周一，迟可东紧锣密鼓，在省政府大院跑了一天，协调后继事项。周二上午他匆匆赶往机场，与本市那队人马会合，前往北京。

回到本市已是一周之后，那天傍晚迟可东回到市政府大楼办公室时，下班时间已过，整座大楼空空荡荡，市长办公楼层却有一个人在走廊上晃来晃去，是李金明。

迟可东很诧异。

李金明是专候迟可东，有重要事情，比较急，电话里不好说。他通过政府小车班，了解到迟可东傍晚会回到本市，因此早早守在这里。

氰化钠事故那一天，在市医院，迟可东恨不得训李金明一顿，事后却让洪成整理材料，以市政府名义，对李金明及另外一位中毒受伤干部通报表扬，理由是抢险第一线无所畏惧，表现突出。省政府检查组下来后，安监局局长洪成需要配合检查组工作，李金明被指定负责安监局日常事务，守在办公室管门。李金明虽为迟可东看重，平时却轻易不找领导，总是不叫不到，一旦他主动找上门，则必有意外情况。

他报告说："他们在准备一个反馈。"

"他们"即江勇检查组。这个组里有一个工作人员来自省安监局，李金明因工作有所接触，关系不错。该工作人员私下里告诉李金明，他们早该完事了，只是江勇愚公移山，总要出题挖掘，一直弄到现在。江勇事多，只能来来去去，在省城与本市间穿梭，管大的，定调子、拍板，连晨光负责具体落实。昨日江勇从省城回到检查组，听了汇报，终于认定可以收工。通常涉及敏感事项的检查，无须给当地官员反馈，回去直接向领导报告就行，他们的日程本来也没有安排反馈，但是江勇临时决定加上这一项。江对这次反馈很重视，说是："要让他知道一点厉害。"

"他"当指迟可东。江勇在检查组内部会议上已经发了几次火，都与迟可东有关。据说他们拟的反馈材料里没有直接点名，但是上纲上线，提到"玩忽职守"、"渎职"等程度，调门是江勇亲定的。江勇个性强悍，不怕往狠里说，也不怕直接当面说，不屑于仅仅背后汇报，宁愿开个反馈会，公开告诉你，看你做何反应。

迟可东道："随他去。"

他忽然转口，对李金明提起一件旧事：当年李金明还在当科技副乡长时，曾受迟可东牵连，差点给贬去天马山林场。当时李金明以家庭困难为由拒绝前往，宁愿副乡长职务被免，留在乡农技站种蘑菇。这事有吧？他没记错吧？

李金明说："迟市长记性好。"

迟可东问："让你再去天马山怎么样？"

李金明吃惊："去种树？"

"或者改种茶？"

李金明大睁双眼，表情困惑。

迟可东说，目前看来，如果不出意外，天马水库下放基本定局。以往总是梗在心里的一件事尘埃落定，他却没感觉轻松多少，鼻子里总是还有那么一股苦杏仁味，似乎还在滚满钢罐的山坡上。这是一种心理感觉吧，想办而未办的事情还那么多。

"你是一个事。"迟可东说。

"我这人总是让领导费考虑。"李金明自嘲。

迟可东考虑要把李金明拿去炼钢。炼钢需要往沸腾的铁水里吹氧，如果改换一种工艺，不吹氧，改吹氰化钠，不知一片剧毒烟雾中，能炼出什么质地的特种钢来？

李金明笑，称自己原本是个种蘑菇的，迟可东的钢铁故事他听不懂。他琢磨，或许眼下迟可东需要一把菜刀？如土话所说"钢火好点的"？他不敢自命钢火好，不过自从迟可东拿脚趾头把他掂出来，他从来说到做到，听领导安排。迟可东让他种茶就种茶，炼钢就炼钢，没问题。

迟可东这才告诉他，一旦省长办公会通过，《纪要》转发下来，即需要组成一个水库移交协调小组，处理各具体事项。这个小组将由省水利厅和本市双方派员组成，迟可东考虑把李金明派上去。李金明在那边当过副县长，情况和人头熟悉，工作可以较快上手。李金明作风硬朗，处事坚决，能打开局面，现在非常需要。只是事情比较复杂，接管中会遇到种种问题，得准备吃苦，李金明的家庭也会遇到一些困难。

李金明说："听起来不是好差事。"

"如果不想去，我不勉强。"

李金明回答很简略："我当然去。"

迟可东说，如果李金明愿意接受，他会迅速安排，把李金明的工作关系调到市水利局，派往天马水库，目前还以主任科员身份。省水利厅会安排一位处长参加协调小组，本市相应的要派水利局一位副局长上去，李金明名义上将作为该副局长的副手，实际则交由李金明负责。以李金明的工作经验，那些事对他不是问题。

李金明笑："领导觉得我是大材小用，还是小材大用了？"

"你自己怎么感觉？"

他称没有感觉。只因为被迟可东记挂，已经有些飘飘然。

这时迟可东的手机响铃，屏幕显示是洪成。

迟可东接了电话。

洪成报告说，江勇秘书长命人通知他，检查组决定于后日晚就检查工作进行反馈，如迟可东同意，要由市政府办通知相关市领导及部门负责人参加。

李金明所报情况果然无误。

迟可东说："行，按他的时间。"

当晚，迟可东彻夜难眠。隔日上午，迟可东到了市委大楼，找到邓际良办公室。

邓际良已经得知检查组安排反馈，他提醒迟可东："注意控制一点情绪。”

迟可东让邓际良放心，他会把握。江勇他来对付就行，不给书记增加负担。眼看迟市长已经时日无多，相关工作的推进日后只能让邓书记多费心。

“别那么丧气。”邓际良说。

几天前，马琳曾给邓际良打电话，了解事故期间迟可东的具体情况。邓际良据实报告，认为迟可东处置得当。邓际良与迟可东合作良好，前些时听到迟可东可能被换掉，他曾亲自找过马琳，想把迟可东留下来。此刻他还希望帮迟可东过江勇这一关。

“我也把‘挤水分’那些事告诉她了。”邓际良说。

“听了很欣慰。”迟可东说，“有邓书记理解支持，无论如何都值了。”

他没把所谓“玩忽职守”、“渎职”之说告诉邓际良，因为无法确认真实与否，也因为他决意自己应对，即使与江勇正面冲突也在所不惜。如果他提前告知邓际良，无疑让邓际良为难，一旦有事也会受到牵连。

他跟邓际良说了组建水库移交协调小组事项，他考虑让李金明上山的理由，以及与李金明谈话的情况。谈到李金明对平调上山没有二话，任劳任怨，不提任何要求。迟可东说，李金明就是这样一个人，质地使然，不奇怪，但是却让他感觉沉重。昨晚他彻夜不眠，头脑里翻来覆去，就是李金明这件事。比较起来，江勇将如何反馈倒在其次。他感觉天马水库眼下确实需要李金明这种干部，但是只让干活不考虑解决问题也是不公平的。协调小组不需要多一个人多一个环节，交给李金明就可以完成，足以胜任。李金明只是缺一个级别职务，他原本就是这个级别。

“不如直接让他当水利局副局长去管那个事。”迟可东说。

邓际良沉吟：“细论起来，处分后的时间还嫌短点。”

迟可东说：“他有立功表现。这一次氰化钠事故处理表现突出。”

邓际良点头：“这是一个合适理由。”

邓际良是组织部部长出身的，干部事项熟悉。他觉得李金明这件事需要解决，但是也要避免负面影响。以当前的情况，可以考虑分步进行，根据工作需要，先解决非领导职务，当安监局副调研员，待省政府下发《纪要》后再调水利局派上山，尔后视情况理顺为副局长。多了几个步骤，做起来却可能更顺当一些。

迟可东认同："书记这样考虑周到。"

邓际良为人务实，行事干练，第二天上午，李金明任职事项迅速提交书记办公会讨论，决定由组织部安排考核，尔后报市委常委研究确定。事情推上程序，梗在迟可东心里的又一件事进入解决。

迟可东问自己："这就算功德圆满了吧？"

当天晚间，检查组反馈会在市宾馆会议中心举行。会议安排于圆桌会议室，江勇及检查组各位大员坐于圆桌上弦主位，本市迟可东、林加政及各相关部门负责官员坐于下弦客位，省政府副秘书长江勇以检查组组长身份主持会议，省安监局局长连晨光作本次检查工作反馈。反馈会摆出强硬阵势，江勇主控掌握，是否允许迟可东说话由他决定，即使迟可东还要抗辩，江勇也掌握着最后话语权。

反馈材料没有下发，迟可东等人只能悉心恭听。迟可东却显得心有旁骛，不时悄悄察看手机，一杯一杯不停地喝水。宾馆服务员知道他的习惯，在他面前摆了两只水杯，不断续水，保证牛饮。连晨光按照事先准备好的稿子照本宣科，用一种单调语气宣读事故发生的过程、省领导的重视、检查组下来后的全面细致检查。迟可东听着听着就走神了，想起那一车氰化钠翻滚在山坡上时，他刚好也坐在这个圆桌会议室开会，听到消息后他即宣布散会，从这里直奔事故现场。此刻他又坐在这里，听人宣读关于他涉嫌玩忽职守、渎职的故事，心里真是感慨万千。

他记起刚当上市长那年，与邓际良"挤水分"的失败往事。所谓"水分"即统计数据不实。时下一些地方官员为了表现政绩，有时也是迫于上级压力，会采取各种办法，在GDP、财税收入、规模以上工业产值以及招商引资成果等数据上注水，让报表变得好看一点，排名靠前一些。这种弄虚作假在任何公开场合都被严厉批判，却在暗中大行其道，因为有实际需要。注了水的数据对时任官员有利，于继任官员却是祸害，如果不跟着注水，增长幅度便会掉下来，显示经济没有发展，自己没有政绩。因此只要做得到，继任官员总是希望修订前任的若干关键统计数据，去掉一些不实，挤一挤水分，给自己继续前进减轻一点压力。邓际良与迟可东在这个问题上很一致。本市前任主官严海防魄力大，胆子也大，数据注水问题相当突出。严海防交流调离本省，没有他的阻力，挤水分相对方便。却不料事情办不成，江勇给迟可东打电话，传达陆文意见，批评说："你们挤出缺口，找哪个白蹄子替你们填补？"

如果同意本市挤水分，修改以往经济数据，意味着本省数据也须做出调整，或者相应瘦身，或者摊给其他方面以填补缺口，不仅操作困难，还可能产生质疑。因此陆文不同意。江勇打电话传达陆文意见之后，邓际良与迟可东还想继续争取，直接找了陆文汇报，陆文还是一口否决，没有任何商量余地。

"问题你们自己想办法消化。"陆文说，"必须顾全大局。"

挤水分未能如愿，是否跟着注水便成了迟可东的一大难题。跟的话皆大欢喜，报表好看，排名靠前，却有违所愿。迟可东决意务实，不搞虚的，顺其自然，结果当年统计数据非常难看，指标全面下滑。陆文大会说小会批，指责本市拖了全省后腿。

迟可东分辩："事实上我们市的经济取得了实实在在的增长。"

陆文批评："你这个迟可东人不错，但是思想方法有问题。"

迟可东感觉无奈，意识到如此下去自己这个市长恐怕未必能当到届满，到时候的成绩报表可能很难看。本来做得好看并不太难，但是那样做就不是他了。有什么办法呢？还是顺其自然，听从自己心里的声音，不图好看，要做实事。

迟可东当市长后对陆文布置的工作、交办的事项都尽心尽力，无可挑剔，只有这件事成为问题。说来类似问题虽可能令领导产生看法，却也不算特别严重，之所以弄到要考虑换马，其中有江勇因素。迟可东与江勇早就相识，却因做派不同，关系一般。当年本市市长空缺时，江勇曾谋求下来接任，最终用的却是迟可东。眼下迟可东即将走人，谁接手传说纷纭，江勇也在热议中。江勇出于个性和需要会添油加醋、推波助澜，他跟前跟后，对陆文影响较大。陆文是外省来的，他懂什么“白蹄子”？显然江勇除了深化陆文对迟可东的印象，也对提高省长的本地文化素养起了作用。到了此刻，江勇借调查之机咄咄逼人，迟可东不甘退让，有旧日情绪作祟其间。

连晨光宣读存在问题时，忽有一条短信发至迟可东手机上。

“通过。顺利。”

迟可东把手机扔在桌上，一口气喝了一杯水。

今天下午，省政府召开例行省长办公会，天马水库下放事宜被列为一项议题，由省政府办公厅和水利厅提交。由于当天下午的议题较多，一直开到傍晚六点半，本议题未曾讨论到。当晚接着再开，终于在散会前得以通过。迟可东于数百公里外，本市圆桌会议室里一边听检查组反馈，一边通过若干途径留意省长办公会进程。议题通过，尘埃落定后仅几分钟，消息通过短信传到了迟可东这里。

现在还可以再做些什么？迅速把李金明派上去，把接管的班子组建起来，这是当务之急。可以组织专家就市区第二水源进行论证，通过规定程序把天马水库的未来方向确定下来。下游灌溉的协调可以深入探讨，旅游规划调整可协商省旅游局着手开始。

“迟市长，迟可东同志。”江勇的声音忽然传来。

迟可东回过神，发觉对面主席位上的江勇目光炯炯正盯着他，连晨光的宣读已经结束。迟可东意识到自己错过了人家的精华部分，关于“玩忽职守”、“渎职”什么的，竟没有注意到连晨光如何深刻阐述。

江勇问：“迟市长有什么要说的吗?”

他看着迟可东，一如既往地咄咄逼人。他等着呢。

迟可东说：“报告大家一个好消息：天马水库管理权已经决定下放给本市，市区第二水源问题可以根本解决了。”

与会者面面相觑。

江勇说：“请迟市长围绕今天反馈的意见谈。”

迟可东说，事故发生那天，他从这个会场赶往现场，到达时感觉空气里有一股异味，是苦杏仁味。事故已经过去，那股气味一直在他鼻子里，直到现在还丝丝不绝。

江勇眉头紧皱：“你还有什么意见?”

迟可东说：“就这样吧，算了。”

其实话已经到达嘴边，他忽然觉得没了述说的情绪。与他心里的那些事相比，其他的已经不太重要了，可以随他去，或称顺其自然吧，相信自有公论。

毕竟已从政多年，他心里很明白。公论未必可以左右事态，自然也未必总是那般顺畅。尘埃落定的事未必不会再起波折，意外骤然降临往往只在转瞬之间。

第七章　钛钢时段

1

周宏在首都机场被带走了。

那一天下午周宏从省城前往北京，拟出席本省于北京举行的一个农产品地理标志展示推介活动开幕式，秘书小林与之同机起程。那天有数位官员早早赶到首都机场迎接周副省长，为首的是省驻京办主任以及负责在京办展的省农业厅厅长。由于天气原因，当天首都机场进出航班大面积延误，周宏所乘航班晚点两个多小时，姗姗来迟。待到飞机落地，旅客都走光了，迎候领导的官员才发觉周宏及其秘书未曾出现，不知何往。

按照通常安排，周宏他们走的是要客通道，有航空公司的专车与服务人员在飞机下迎接，送到要客室，从那里离开航站楼。当天接机官员在要客室没有接到周宏一行，初以为可能发生什么特殊情况，周宏走了普通旅客通道。他们赶紧给周宏的秘书小林打手机，该手机关机，无法联络。直接挂周宏手机，同样也是关机，有如两位还在空中。一行人感觉异常，急忙分头了解情况，通过机场信息确认周宏所乘航班确实已经到京，再通过周宏的司机确认周宏与小林确实上了该航班。几小时前，该司机开车送领导到省城机场，在那边要客室一直等到周宏一行走进该处安检口，上了要客摆渡车，这才离开。周宏所乘飞机从本省省城直飞北京，中途没有经停，他俩不可能于空中跳伞离机，因此确认无误，周宏与其秘书肯定到达北京，只是不知去向。

几个接客官员因之呆若木鸡。

关于其后的情况，有若干版本流传于坊间，其中最具戏剧性的版本称，几位接客官员终报了警，称有重要领导干部于首都机场失踪。机场警方迅速赶到，对几位报案者作笔录，作为重大突发案件，迅速调查追踪。尔后才有消息传来，称领导有下落了，无须再找。具体下落何处？“协助调查”。于是大家都明白了。

时下高官落马不算特别稀罕的事情，虽然未必天天有，人们也早司空见惯。只要不是身边有关者，大家都视若无睹，有如听说某地有块陨石从天上落下，哪怕它砸死一头牛，那也与己无关。但是相关者的感觉却天壤有别，某种程度上那有如一场地震，出事官员官职越高，其身边引发的地震就越强烈，会有成片房屋随之倾倒，无论高楼大厦，或者茅草屋，只要抗震性能不够，顿时都成废墟。

迟可东算是相关者之一。那一天下午，差不多就在周宏即将莅临首都机场之际，迟可东在市政府大楼十楼的市长会议室接到了一条短信，该短信与周宏无关，没头没脑只有一句话：“我陪老头子两口到了天马。”短信发自黄志华手机。

当时迟可东在开市长办公会。市长办公会最是累人，几乎没有一次能按时间完成，通常议程中安排的所有项目都会超时，预定一小时的议题，有时要花三倍时间才能拿下。因此几乎每次市长办公会都要拖延，有时诸位市长大人们得边吃快餐边谈事情，会议室里得叫一车快餐，会议室外的休息室也要半车，那里为下属汇报官员的等候区域。有时议题最终因时间拖延无法排上，那些等候官员还得准备下回再来吃快餐。

迟可东是市长，除了要说话，还要掌握节奏，比其他人尤其累。幸好他体力尚佳，且心知这类会议于他也算来日无多，如人们所调侃，开一次少一次，那就开吧。

他没想到“老头子”突然也来凑热闹。接到黄志华短信后，迟可东思忖片刻，抬眼看了一下会议室侧墙上的挂钟，那时是下午五点半多，已经到了是否叫快餐的时点。当天需要研究决定的议题还有三个，估计至少还得两个半小时才能弄完。如果没有黄志华这条短信，今晚这顿垃圾食品铁定得吃。感谢老头子，大家可以回家吃健康食品了。

他让政府秘书长即通知在外边等候的官员们离开，不要再等了。今天下午按时收工，讨论完当下这个议题就告结束，未能上会的议题待下次会议再上。

下午六点，市长办公会结束。迟可东饭都不吃，即从政府大楼直奔天马水库。

他在路上给秦健打了个电话，询问：“找我什么事？”

下午开会时，秦健给他发来一条短信，问他可有时间？迟可东回短信称正在开会。秦健没再叨扰。此刻想起来，迟可东便打电话一问。

秦健想见一见迟可东，给迟可东送个东西。不是什么大不了的，就是一只水杯。水杯是进口产品，容量大，保温好，质地上乘，钛钢的。

迟可东诧异：“钛钢？”

“是的。钛钢水杯。”

迟可东问：“迟市长穷得买不起一只水杯吗？”

秦健笑：“市长不要批评。我只是奉命转交。”

原来是周宏送的水杯。今天上午，秦健到省政府大楼找周宏谈事情。临走时，周宏忽然指着桌上一只水杯，命秦健带给迟可东。周宏说，迟可东号称炼钢工程师出身，其实是只牛，最会喝水。这只水杯不错，钛钢，高科技新产品，好东西，迟可东懂得的，可以用它多喝水。水是生命之源，多喝水不生病，喝水就是养生。这种杯子还耐敲，比陶瓷茶杯坚硬，再怎么敲也敲不破。

“是嘛。”迟可东不禁摇头，“领导这么关心啊。”

他吩咐秦健把水杯放到政府大楼值班室，托值班人员转交即可。秦健却说：“我还想跟市长汇报汇报。”

想必周宏除了关心迟可东喝水和敲杯子，还有其他交代，由秦健当面转告。

迟可东说：“我现在有些情况，咱们另找时间。”

他没告诉秦健自己正驱车前往天马茶园，以免枝节横生。天马山归秦健管辖，秦健一旦知道，必赶到茶园见面。因为事涉敏感，本行踪迟可东秘不示人。

事后想来，秦健当是周宏出事前见过的最后一位县委书记。以航班时间看，周宏见过秦健后即关门前往省城机场要客室候机，或许还是在那里吃的午饭。因此周宏送给迟可东的水杯应属其任内对下属官员的最后一次关心。作为周宏最后接见以及最后所送物品的得主，秦健、迟可东两位于周宏的特殊性得以凸显，足以做多方联想。说来也属无奈，恰是迟可东的这个电话给自己找来麻烦。如果他没给秦健打电话，数小时后周宏出事消息传开，秦健或许就不会提起那只水杯，迟可东便不会知道它，无须为它担忧了。

那时候还不知道周宏已经栽倒，迟可东只操心“老头子”。“老头子”是谁？许琪。许琪在服刑多年之后，因身体问题，获准保外就医，半个月前悄悄回到省城家中。由于正值盛夏，省城气候炎热，空调日夜开着，许琪还觉得不适应，竟怀念起清涧监狱，那里位于山区，海拔高，夏日凉爽。黄志华怕岳父身体受不了，决意找个地方让他避避暑。省城附近有很多好去处，只是无不人来人往，热闹非凡有如庐山。以许琪的情况，出头露面多有不便，不好再登庐山往人多处张扬。有人便给黄志华推荐天马茶园，说那地方山清水秀又显僻静，最是合适。黄志华一听原来是在迟可东地盘上，就把许琪带了过来，岳母亦随行。许琪告诉黄志华不要惊动迟可东，黄志华觉得不妥，还是给迟可东发了条短信。迟可东看了短信，即决定去见个面。不知道可以不管，一旦知道，迟可东不能不去。迟可东一向为舅舅看重，此刻舅舅、舅妈驾到，自当亲临拜见。

迟可东到了天马水库，舅舅一家住在天马茶园一幢最好的别墅客房里，据说该别墅通常用于接待省部级高官。如果不计较眼下许琪的案犯身份，原先也算这一层级官员，符合该接待标准。迟可东到达时，天马茶园老板任泰昌坐在别墅的客厅里，与许琪和黄志华说话。迟可东一见任泰昌，心里就有数了。

许琪见到外甥很高兴，却又指着女婿埋怨："叫你别惊动可东，你还是多事。"

迟可东说："他必须告诉我。"

许琪让迟可东陪着，在别墅周边走了走。那时候天气凉爽，水库周围非常安静，群山黝黑，浩大水面上漂着一轮圆月。

许琪听到了一些消息，询问迟可东是不是即将离任？迟可东告诉他，早在半年前马琳就找他谈过话，当时眼看要走了，却因为一些事情拖延下来。前些时候发生了一场氰化钠事故，然后又是事后调查，眼下问题终于了结，近期当会让他打道回府。

"去向有眉目吗？"

迟可东称外界传闻会有重用，可能会让他到省人大一个专委会。

许琪沉默许久，说了句："考虑你母亲的身体，先回来也好。"

迟可东母亲癌症手术后，刚刚挺过化疗，身体很差，迟可东确到了该走的时候。他从省直下派地方任职已经多年，作为市长却还未干满一届。让他走人，给个不显眼的位子，实不算太耀眼，所谓"重用"纯属调侃。迟可东自己虽然心知得走，却还有些放不下，因为有一些想做的事还没有做完。

许琪说："事情永远会有，当放手时且放手。"

迟可东认同，只是想来还有些可惜。例如第二水源这件事，省水利厅新任厅长陈治是老朋友，周宏副省长也非常支持。如果不走，眼下正可以大力推进。

"我听到周宏一些事。"许琪道。

他没说听到些什么，迟可东也没有多问。后来想来真是心有灵犀，就在那个时点上，那些人正在首都机场如热锅上的蚂蚁，为周宏的失踪而惴惴不安。

夜幕中，忽有一个招呼声远远传来。

"可东！可东！"

是黄志华。他出来找他们。夜间视线不好，周边没有别人，可以放嗓门喊。

迟可东打亮手机的手电筒向喊声处比画，示意方位。一会儿工夫，黄志华沿小路走了过来。他还带来一个人，是李金明。

"听说迟市长来了，赶紧过来看看。"李金明说。

李金明以市水利局副调研员身份上山，参加移交协调小组工作已经有一段时间了。迟可东向许琪介绍李金明。许琪点头，他听说过李金明。他还表示关心，说李金明应该再找个伴，安排好生活，迟可东也该关心这件事。

李金明即开玩笑，说这个世界上最关心他的就是迟可东。如果不是迟可东拿脚趾头把他掂出来，他现在还在乡下种蘑菇呢。只可惜他水平不够，小官做得不好，老公没人敢要，说来愧对领导。

他们回到别墅。许琪上楼进房间看电视，迟可东在楼下客厅听李金明汇报情况。李金明告诉他，移交期间，管理处人心浮动，一些人谋求回省水利厅，一些人上班都不来了，一些该管的事也没人管。水上网箱渔排忽然成倍增加，都来自管理处人员的关系户，希望抢赚一把，到时候拆除渔排多要钱，有如拆迁抢建。还有人借机盗砍山上树木，盗开石头。天马茶园也趁机扩张水上运动项目，摩托艇多了十几辆，还上了一个空中飞人项目，广告打到省电视台，招揽了不少节假日游客。由于管理权还没有正式交到本市手上，不好直接管，但是也不能眼睁睁看着乱相发展。李金明从市、县两级水利局和天马林场要了七八个人，以协助环境综合治理为名，驻扎于水库管理处，先行控制、清理周边乱相。

“对。”迟可东说，“局面要掌握住。”

这时“滴”的一声，有条短信发到迟可东手机上，迟可东一看，当即心头一震。

是陈治，短信仅四字：“传周出事。”

迟可东没再与李金明多谈，即起身找许琪道别，说市里有要紧事情，必须得赶紧回去。许琪很理解：“快走，本来就说不要惊动你。”

迟可东匆匆赶回，路上接到邓际良一个电话。邓际良问了一句：“听说那件事了吗？”

“刚听说。消息可靠吗？”

“应当是。”

迟可东连说：“震惊，很意外。”

邓际良称事前已经有些迹象。周宏是在北京给带走的，估计可能牵扯到中央部门哪位负责官员的案子。一旦进入调查，肯定不会局限于原案范围，其他问题也会列入。周宏在本市当过书记，估计会有些事涉及本市，得有个思想准备。

迟可东立刻想起秦健那个电话以及电话里提到的钛钢水杯，一时心情异样，一股突如其来的担忧碾过心头，带着不祥意味。

他对邓际良说，今晚因事赶到天马水库，在那里得知消息，感觉后怕。幸好水库下放已经敲定，要是拖到现在，只怕呜呼哀哉。他觉得，起初周宏对这件事态度不甚明朗，后来转而有力支持，原本以为是自己努力争取，领导金石为开，现在一想未必。或许周宏对自己出事早有预感？趁着权还在手，给自己工作过的地方做件好事，多少留点念想？此刻坐在车上从水库往市区赶，他心里翻来覆去，震惊之余，也有担心。他考虑是不是该采取一些强化措施，往里吹氧，赶紧把这件事办结？

邓际良没听明白：“吹什么？”

所谓“吹氧”是冶金术语。常有人问迟可东炼钢炉烧煤还是烧电？其实都不是，炼钢平炉用一根吹氧枪朝铁水里喷高压纯氧，它搅动铁水，发生反应，熊熊燃烧，钢就这么炼出来。此刻是不是也该想办法把高压纯氧往天马水库里打？

邓际良笑：“心情理解，太过担心也没必要。毕竟尘埃落定，不会说变就变。”

迟可东也笑：“天有不测风云，免不了心里打鼓啊，只怕有麻烦。”

他不料自己一语成谶。

回到市区已经半夜十一半，迟可东先赶到政府大楼他的办公室。整座大楼除了值班人员，已经没有其他人。迟可东却还是审慎地先紧闭办公室大门，尔后才给黄志华打了一个电话。黄志华已经睡了，被手机铃声叫了起来。

“可东你是这么当官的？”他哈欠连连，“半夜鸡叫？”

迟可东问：“你把老头子弄到天马茶园，是石清标牵线的吧？”

黄志华承认不错。石清标从香港给他打电话谈事，他提到老头子在家里反不如监狱好睡。石清标便推荐天马茶园。当年石清标带了不少人去过，北京的高官，商界的高管，都说那地方好得很。石清标还直接给任泰昌打电话，帮助黄志华安排了此番行程。

迟可东不快，说曾提醒过黄志华，对石清标要多留神。石清标案牵扯不少人，他自己躲在境外配合办案，却还不甘销声匿迹，这种人最好不沾。此刻出了些意外情况，天马茶园可能有些是非，宜尽快离开。他不便直接向许琪讲，还得请黄志华想办法。所谓解铃还须系铃人，黄志华把老头子弄来，终究得由他把老头子弄走。

“哎呀，那可不好办。”

黄志华说，本来安排许琪夫妇出来避暑，打算住一个星期，如果不错，还打算多住几天。今天才到，明天忽然要走，老头子恐怕会很不高兴。

“给他另找个凉快地方。别在天马茶园就是。”

“到底出了什么事？”

迟可东说：“电话里不好多说。听我的。”

黄志华无奈，答应明天一早找个理由跟许琪说，试一试。迟可东交代说，一旦离开，务必与任泰昌把账结清楚，该多少钱缴多少钱，别打算占便宜。黄志华不缺这个钱，舍不得也得先垫，到时候由他补给黄志华。

“什么话，你啊。”黄志华说。

交代毕，迟可东却没返回宿舍休息。他独自待在办公室里，什么也没做，只是静静地坐在办公桌后边，背靠藤椅，眼睛看着墙壁。那面墙上有一只圆形挂钟，秒针在字盘上不知疲倦地一圈圈走动，有一个轻微的滴答滴答声在静静的办公室传响。

他知道接下来将面临一个非常时期，于他而言是一个特别时段。原以为这一特别在于是他市长任职的最后阶段，没想到命中注定还藏着一只敲起来铿铿响的金属水杯。那东西于他会比一只一次性纸杯好吗？接下来一定会有些事情发生，是他很不愿意碰到的。如果他听从马琳早早走人，本无须这样面对，可惜天机难料，现在已经迟了。

第二天，周宏出事的消息传遍全省。

黄志华给迟可东打来电话，称昨晚许琪在茶园睡得很好，是出监以来睡得最好的一晚。他试着说服许琪离开，以这里虽然凉爽，湿气却重，不宜多住，还是另找地方避暑为由。许琪很不高兴，说怎么连一个好觉都不让他再睡？黄志华无可奈何。

“老头子的脾气你知道。”他说。

迟可东问：“是不是还要我上山劝他？”

黄志华让迟可东别跑了，他再想想办法。

当天下午黄志华又来了个电话，称已经说通许琪，确定再过一夜，明日离开。

迟可东道：“为什么非要再住一夜？”

“干嘛逼这么紧？让老头子再睡一个好觉不行吗？”

迟可东不再坚持。

事后他后悔不已。

隔天，黄志华报称离开天马茶园。许琪很不痛快，可能已经猜到是迟可东赶人。他责怪黄志华不听他，给迟可东发短信。他哪都不想去，再没有心情避暑了，回家。

迟可东说：“日后我找他解释。”

尔后又一波冲击接踵而至：省政府办公厅忽然给各有关部门分别电话通知，称由于一些具体情况，根据省政府领导意见，关于天马水库移交下放的《纪要》暂停执行。

迟可东的担忧竟意外成真。他大惊，立刻找到邓际良。

邓际良亦震惊：“省长办公会通过的事，真这么说变就变！”

隔日，两人一起驱车前往省城，找省长陆文。陆文在办公室与一位副省长谈话，让江勇先接待邓际良、迟可东两位。

江勇说：“急什么呢？又没有撤销，暂停一下会死人吗？”

迟可东说：“请秘书长帮助做点工作，这种事拖延下去会出问题。”

“别跟我再说氰化钠，那东西不会天天翻到沟里。”

江勇对氰化钠特别有感觉，前些时他亲自率检查组来本市时姿态强硬，将事故中的一些处置问题上升到“渎职”、“玩忽职守”高度，打算严厉追究迟可东。后来因为市委书记邓际良为迟可东力争，加上省里有领导表示不同意见，最终没把迟可东拿下。由于这个情节，江勇提起氰化钠，情绪溢于言表。

邓际良试图以情动人。他拿出氰化钠泄露事故时陆文的批示，称陆省长很重视，在批示中强调加强防范意识，做好水源建设。本市推进天马水库下放，作为第二水源，就是落实省长批示，确保饮水安全的一个关键举措。

江勇说："就是因为重视，所以才让你们暂停。"

两人无言以对。

陆文出来送客，尔后与邓际良、迟可东谈。陆文态度与江勇没有不同，他强调，任何事情都需要兼顾各方，不能只顾一头。喝水重要，吃饭就不重要了？不能这样偏颇。那份《纪要》出台得太急，有些重要方面没有兼顾到，所以有不少反映，不加以完善不行。这件事原本由周宏处理，现在周宏出事了。周宏是否出于公心，其间有没有涉嫌权钱交易也打上问号，需要看办案结果才知究竟。周宏的案子是中纪委管的，眼下谁说有谁说没有都不算，案子办清楚了就知道。水库这件事不需要多话，不要再找这个找那个，无论有多少想法，无论出于什么动机，现在必须服从。

陆文提到那份《纪要》"没有兼顾其他"，主要指的是旅游开发问题。天马旅游区早已列入全省旅游发展规划，成为第二水源后必然要调整，规划调整必须得到省旅游主管部门和分管副省长同意。由于担心节外生枝，迟可东力主两步走，第一步先解决水库管理权下放，待大局已定再处理旅游等其他问题。这样较易操作，却让旅游主管部门感觉被边缘化，这种感受会反映到分管领导那里。本省分管副省长是一位民主党派人士，女性，她可能会有一些意见。凡涉及利益调整，总会有得有失，有些不同声音很正常。省政府办公会讨论天马水库下放时，周宏还稳坐其位，作为资深分管省长，说话分量重，班子里其他人碍于情面，都不多话，无论是那位女副省长，还是陆文省长本人，都没有提出不同意见，《纪要》得以顺利通过。此刻周宏倒台，情况顿时生变。作为省长，陆文有权决定暂停执行那份《纪要》，特别是周宏涉案给了他一个合适理由。

迟可东非常失望。

他给马琳打去一个电话，请求一见。马琳没有推辞。当天晚上，迟可东在约定时间赶到省委组织部大楼，进了马琳的办公室。

他向马琳正式提出个人请求：希望尽快确定他的安排。半年前马琳找他谈话，当时他本人要求留在市里再工作一段时间。此刻情况变化，他觉得自己应当主动请离。

马琳感觉突然："为什么？"

迟可东说，留下来的这段时间里，已经把一些想做的事推动起来。此刻他发觉自己再待下去可能适得其反，早点走开，让别人来干，可能于事有补。马琳表示不理解。迟可东把《纪要》生变和陆文态度等情况告诉她。马琳听罢一声不吭。

在省党政两套班子领导里，除了周宏，马琳是最了解、最器重迟可东的一位领导。据迟可东了解，前些时候江勇检查组对他的高调追究，最终被压下，关键还在于马琳分别找书记、省长谈了看法，主张实事求是，爱护干部。难得的是迟可东本人并没有就该事请求马琳帮助。如果马琳职位更高一些，更有话语权一点，此刻迟可东境遇肯定不一样，该是如何重用，而不是往哪里塞的事了。

迟可东主动找马琳提出请求，实有些特殊考虑。他清楚对他的安排早经酝酿，已属瓜熟蒂落，如果一切正常，根本无须主动请求，近日即当拍屁股走人。但是周宏意外犯案，事情顿生变数。周宏在本市当过书记，迟可东曾长期在他手下工作，迟可东会不会与周宏有牵扯？是不是等周宏案清楚以后再考虑迟可东的事？这类问题肯定有人提出。周宏案与迟可东安排本是两回事，即便迟可东有所牵扯，眼下调离并不妨碍日后追究，这也言之成理。究竟如何决定，马琳的态度非常重要。对自己何去何从，迟可东一直顺其自然，此刻心情却不同了。一来陆文态度让他充满挫折感，觉得再待下去已经干不了什么事，不如听许琪所说："当放手时且放手。"另一个特殊因素便是周宏。对周宏的调查一旦展开，本市会是一个重点，迟可东不可能置身事外，会碰上些什么难以料想，可以肯定的只有一个：无论碰上什么都对迟可东不利。因而只要有可能，不如及早离去，至少可以避开旋涡中心。但是迟可东对马琳只提其一，不谈周宏，以免复杂化。

马琳说："我知道你的意思了。"

迟可东不多打扰，即告辞离开。

当天晚上，就在迟可东与马琳谈话的那个时点，天马水库突发一个意外事件：李金明出事了。他遭遇暗算，被人从大坝边坡扔进水库里。

上一次在天马水库见面时，迟可东布置任务，要李金明克服困难，想办法控制乱相，把局面掌握住。李金明执行坚决，首先处理渔排问题。由于管理权尚未移交，他们以地方政府环境整治、安全生产为据开展工作。几天里李金明带着助手，坐一辆水库渔工开的挂机船，在水面周游列国，一家一家调查情况，动员说服。他们遭到了抵制，一些渔排主不听劝阻，还说省里已经通知，水库不下放了，这里没李助调什么屁事，还不快滚。李金明回称李助调专干屁事，不收拾干净绝不罢休，态度非常强硬。

那天晚上，李金明带一年轻助手在水库大坝上巡查，尔后返回所住的水库管理处。半道上年轻人停下来撒尿，李金明独自先走几步，却不料有几个黑影借夜幕掩护从一旁跳出来，拿麻袋套住他的脑袋，把他从水库边坡直接扔下水去。后边那年轻人吓得目瞪口呆。待袭击者跑开，年轻人慌忙跑到管理处喊人、报警，同时向市水利局急报。水利局局长一听不好，立刻打电话报告迟可东。那时迟可东与马琳谈完话，刚回到家中。

迟可东得知情况不禁发急，命令道："让他们赶紧找人！"

几分钟后电话来了：李金明找到了，还活着，是自己摸黑从水库里爬上岸的。

迟可东要求："让他马上给我挂电话。"

隔会儿电话铃响，是一个陌生号码手机挂来的。迟可东接了电话，果然是李金明。

李金明说："惊动领导了，不好意思。"

"情况怎么样？"

他报称没事，他水性好，呛了几口水而已，只是把手机和眼镜丢进水里了。此刻他还在事发现场等候警察。天马水库下游天马林场驻有林业公安派出所，里边有两个警察。警察接警后正在往这边赶，快要到了。

"让他们给你煮碗姜汤。"迟可东交代，"有什么情况赶紧向我报告。"

"领导别操心。没事。"李金明说。

迟可东又给秦健打一个电话。秦健已经接报，知道李金明被袭。根据属地管理原则，天马水库的治安刑事案件归该县公安局负责。迟可东命秦健迅速指令公安部门安排警力上山配合破案，支援李金明工作。

"好，好，我立刻交代。"秦健的话音有些异常。

迟可东忽然意识到秦健近日安静得出奇，没有上门，也没有电话。秦健本来似乎应当有所表示，他曾经在电话里说起过一只非常养生的钛钢水杯，忽然间周宏出事了，秦健便没了下文，一声不吭，似乎那个水杯从来就没有过，直到此刻还是绝口不提。鉴于这个水杯除了养生还变得非常敏感，他不说起，迟可东亦不主动问及。

迟可东挂了电话。他原本要在家里住一宿，此刻却感到不放心，决定连夜动身。

二十分钟后司机到达，迟可东匆匆起程。

他在半道上接到马琳一个电话，时已午夜，马琳还没休息。

马琳问："你明天一早回市里吗？"

迟可东问："马部长有什么交代？"

马琳请迟可东离开省城前先到她办公室去一下，她还想跟迟可东谈谈。

迟可东说："马部长不必为我操心了。"

他说自己已经在高速公路上，往市里赶，那边有一些情况，他不放心，连夜返回。这一路上他不断反省，觉得自己失之意气用事，给马琳添了不必要的麻烦。马琳无须再花时间做工作，关于他的安排，该怎么办就怎么办，让他马上走也成，再留一点时间也不要紧。冷静想来，即便是非常时期，特别时段，也不是什么事都不能做，或许这种时候更需要来做点什么。

马琳笑道："那好，我放心了。"

她给迟可东说了个情况：他们马上要来了。注意配合。

迟可东表示感谢。

如果马琳决定按照迟可东所请求，帮助他迅速离任，她无须再找迟可东谈话，不可能实现才需要再做劝解。为什么此刻不能让迟可东离开？原因应当就是"他们马上要来了"，迟可东需要做好配合。"他们"是谁，配合什么无须多说。如果其后没有太多牵扯，安排顺理成章。如果有大的牵扯，那就不是调整迟可东工作，该是如何查处了。

所谓"想留未必能留，想走未必能走"。老天爷总是这么悉心照料人。当放手时未必放手得了，因为有时候确实非主观所能为。但是除去意气，冷静想来，迟可东能这么脱身吗？果真放得下，何须一接电话即刻回奔？有些东西于他实难以放弃。

2

李金明落水案还在侦办中，天马水库再度发案。

星期六晚间，天马茶园宾客众多。天马茶园以优美环境、清新凉爽迎客，有水中赛艇、空中飞人等运动项目激动人心，有美食和大厨伺候，华灯初上有茶艺表演，卡拉 OK、跳舞等项。曲终人散还余音未尽，另有若干配套项目，提供一揽子游乐服务。

当晚有一队警察突袭了天马茶园。警察在别墅区捣毁一个地下赌场，抓获赌徒十余名，现场缴获赌资百余万，数额可称巨大。警察还捣毁了以桑拿房为中心的一个色情场所，抓获嫖客暗娼二十余名。众多涉案人蒙头盖脸被押上车，坐满了一部大巴。

由于目标为天马茶园，此次行动被简称为“天马行动”。

迟可东于周日上午从市公安局一份急报件得知消息，感觉非常意外。

他很惊讶，因为事前没有任何消息。类似治安案件由公安部门负责处置，大大小小数量众多，不需要也不可能事先一一报告市长。但是天马茶园位于特殊部位，处于敏感时候，忽然对之采取行动，情况比较异常。迟可东交代秦健安排警力上山支援李金明，要的是侦破袭李金明案件，怎么会转而办成治安事件，对天马茶园动手了？应当说尽管事前未知，该行动却与迟可东心愿暗合。这个茶园迟早需要清理，只不过原本不是近期任务，要在管理权移交之后才办。想不到一次治安行动竟把事情提前进行，把棘手的刺先给挑了。由此可见，水库移交被叫停，并不意味着其他相关事情都不能做。

根据市公安局这份急报，天马行动由市局治安支队与县公安局联合组织。此前公安部门曾屡次接到关于天马茶园涉嫌黄、赌的举报，对之保持警惕。经过派员潜入核实，掌握第一手情况，并与县局周密部署，于周六夜组织警力发起突袭，查获众多。这份急报字面上看不出有何特殊内涵，迟可东却有感觉，看罢即打电话向市局一位分管副局长了解，果然如他所感觉，其中有些情况。急报所说的接获举报属实，但是以往这些举报均转交给县公安局，要求县局属地管理，负责处置。县公安局曾派人到天马茶园检查，茶园方面一再表示该举报为恶意构陷，所举事项实不存在。县公安局一直未采取直接行动，主要因为天马茶园所在的天马水库是省属机构，县委主要领导要求他们格外慎重。这一次行动之所以开展起来，是因为县局主动，他们派员进入茶园摸查，提出突袭方案，来市局汇报情况，请求支援，于是一举成功。

以往县局按兵不动，是因为县主要领导有要求。现在之所以主动出击，一定也有县主要领导的意思在内。该主要领导是谁？秦健，其他人够不着。秦健以往强调慎重肯定有其原因，现在忽然派出警力打上天马茶园，一定也有其想法。对此迟可东心里有些感觉，却未在电话里询问，对方是市公安局副局长，未必清楚这些。

电话还没通毕，办公室门即被敲响，有人推门进屋。

是蔡塘，市纪委书记。本双休日他也不得休息。

迟可东问："蔡书记有事？"

蔡塘压低声音道："他们请。市长现在有空吗？"

迟可东没有丝毫耽搁，即挂断电话，起身与蔡塘一起离开办公室前往市宾馆。

如那一天马琳所提示："他们马上就要到了。"昨日他们悄然来到本市，队伍精干，一组十余人，负责官员、基本力量来自北京，省纪委派员配合，驻扎于宾馆一幢小楼。他们到位后迅速展开工作，迟可东是他们约谈的第一批对象之一。该小组负责周宏案相关问题调查，迟可东在周宏手下任县委书记多年，关系较深，此刻又是本市最高行政长官，首先需要配合调查，但是如此直接迅捷似也别有意味。

第一次约谈没有涉及实质性事项，时间也很短。主谈的一位主任只是询问迟可东的个人履历，任职时间与周宏的交集，以及其他零散事项。他们还了解周宏在本市任职期间，在重大项目建设包括土地出让等方面的问题。迟可东据实回答说，当时他在下边县里任职，对市里的情况了解不多，没听到什么特别反映。办案人员还了解周宏在人事方面的问题，是否有买官卖官反映？迟可东也称没有听到这方面情况。

"周宏跟天马水库有什么关系？"他们问。

迟可东称，就水库管理权下放事项而言，周宏是作为分管省领导来主持研究并拍板的。

“存在违法违纪问题吗?”

迟可东说:“没有听到这方面情况。”

对方谈话策略巧妙,东一榔头西一棒子,让人很难揣摸其主攻方向。但是迟可东本人与周宏的关系显然是一个要点。他们了解迟可东与周宏彼此关系如何,迟可东称始终是正常上下级关系。询问有些个人交往吗?迟可东回答说:“基本上没有。”

“是有一些小来往?”

迟可东说:“准确点说,没有。”

事实上,与周宏相处这么多年,除了工作之交,周宏与迟可东之间确实没有什么个人交往。周宏一直是迟可东的上司,但是周宏本人亦受过许琪的关照,从一开始,周宏、迟可东彼此间就不太需要来那些人情世故,这一方面恰也不是迟可东所擅长。记录当然也不是完全没有。当年市委书记周宏到迟可东那个县视察,临走时县委办公室主任秦健总会往周宏的轿车里塞一点土特产,不外水果、食品之类,这当然都为迟可东所认可。当时风气就那样,不好算是个人交往。周宏作为上级,无须还以他物,他送给迟可东最多的是批示,当了省领导之后更是这样。

办案人员没有深入追问。

“迟市长要是想起什么情况,可以随时来跟我们谈。”他们说。

自始至终,没有提到一只水杯。对方没有问及,或许他们还不知道有这个事,也可能他们引而不发,只点个人交往,看迟可东做何反应。迟可东没有主动提及,因为到目前为止,该水杯只在电话里出现,未成为事实。周宏忽然给迟可东送一只水杯,且是钛钢水杯,让迟可东非常诧异。他想不出此前有过类似馈赠记录,也还记得周宏对钛钢这种金属比较反感。究竟怎么回事?迟可东不得而知。作为周宏被带走前最后的馈赠物,该水杯无疑独具意味。迟可东有意回避,因为自己这张嘴根本说不清楚。

与办案人员谈毕，迟可东从专案组驻地市宾馆回到市政府大楼，有一人坐在市长楼层值班室里等候，却是秦健。

周宏出事后，秦健一时销声匿迹，躲在下边县里不吭不声，不见真身，此刻才突然出现。他随身带个公文包，看上去很大，里边空间足够放几个水杯。迟可东等着他当面拉开公文包拉链，却见他把包往桌边一放，不急。

“想跟迟市长汇报一下情况。”他说。

谈的正是天马行动。秦健不谈组织行动的动机，只讲一个意外发现。

“他们在茶园发现了监控探头。”他说。

时下科技发展，探头监控已不稀罕，垃圾桶般随处可见，其记录资料提供安全保障，成为侦察办案重要资源。天马茶园那种旅游服务机构，在各重要地段设置监控并无异常，属于正当保安措施。问题是除了公开的监控设施，警察还在茶园别墅一些地方发现秘密装置，安有针孔摄像等监控设备，但是未查获其监控记录。警方突袭茶园时，茶园老板任泰昌不在现场，在省城家中。警方带走了茶园副总蒋大林，他负责茶园日常管理。起初蒋大林一问三不知，后来才承认秘密监控是他做的，所录资料已不存。

迟可东不动声色听，感觉非常惊讶。

秦健说，任泰昌已经奉命从省城赶来接受讯问。不过据警方了解，任泰昌可能不知偷录详情。根据蒋大林供述，这些监控设备是当年天马茶园运营之初，石老板暗中授意他在装修别墅时做的，石老板就是石清标。石清标怎么可以指挥蒋大林？原来蒋大林是石清标的旧部，曾是石氏落水河水电站的主任。李金明炸掉那条水坝前，警察从地下赌场扣下的那个人就是他。落水河电站关闭后，石清标把蒋大林介绍给任泰昌，替任泰昌管理天马茶园。蒋大林在本地人头地头都熟，也有管理经验，任泰昌用得上。蒋大林把一个侄儿叫来当保安队长，监控归这个侄儿管。当年天马茶园是石氏企业一大接待基地，石清标引了很多客商，还有相关官员去，都由蒋大林负责安排，表面上吃喝玩，暗地里也涉嫖赌。据蒋大林供称，石清标曾多次下令对某些要客“弄一下”，那就是偷拍，所拍记录资料全都交给石清标亲自控制。石清标犯案出走，跑到境外后，偷录才告停止。由于担心石清标日后还有需要，蒋大林一直没有拆除那些设备。

“除了这个，茶园里还有什么发现?”迟可东问。

尽管偷录资料不存，警察还是掌握了一些公开监控设备的记录资料，都是近三个月的。近期资料也有一定价值，可以从中发现谁到过那里，进了哪个房间以及是不是还有小姐也进了那个房间。虽然不能据此判定房间里发生了什么，却可以为蒋大林及卖淫女的供词提供旁证。天马茶园来客以商业界人士为多，却也常有官员悄悄来去。蒋大林已经供出若干在天马茶园涉赌涉嫖的公职人员，涉及市、县两级官员，还有省直部门的，但是大多姓名、身份模糊，只叫为王主任、陈局长、张老板等。蒋大林称通过石清标及任泰昌请到这里玩乐的要客都这样。蒋大林本人很滑头，供词翻来覆去，时而清楚，时而混乱。县公安局参考蒋大林的供述，重点查看相关录像资料，已在其中认出了一些人，主要是本市、本县的，还有若干疑似省直部门官员。由于涉及面比较宽，秦健感觉事情重大，需当面报告迟可东，尔后公安局部门也会按规定上报。

“我知道了。”迟可东说。

他想，秦健之所以前来向他报告，或许因为警察在掌握的资料里除了认出若干官员，还认出了本市市长迟可东，与一位保外就医的前官员许琪在别墅里?

迟可东问：“天马茶园黄赌问题，是忽然才发现的吗?”

秦健承认早有相关举报。不仅有举报，去年县里查处一位科级干部，该干部承认曾在天马茶园吃请，餐后与小姐发生关系。当时曾有人提出查一查天马茶园，他考虑情况比较复杂，不要匆忙动手。

他没说明为什么此刻他忽然就手痒了。迟可东也不追问，只交代他严格按规定程序办理，该向哪里报告就迅速向哪里报告，包括向省公安厅等部门报告。

“我明白。”

秦健告辞，抓起他的公文包离开。

自始至终，他没有打开那个公文包，也没有提及周宏的钛钢水杯。几天前通电话时不提，或因电话里不好说。此刻两人面对面谈话，他依然缄默，显然是决意回避此事，或许是不想给迟可东找麻烦。问题是这只水杯会不会因为他们互相不提就化为一股雾霾被风吹散于空中，就像从未出现过？

两天后，天马茶园一案有了新的进展。办案人员根据蒋大林供词，在茶园监控资料中梳理、提取出近二十位可能涉嫌嫖、赌的市、县官员镜头。由于证据尚不充分，办案部门提出需要进行甄别。有一批卖淫小姐在天马行动中被控制住，可以通过她们指认涉嫌人员。鉴于涉嫌人员层次不同，办案部门提出先排查市管干部，疑似目标有六七个。如果得以确认，则既触犯治安法规，也涉嫌违反党纪，可由公安部门先按治安案件办理，再由纪检部门进行党纪处理。

这些情况由市政法委书记齐之光和一位市公安局副局长专题对迟可东作通报。由于准备动的都是市管干部，他们要做适当通气。在迟可东之前，齐之光他们已经先向市委书记邓际良报告。邓际良让他们征求迟可东意见，如果迟可东同意，准备明天在书记办公会通气，尔后实施下一步行动。

“我同意。”迟可东说。

迟可东意识到，无论这件事是怎么发生的，对他都是一个意外机会。问题在所谓“非常时期、特殊时段”，自己或许朝不保夕，放弃这个机会是不是更有利一些？

他问了一个情况：“天马茶园涉黄涉赌情节是否相当严重？”

市公安局副局长说：“确实严重。”

该副局长讲了一个发现：警察在天马茶园的娱乐场中找到了几小包匆匆

藏起的药丸状物品，经过鉴定，可以确定是一种违禁毒品。

“可以怎么处理?”迟可东问。

副局长说有一些处理方式可斟酌。涉毒娱乐场所，情况严重的可以责令停业半年。

迟可东让他们迅速研究个意见。以他看，如无不当，可以从重。

隔日，天马茶园因涉嫌黄赌毒，被宣布停业整顿，时间为三个月。

这或许会是一个标志性事件，表明当地现有旅游产业发展进入转折，未来将逐步退出并转型，为第二水源建设让路。如果是这样，事件就有了特别的意义。

迟可东决定抓住机会，尽管已经到了该放手的时候。

他没意识到事情背后还藏有一重凶险。

两天后，李金明忽然来到市政府办公室求见，时近中午。乍一见面，迟可东感觉李金明模样有异，仔细一看，原来是其所戴眼镜显得古怪。李金明一直戴无框眼镜，此刻鼻子上却架着一副旧式大黑框。李金明解释说，该眼镜是他读大学时用的。因为遇袭那天眼镜落入天马湖，来不及配，先找一副旧的顶替。

“案子怎么样了?”迟可东了解。

李金明称案情不复杂，警察很专业，袭击者已经锁定，只是跑得不知去向。

李金明却不是来报告遭袭案进展，他有其他情况。昨晚李金明接到市政法委通知，命他于今日上午到宾馆会议中心，齐之光有重要事情跟他谈。李金明以为是了解被扔下水那些情况，今天一早匆匆从天马山赶来。到了宾馆才发觉还有四五个人在那里恭候，有市交通局长、市文明办副主任等，显然与他落水无关。政法委办公室主任在会议中心负责汇集人员，李金明到后，一行人即走出会议中心，穿过广场往八号楼去，原来人家齐之光在八号楼小会议室里恭候。到了小会议室，齐之光做集体谈话，讲了治安综合治理重要性，等等。李金明听了半天，没听出跟自己有什么关系，感觉特别奇怪，猜想齐之光是不是搞错了？要不是齐之光一头原装黑发，真以为他忽然患了老年痴呆。李金明悄悄向旁边一个人打听究竟，那人耸肩，调侃说可能是在考察干部。

迟可东顿时感觉不妙。他一声不吭，听李金明说。

李金明讲了个奇怪细节：齐之光谈完话后，指着李金明的眼镜问他为什么化了装？李金明解释没有化装，是眼镜落水丢了，临时找一副旧的顶替。齐之光摇头说不行，这像什么？熊猫？差别也太大了。恰好一旁市文明办副主任也戴眼镜，是无框的。齐之光即向该同志借用，让李金明试戴。李金明诧异，问这是干吗呢？齐之光让他别说话，戴上去就是了。李金明换了那副眼镜，该眼镜跟他掉到水里的那副外观差不多，度数却高，看得他头昏。齐之光让他克服一下，出去感受感受。齐之光命人带李金明到外头转一圈再走回来，尔后才换回眼镜，大家拜拜。

“莫名其妙啊。”李金明说。

迟可东一声不吭。

齐之光一定是在安排指认。宾馆会议中心到八号楼之间，当时一定有一辆车停在广场某个便于观察的部位，该车的车窗玻璃只允许从车里往外看，外边则无法看到车里。车上一定坐着些风尘女子，俗称小姐，为天马行动被扣的当事者。当某一些人被带着从车前走过时，她们奉命仔细观察，“考察干部”，指认哪一位曾一起厮混于床上。

想不到李金明也在涉嫌者中。由于案件还在侦办阶段，此前齐之光向迟可东通气以及向书记会报告时，都只提到涉嫌市管干部若干人，没有涉及任何一个名字。

迟可东什么都没说，让李金明赶紧返回天马水库，抓好工作，同时注意安全。

李金明说：“放心，现在一心只想着怎么才能为市长把事情办好。”

迟可东即纠正："不是为我，是为市区人民饮水安全。"

李金明笑笑，称自己不是大领导，不敢说那么高。他认迟可东。迟可东信任他，用他，为迟可东做什么他都愿意，怕只怕能力不足辜负了信任。

迟可东什么都说不出来。这位李金明刚接受了一场所谓"干部考察"，吉凶未卜，他本人暂时还蒙在鼓里。只怕接下来会有麻烦，非迟可东所能控制。李金明告辞离开时，迟可东注意到他的右侧裤管沾着一小片泥巴，一时心里发堵。

李金明的生活明摆的缺乏打理与照料。他已丧妻数年。丧妻之前他也好不到哪里去，因其妻车祸瘫痪，多年卧床。从妻子被送入医院抢救时起，李金明的日子就分外晦暗。李金明年富力强，长期没有正常家庭生活，忽然躺到天马茶园某一位卖淫小姐身边，会发生些什么可以想见。偏偏他绝对不能够发生些什么，就好比喷氧枪里绝对不能喷出氮气，否则那炉钢就炼不成了。

当天晚上市委中心组学习，学习结束时齐之光拉拉迟可东袖子，两人留在会场上。

齐之光低声通报："有几个真给认出来了。"

迟可东不问别人，单刀直入只问一个："李金明怎么样？"

李金明没事。他换了一副眼镜，比其他人多露了一次脸，却未被哪位小姐指认。

迟可东暗暗松了口气。

跟齐之光谈完后，迟可东回政府大楼，去了自己的办公室。出电梯时迟可东不禁一愣：李金明正在电梯口旁等候。

"时间还不太晚，我猜领导还会回办公室的。"李金明说。

"有事吗？"

上午离开迟可东办公室后，李金明没有即返天马水库，而是留在市区了解情况。由于对忽然接受的"干部考察"感觉蹊跷，他悄悄找人探听，居然让他打听到了，得知是被叫来让小姐指认，事发地是天马茶园。他感觉大事不好，认为应当赶紧找迟可东报告，坦白交代。

迟可东一声不吭，关上办公室门。

李金明却不是开玩笑，果真是来坦白交代。

那一天，黄志华带许琪夫妇到天马茶园避暑，迟可东连夜上山探望，尔后匆匆下山返回。李金明当时在山上，与迟可东见过一面。第二天傍晚，李金明接到黄志华一个电话，请李金明过去坐一坐，说明日一早许琪等人就将离开。李金明赶到别墅，才知道原来是请他去陪吃，任泰昌做东给许琪饯行，客人是许家三人，加上他，陪客还有蒋大林。那晚上许琪似乎不太高兴，没怎么说话。黄志华私下里告诉李金明，许琪还想再待几天，无奈得走。李金明猜想可能是迟可东的意思。饭后许琪夫妇进屋休息，任泰昌请黄志华看茶艺表演，黄志华拉着李金明，非让他一起去不可，于是就去了附近的茶艺馆。在那里他们开始喝酒，红酒、白酒、啤酒一起上。李金明早在种蘑菇时就有酒名，曾以“现场直播”为迟可东注意，他自认为有些酒量，对付得了黄志华等几位，却不料喝着喝着就不省人事，什么都记不得了。他醒过来时已是凌晨，发觉自己只穿一条裤衩躺在一张大床上，身边有一位裸体女子，很年轻，裹着被子睡得正香。他心知不好，顺手抓起一旁衣物，匆匆跑出房间。到外面一看，原来还在茶艺馆内。他赶紧穿好衣服，开了门，顺小路跑回水库管理处。

“我怀疑是给蒋大林下了药。”李金明说。

迟可东看着李金明，一声不吭。

李金明奉命带队上山后，任泰昌一直跟他套近乎，蒋大林也三天两头找他泡茶示好，发小重逢一般，或许是考虑来日有可能要打交道。当年李金明与蒋大林在落水河电站有交集，算是不打不相识。通过蒋大林，他知道石清标与天马茶园有瓜葛，需要多加提防，因此一直比较小心。上山之后他从不在天马茶园吃饭，不看表演，不掺和那边的事情。只有这一次例外，不料却出了事，被人家下了套。

“他们很坏，你很无辜。”迟可东说。

他听出迟可东语音里的恼怒，一张脸顿时苦了下来。

“是我大意了。”他说。

迟可东用力捶了一下桌子。

尔后是沉默，彼此无言。

迟可东设法让自己平静下来：“那天晚上你究竟干了些什么？”

除了醒来时发现身边有小姐，他确实再也想不起其他什么。

“这件事跟谁说过？”

李金明摇头，问了一句：“我该去找齐书记自首吗？”

“你已经向我自首了。”

他命李金明立刻离开，他要考虑一下。李金明没有吭声，起身离去。迟可东听着他的脚步声从走廊上传过来，听到电梯间那边“嘀嘀”几声。

那一刻迟可东感到极度疲倦。

他没有告诉李金明指认结果，因为关键是有没有，不是认没认出来。指认结果有可能变化，事实则不会改变。李金明果然上了那张床，为什么没被小姐指认出来？可能事出侥幸，也可能有其他原因。只要他确实上了那张床，那就随时可能成为问题，哪怕他整晚什么都没干，只是昏昏沉沉让小姐扒光，伴着裸女睡了个裸觉。任何质地的人都不可能十全十美，但是这种错误却是李金明不能犯的。这个人孤傲耿直，常不容于人，做事两肋插刀，冲锋陷阵不计得失，少不了是是非非。他曾数经起落，如果不是迟可东信任与扶持，他不可能在任何一场波折中重新爬起，甚至不可能走入仕途，此刻还会是一个资深食用菌技术员。没料到迟可东扶持他这么多年，到头来却要拿他以嫖娼论处。此刻迟可东自己也进入非常时段，一边有一只居心叵测的钛钢水杯若隐若现，一边还不想放弃，试图在市长残任里最后做些事情，这种时候最需要李金明在前方奋力而为，却不料他陷入如此麻烦。迟可东即使不做切割，对他还能做何指望？

异常失望之际，迟可东也深陷自责。如果说李金明麻烦多，哪一次麻烦与迟可东无关？如果迟可东不是一心想做事情，何须李金明为之跳上跳下？如果不是迟可东把李金明派上天马水库，他怎么会在那里翻船？李金明承认自己大意，没把责任往哪里推卸，却也心有不甘。迟可东知道他说的是实情：李金明对天马茶园确有提防。如果黄志华没把许琪带到天马茶园，迟可东没上茶园探望舅舅，李金明就不会跟他们交集。如果不是黄志华给李金明打电话，李金明不会去吃那一顿饯行饭，也不会去喝那些告别酒。李金明为什么要理会黄志华？只因为他是迟可东的表姐夫，许琪是迟可东的舅舅。最让迟可东着恼的是，如果当初迟可东本人坚持让黄志华带许琪马上离开，不要在天马茶园再住一夜，事情本不会发生。是他自己最后碍于黄志华之说，心里不忍，默许让许琪再睡一个好觉，结果就出事了。

现在能怎么办？李金明尽管上了那张床，却没被小姐指认出。此刻最现实的选择是把李金明的坦白交代先压下来，只供迟可东心中有数，对外不说，权当一切都不曾发生，让李金明一声不吭，继续在天马水库干他的事情。之后可能什么事都没有，安渡一劫。但是另外一种可能性却非常之大：李金明显然被蒋大林供于名录，被拍于监控录像资料，已经存疑在案。相关小姐或许睡眠不足，没有一眼认出人来，过两天睡足了，可能慧眼一睁就把李助调一举捉拿到案。如果真是那样，李金明在劫难逃。哪怕迟可东对李金明无比记挂，值此特别时段，实已做不了什么，唯听天由命，李金明只能自求多福。

3

秦健打来电话，报称案件取得重大进展。

此刻天马水库有两个案子，一是天马茶园黄赌毒案，已有若干官员涉嫌。该案目前只涉冰山一角，如果藏匿境外的石清标把他多年积存的宝贵历史资料尽数抛洒，不知会扩散成一个如何严重的丑闻大案，此刻虽然尚未做大，所造成的冲击已经足够沉重。秦健作为本案总导演，在一个特殊时段把案子掀露于世，让本地一些官员忙于应对周宏案冲击之际，又要为神游天马费心。但是此刻秦健打电话向迟可东报告的不是此案，是李金明遇袭案。李金明夜察库区，被人暗算当晚，迟可东打电话命秦健安排警力支援李金明，秦健迅速落实，县公安局立刻派员赶上天马山。该案案情并不复杂，加上派上去的刑警阵容强大，工作得力，下力气一排查，案件迅速告破。据目前掌握，作案嫌犯三名，都是天马水库设排养鱼人员，李金明清理整治渔排，令他们心怀不满，因此下手。三个嫌犯都很年轻，法律意识淡薄，据称并没有打算害死李金明，他们知道李金明水性好，掉下水没什么事，因此打算让李金明去洗洗澡以图吓阻。李金明落水的位置水面宽阔，水流平缓，以往还有游泳者当跳水台用，李金明从那里下去，肯定死不了。他们往李金明头上套麻袋，只是不想让他认出人，没想害他，所以并未捆扎。作案之后他们感觉害怕，警察一上山，三人一看那阵势就吓毛了，一起慌忙逃避。其中两个协从者自知无法久藏，相约回来投案自首，唯首犯依然在逃。

“但是李金明那里出了问题。”秦健报告。

李金明对办案民警提出一个要求，就出事当晚他的现场笔录做一点补充，其补充却修改了案情。李金明说，当时三个家伙一边套他麻袋，一边喊他“局长大哥”，说要请他洗澡，像是闹着玩的。由于麻袋套头，眼前一片黑，脚步不稳，他跟对方推搡，没留神间身子一歪掉到水里去。李金明强调，办案民警把该案作为蓄意谋杀来办，显然搞严重了。可以视同寻衅闹事，把几个肇事小子抓去拘留几天，给点教训即可。

“他这个态度让办案人员很为难。”秦健说。

迟可东问：“你在哪里?”

秦健在他的办公室。县公安局局长刚找他汇报李金明遇袭案的办理情况。由于迟可东亲自关心过这个案子，秦健赶紧向他报告。

迟可东说："让他们告诉他，这样不行。"

隔日上午，李金明给迟可东挂来一个电话。

自那天"自首"后，李金明没在迟可东面前露过脸，没打过电话，几天里声息全无。迟可东也没有找他，一声不吭。天马茶园涉案官员的查究正在深入进行，机关内外传闻纷纷，李金明却因侥幸通过指认而置身事外，但是无论是他还是迟可东，都知道只要那件事确实发生过，那么就无法指望风平浪静。

此刻李金明打电话是因为"谋杀未遂"，尽管迟可东已发话"这样不行"，他还想力争。他讲了天马水库渔排问题，说那些渔排基本都属散户，没有几个大家伙。小渔排主本钱少，多靠借贷经营，承受力比较低，对清理整顿的抵触特别大。这些小渔排主让他想起乡间一家一户那些种蘑菇的，一旦征地拆迁要拆蘑菇房，哪怕就那么一间，于一些人简直好比天要塌了，感觉非常痛苦。这些当事者的处境让他感同身受，却不能因此就听任不管，毕竟必须服从大局。他觉得一方面要坚决迅速推进清理整治，一边也要千方百计尽量说服，减少他们的抵触情绪，因此他不急于动手，先做劝导，力求水到渠成。有先前劝服工作打下基础，加之他被袭击后，警察上山，震慑强大，这个时候正好趁热打铁处理渔排。此时抓人却有不利影响，一旦引发强烈反弹，破罐破摔，可能推进不顺，要花费十倍力气才能解决。水库放渔排的多为周边乡民，处置不当种下祸根，只怕日后麻烦不断。如果对眼下三个肇事小子宽大处理，倒可能让他们意识到自己的错误和政府的善意，心悦诚服，事情可顺利推进，也排除了日后隐患。

"放过他们。我保证几天内把渔排清理掉。"李金明说。

迟可东问："问题只在几片渔排吗？"

李金明清楚法治不是游戏。作为给扔到水里的当事者，把那几个小子抓起来痛加收拾，一脚踢进监牢当然解气，但是他觉得此刻得知轻重，所以有这建议。他心知自己的时间可能不多，趁着还有机会，争取做点事。除了渔排，水库周边也还有不少事项可以先行整治。天马茶园已经停业，茶园水上运动项目报批方面有问题，可以管一管。前期停工的酒店工地荒废杂乱，可以清理干净，破坏的植被可以重新植草种树，免得雨季满沟黄水流入水库。事情做一件是一件，能有多少时间，就能做多少事。他觉得，这些事应当都是迟可东希望有人去做的。

迟可东不吭声，好一会儿才回答："再说吧。"

当天下午，迟可东接到通知：他们有一些情况需要与他核实，请他即前往。

迟可东回答非常简略，只一个字："好。"

他心知不会太好。放下电话后他没有即刻动身，而是急召政府秘书长涂新泉面授机宜。他命涂新泉牵头，召集水利、执法等几家，分别抽调一点力量，组织支援队伍迅速赶到天马水库，交由李金明统一指挥，协助当地水库管理处开展环境治理，保护青山绿水。可能没多少时间可用了，这件事要快，速战速决，尽快上去，尽快完成。

"你负责联络协调。先跟李金明联系清楚，把我的意思告诉他。"迟可东命令。

涂新泉说："明白。"

"还有种树问题，让李金明拿个方案。"迟可东交代。

此刻确实不知还能给李金明多少时间，他的茶艺馆之夜随时可能发作，所以务须抓紧。除了山上事务，山下与第二水源相关的各项工作也要按原计划推进，尽量不受《纪要》暂停影响。当前重启《纪要》难度虽大，却不能放弃努力，这个事别人够不着，需要迟可东自己来考虑。迟可东本身处在一个非常时段上，他知道墙上那个挂钟滴答滴答还能走多久，指望自己能做什么。明知应当放手，真要放手却不容易。

与涂新泉交代完工作，迟可东匆匆起身，离开办公室前往宾馆。

第二次约谈不再泛泛，内容比较具体，涉及周宏与一块土地的出让问题。根据办案人员掌握的情况，开发商石清标曾经在本市拿了一块开发用地，之后酿成一大案件。他们了解这件事与周宏是否有关联？

迟可东明确说："有这件事。"

他介绍，涉案地块原是一片旧厂房，位于当地所称的"城东新区"。他曾在那个县当过书记，事情发生在他调离之后。石清标竞标拿了那片旧厂房，尔后通过关系改变用途，获得大利。周宏与这件事有多大关联他了解不多，但是确实也知道周宏关心这件事，因为周宏曾亲口询问过石清标竞标这块地的情况。

"他让你出面干预，把地交给石清标？"

"实事求是，他并没有明确要求。"迟可东回答。

迟可东谈了那些情况，包括周宏的意见，他给李金明打的电话以及事后李金明"受贿百万"的调查结果。他说，当初他给李金明打电话，以及后来对调查人员做说明时都没有提到周宏，主要考虑没有必要牵扯上级领导，加之周宏只讲要公平，并没有直接要求把地给谁，感觉并没有太大问题。

"为什么现在说出来了？"

迟可东表示，办案人员问起这件事，表明其中确有问题，因此他应当提供所知情况。至于周宏是否借此从石清标那里牟利，他本人一无所知。

他们忽然直追迟可东本人："你本人没有从中牟利吗？"

"当时我没与石清标见过面，自始至终，他没找过我，彼此间没有任何金钱来往。"

"他通过其他人找过你吗？"

"没有。"

"熟人、亲友呢？"

迟可东意识到问题严重。停了会儿，他提出更正："应该说石清标曾经通过其他人找过我，那人叫黄志华，是我表姐夫。"

他说，石清标企图染指那块地之初，曾托请黄志华向他提，被他一口回绝。当时他还劝告黄志华不要跟石清标牵扯。可能因为通过黄志华没说成，石清标才请周宏出面。

"你为什么回绝黄志华？"

迟可东说，他对石清标行事为人比较了解。主要还因为他认为这种事应当按照规则行事，主管领导不该施加不当影响。

"你终究还是把周宏的意见告诉了李金明。"

迟可东承认："虽然事出有因，确实也是问题。"

"你表姐夫黄志华是否就此牟利？"

迟可东表示不清楚。黄志华游说不成功，被他一口拒绝，想必牟利也难。

对方不吭声，眼睛紧盯着迟可东。

迟可东再次强调："我要说明，我本人没拿过石清标哪怕一分钱。"

办案人员也了解天马水库问题，问及周宏是否给迟可东做过什么特别交代？迟可东告诉他们，周宏曾交代天马茶园的处置尽量稳妥，不急，先维持现状。其实无须周宏交代，他自己也是这么考虑的。需要解决的主要问题是管理权下放，天马茶园是派生问题，主要问题妥善解决之后，才有条件考虑派生问题。

"周宏跟天马茶园什么关系？"

"我不了解。"

谈话将临结束之际，他们忽然问："那个水杯怎么回事？"

迟可东一怔："什么水杯。"

"周宏送你的水杯。"

"我不知道那个水杯。"

“一点都不知道?”

迟可东不知道那水杯是什么样的，也不知道那怎么回事。当时秦健曾给他打电话，提起周宏送一个钛钢水杯，但是后来并没有送来。

“为什么周宏要送你水杯?”

“说是有助养生。”

“他想告诉你什么？只有你们俩才知道的?”

迟可东说：“请你们代我问问他。”

对方也笑：“会的。”

他们从哪里知道那个水杯的？周宏自己交代，或者竟是秦健？作为周宏被带走前最后接触过的下级官员，秦健一定颇受注意，或许早被叫去谈话过。很可能该钛钢水杯没有送到迟可东这里，倒是交到了办案人员手中，秦健那个大公文包早已空空如也。或许秦健还被要求不得对外透露谈话情况，不得通风报信，所以他对迟可东绝口不提。办案人员明知迟可东没见过这个水杯，却拿它来询问，或许是表明关注。这个钛钢水杯无疑颇具暗示意味，让周宏与迟可东之间的关联显得特别，尤其是周宏当时还让秦健给迟可东带话，说该杯是好东西，“迟可东懂得的”。这句话可以解读为迟可东懂水杯质地，也可以解读为懂得其内在含义。你懂的，究竟懂什么?足以引起重大怀疑。

隔日是星期六，迟可东匆匆赶回省城，直接去了舅舅许琪处。

那一次在天马水库，许琪走得不痛快，待今天与外甥见面已经无须多说，因为周宏出事满城尽知，许琪当然明白迟可东怎么回事。

他问：“可东没事吧?”

迟可东笑笑：“舅舅放心。”

彼此都有潜台词。

许琪夫妇与女儿女婿同住，黄志华恰在家，没有外出。迟可东看过舅舅舅妈，即起身去了黄志华的房间，与黄志华关门谈话。

黄志华否认拿石清标钱，说自己只是偶尔帮点忙，石清标也帮过他。他们是老相识，生意上也有过往来。提起那块地旧事，黄志华还有微词。

“当时找你要地，你没给我面子。他凭什么给我钱。”黄志华说。

“要是给你面子，案子发了，你往哪里跑？”

黄志华称他不需要跑。他不是政府官员，纪委管不着。石清标愿意给他钱，他愿意收，彼此甘愿，谁也拿不了。

“不用拿你，拿我就行。你拿钱，我替你抵账。”迟可东说。

黄志华不吭声了。

迟可东了解黄志华与石清标的生意往来，是否石清标给过超额好处？黄志华不快活，还说无论石清标给了没有，与内表弟一点关系没有。

“真的没关系吗？”

迟可东追查天马茶园茶艺馆，那天晚上黄志华叫李金明去给许琪饯行，跟任泰昌喝酒，看茶艺表演。事后干什么了？黄志华自己找小姐了没有？知道那里已经弄出个大案，石清标竟然会摆弄针孔摄像机吗？以为没关系？不是政府官员就没人管了？

黄志华恼火：“你这是干什么！”

“要我跟表姐说，还是跟舅舅说？”

他顿时软了下来：“可东，别这样。”

迟可东没再紧逼，好一会儿沉默。

“我劝过你，别跟石清标搅和。”迟可东说。

迟可东起身出来。他去许琪房间告辞，许琪忽然问一句：“周宏的事情挺麻烦吧？”

迟可东笑笑：“没事。别操心。”

许琪还是那句话：“可东，当放手时且放手吧。”

“我知道。”

迟可东表面放松，心里忧虑。黄志华与石清标的瓜葛晦暗不清，这两人的事情本属于他们自己，与迟可东没有关系，迟可东也没有兴趣了解。此刻那些事情似乎忽然成了迟可东的。黄志华为石清标游说拿地未遂，或许当时没拿到钱，其后石清标通过周宏交代终于拿到了地，论功行赏时会不会也顾及黄志华，在他们的生意往来中给了额外好处，即奖赏黄志华的游说，也为日后需要拉紧关系？这些好处似与那块地无关，认真起来也能牵扯上，不追究则罢，一追究当然成为问题。迟可东没往自己口袋里塞钱，把钱塞进表姐夫口袋就不算数了吗？当然可以算数。

迟可东不知道自己接下来会遇到什么。

涂新泉给他打来电话，报称支援队伍已经迅速开上天马水库。李金明感谢迟市长支持。这些人一到，如虎添翼。

迟可东说："让他们抓紧。"

齐之光也给迟可东来了个电话，问迟可东什么时候返回？他有些情况想跟迟可东通个气。

迟可东说："等我给你电话。"

齐之光通什么气？可能是李金明。后者有种种毛病，却能两肋插刀，此刻咬着牙在山上努力，而危险正在降临。迟可东能做什么？他在自家客厅，抬眼从落地窗看天上云彩，不声不吭。迟家客厅有一只圆形挂钟，是静音的，那只钞针在字盘上一圈一圈不知疲倦地走动，悄无声息，但是迟可东却能听到心里的滴答滴答声。

如他所清醒认识，眼下是他的非常时期，特别时段。任期已到尾声，案子风险叵测，值此时段他能做些什么？实在无能为力。无论多么心有不甘，必须弃之不顾。

他却反向而行。

他拿出手机给陈治打了个电话。陈治在水利厅大楼。

"有事找你。"迟可东说，"很急。"

陈治说："来吧。"

半小时后两人在陈治的办公室见了面。

情况生变之后，他们曾多次通过电话交换意见，协调步调。此刻迟可东找陈治，却不谈水库，只为一件特殊事情。用迟可东的话说，叫“安排后事”。

“他们已经约我谈了两次，一次比一次强悍。”迟可东告诉陈治，“所谓事不过三，再来一次只怕麻烦大了。”

“哪里会。”陈治安慰，“谁不知道你啊。”

迟可东感叹：“有时候自己也不知道自己。”

迟可东称，如他这种情况，过一天少一天了。这种时候确实有一些东西难以放下，于情于理都需要做点安排，视同呜呼哀哉之前安排后事。要紧后事当然得拜托可靠之人，所以今天专程来找陈治密谈。

陈治道：“尽管说。”

他们闭门密谈，直到中午时分。

当天下午迟可东赶回本市。邓际良那个双休日没有离开，迟可东回到机关大院，立刻到了邓际良的办公室。

“跟书记商量件事。”他说。

他告诉邓际良，省水利厅陈治厅长提出要李金明，需要请本市支持。

邓际良不禁吃惊：“李金明？要他干什么？”

邓际良当然有理由惊讶。李金明现为市水利局助理调研员，却是刚从市安监局调过去不久。此前李金明并没有搞过水利，之所以安排到水利局，主要是让他去天马水库处理移交事宜。这么一个经历的人，怎么忽然会被陈治看上了？

迟可东解释说，省水利厅下辖的琴江引水管理处前些时出了个案子，三个班子成员全给抓进班房，急需重新配备领导人员。陈治已经从厅里物色一个副处长，提到那里当主任应急。那人德才表现不错，只是作风偏软，陈治担心他工作抓不起来，想给他找一个得力助手，找了半天没有合适的，忽然就想到了李金明。李金明在天马水库处理移交协调，工作努力，陈治曾听过他汇报，印象很好，觉得可以要来用。迟可东考虑，李金明不过是个助理调研员，于本市不是什么重要干部，让他走对本市没有损失，于他本人或许有好处，省直部门规格高，更有发展空间。眼下《纪要》暂停执行，移交工作延后，不知何时才能重启，让李金明走也是时候。

邓际良问："你舍得他?"

迟可东称自己其实舍不得。但是回头想想，自己也舍不得头上这顶市长帽子，时候到了，该让人家拿走也得拿，何况一个李金明。

"没那么悲观。"邓际良说。

李金明是市管干部，其调动需要常委会研究，需要邓际良同意上会。迟可东突然提出让李金明走，邓际良很感意外。邓际良并不赞成放李金明，以他观察，李金明这个人确实有股劲，能干事，可以用，很需要。他已经交代组织部考虑，要让李金明改任水利局副局长，有助于李金明在天马水库推动工作。待从山上下来，还可以考虑给一个更重要岗位。邓际良觉得迟可东一定赞成，却没料迟可东打算让李金明离开。

"真是好事成双。"迟可东笑，"这里也好那里也好，李金明运气好。"

他依然主张让李金明到陈治那里。陈治有需要，不如干脆就给，未来需要陈治支持重启水库移交，人家也会爽快。

"你不会后悔吧?"邓际良问。

迟可东摇头。

邓际良与迟可东合作良好，对迟可东的意见一向很重视。李金明目前只是个助调，不是什么重要岗位领导，无足轻重，放走确也比较容易。

迟可东说，如果邓际良能够接受，他即向陈治回话。引水管理处那边要求比较迫切，陈治希望从速办理，回话后很快就会来函商调，届时本市即可上会研究。

邓际良又问了一遍："你的意见呢?"

“给他吧。”

“行。”

迟可东从邓际良办公室回到政府大楼，李金明已经在他办公室门外等候。

是迟可东命他下山来候的。迟可东掐准时间，在与邓际良沟通过，有了确切把握后即向李金明交底，片刻都不拖延。

李金明依然戴那副黑框旧眼镜。他的表情沉重，显然清楚此刻迟可东找他谈话绝对不会是什么好事，很大可能是“干部考察”深入进行，茶艺馆之夜终于事发。

“我们该拿你怎么办？”迟可东问他。

李金明自知情况严重。他提出，无论拿他怎么办，可能的话，再给他几天时间。

“做什么？”

他已经说服办案民警，将其落水性质降格为“意外失手”，几位肇事者所受处罚将不至于太厉害。这几位的家人报以合作，已经率先拆除渔排网箱。观望者纷纷开始起鱼，准备拆箱。迟可东给他派去的援军正在集中力量督促行动，库区渔排很快将一举拿下，其他整治项目亦可迅速推进。

迟可东问：“要我给你多少时间？”

“不能再多的话，一星期吧。”

迟可东看着他不吭声。心里百感交集。从当年所谓“脚趾头一掂就知道”到现在，这个李金明还是那个质地，尽管不时有错。

李金明看他不说话，问：“我是不是该走了？”

迟可东问：“那天晚间发生的事情，想起多少了？”

他苦下脸，摇摇头。

“有什么考虑？”

他知道自己必须面对，无可逃避。

“给你找一个地方，去那里吧。”迟可东说。

李金明一听说调他去省水利部门，一时目瞪口呆。

“我怎么……我得待在山上。”他说。

此刻确实需要有一个人坚持在山上带队，冒着被扔下水的危险继续前进，表明一种坚持与存在。这个人非李金明莫属。但是如果让李金明待在那里干那些事，则近乎将其弃之不顾，也许不过几天就会看着他被拖入丑闻中。这一次别指望李金明自己能扯掉套在头上的麻袋，从水里游上岸来。

以自身处境和风险论，此刻迟可东必须放弃李金明。所谓“当放手时且放手”，应当放弃的不仅是一些事情，一些愿景，也还包括一些人。但是如同自己的努力难以割舍一样，迟可东极其痛切地意识到，这个李金明也让他难以舍弃。多年之前因为郑鑫国那件事，他曾经决定放弃，最终还是伸出援手。这一次他还能让自己弃之不顾吗?

迟可东决意把李金明拖出危险旋涡。眼下李金明还在山上山下晃来晃去，安然无恙，所谓“危险旋涡”是否迟可东失之过虑?确实存在这种可能。或许李金明的茶艺馆之夜除了昏睡，确实一无所为。李金明并未被某一位小姐指认，可能因为表现太低级，以致小姐把他彻底忘记。因此不管了，顺其自然，可能什么麻烦都不会有，却能让李金明在山上多做一点事情。只是迟可东无法心存侥幸，他不愿承受万一。此刻天马茶园一案还在办理中，不知道还会有什么发展，齐之光提出与迟可东通气，说不定就事涉李金明。如果让李金明依然在天马山上晃来晃去，一旦需要，随时随地都有可能要求他换一副眼镜再去让哪位小姐瞧瞧。如果把他调离，不再为本市干部，却有可能得以避开，因为他已经被指认过一次且过了关。

但是迟可东没有提起这些考虑，只讲:“换个环境，对你可能也好。”

李金明竟明确拒绝。

“我知道领导是想帮助我。”他说，“但是我不能离开。”

“为什么?”

他自己的事应当自己承担，无论有什么后果。走了未必能够逃避，那时候就不仅是他个人的事，帮助他离开的人一定会受牵累，首先就是迟可东。

“不需要你考虑这个。”迟可东说。

“我必须考虑。”

他的态度出乎迟可东预料。郑鑫国那一次，迟可东想办法解脱他，自己承担责任时，他一句话都说不出来，当面痛哭。眼下情形相当，他的反应却大不相同。

迟可东说：“很好，我欣赏。”

“领导是批评我。”

“是表扬。但是你必须服从，这件事没有余地。”迟可东说。

“真的不能再让领导为我操心了。”

他表示自己愿意留下来承受一切。茶艺馆那个事能怎么搞？他有思想准备，最多回去种蘑菇吧。此刻离开，除了可能给迟可东造成麻烦，他自己要重新适应环境，要搬家，要安排儿子转学，生活重新开始，想来非常厌倦。

“重新开始也是新机会。”迟可东说。

迟可东表示，自己很愿意不再操心，让李金明自己决定，听天由命。但是如果李金明终被追究，他的感觉会非常不好，除了生气李金明，也会有很多自责。以后可能很难有机会再来为李金明操心，这一次就这么办吧。下不为例。

“请领导听我……”

迟可东用力一摆手，不让李金明再说。

“你不用再去管那些渔排了，会有人去管。你回家休息几天，等待通知。”他说。

李金明黯然离开。

迟可东拿起电话，想给陈治回个话，却在最后一刻放了电话。

迟可东在李金明面前没有松口，坚持让李金明走人，因为此刻走人是唯一相对安全的选择。迟可东亲自找陈治和邓际良协调，费了许多心思，不能功败垂成。但是李金明的态度又让迟可东感觉犹豫。或许没必要走这一步？如果什么事都没有，让李金明离开岂不是多此一举？如果真的有事，离开未必就能免除。既然李金明态度如此，那么干脆算了，顺其自然，即使有事，李金明该承担什么就去承担，那是他自己的选择。确实如李金明所说，要是他离开，一旦有事，离开本身将成为问题，为他做出安排的迟可东必然要承担责任。迟可东本人需要面对的已经很多，对李金明已经仁至义尽，无须再给自己找事，把李金明的麻烦揽到自己身上。迟可东为李金明做安排时其实非常矛盾、苦涩，始终有一个错误感，心里有一个声音在反复提醒：这不是他应当做的，他不应当是这样，不能变成这样。李金明态度如此，那么乐观其成，不做也罢。

迟可东在所谓“密谈”中，并没有把底细对陈治全盘托出，没有提及李金明的茶艺馆疑问，有如与邓际良沟通时一样。因为一旦提及这个问题，势必让对方陷于两难，日后有麻烦人家也有责任。迟可东决意自己来承担，他对陈治只提及是在安排后事，想及早给李金明找个合适去处。陈治与迟可东关系好，心知如果没有特殊情况，迟可东不会这么亲自上门来谈。他没有深究，一口答应，只待迟可东沟通妥当后给他一个电话。此刻只要迟可东不给陈治回话，日后略作解释，对李金明的安排便可一笔勾销。

迟可东没给陈治打电话。

当晚齐之光来找迟可东，谈的果然是天马茶园案件。目前又有两个卖淫小姐被办案警察追到案，案情还在深挖。谈到的情况中还未再次波及李金明。

第二天迟可东得到消息：李金明在跟他谈过之后没有回家，离开政府大楼即驱车返回天马水库。就在齐之光与迟可东交谈案情之际，李金明带队于天马水库连夜行动，强行拆除一户钉子户的渔排。

两天后，天马水库渔排被清理一空。李金明马不停蹄转向天马茶园，借天马茶园停业整顿，任泰昌等人疲于应对警察无暇顾及之机，以茶园水上运动项目未经地方主管部门批准，存在安全隐患为由，将停泊于库区水面的摩托艇和水上飞行项目的设施全部拖上岸，搬进茶园存放，迅速拆除了水上运动浮码头。李金明还从山下调来几辆钩机，在天马茶园边一片工地上日夜作业，紧张操作。该工地属于天马茶园，原拟建一座星级酒店，后因本市提出交涉而下马停建，成为遗留问题。李金明把那片工地的残存工棚以及已经开挖的基础深坑全部推平，抹掉了酒店工地的最后影子。

显然他在赶工。给他时间，他还能做很多事。

迟可东决定不再等了，他给陈治打了电话。

他无法摆脱心里的错误感，但是如果弃之不顾，他肯定会终生难安。

4

常委会上，市政法委书记齐之光和纪委书记蔡塘分别通报了天马茶园案件调查处理有关情况，目前已经有六名市管干部被确认参与天马茶园嫖、赌活动。相关涉案人均承认所查属实。市纪委按规定对这些干部提出处理意见，全部撤职、开除党籍。

齐之光说明："事情还没完，可能还有一轮。"

他说，六个要处理的人都经天马茶园卖淫小姐指认过。这六人肯定不是全部。目前警察又掌握了两个曾在茶园卖淫的小姐，深查下去，还可能指认出新的涉案官员。

有人调侃："齐书记挤牙膏啊，一会儿挤一个小姐。"

齐之光道："我们也想一网打尽，可是警察不如小姐跑得快。"

卖淫女流动性强，为其职业特点。蒋大林供词及茶园监控记录中的一些小姐都远走高飞了，天南海北找起来挺费劲。不可能把这些小姐都追到案，只能重点追几个。

于是又有人调侃："齐书记的警察这些天都忙着追小姐。"

齐之光请各位领导不要误会，警察追逃任务很重，卖淫女不是重点。根据案发地原则，本案由下边县公安局为主侦办。当地领导对本案比较重视，县委书记秦健亲自过问，特地追加经费支持办案，让警察有足够的钱买机票，查获重要对象还另加奖励，因此办案警察干劲十足。据了解除了新追这两个小姐到案，后边可能还有若干。虽然积极性很高，毕竟不能牵扯太多力量，齐之光已经要求下边县局突出重点，不要没完没了，不停地挤牙膏，搞得各级领导不得安宁。

邓际良说："这一点请齐书记注意把握。"

对现有六人的处理意见没有异议，一致通过。

会间休息时，迟可东与齐之光在洗手间外又聊了几句。齐之光悄悄问迟可东："迟市长一定比较清楚。秦健跟李金明之间，以往是不是有些问题?"

迟可东问："有什么异常吗?"

齐之光告诉他，由于办案方是县公安局，主要情况都在秦健掌握中，秦健似乎特别在意李金明。根据齐之光听到的情况，秦健认为李金明未被指认出来，可能因为与之有染的小姐已经离开，不在被扣的卖淫女中。秦健命警察将此作为一个重点追查，因此才有后边两个小姐被追到案。办案人员已经提出再次安排指认，指认对象包括李金明。齐之光听了汇报，感觉警察掌握的李金明关联证据不充足，加之李金明已经调离本市，没有足够把握不要再惊动，因此把李金明从名单里画掉。

"这事给市长通个气。"齐之光说。

迟可东点头："我知道了。"

他问了一个问题："蒋大林还关着吧?"

齐之光说："肯定得判上几年。"

"他有没有供称使用过什么迷幻药？"

齐之光称未曾听说。

这当然也有多种可能，也许是蒋大林害怕加重罪责，有意瞒供。当然也可能是李金明误猜，人家无须下药，单凭酒就把他放倒在茶艺馆的小姐床上。无论是什么情况，风险果然再次到来。而李金明得以避开，如果不是迟可东早做安排，他可能就完了。

齐之光说："迟市长了解秦健，合适的话，请提醒提醒。"

迟可东点点头。

这时纪委书记蔡塘匆匆过来，把迟可东拉到一旁低声耳语："他们来了，在小会客室。请迟市长出去一下。"

迟可东一愣："这马上接着开会了呀。"

这时只是会间休息，下边常委会议题还有好几个。但是人家找到会场来了。

蔡塘说："他们比较急，不需要太长时间。"

迟可东请蔡塘代向邓际良报告，自己赶紧转身去了会议室旁的小会客室。该会客室房门紧闭，迟可东敲敲门，门开了，里边的人探出身子，请迟可东进去。

还是那几位，这是第三次谈话。来得很突然，事前没有预约。

他们问："听说迟市长下午到省里开会？"

迟可东说："是的。省政府开经济分析会。"

他们说，有一个情况需要尽快核实，得知迟可东有公务要离开，所以赶过来谈谈。

他们问的却是秦健。他们请迟可东谈谈秦健下派担任县委书记的任职过程。

迟可东说："我印象，他的任职程序完整。"

他简要介绍情况，认为并无异常。

“秦健任职前是否找过你？”他们问。

迟可东说，秦健本人没有找他，但是周宏副省长曾经做过交代。当时周宏到天马水库调研，询问市里打算派谁接林加政，提出秦健可以考虑，要迟可东支持。事后邓际良向他征求意见，迟可东表示秦健可以胜任。

“秦健始终没有找过你？”

迟可东说，任职确定后秦健曾找他道谢。

“口头感谢？”

迟可东说，秦健从当县委办主任起，一直是他属下干部，彼此很了解。秦健知道他该是什么就是什么，无须多做表示，尤其是无须找他买官，他从不卖那东西。

“他跟周宏很接近吧？”

以迟可东观察，周宏对秦健比较欣赏，秦健与周宏联系也比较多。秦健一直很注意与上级领导联系，包括与迟可东本人。

他们指着茶几让迟可东看，迟可东这才注意到茶几上放着一个圆柱形金属水杯，有盖，样式新颖，银白色，杯身有花纹，显得贵气。

“迟市长对它有印象吗？”

迟可东摇头：“没见过。”

“这水杯怎么样？”

迟可东从口袋掏出他的钥匙串，往水杯上碰碰再轻轻敲击，发出“当”的一响。

那几位在一旁瞪眼看，不知所以。迟可东收起钥匙串，拿手掂掂水杯，说了句：“可能是纯钛。”

“什么？”

迟可东说，他的钥匙串里有一小块磁铁。经测试，这个水杯不带磁性。水杯的分量比较轻，而质地坚硬，声音铿锵，他断定是纯钛制品。据说纯钛水杯价格不菲，有一种日本钛杯值人民币千余元。

“周宏为什么要把这个水杯转交给你?”他们问。

原来是那个水杯。迟可东不禁扭过头去再看一眼。

“不对。”他说。

对方很敏感，即追问：“有什么不对?”

迟可东笑笑：“没什么。”

迟可东的猜测得到证实：未经赠与者或被赠者同意，受托者秦健已经自行处理，把该水杯上缴，或许连同周宏的转托与交代，有如当年的《书记要本》。迟可东脱口说“不对”，因为感觉困惑：秦健电话明明说周宏送一“钛钢水杯”，但是眼前这个显然不是钛钢，而是更为贵重的纯钛产品。秦健非专业人员，他所谓“钛钢”应是从周宏嘴里听说，周宏是知情的，为什么故意把该水杯说成钛钢？这一水杯已引起怀疑，因为是周宏在自知即将出事之际托送，仅以其某些特点，任何人都可做合理猜想。例如，它有一个盖子，是否暗示“守口如杯”？它是保温的，是否暗示“保密”？如果是那样，该水杯就意味着攻守同盟。

迟可东表示，以他感觉，周宏送水杯应该只是表示关心。周宏知道他很能喝水。

“以往送过你水杯吗?”

“这是唯一一次。”

“没有其他意思吗?”

“你们可以问问他。”

他们肯定已经问过，但是仍然怀疑。如果这个水杯所暗示事项仅仅你知我知，例如某一块地某一笔钱，那么攻守同盟双方说的很可能都是假话。

他们要求迟可东写一份旁证材料，如实写明周宏干预秦健任职的具体情况。迟可东本人与周宏的关系也要如实说明。

迟可东说：“我说明过，我们只是工作关系。”

“是什么就写什么。”

迟可东离开小会客室，回到会议室开会。会后他和邓际良聊了几句，说感觉办案人员追过来问的似乎也不是什么特别急迫的事情，只是涉及秦健。

“他好像有点情况。”迟可东说。

邓际良轻轻点点头。

迟可东感叹道：“接下来还有什么事？谁知道呢。”

秦健似乎涉案，水杯已经现身，办案人员都追到会议室了，作为周宏事发前夕的关心对象迟可东，接下来肯定还会遇到些事情，非他本人可以料想。此刻迟可东还能再做些什么？算了吧。可他依然心有不甘。

当天下午，迟可东赶到省城，第二天上午参加了省政府经济分析会。会议期间，迟可东把江勇拉到一旁谈了件事。

“要请江秘书长关心关心。”他说。

江勇话中带刺：“我有资格关心吗？”

“现在你最有资格。”迟可东说。

迟可东称他本人不敢劳驾江大秘关心，但是有两棵树很需要。本市拟于近期在天马山搞一个大规模植树活动，天马水库也在其中，除了周边山地绿化，还要把库区范围内现有植被破坏区域用树木和草皮绿化覆盖起来，还一片绿水青山。当地特意准备了两棵樟树成树，作为风景标志树栽种于库区显著位置。民间人士称这是两棵风水树，得请大人物来种，才有望枝繁叶茂。大家非常希望其中一棵能让陆文省长手植，另一棵当然要劳驾江大秘。现在唯有江大秘可以说动陆文省长，因此特意相求。

江勇却不买账：“你是在那山上挖个坑招人往里跳？”

迟可东承认确实是挖个坑让领导去跳：“陆省长未必应当，江大秘却必须跳。”

“为什么？”

迟可东说，眼下他本人情况差不多尽人皆知，来日无多了。本市明摆着需要一个新市长，那会是谁？以他听到的消息，江勇竞争力最强。因此现在迟市长在天马水库挖坑种树，实是在替未来的江市长做贡献。迟市长现在解决的问题越多，日后江市长的麻烦就越少，既有利于当地人民，也有利于未来领导。

“你厉害。”江勇说，“但是没那回事。”

迟可东塞给他两张邀请函，他不收。迟可东不依不饶，硬塞到他手里。

那天傍晚，李金明赶到迟家来见迟可东。琴江引水管理处位于省城近郊，到迟可东住宅有公交线路，来去很方便。李金明的气色不错，情绪也平稳。

他已经给任命为副主任，目前分管后勤一块，包括办公室、党务等，差事并不复杂。他儿子的转学已经办妥。他在省城这边有个表姐，是他舅舅的女儿，家住在学校附近，儿子托寄在那里，也可放心。待到找房子租下来，把儿子的外婆接过来照管，那就基本就绪。总之一切顺利，人生另起一行，迟可东无须为他操心。

“只是不能再为领导做点什么，心里过不去。”他说。

迟可东即予纠正：“不是为我，是为人民群众。”

他自嘲：“我是哪根葱啊，不敢那么高大。”

迟可东问：“相亲没有？”

他笑：“哪有那么急。”

“抓紧。”

“领导还怕我犯错误啊。”

迟可东没有提到“干部考察”深入进行，又有两个小姐到案那些事。既然已经置身事外，无须让李金明再做美好回忆。相信他会接受教训，格外珍惜。

谈话期间，迟可东接到了江勇打来的一个电话。

“省长同意去。”江勇说，“顺便在水库做一些调研。”

迟可东喜出望外：“感谢！感谢！”

陆文来到天马水库，无疑将提供一大转机。在命令《纪要》暂停执行之后要再令之重启，领导需要有一个调研过程，现在这个过程被推上了日程。之所以有这个意外转变，显然江勇起了作用。江勇终于想明白了，迟可东那些话说到了要害。

江勇交代迟可东做好准备，把库区整治清楚。另外也注意控制一下其他环境。这些日子怎么搞的？又是移交问题，又是旅游问题，加上黄赌毒什么的，弄得到处声音，天马水库远近闻名，怎么都弄到一块了？

迟可东说：“也难怪。非常时期，特别时段。”

“这是怎么说？”

迟可东不多说，只让江勇放心，无论那里发生过什么，省长大驾光临，足以驱散雾霾。两棵大树一种，顿时云开日出。

放下电话，迟可东指着李金明说：“记你一大功。”

李金明茫然。

前些时有一天，李金明从山上给迟可东打电话，请求给一点时间，说还有很多事可做，当时李金明提到了种树。没想到就是这个名目撬动了压在《纪要》上的巨石。

第二天早晨，迟可东匆匆返回本市，迅速投入准备。水库植树这件事，早在李金明走之前就已经做了计划，当时考虑的规模较小。后来迟可东提出从建设第二水源长远考虑，可以搞大一点，扩展至整个天马山，搞一场大规模植树活动，改善环境，并以此向陆文提出邀请。现在陆文答应出场，迟可东必须保证这场植树活动圆满成功。

迟可东给秦健打电话，命他速来一谈。

秦健很敏感：“市长是什么事？”

迟可东说：“种树。”

当晚秦健来了，在迟可东的办公室见了面。秦健看上去有些憔悴。

迟可东问："睡得不好?"

他苦笑："老毛病了。"

迟可东与秦健研究植树活动，这个活动必须依托当地来组织，天马山包括天马水库都在秦健那个县，任务当然要交给秦健。由于该活动事关重大，迟可东经邓际良同意，拟要求两办组织大批市机关干部前往天马山参加植树，让大家都来关心自己的喝水问题。市里去的这些人主要起配合作用，植树活动的主力和物质保障，例如工具、树苗等，要由当地为主解决。

秦健说："没问题。我来安排。"

他们探讨了相关细节，秦健一一承诺，没有二话。

商谈中，秦健一直显得精神萎顿。迟可东问他："有些什么情况吗?"

"没有。"

"没有吗?"

他沉默，好一会儿才说："我不好多讲。"

他请迟可东放心，他本人没事。这么多年里，他跟随迟可东工作，对迟可东最是了解，迟可东也对他最了解，相信他不会乱说乱做。办案同志说了，对外不说。

显然他在解释上缴水杯事项。迟可东一摆手："我没问你这个。"

迟可东了解天马茶园案子。据他了解，这个案子是秦健亲自督办。

秦健承认是他决定动手的。此前他听说过茶园的一些情况，但是因为周宏曾交代他关照，他清楚周宏与茶园老板任泰昌关系较特殊，不敢轻易动手。周宏出事后，他考虑不能再等了，所以命县公安局采取行动。

"是不是要拿这个与周宏、任泰昌切割?"

他没吭声。

"为什么一直那么关心李金明?"迟可东问。

他说："我觉得迟市长被他欺骗了。"

“很好。直说。”

秦健说，李金明涉嫌嫖娼，应当查核清楚。听到李金明突然调离的消息，他越发认定李金明有问题，肯定是李金明心怀鬼胎，害怕了，拿什么理由欺骗迟可东，迟可东不知底细，帮助他离开。李金明干这种事怎么可以不受惩罚？这不对。秦健清楚迟可东一直很欣赏李金明，没有迟可东，李金明今天还在乡下种蘑菇。迟可东什么都好，只是太相信李金明。李金明根本不值得这样看重。迟可东已经被李金明拖累，弄不好还会被拖垮。秦健也曾得到迟可东多年关心，心里一直充满感激。他考虑，把这件事办个清楚，一抓到底，让李金明承担该承担的，也让迟可东不再受累。

迟可东说：“是这样啊。我感谢你。”

他说：“请迟市长批评。”

“我不批评这个。”

迟可东问了另一个问题：“你为了当县委书记曾找过周宏，有吗？”

“不对吗？”

“向老领导反映个人想法不是问题。”

“是的，我找过他。”

“送钱没有？”

“这，市长怎么啦！”

“跟我说实话。”

“没有。”

“真的没有？”

“没有。”

“我可以相信你吗？”

“相信我。”

迟可东点头：“好。我知道了。”

他命秦健赶紧回县里去，做好准备。此时此刻，个人这个那个应当先放一边，都不重要，把种树这件好事办下来才是最重要的。

秦健说："好的，我明白。"

秦健离开市政府大楼返回县城。第二天上午，他按迟可东要求召集县各相关部门人员开会，为即将举行的天马山植树活动做准备。当天下午他在自己的办公室开另一个会，会议期间有人造访，秦健把会议暂停，出门去见，尔后再也没有回到办公室。

他给办案人员带走了。

情况于第二天上午在市委领导层作了通气，秦健因涉嫌严重违纪被采取"双规"。会后齐之光告诉迟可东：秦健被带走之际却是在办公室听县公安局案情汇报，了解天马茶园案件进展。被叫出去前还在发布指示："不能放过这个李金明。"

"自己要出事了还拉上垫背的。"齐之光说。

尽管秦健自己被带走了，由于他的锲而不舍，牵连已不可避免。天马茶园一案案情有了新的发展：警察在办案中发现被追到案的两位小姐中，有一个是外省一所旅游职校在校学生，被天马茶园以假期实习名义招来参加茶艺队表演，尔后为钱所诱，接受安排出台卖淫，在茶园用的是艺名和假身份证。警察深入查核，意外发现案发时她的真实年龄未满十四周岁。按照刑法，与这一年龄段女子发生关系为强奸，事情因此不再属于治安案件，归为刑事范畴。该小姐被追到案之初，曾从一堆照片中挑出几张，其中有李金明，当时齐之光以李金明已经调离，没有足够证据不予惊动为由，把事情先放一边。此刻案件忽然变为刑事，李金明已经难以避开。

"性质不一样，情况严重得多，刑警已经介入。"齐之光说，"涉及的几个人恐怕都得接受指认，包括李金明。"

迟可东问情况是否可靠？齐之光称已反复核实，女孩的年龄属实。女孩年纪小，头脑简单，时常没睡醒一般，指认照片有时说是，有时说想不起来，把握程度不好说。一旦安排指认，各种情况都可能，指认后肯定还需要认真核实，看时间地点情节是否对得上，对不上可以排除，对得上才能认定。认定就没救了，只能依法以强奸论罪。

“迟市长有什么指示?”齐之光问。

迟可东举手往天上一指：“问过老天爷的指示没有?”

齐之光笑：“那可怎么问?”

迟可东称民间做法似乎是到庙里烧一炷香，然后卜卦请示。迟可东感觉未必有用。所谓人算不如天算，如果天机只要一卜，岂不落入人算。因此不卜为好，不如种树。

回到自己的办公室，迟可东把门一关，坐在沙发上一动不动，看墙上的挂钟。他的手机响了几回铃，他都只看一眼屏幕，不接，听任铃声响到停止。

那时候他的感觉非常不好。

事实证明秦健不可相信，迟可东对他的判断并没有错误。秦健聪明过人，以本地俗语称“目色好”，也就是特别会察言观色，能揣摩、迎合上意。以多年观察，迟可东对秦健了解很深，时有提醒，却也知道对方未必信服。迟可东总说人的质地不同，秦健的为人理念与李金明确实差别很大，两人始终不对路。迟可东对李金明的信任或许对秦健有刺激，秦健本能地要给李金明找碴，证明自己是对的，迟可东看错了人。到了自知就要出事之际，还非要把李金明扯上。从某种意义上说，这一结果也是迟可东自己造成的。如果迟可东早将李金明弃之不顾，或许秦健不会总盯着不放。如果迟可东对秦健更严峻一些，或许也不会有今天的结果。当年秦健四出活动，谋求到县里当书记，迟可东并不赞成。秦健显然心里有数，他不直接找迟可东，绕个弯把周宏请出来交代迟可东，让迟可东无法拒绝。秦健知道迟可东的软肋，知道怎么才能影响他，算得非常准确。如果迟可东不管周宏交代什么，坚持让秦健待在他该待的地方，或许就不会有今天的下场，周宏被查处的问题里，或许会少了秦健一笔。以现有迹象分析，秦健应当是涉嫌送钱谋官，数额不会小。秦健哪里来的大笔买官经费？无疑只能去贪。秦健在书记任上与周宏走得更近，彼此可能还有利益交换。时候一到，问题集中暴露，出事在所难免。这一切本来可以不发生，只要当初迟可东坚持己见，不让秦健染指更大权力，那就可以避免。

现在迟了。秦健完了，把李金明也拖了进去。案件进入刑事侦察后，李金明难逃再次指认。这一指认有两种可能，或许仍虚惊一场，或许被拿个正着，毕竟李金明曾经在茶艺馆那张床上睡过一夜。也许相关小姐提供的案情如李金明所称，李金明在床上只是昏睡，那样的话没有大事。但是也可能情节并非如他所记。无论是什么情况，李金明都将蒙受耻辱，唯程度有别。李金明的调动也将成为一大问题，迟可东将面对追问，他还得去跟邓际良、陈治说明、解释。值此非常之际，无疑如雪上加霜。

这都是迟可东自找的。如果听从许琪，早早放手，何至于此。

但是他依然无法放弃。

他给李金明打了一个电话。

李金明很惊讶："领导有事要我办吗？"

迟可东称没有事情，此刻忽然有闲，兴之所至电话聊几句。

他讲了一个故事：前不久，有一次省里开农村工作现场会，周宏率与会者到一个海岛检查，大家坐大轮船过海。当时周宏让秘书把迟可东叫到船上包厢，拿出一只水杯让迟可东看，是一只金属敞口杯，没有盖，做工精致。周宏说那是进口的高科技产品，国外有研究，长期用这种水杯喝水，可以养生，还有助睡眠。

"迟工程师要不要鉴定一下？"周宏开玩笑问。

当着周宏的面，迟可东拿起水杯掂掂，再取下钥匙圈触碰，使点小劲敲击了一下，水杯"当"的一响，发出一个清脆的金属声。

迟可东点头道："是316L。"

"什么？"

迟可东解释，所谓316L是一种不锈钢，奥氏体不锈钢。

“瞎说，这是纯钛水杯。”周宏立刻纠正。

“纯钛？不可能。”迟可东说。

“他们告诉我是纯钛的。”

“领导上当了。”

迟可东是冶金一行出身，虽然改行已久，毕竟还有老本。他告诉周宏，铁的比重是七点八，而钛大约是四点五，少了四成多。这个杯重量偏沉，肯定不是钛质，它有弱磁性，应该是所谓钛钢产品。所谓钛钢就是“316L”，它并不含钛，商家称之“钛钢”，是借钛之名吸引眼球。“316L”理论上没有磁性，但是经过加工后有弱磁性。这种水杯功用如何姑且不论，说纯钛则肯定有假，属于质地欺诈，欺骗省领导。

周宏犯疑了：“你说真的?”

迟可东斩钉截铁：“我肯定。”

周宏顿时恼火，举动忽显异常，竟当场拿起杯子，从包厢后窗扔了出去。后窗下就是海面，只听“咚”的一声，水杯掉到海里去了。

那时迟可东有点尴尬，忙说不好意思，卖弄技术术语不当，惹领导生气了。那水杯其实做得很漂亮，留着也罢，扔掉可惜。只不过确实不是那种东西。

周宏骂：“如今咱们这些人最容易被哄骗，听到的没几句实话。”

他发脾气，说养生什么的真是不可信。前些时候他们给他拿来那水杯，说得天花乱坠。拿它喝水，头两天感觉似乎有用，尔后一如既往，一粒安眠药不行，两粒也不行，吃三颗还是睡不着。简直气死了，什么纯钛水杯，真狗屁不是。

迟可东说：“那就换一个杯子试试吧。”

周宏“哎”了一声，表情黯然，好一会儿才发感慨，说养生其实不靠水杯，睡眠也一样。关键还在心情放松，不能总是高度紧张。工作压力太大，吃不像吃睡不像睡，别说什么钛钢、纯钛，哪怕是黄金水杯也不管用啊。

迟可东为什么要在电话里跟李金明讲这个水杯故事？他解释说，此刻回想周宏所发脾气，才真正明白那是怎么回事。为什么神经高度紧张？为什么三颗安眠药还不能入睡？显然不仅是工作压力。周宏应当已经知道自己有麻烦，即将毁于一旦，为此精神负担沉重。他扔水杯、恼火、感慨，话里其实也有悔恨与懊恼。说来周宏还有一点可取，发火扔水杯之际没有撒手不管，终究该办当办，帮助把《纪要》定下来，为本市做了件大事，这一点别人或许不会在意，迟可东却会记住，因之会希望周宏眼下能把压在心头的那些事都说出来，认错悔过，承受自己该承受的处罚，却能放松下来，从此可以睡个好觉。

李金明说："周宏那种人也难说。"

迟可东说人确有不同质地。这可以理解为人格、人品各不相同。人无论质地如何都可能犯错，只不过性质或许不同。关键在于能认识错误，接受教训，重新开始。人生在世会有各种遭际，即使天塌地陷，再怎么困难也应当忍受住，不放弃，坚持下去，那才有机会重新努力，去做一些正确的事情。他本人自认为尚有情怀，不忘初衷，扪心自问依然也有软肋，也犯过错，也需要为自己的错误承担后果。他只是觉得自己毕竟有点底气可以依靠，这就是他知道自己是什么样的人，也知道无论自己遇到什么，肯定会有一些人记着他，其中肯定有一个李金明。这就够了。

李金明自嘲："我算哪根葱呀！"

迟可东解释他提到的"钛钢"也就是"316L"。它虽然不含钛，却不失为一种好钢材，耐高温、耐腐蚀、高强度、易加工。这种钢材可比人与人之间的一种关系：建立在共同目标基础上，经受危机、奋斗与艰苦磨炼，有足够的强度和韧性，顶得住沉重打击，坚强可靠足以信任，因而难得而珍贵。

“为什么有些东西让人不能放弃？”迟可东说，“就因为它特别珍贵。”

李金明听得发懵：“是啊，是啊。”

迟可东没再多说。

周宏扔掉的所谓钛杯已经沉入海底，或许周宏还在盼望某种东西可以给他安眠，于是又去弄了一只新水杯。这回拿到的是真品，纯钛质地，却又由周宏本人在案发前夕馈赠给迟可东。迟可东猜想，上一回他自恃懂行，断言周宏上当，害人家扔了一只水杯，或许因此心里不爽，才故意把新水杯假称为“钛钢”，再次送迟工程师敲击鉴赏，表示本领导也不总是被人哄骗。所谓“假亦真时真亦假”，新水杯虽然是货真价实的纯钛，领导却已风声鹤唳，依旧不可能靠它改善睡眠，肯定会因之失望，或许因此干脆随手馈赠，对迟可东表示关怀，留个劫余念想。周宏一定已经供述过此中缘故，只是大约让人听来疑问更生，认为此地无银三百两。事实上以周宏与迟可东的关系，根本没有需要暗示“保温”、“守口如瓶”之处。迟可东感觉水杯意味应当尽在周宏那番感慨中：“哪怕是黄金水杯也不管用啊。”话很普通，意思却深，或许可以理解为满怀惆怅现身说法，有所领悟与警示，供留念与学习。迟可东没把这些猜想告诉办案人员，因为没有把握，不如不说，要是与周宏所供不合，反可能引发疑问。此刻迟可东拿这件事与李金明交流，一旦李金明面临新的冲击，他会想起这些话，或许有助于他坚持下去。

两天后，邓际良、迟可东早早来到高速公路出口等候陆文一行，尔后一起陪同前往天马水库。天马山植树活动集中了大批人马，中心场地位于天马水库。陆文看到漫山遍野的人都在种树，很满意。他欣然为两棵大樟树铲土，江勇亦在他身边帮忙。种完树后，他由邓际良、迟可东陪同视察了库区，听取了汇报。他兴致勃勃，情绪很好。

他没有正式表态。送走他时，邓际良与迟可东交换眼色，彼此感觉相同：有戏。

这时有一个电话打到迟可东手机上。

“迟市长！迟市长!”

“别慌。什么事?”

“李金明！李金明!”

“他怎么啦!”

“死了！死了!”

“胡说!”

却是真的。几小时前，李金明于省城琴江引水管理处大楼跳楼身亡。

事后分析，或许是迟可东那个电话起了反向作用？接到迟可东电话后，李金明可能感觉诧异，担心出了什么事。他设法打听，竟是从市安监局局长洪成那里意外听到了一点消息。洪成的小舅子在市公安局刑警支队工作，洪成从他那里得知天马茶园治安案变成了刑事案，正在调集警力侦破。李金明与洪成关系好，洪成不知李金明涉案情况，把所听都告诉他，李金明这才知道事情大了。恰在那时，李金明接到市水利局通知，要他于第二天回本市，核对他在天马水库期间的几笔账目。李金明立刻明白那是什么意思。他答应第二天一早返回，还让人为他订了一张动车票，不料时间到了他没去乘车，反而爬上了楼顶。李金明性子傲，可以承受上上下下，回家种蘑菇，却难于经受强奸幼女那样的耻辱。他还知道自己一旦出事必连累迟可东，从迟可东当年的重视到此前安排他调离都可能成为问题，对迟可东会是危险的。或许到这个时候，他才明白迟可东为什么跟他打电话，那是未雨绸缪，规劝他要经受住任何打击，无论如何，坚持活下去，有人会记着他。

但是他做了另外的选择。

迟可东从天马水库赶回市区，一路上靠在车后座上，紧绷着脸一言不发。轿车在山路上急驶，迟可东抬手往脸上一抹，竟是满手掌泪水。

他想起很多年前的那一天，在河源乡政府食堂里，李金明喝下一大缸家酿红壳酒，“现场直播”时，他拿筷子敲了一下桌上的玻璃杯，交代让李金明去醒醒酒。那以后发生了很多事情，难以尽述。这个世界曾经有过那个人，那些人，那些事情，还有那些关联。现在没有了，也许有些东西永远也不会再有了。如果一切可以重来，迟可东宁愿没有那一天，没有后来的一切，而李金明依然活着，在这个世界上。

5

迟可东卸去市长职务，调省民政厅工作，任巡视员。接替他担任市长的却是原水利厅长陈治，江勇没有下派。

时周宏已被移送司法，正在进行审理。迟可东的调职与周宏案有涉，主要有两个问题：一是曾听从周宏之命，为开发商石清标拿地给李金明打电话。这笔交易完成后，石清标将省城一套豪宅送给周宏之子。二是秦健谋求担任县委书记，给周宏送钱，周宏把事情交代给迟可东，迟可东支持秦健谋得该职。秦健当上书记不久又给周宏送钱，希望周宏帮助推荐为市领导，前后两次送款竟达一百万元。虽然迟可东本人在石清标与秦健两事中均未谋私取利，其行为却直接造成相应后果，责任不可推卸。黄志华与石清标的业务往来与迟可东无关，未计为问题。

李金明也没有成为问题。李金明坠楼身亡后，有关方面核实，成为案件焦点的未成年少女确曾于李金明出事当晚在茶艺馆接客。只是她用的房间在茶艺馆二楼，而李金明昏睡于楼下房间，彼此无涉。可惜这对李金明已经没有更多意义。

调动命令下达之际，马琳找迟可东谈话，迟可东表示接受安排，没有意见，还说无论自己做过多少事，此刻想的只是有些事情本不该发生。他很自责，感觉痛心。

马琳说：“我知道你。”

迟可东离任前，邓际良、陈治想陪他去一趟天马山。那时天马水库已经移交地方，市区第二水源已经确定，新植树木和草皮生机勃勃，颇可一赏。迟可东婉言谢绝，说已经知道情况，很高兴，这就够了。对他来说一个非常时段已告结束，这个时段意味丰富，难以形容，有如那只若隐若现的金属水杯，姑且称之为“钛钢时段”。如果溯及他从省里下派基层，从倒硫酸开始，至今一个轮回，可调侃称之为“钢铁时光”。这段时光里熙熙攘攘，几多起落沉浮，未必都有意义，但是确实有些东西会永久地留在他心里。最难忘的当然是时光里的人，不在他们的官衔和得意，而在质地，人品与人格。

那时迟可东开始专用金属水杯喝水，是一只普通的不锈钢保温杯。迟可东选中它，是感觉其质地不错，特别是敲击声很中听。时而迟可东会顺手拿一个什么，或是一支水笔，或是一把尺子，或是他的钥匙串轻轻敲击，然后闭上眼睛听水杯传出的铿锵。声音悦耳，很好听，超越了所有的起落沉浮。待到声音平息，他会问自己：如此美妙的声音真的存在过吗？它永久消失了吗？无论如何，它是美好的。

图书在版编目（CIP）数据

铿然有声/杨少衡著.-上海：上海文艺出版社.2018.10（2023.6重印）

ISBN 978-7-5321-6758-6

Ⅰ.①铿… Ⅱ.①杨… Ⅲ.①长篇小说－中国－当代

Ⅳ.①I247.5

中国版本图书馆CIP数据核字(2018)第224250号

发 行 人：毕 胜

责任编辑：丁元昌

封面设计：丁旭东

书　　名：铿然有声

作　　者：杨少衡

出　　版：上海世纪出版集团　上海文艺出版社

地　　址：上海市闵行区号景路159弄A座2楼 201101

发　　行：上海文艺出版社发行中心

上海市闵行区号景路159弄A座2楼206室 201101 www.ewen.co

印　　刷：天津旭丰源印刷有限公司

开　　本：890×1240 1/32

印　　张：13.125

插　　页：2

字　　数：349,000

印　　次：2018年10月第1版 2023年6月第2次印刷

I S B N：978-7-5321-6758-6/I·5396

定　　价：45.00元